作者简介

陆毅青 男，壮族，1972年12月出生，广西马山县人，大学毕业后在农村中学教授语文科，2002年9月考入广西大学文化与传播学院（今文学院）攻读硕士研究生，2005年6月硕士毕业并留校工作。

主持完成广西教育厅项目“农村留守老人的社会支持研究”、广西大学校级项目“地方研究型大学人文社会科学发展重点及对策研究”参与国家社科基金项目“香港左派电影批评史研究”和广西哲学社会科学规划课题“广西古代贬谪文人寺庙及文学创作研究”等多个项目，撰写的“地方综合性院校哲学社会科学服务区域发展路径研究”、“关于提升民族院校哲学社会科学研究服务地方经济社会发展能力的研究”、“试论当前广西高校哲学社会科学研究创新发展中激励机制的着力点”、“区位特色视角下广西高校新型智库扩大社会影响力的路径与对策——以广西大学中国—东盟研究院为例”等多篇论文被全国高校社科管理高层论坛录用并汇辑成书，在《广西师范大学学报（哲学社会科学版）》、《教育观察》等期刊上发表多篇论文。

中国社科 大学经典文库

《素轩诗集》校注

(清) 黎建三/撰　　陆毅青/校注

中国文史出版社

图书在版编目（CIP）数据

《素轩诗集》校注／（清）黎建三撰；陆毅青校注．
—北京：中国文史出版社，2016.6
ISBN 978-7-5034-7859-8

Ⅰ.①素…　Ⅱ.①黎…②陆…　Ⅲ.①古典诗歌—注释—中国—清代　Ⅳ.①I222.749

中国版本图书馆 CIP 数据核字（2016）第 148280 号

责任编辑：李晓薇

出版发行：中国文史出版社
网　　址：www.wenshipress.com
社　　址：北京市西城区太平桥大街 23 号　邮编：100811
电　　话：010－66173572　66168268　66192736（发行部）
传　　真：010－66192703
印　　装：北京天正元印务有限公司
经　　销：全国新华书店
开　　本：170mm×240mm　1/16
印　　张：19.5
字　　数：339 千字
版　　次：2016 年 7 月北京第 1 版
印　　次：2016 年 7 月第 1 次印刷
定　　价：78.00 元

前　言

广西地处南疆，开发较晚。长期以来，广西文化远落后于中原一带。公元214年，秦朝统一岭南，汉人开始大批从中原迁到岭南。他们不仅带去先进生产技术，也带去了先进思想文化。在民族交流过程中，汉文化在壮族地区开始规模传播。贵港市成为岭西的政治中心，平南地区成为贵港与中原来往的重要通道，这里壮汉杂居，受汉文化影响较大。特别是明清以来，壮族地主阶级日益壮大，公私书院逐渐增多，汉族封建文化习染愈浓，科举仕进者大有人在。

此外，广西特殊的地理位置对于文学发展也产生了重要影响。一方面，广西远离清政府统治中心，濒临北部湾，边贸活动频繁，资本主义萌芽的新型工商业在此率先落户、发展。这就为文化教育的发展提供了不可或缺的经济基础。另一方面，广西历来是贬谪、放逐之地，来到广西的文人骚客不计其数。《粤西丛载》记载："盖由张栻、吕祖谦之道化被于桂，范祖禹、邹浩之正气行乎昭，柳宗元之文声著乎柳，冯京、黄庭坚之德誉动乎宜，二陈、三士之经学启乎梧，谷永之恩信、陆绩之儒业播乎浔，马援之约束布于邕，蹈义泳仁，月异而岁不同。"①他们带来的儒学，不仅地方风气教化得以开明，而且促进儒学在广西这种壮族聚集区的传播与接受。在一定的经济基础和文化熏染背景下的广西文人更是热衷于科举。清代平南一带，取得贡举功名约有四十余人，其中乾、嘉时期黎建三文学成就比较突出。

黎建三(1750—1809)，字谦亭，广西平南县壮族人，乾隆戊子年(1768年)举人。黎建三出生于书香之家，祖父是贡生，父亲是进士，受汉文化影响深远，形成文学家族。"年十八，举于乡"，可谓少年得志，意气风发。此后会试屡试不第，直

① (清)汪森编辑，黄振中、吴中任、梁超然校注．粤西丛载[M]．广西：广西民族出版社，2010.

至乾隆四十六年(1781 年),黎建三应“大挑”之选,二等录用,分发甘肃。自此黎建三异乡为官二十年,漂泊游宦,历任甘肃仪州、安化、静宁、海城、金城、西宁、安西、山丹等八县知县。黎建三为官期间,清正廉洁,关心百姓疾苦。嘉庆九年(1804 年),黎建三升任泾州牧,调直隶知州,丁忧归里。嘉庆十四年(1809 年),黎建三病卒于家。

黎建三富于诗才,往来期间,时有吟咏。现留世《素轩诗集》和《素轩词剩》,诗515首,词38首。清翰林院庶吉士梁上国在《素轩诗集·序》中评价:“谦亭以孝廉作循吏,往来数十年不辍于诗。今读其诗而知其性情之和平忠厚,且以知其政之恺梯慈祥,读其诗而知其学问之明通淹贯,且以知其政之敏链廉能。至于古体磅礴豪迈,五言短章,驳骚乎登古乐府之堂,而律之俊逸、浑厚、流丽、清新,固人人所共爱。而余独爱其以见道之言,发泄于草木虫鱼,以抒情抱负,所谓学问真性情也。如此之人,可爱。如此之诗,可传。”可见,后世文人对其诗作评价甚高。《素轩诗集》文体丰富,律诗绝句、古体歌行、风谣乐府、长篇短章皆有之。但目前学界对黎建三及其《素轩诗集》关注度很低,尚无人对黎建三及其《素轩诗集》进行系统、全面地研究。

现存的《素轩诗集》为清道光壬寅年(1842 年)求慊家塾藏版,分上、下两册,均为刻本,桂林图书馆和广西博物馆各藏一套。

《〈素轩诗集〉校注》以广西博物馆藏《素轩诗集》(道光刻本)为工作底本,以《峤西诗钞》、《三管英灵集》、《平南县志》(清光绪九年刻本)和《拙学斋论诗绝句》、《续修山丹县志》(道光十五年钞本)等文献资料所收录的诗作为参校,在结合建三诗歌内容、作者自注以及反映诗集原貌和作者原意的基础上。对《素轩诗集》中疑难字词、典故、史实、引语、化用前人诗句等进行了标点、校订、注释等整理工作,并以此为基础对其诗作进行了归类和分析。

《〈素轩诗集〉校注》还依据相关史料介绍了黎建三的家世和生平,分析研究了黎建三诗作的题材内容和艺术特色,希望对读者在理解、研究黎建三及其诗作上有所帮助。

由于本人才疏学浅,对《素轩诗集》校注难免错漏,在此恳请诸位专家同行与广大读者给予批评与指正,以使之不断趋于完善。

陆毅青

二〇一六年六月于广西大学

目　录
CONTENTS

第一章

黎建三生平及其著作版本情况

第一节 黎建三所处的时代背景

黎建三,字谦亭,清朝乾隆嘉庆年间广西平南县人。作为一名壮族的诗词家,著有《素轩诗集》和《素轩词剩》。至于其生卒年,志书失载。根据方志、文集等文献资料记载推断:黎建三生于清乾隆庚午年(1750年),卒于清嘉庆己巳年(1809年)。① 其一生经历清朝中叶,即乾隆、嘉庆年代(1736—1820)。这一时期的社会时代背景深刻地影响了黎建三的人生和文学创作。

黎建三一生处于乾隆中后期和嘉庆初期,经历清王朝由盛转衰的历史。

清初国家百废待兴,康熙、雍正励精图治,逐步恢复经济,改善吏治,发展教育。乾隆上台后,雷厉风行,采用宽严相济的政策治理国家,延续康熙、雍正建立起来的政治、经济、文化飞速发展的态势,到乾隆中期形成闻名于外的"康乾盛世"。在经济方面,乾隆重视农业生产,兴修水利,鼓励垦荒,扩大种植面积,到乾隆三十一年(1766年)可耕面积达到741万多顷;同时给予商业宽松的发展政策;鼓励发展家庭手工业。在利国利民的经济政策影响下,乾隆初中期的社会生产力得到极大的发展。

在政治方面,乾隆初中期,重视吏治,注重官员的选拔与考核,完善科举制度,严惩贪官污吏。在文化方面,一方面重视发展文化教育,开博学鸿词科。他还组织人员编写《大清会典》《大清一统志》《清文献通考》等史志,尤其是《四库全书》大型类书。此外,乾隆、嘉庆在全国各地兴修书院、义学、社学和私塾,尤其重视边陲地区的教育。其实,自明代推行"粤西学臣敕内,独有教习僮童一款,令州、县置

① 详见第三节黎建三的生平。

社立傅,岁以教成者闻,颇语文理者收之黉制”的政策以来,广西壮族地区办学兴教风气愈浓,广西在明代新建书院就有六十四家。在明代兴办书院基础之上,清朝在广西五十一个府州县,设立学院八十多所。这些文化政策,使得儒学在广西广为接受,广西在乾嘉时期出现一百多位诗人,甚至出现了文学家族。另一方面,为了维护统治,统治者又兴文字狱,胡中藻案发生在乾隆二十年(1755 年)。胡中藻是桂林诗人,因“一把心肠论清浊”诗句,被判死罪。文化上的严格束缚,无法阻止广西文学的发展,广西文坛呈现出欣欣向荣的景象。

乾隆初中期,清政府政治稳定,社会生产力迅速发展。虽然仍有少数边疆地区时有起义,但总体安定、繁荣。正是初中期的安定、繁荣,乾隆自诩“十全老人”。

到了后期,清王朝吏治败坏,贪污成风,清王朝逐步走向没落。作为最高统治者的乾隆骄奢淫逸,贪图享受,大修皇家园林,费重金为母过寿,六次南巡,搜刮民脂民膏;并且喜欢阿谀奉承,长期宠信贪官和珅。正是有了乾隆的宠信,和珅一生当中升官 50 次,他曾做过军机大臣、内务府大臣、议政大臣等显赫的官职。和珅势焰熏天,狂妄自大,欺罔擅专,很多官吏在其庇护下,尸位素餐。和珅虽身居要职,也无法满足他的贪欲。嘉庆四年(1799 年),和珅被查抄、赐死。查抄出来的房屋、店铺、器物、金钱、皮衣等不胜枚举。仅金钱来说,“夹壁藏金二万六千多两,地窖藏银三百余万两,私库藏金六千多两”①。“若据梁启超等人估计,和珅家产要多达八万万之多”②。时有“和珅跌倒,嘉庆吃饱”的说法。乾隆末期类似和珅的贪官,还有福康安、李侍尧、海兰察等等很多人,他们贪污数额之大,亦为惊人。乾隆末期,已是贪污成风。统治阶级奢侈腐化,挥霍无度,上行下效,各级大小官吏贪污成风,鱼肉百姓。另外,土地兼并严重,官僚阶层占据大部分土地,据苑书义的《中国近代史新编》统计,和珅占地 8000 余顷,康百万占地 180000 亩,等等。“一人据有百人之田,一家占有百家之屋”这种现状,导致百姓背井离乡,流落异地。乾隆末期,吏治败坏,贪污成风,土地兼并严重,剥削加重,使得百姓生活在水深火热当中,阶级矛盾和民族矛盾日益突出,农民起义风起云涌:乾隆三十九年(1774 年),山东王伦的起义爆发;乾隆四十六年(1781 年),苏四十三领导回族人民起义爆发;乾隆四十九年(1784 年),田五领导回族、撒拉族人民起义爆发;乾隆五十二年(1787 年),林爽文领导台湾人民起义爆发;乾隆六十年(1795 年),湖南、贵州、四川三省的苗族人民大起义爆发;乾隆六十一年(1796 年),湖北、四川、河

---

① 林涛. 正说清朝三百年[M]. 北京:中国国际广播出版社,2005.

② 夏家骏. 清朝史话[M]. 北京:北京出版社,1985.

南、陕西、甘肃五省的白莲教起义爆发;嘉庆元年(1797 年),贵州南笼布依族起义爆发。为了维护封建统治,统治阶层进行思想钳制,大量销毁"禁书",仅乾隆 1774 到 1782 年间,销毁书籍 24 次,538 种,13862 部。更为突出地表现在大兴文字狱,仅乾隆三十九年(1774 年)到乾隆四十八年(1783 年)就有 50 多起。

嘉庆就是在"今日州县之恶,百倍于十年、二十年以前,上敢隳天子之法,下敢竭百姓之资"背景下即位。当时的清王朝已经积久成患,吏治腐败已经病入膏肓,百姓受官吏的盘剥,苛捐杂税,社会矛盾和民族矛盾持续尖锐,农民起义持续不断。嘉庆虽竭力改善吏治,惩治贪官,平定叛乱,但无奈无法力挽狂澜。清王朝走向衰落。

黎建三在乾隆四十六年(1781 年),应"大挑"之选,分发甘肃。正值,苏四十三领导回族人民起义。伴随着清王朝的鼎盛,回族中地主阶级发展壮大,西北回族地区实行世袭的门宦制,"这种门宦制的教长既通过租税盘剥教民,还通过念经勒索羊、布"①。回民和撒拉族人民备受盘剥,对此不满。恰逢马明心从叶尔羌、喀什噶尔回来,创立新教,与旧教对立。旧教教长韩哈济,依靠官府势力向新教挑衅,新教在打压中却发展壮大。乾隆四十六年(1781 年),苏四十三和韩二个等人率领撒拉、回、东乡各族穆斯林进行反抗斗争,一举攻陷河州(今临夏),直攻兰州,占领城西南高山。后来清政府杀害马明心,派军镇压起义,苏四十三据守华林山,失守后退入华林寺。清兵火烧华林寺,苏四十三血战而死。清政府在镇压苏四十三领导的回族人民起义后,令地方官"肃清回逆反叛之余孽",在甘肃各地设立乡约制度,严格限制穆斯林正常的宗教活动。黎建三等三十人,分发甘肃,是清政府加强对回族地区严格管制的举措。

清政府镇压苏四十三领导的回族人民起义后,不仅严格管束新教的活动,甚至妄加罪名,肆意捕杀迫害、残酷镇压新教,激起回族人民的愤恨。田五是伏羌新教阿訇,同张文庆、马四娃等秘密联络,为再次起义准备四年。因走漏风声被人告发,提前于乾隆四十九年(1784 年)四月十五日,以"清延镇压新教"、"杀害教主马明心"为由,在通渭石峰堡起义,准备攻克通渭,进攻伏羌(今甘谷)。十八日田五率领民众,攻围伏羌城,知县杨芳灿拒之。二十二日李制府率兵到县。攻城四昼夜,没有成功,田五部败走秦安。后由于石峰堡陷落,田五中弹身亡,起义失败。②

① 夏家骏. 清朝史话[M]. 北京:北京出版社,1985.

② 牛勃,马树平. 甘谷史话[M]. 兰州:甘肃文化出版社,2008.

史称:"石峰堡暴动"。①

乾隆四十六年(1781 年)苏四十三领导回族人民起义和乾隆四十九年(1784 年)田五领导回族、撒拉族人民起义,这都并不仅仅是教派之争,而是具有深刻的背景。回族聚集地区,多在新疆、甘肃、陕西、宁夏、青海等地,生存环境恶劣,常有旱灾发生,导致粮食颗粒不收。清军入关以来,大肆搜刮,使得生存条件原本已经恶劣的回族地区,"百里断烟,山不产材,地不生禾"②。清朝统治者一直采取阶级压迫和民族压迫政策,鄙夷回教,歧视回民。尤其是乾隆时期,不断进行对外侵略战争,耗费大量的人力、物力、财力。甘肃回民遭受严重的盘剥,"征金川、征西藏、征淮部、征台湾、打缅甸,都抽调回民和撒拉族人民"③。再加上乾隆末期,吏治败坏、和珅专权、贪污成风的现状,更是加深了阶级矛盾和民族矛盾。回族人民起义是教派之争,背后隐藏着利益之争。旧教教长是地主,不仅搜罗钱财,更是盘剥回民。土地更是集中到地主阶层,回民无法生计,只能借助新教反抗起义争得土地。此后,在"天灾"和"人祸"的刺激下,甘肃回族地区起义并未停止,小规模的起义时有发生。

黎建三经历了清王朝的由盛转衰,目睹了乾隆后期的吏治腐败、贪污成风的状况,更是身在甘肃为官二十年,亲身感受到了回族人民水深火热的生活。不管是社会现状的影响,还是仕宦经历的影响,这种时代烙印和个人际遇势必展现在他的《素轩诗集》中,且展现为多重、复杂的情感。

第二节 黎建三的家族

黎姓的来源主要有四种:一是出自九黎的后裔;二是出自黎国后裔;三是出自帝尧的后代,整个黎氏家族中最为主要的组成部分便是这一支山西黎氏,史称黎姓正宗;四是少数民族改姓为黎。④ 据《黎氏族谱》所载,早在战国时,黎姓已有迁往广西的情况。"黎氏之族或因官而处,或避难而居,于是西入梁、益,东向青、徐,南迁交、广,北徙燕、冀"。(按,"广"即今属广西、广东及越南北部一带。)自此,黎姓逐渐成为广西壮族土著大姓。

① 杨怀中点校. 钦定石峰堡纪略[M]. 宁夏:宁夏人民出版社,1987.

② 李范文,余振贵. 西北回民起义资料汇编[M]. 宁夏:宁夏社科院,1988.

③ 夏家骏. 清朝史话[M]. 北京:北京出版社,1985.

④ 凌文斌. 安溪姓氏志[M]. 北京:方志出版社出版,2006.

黎建三家族出自广西古老壮族一系，即广西平南县罗明村黎氏正一公一支。据黎氏正一公一支所留的碑记，称京兆始祖，可知黎氏正一公出于黎干公京兆郡一支。

远祖黎正一

黎正一，大安罗明村黎氏开族。元朝恩科进士，原籍是江苏吴江，后迁到广东南雄，又在广西宜山庆远府（现宜州）任通判官。任满归田，途径浔州府平南县凤洲河口，适逢瑶民作乱，于是携儿孙迁居大乌圩（今大安镇），住河口（今大安镇古石桥一带）。自此，落地生根，枝繁叶茂。一直到第四代黎海山购置田产，才由大乌圩迁往罗明村（旧名宝林山）。七百年来，黎氏家族出进士四名，举人三十二名，成为一方名门望族，曾被钦赐“四代乡科”，流芳千古。

祖父黎兆衔

黎兆衔，罗明村黎氏十七世人。据《平南县志》（清光绪九年刻本）记载，可知其为雍正时代的附贡生，“谙熟有才干”。时平南县百姓需要上交皇粮的田亩数大大超过实际面积，百姓不堪重负，黎兆衔于乾隆五年（1740 年），主动请缨，赴省请求核实情况、减轻亩数。省派出“右江观察”许日炽亲自到平南，调查实际情况，“得免浮粮一千余石”。黎兆衔的大无畏精神，造福一方百姓，邑人对其感恩戴德。

父亲黎庶法

黎庶法（1728—?），罗明村黎氏十八世人。乾隆十八年（1753 年）癸酉科举人，乾隆十九年（1754 年）甲戌明通进士。曾任广西桂林教谕、河北省南宫知县，卒于官。据《浔州府志》（同治十三年刻本）记载，黎庶法在官任桂林教谕期间，“劝乡人祀陈文贡公志向慕也”。主讲秀峰书院，“实心训士大府皆师尊之，居丧庐墓”①。操行不苟，有吟咏家乡思岩山的诗作留传于世，人称“思岩先生”。诗曰：“苍翠矗芙蓉，南天第几峰。曰斜红一枝，云影碧千重。烟火人家近，松杉雨露浓。屏藩桑梓地，灵秀孰先钟。”

叔父黎庶恂

黎庶恂，罗明村黎氏十八世人。据《平南县志》（清光绪九年刻本）记载，其禀赋诚实善良，读书有夙慧，比一般儿童识记力强。“弱冠游邑庠，即有文誉”，“每一艺出，辄冠其群”②。乾隆四十五年（1780 年）庚子科考试第二名，中举人。再试礼部，没有考中。嘉庆二十三年（1818 年），大挑第一，抽签决定，出任山东高密知

① （清）魏笃．浔州府志［M］．清同治十三年（1874 年）刻本．

② （清）裘彬，江有灿．平南县志［M］．清光绪九年（1883 年）刻本．

县。任职期间,“厘剔政弊,去其太甚者”。尤其关注乡里书院教学,经常挑灯校阅学生的书卷,如同老博士一般。卒于官。

族兄黎光龙

黎光龙,罗明村黎氏十九世人。乾隆十八年(1753 年)癸酉科举人,与黎庶法同登癸酉拔贡。官历兴安、柳州、泗城(今广西凌云县)教谕。少时家穷,黎庶法邀请黎光龙一起读书。黎光龙擅长书画,人称“临源师范”。

长子黎君弼

黎君弼,罗明村黎氏二十世人。号槐门,嘉庆三年(1798 年)戊午科举人。以大挑二等,任广西隆安县任县学教官;以孝廉,任宁明学正;在湖北省公安县任知县。有《自娱诗集》二卷留世。所作之诗,大多题材狭窄,格调平淡,《安南行》是其中的佳作。中举人,曾去甘肃探望其父黎建三,途中写有《平番道中》一诗。父亲黎建三死后,将父亲的诗集编辑成秩。现存的清道光壬寅年刻本《素轩诗集》收录其《自娱诗集》二卷一百首诗。《素轩诗集》中的《大雨示长儿君弼》《得长儿计偕北上信》皆为建三长子黎君弼所作。黎君弼能守家学,延续文学家族。

次子黎君良

黎君良(1779—1794),罗明村黎氏二十世人。据《素轩诗集》中的《悼次儿君良八首(其四)》:“年华十五疾如梭,幼小伶俜病折磨。”可知,君良十五岁夭折。又据《由北地郡,遣次儿旅榇南归》:“汝生于南,而殇于西。”可知,君良夭折之时,随父黎建三在甘肃。

孙子黎士华

黎士华,黎君弼之子,罗明村黎氏二十一世人。号彤裳,幼秉伟质,白皙长身,“束发受书,便颖悟,资百常童”①。嘉庆戊午年(1818 年)己卯科举人。以孝廉大挑知县,分发河南,任延津、汝阳、通许等地知县。任汝阳知县,将广西的筒车推广;任通许知县时,曾为欧阳修撰写《欧阳文忠公墓田碑记》;在家乡平南,曾撰写《白马梁状元庙碑记》《祷蝗颂》《黎氏宗祠·春秋祭祭文》;与平南知县张显相及里绅梁之瑰、袁昭敬等人,编纂清道光年间的《平南县志》。黎士华才华横溢,尤其擅长辞赋、骈体文,“以辞藻翰墨之名倾动,由传士弟子中”。著作很多,可惜均未付梓。黎士华曾对其父黎君弼编订的其祖父黎建三的《素轩诗集》《素轩词剩》和其父黎君弼的《自娱诗集》进行校勘。《素轩诗集》中的《盘兰抽花数箭偶成小律,示孙士华》即为建三为黎士华所作。黎士华有三个儿子:黎澐、黎澍和黎沆。黎

① (清)裘彬,江有灿.平南县志[M].清光绪九年(1883 年)刻本.

澐,曾任河南汝宁府府经历(知府属官,主管出纳文书事);黎澍,曾任广东省试用县丞;黎沆,曾任河南府经历。

孙女黎蓉

黎蓉,黎君弼之女,罗明村黎氏二十一世人,时为才女。自幼从父黎君弼学诗,随父去镇安上任途中,咏诗二首留传后世,诗曰:"一峰行尽一峰回,僮户蛮居翠嶂隈。多少村姑门外坐,山花红向鬓边开。""嶙峋怪石壮山关,瘴雨蛮烟客路艰,笑我深闺兰蕙质。辛勤阅尽万重山。"后与同邑袁某结婚,其夫袁某不幸早逝,黎氏伤心不已,作《别鹄》《落花》二篇诗词,以寄托思念之情。词曰:"寥廓空蒙兮黄鹄安归?死生契阔兮不知其期。凤翱翔千仞兮揽德辉而下之。岂黄鹄之高举兮独不求其雌。归乎!归乎!"诗曰:"十分春色九分消,狼藉东风不肯饶。掌上飘零空解舞,尘中婉转岂能娇。也知福命原来薄,但怨年华太早凋,剩得山头独柏在,那堪风雨听萧萧。"

每三节　黎建三的生平与仕宦

黎建三,字谦亭,清乾嘉间壮族诗人。祖籍广西平南县,罗明村黎氏十九世人。关于黎建三的生卒年,方志并无记载。

据《平南县志》(清道光十五年刻本)①与《平南县志》(清光绪九年刻本)②的记载:"黎建三,字谦亭,年十八,举于乡。"又据《广西通志·选举表》记载可知:黎建三为乾隆三十三年(1768 年)举人。③ 可推断出:黎建三生于清乾隆十五年(1750 年)。另外,据《素轩诗集》中的《丙寅初度二首(其一)》一句诗:"五十六年我,时光奈尔何。"按,丙寅年即嘉庆十一年(1806 年)。这首诗印证黎建三生年应为 1850 年。其长子黎君弼《自娱诗集》有一首名为《辛未七月大祥后哭墓七首》之诗,其中有两句云"我父生兮,铄令名兮。中牟之政,仁且清兮"。此诗显然为怀父之作。(按,辛未年为嘉庆十六年(1811 年),"大祥"指古时父母去世两周年的祭礼。据此可知,黎建三卒于嘉庆十四年(1809 年)。)

据上述有关其生卒年的推断,可知黎建三生于清乾隆庚午年(1750 年),卒于

① (清)张显相. 平南县志[M]. 清道光十五年(1835 年)刻本.
② (清)裘彬,江有灿. 平南县志[M]. 清光绪九年(1883 年)刻本.
③ (清)谢启昆修,胡虔纂. 广西通志[M]. 广西:广西人民出版社,2013.

清嘉庆己巳年(1809年),享年五十九岁。而兰州市图书室藏的《中国西北文献丛书》记载的“黎建三嘉庆二十三年署理安西州,二十五年卸事”①之事与《壮族通史(下册)》②以及《中国少数民族文学史》③记载黎建三的卒年为“一八〇六年”的说法均误。

纵观黎建三一生,以乾隆四十六年(1781年)为界,分为两个时期。前期是黎建三的读书求仕时期;后期是黎建三的漂泊游宦时期。

一、读书求仕时期

乾隆四十六年(1781年)以前,是黎建三读书求仕时期。

清初社会经济受到严重的破坏,康熙以后,农业、手工业和商业都逐渐恢复发展起来。到乾隆中期,形成“康乾盛世”。乾隆初中期社会稳定,经济繁荣,为文化教育事业的发展提供良好的政治环境和经济基础。乾隆重视文化教育事业,发展边疆地区的教育不遗余力,使得儒学在广西广泛传播,出现不少诗人、词人,甚至是文学家族。

黎建三便是出身于书香门第,据《平南县志》(清道光十五年刻本)记载可知:其祖父黎兆衎,附贡生谙练有才干;其父亲黎庶法为乾隆十八年(1754年)进士,曾任河北省南宫知县;叔父亦是举人。这为黎建三接受儒家传统文化教育提供了足够的物质和文化背景。黎建三自幼受诗书熏陶,博览四书五经。青年时代已经展露诗赋才华,写有《田妇》一诗。黎建三读书稽古,正如他“儒生何树立,志学垂圣言。文章浩烟海,六籍潴其源。品汇综群囿,理窟探天根”(《咏怀五首(其一)》)说的一样,他涉猎众多古籍,在书海中乐此不疲。清人梁上国说黎建三:“根柢六经,陶熔诸子。”从黎建三的许多诗句,如“闭门读破万卷书,愧我穷愁颜面改”(《京邸送罗松崖同年南归》)与“平生淡荡人,忽忽遭缠绠。穷空颇好书,掩卷复不省。斗室耿寒灯,清愁人形影”(《独酌》)等,也可以感受到他读书刻苦的一面。

乾隆三十三年(1768年),年仅十八岁的黎建三以乡试考中文魁第七名中举人,然而,在接下来的几次会试中,他却未能崭露头角。

在多次考进士不第之后,乾隆四十六年(1781年),时年三十一岁的黎建三,应“大挑”之选,二等录用,分发甘肃。黎建三在《翼之以忧南归,值大雪,不能行,

① 中国西北文献丛书编辑委员会. 中国西北文献丛书[M]. 甘肃:兰州古籍书店,1990.

② 张声震. 壮族通史[M]. 北京:民族出版社出版,1997.

③ 马学良. 中国少数民族文学史[M]. 北京:中央民族出版社,1992.

治觞话别,因作此赠之》诗中写了当时从京都到甘肃途中的心情。“与君去年出帝都,五千长路痡且瘏。东西奔走隔音耗,心肝吐尽容颜殊”、“普天簪绶异笑哭,三十人中独向隅”及诗人自注“去年分发甘省共三十人”,便是当时黎建三等人被分发甘肃的情景。从此黎建三开始了他的为官漂泊天涯的生活。

二、漂泊游宦时期

乾隆四十六年(1781 年)以后,是黎建三的漂泊游宦时期。

乾隆后期,清王朝由盛转衰。和珅专权,贪污成风,政治腐败,盘剥压榨百姓,社会阶级矛盾和民族矛盾尖锐,农民起义时有发生。黎建三分发甘肃,恰逢苏四十三领导回族人民起义。甘肃为官二十年,黎建三亲身经历多次大大小小的回民起义,目睹回民的悲惨生活。

从《素轩诗集》中的诗歌,如《七月,自安西入关三首(其一)》《七月,自安西入关三首(其三)》《自布隆吉赴芨芨,曹督视铅务。计程千余里,阅二旬而始达,途次杂咏十三首(其一)》以及《遣怀》《湟中》等诗的作者自注中,可知诗人在甘肃二十多年,曾任仪州(今华亭县)、安化(今庆阳)、静宁、海城(今宁夏回族自治区海原县)、金城(今属甘肃省皋兰县)、西宁(今青海省西宁市)、安西(今甘肃省瓜州县)、山丹(旧称仙堤)等八县知县。

甘肃地处边关,环境条件恶劣。诗人在《碌碌吟》诗中用“碌碌复碌碌,道路相驱逐。朝过桃花山,夜向定西宿”诗句来形容辗转生活的艰辛。尽管如此,诗人还是十年如一日地奔走其间。

乾隆五十九年(1794 年),次子黎君良,随父居甘肃,因病而死,年仅十五岁。时年四十四岁的黎建三,中年丧子,悲伤不已。在他的《素轩诗集》中的《悼次儿君良八首》则表达了他的哀伤的感情,既有对命运的不公安排的不满,又有将儿子留在身边、却没能照顾好的悔恨,也有对君良短暂一生的悲鸣。八首诗歌饱满了黎建三对亡儿的思念之情。

嘉庆三年(1798 年)八月,时年四十八岁的黎建三任山丹知县,不久代理安西知州。①

嘉庆五年(1800 年),时年五十岁的黎建三任兰州知府。据涂鸿仪《(道光)兰州府志》载:“黎建三,广西平南举人,五年任兰州知州。”②时回民再次为马明心起事,进攻兰城撤退后,西北一带民穷财尽。《素轩诗集》中的《上元前五日兰城

① 郭兴圣等．山丹县志·人物篇[M]．甘肃:甘肃人民出版社,1993.

② (清)涂鸿仪．兰州府志[M]．清道光十三年(1833 年)刊本．

作》:“跳梁小丑偶跛扈,金碧错落一炬焦。”诗人自注“时回教滋事”,记载当为此事。

嘉庆六年(1801 年),时年五十一岁的黎建三再次任山丹知县。直到嘉庆九年(1804 年),时年五十四岁的黎建三离任,离任时“士民攀辕泣送”。

嘉庆九年(1804 年),时年五十四岁的黎建三升任泾州牧(泾州知州),调直隶知州,却未赴任,《浔州府志》(同治十三年刻本):“迁泾州牧,未视事,以忧还。”①又据《乙丑春日仙堤寓邸作三首》的作者自注“去冬报迁泾州牧,未奉部,覆而先孺人凶问已至”云云,也可推断诗人于甲子年即嘉庆九年(1804 年)曾被调至泾州做知州,时值母亲病重,诗人返乡而不上任。《素轩诗集》中的《病起》:“问药烦慈母,长闲称病身。”即为归乡照顾母亲。

在“春风不度玉门关”的甘肃,黎建三为官二十年,清正廉洁,关心百姓疾苦。据《平南县志》(清光绪九年刻本)②记载,黎建三在其任期内督修各式渠河、兴修水利,还捐钱三千筑建山丹河堤。黎建三教民在河堤上用广西的筒车引水灌溉,利用黄河滋养百姓。黎建三还参与捕大盗,并与之格斗,擒获多名盗匪。当地人民为此立碑称颂其德。时任陕甘总督的庆桂过境时被其德行所感动,与民“共泣”等。黎建三还曾释放犯人回家,《浔州府志》(同治十三年刻本):“解冒赈案七十二员赴都,途次纵归家,克日令还,无违期者。”③《山丹县志·宦记》(清道光十五年钞本)记有:“黎建三,广西平南人,任内洁己爱民,修河坝以备水患,栽树株以培风脉隆重学校,教育人材,去之日,士民攀辕泣送。”④《山丹县志·人物篇》也记有:“黎建三……嘉庆三年八月任山丹知县,旋奉委代理安西知州,嘉庆六年回任,嘉庆九年离任。任内廉洁爱民,广植林木、重视教育、创修学校。”⑤这些材料足以说明黎建三其人不光有着深厚的爱民之心,还有实践的爱民之举。清人梁上国说:“今读其诗而知其性情之和忠厚,且以知其政之恺悌慈祥;读其诗而知其学问之明通淹贯,且以知其政之敏镇廉能。”⑥从黎建三的“四仙谷口讶佳名,两界居民解送迎。我亦领南老农圃,短袍席帽不须惊”(《四仙峪即事五首(其一)》)以及“曾是栽花地,重来白发生。笑予官职耐,愧尔吏民迎”(《湟中》)等诗句也能从印

① (清)魏笃. 浔州府志[M]. 清同治十三年(1874 年)刻本.

② (清)裘彬,江有灿. 平南县志[M]. 清光绪九年(1883 年)刻本.

③ (清)涂鸿仪. 兰州府志[M]. 清道光十三年(1833 年)刊本.

④ (清)黄璟. 山丹县志[M]. 清道光十五年(1835 年)钞本.

⑤ 郭兴圣等. 山丹县志·人物篇[M]. 甘肃:甘肃人民出版社,1993.

⑥ (清)裘彬,江有灿. 平南县志[M]. 清光绪九年(1883 年)刻本.

证梁上国对黎建三的评价,反映了黎建三为民办事的光辉品质。黎建三为官廉洁,如他用"宦迹襟期愧向禽,十年世事人清吟。行粮有数难笼鹤,俸绢无存为买琴"(《史载,赵清献公以一琴一鹤自随古贤,高致可想。余作宦五年,囊无长物,止得古琴一张,归舟无聊,日三摩挲诗以志兴》)以及"小儿知惜玉,劣获薄佣钱。贯酒他时月,添衣何处绵"(《贫》)等诗句,向人们展示了他甘守清贫生活的高尚品质。

嘉庆十四年(1809 年),黎建三因病逝世,享年五十九岁。

黎建三自幼禀赋天资,加之他后天得到良好的教育和本人的勤奋,他的文学基础深厚。他一生仕途坎坷,为官期间,"遇事明决,仁恕吏民,不忍欺委"。同时长达二十年的绝域异乡奔走经历,使黎建三在往来各地其间,激发无限世情,写就了不少的诗作,既有思亲怀友,又有感叹人生,更有忧国忧民之作。清人梁上国说:"谦亭以孝廉作循吏,往来数十年不辍于诗。"有《素轩诗集》六卷附词留传后世。

第四节 黎建三的著述版本情况

一、黎建三的著述情况

《三管英灵集》不仅收录黎建三的 80 首诗,还记载黎建三的著作"《学吟存草》《游草漫录》《续游小草》《悔初草》"四本书。在《国朝诗人征略》卷四十,张维屏提到:"黎建三,字谦亭,广西平南人,乾隆三十三年举人。官泾川直隶州知州。有《学吟草》、《悔初草》诸集。"①在《五百石洞天挥尘》卷十二,邱炜萲提到:"黎谦亭建三,乾隆举人,官知州。有《学吟》《悔初》诸草。"②《学吟存草》《游草漫录》《续游小草》《悔初草》这四本书,今已不见于世。

黎建三留世可见的诗集仅为《素轩诗集》,其中收录黎建三诗歌 515 首,附词 38 首,附录黎君弼《自娱诗集》二卷诗 100 首。

二、《素轩诗集》的版本情况

《素轩诗集》是由黎建三长子黎君弼编辑成书,孙子黎士华校勘行世。黎士华对《素轩诗集》《素轩词剩》《自娱诗集》都进行过校勘。

---

① (清)张维屏. 国朝诗人征略[M]. 清道光十年(1830 年)刻本.

② (清)邱炜萲. 五百石洞天挥尘[M]. 清光绪二十五年(1899 年)邱氏粤垣刻本.

《素轩诗集》现存的版本只有一版,为清道光壬寅年(1842 年)求慊家塾藏版,分上、下两册,均为刻本,桂林图书馆和广西博物馆各藏一套。其中广西博物馆藏本保存较好,纸张没有损坏现象。收录黎建三诗歌 515 首,附词 38 首,附录黎君弼《自娱诗集》二卷诗 100 首。

据卷首的《退庵诗话》:"此宫詹视学粤西时,谦亭之子槐门所请序也。〈峤西诗钞〉所登未尽其菁华。杨紫卿所选亦约。适平南彭生兰畹携谦亭全集来此,故悉录其尤雅者,足以传谦亭矣。"可知,黎建三长子黎君弼在把其父的诗歌编辑成秩,曾经刻过其父的文集,并请梁上国作序。《峤西诗钞》在道光二年刊行,却"所登未尽其菁华"。后杨紫卿又刊行了一个选本,平南彭兰畹又刊行了《谦亭全集》,梁章钜据这本全集,将黎建三的诗歌收入《三管英灵集》。梁上国作序本,杨紫卿选本、彭兰畹《谦亭全集》本皆不存于世。

黎建三诗歌,张鹏展的《峤西诗钞》收录有 46 首,梁章钜的《三管英灵集》收录有 80 首,《平南县志》(光绪刻本)收录有 3 首,《拙学斋论诗绝句》收录有 1 首,这些诗歌均见于《素轩诗集》中。

《〈素轩诗集〉校注》以清道光壬寅年(1842 年)求慊家塾藏版《素轩诗集》为底本,参以《峤西诗钞》、《三管英灵集》、《平南县志》(清光绪九年刻本)、《拙学斋论诗绝句》以及方志,对黎建三及其《素轩诗集》做出研读和校注。

第二章

黎建三诗歌的思想内容

《毛诗》中说:“诗者,志之所之也。在心为志,发言为诗,情动于中而形于言。”诗人黎建三自乾隆四十六年(1781 年)分发甘肃,历任甘肃仪州、安化、静宁、海城、金城、西宁、安西、山丹等八个县知县。除乾隆五十二年(1787 年)到乾隆五十六年(1791 年)这五年时间,告假在家,黎建三把二十年时间留在甘肃。他的诗歌,多为辗转各地期间创作。诗人后半生漂泊甘肃,生活艰苦,精神孤独,只能作诗,聊以寂寞,倾诉内心的情感。诗人将自己的人生际遇和内心情感会化为诗歌文字:诗歌,即是诗人的内心独白。

诗人黎建三有诗歌 515 首留传后世,这些诗歌题材广泛,内容丰富,现根据其表现进行归类,主要有五个方面:忧国伤时,关注民生;游宦生活,思亲怀友;感叹际遇,渴望隐逸;沿途风光,即景抒情;咏史怀古,寄予沉思。当然还有其他内容题材,笔者放在第五节中加以叙述。

第一节　忧国伤时,关注民生

乾隆四十六年(1781 年)以后,清王朝已经开始走下坡路。乾隆骄奢淫逸,贪图享受,宠信和珅,吏治腐败,大小官吏更是上行下效,压榨百姓。同时,土地兼并甚是严重,贫富两极分化尤为突出,再加上连年的自然灾害,因此广大人民几乎无以聊生。黎建三“位卑未敢忘忧国”,在接触百姓过程中,将看到的“不平之事”付诸文字,在诗歌创作上继承杜甫忧国忧民、情系天下的情怀,“与天下同乐,与天下同忧”,诗歌的现实主义色彩浓厚。

这类诗歌作品往往表现了黎建三对国家的担忧,对百姓的同情,对黑暗的痛恨,有着较强的社会意义。

这类忧国伤时诗,诗人有的写出百姓因“天灾”、“人祸”过着悲惨的生活,表

达对百姓的同情,如《旱》:

三春萧飒吹秋风,飞沙百里黄蒙蒙。天光熇熇夏日赤,农夫估客无颜色。去年收获仅十一,县官督逋如束湿。富人仓廪陈相因,穷檐升合同琼实。况复今年春,民事那可说,秧针干萎青草死,低田生棘高田裂。可怜野老空较量,日日举头项欲折。更闻道路言,里长相追逼。楼船急牵挽,处处促供役。敢辞冻馁事,上官亦自痛,凶荒救无策。吁嗟,斯言使人哭。我亦穷愁相迫蹙,含酸为作忧旱词。吞声试为父老读,父老举手谢,天高视听下,桑林致祷语岂多,八埏四极沾滂沱。

这首诗,诗人用白描的手法叙述尽管天旱,百姓还是要承担沉重的租赋和徭役,生活困苦不堪的真实情景。“三春萧飒吹秋风,飞沙百里黄蒙蒙”。这首诗的首句,用“萧飒”一词,写出农田因干旱而萧条冷落、了无生机的景象,更是奠定全诗伤感的基调。“天光熇熇夏日赤,农夫估客无颜色”。这两句写夏季天气闷热而此时正是农作物急需水分浇灌的时候,干旱使依靠以田间作物为生的农民无法展现笑容。通过描写这种凄苦无奈的情绪,显示出诗人寄予老百姓极大的同情。在这种情况下,一些下层官吏却无视人民面临饥荒饿死的危险,他们大肆搜刮民脂民膏。正如诗中的“去年收获仅十一,县官督逋如束湿”一句,诗人用“束湿”一词即捆缚湿物,形容旧时官吏对人民百姓近似疯狂敛财的严酷急切,哪怕今年收成仅为去年的十分之一。这一生动形象的比喻生动刻画了一些官吏大肆勒索百姓财产的无耻行径。官吏哪里知道租赋,对于富人来说,粮食堆积,微不足道;对于穷人来说,哪怕一点,胜似仙果。“秧针干萎青草死,低田生棘高田裂”。诗人正面写出干旱的严重程度。尽管干旱严重,沉重的租赋使得百姓明知道粮食收成会很低,也要在田间加倍劳作。“可怜”一词,寄予诗人深深的同情。除了收取沉重的租赋,官吏不顾人民的反对而到处抓丁服役的方式。“更闻道路言,里长相追逼。楼船急牵挽,处处促供役”这四句,诗人用朴素平实但透露出犀利尖刻的语言来描述这情景,字里行间,洋溢着诗人的对官吏的痛恨、对百姓的同情。听到百姓诉苦饥肠辘辘、难以谋生,作为一方官员,诗人却无能为力,只能“含酸为作忧旱词”,祈祷上天降下甘露,解百姓生活之困。读者读完此诗,深深感受到诗人对百姓的同情,对官吏的愤恨,更有诗人对朝廷政策的无奈之感,扑面而来。

又如《斗米谣》一首,诗人用朴素的语言向读者倾诉了农民因贫困而被逼迫卖儿买米的悲惨社会现实。

荒年穷氓无托处,眼前生计在儿女。春来即有半亩田,争如瓮乏升斗贮。卖儿买斗米,女子一斗余。深知死不免,且复救须臾。但愿儿女活,宁计老贱躯？富人粟红腐,中人无完裤。大官一夕宴,所费千儿具。吁嗟乎！卖儿买米不满提,人命贱比犬与鸡。吁嗟！何以为蒸黎。

荒年，百姓无以谋生，只有把儿女当商品来买卖。即使“升斗”口粮，百姓也视如珍宝。“卖儿买斗米，女子一斗余”。用接近人民生活的口语和俗语构成的诗句更能真实地反映了当时民不聊生的情况：明知道饿死在所难免，还是要卖儿换米，换取自己多活一会儿，更重要的是给儿女生存下来的机会。运用对比的手法，将“富人粟红腐”与“中人无完裤”对比，想成色彩鲜明的对比，写出富人与穷人的巨大差别。“大官一夕宴，所费千儿具”诗句，揭露和批判一些官吏大搞铺张浪费、荒淫无度的事实。最后，诗人发出感叹：卖掉儿女，换来的米还不足以装满口袋，人的生命和鸡狗家畜一样贫贱！百姓怎么生活！诗人的感情在最后四句诗里，迸发而出，铿锵有力。这是诗人替百姓发出的对社会、对朝廷的声声控诉！

这类忧国伤时诗，诗人还有的揭露、批判官场的肮脏，表达对黑暗的痛恨，如《雨中自新河至峡口驿》：

仙堤一月悬征鞍，去住刺促行路难。浓云乍裂迸斜照，积铁周遭森暮寒。戍楼沉沉鼓声湿，明月皎皎客衣单。宦途龌龊勿复道，古来达者能自宽。

这首诗是诗人在甘肃山丹县从新河至峡口的途中所作。这首诗描述雨过天晴，浓云散开，月亮悬空，月光普照，但周遭环境还是“寒”气渗入人的心脾，使人心生凉意。朦胧的戍守城楼，被雨水打湿的战鼓，和穿着单薄衣服的我，构成孤独、寂寞的画面。诗人不由自主地感慨：“宦途龌龊勿复道，古来达者能自宽。”诗人直抒胸臆，将内心的愤懑之情一泻而出：“宦途龌龊勿复道。”在乾隆后期，官吏们贪污成风，压榨百姓，当官的目的再也不是为民请命，而是谋取自身利益。在这种政治环境中，近朱者赤近墨者黑，诗人告诫人们不要对仕途抱有太大的奢望。“古来达者能自宽”，而诗人自己果真能随波逐流吗？从其他诗歌看来，诗人也不能做到“自宽”。

再如《夏六观剧》：

绣衣玉貌碧琅玕，城府森严六月寒。一样场中提傀儡，莫将冠履认真看。

这首诗先写剧台上戏员的衣着外貌，次写戏院里严肃阴森的气氛，再联想到现实中一些朝廷官员的虚伪圆滑之情形，最后得出体会：如此相像。诗人巧借戏台上的滑稽表演揭露了当时官场上的种种伪善之举，以百姓作挡箭牌，实则暗度陈仓、谋取私利。“一样场中提傀儡，莫将冠履认真看”这二句，表现了诗人对此种行为的蔑视嘲笑和厌恶之感。

这类忧国伤时诗大多从正面、直接地描述了百姓困苦不堪的生活、官场的黑暗，仕途的艰难，提出了同人民群众有密切联系、有重大意义的问题——何以为生,反映了诗人同情苦难人民、关心人民疾苦、忧心时局的高尚情怀。黎建三的爱国爱民的品质,在他的《重修忠义节孝祠》一文中也表现了出来:“而欲恃耿耿不寐之苦心,不负吾君,不负吾亲,不负吾九泉。”①,这正是诗人的正直高洁与关注民生的表露,也是对“先天下之忧而忧,后天下之乐而乐”传统士人情怀的坚守与秉持。

第二节 游宦生活,思亲怀友

“思乡怀人”是人类共同的情感,离愁别绪也就成了诗歌永恒的主题。黎建三自乾隆四十六年(1781 年)分发甘肃,除乾隆五十二年(1787 年)到乾隆五十六年(1791 年)这五年时间,告假在家,黎建三把二十年时间留在甘肃。所以,黎建三的《素轩诗集》当中有大量思亲怀友的诗歌,这类怀人思乡诗不乏佳句。

这类怀人思乡诗可以分为:思乡诗和怀人诗。

这类怀人思乡诗中的思乡诗,大多表达诗人宦游久不归,滞留异乡他地,表达思乡之情。《旅夜》:“不敢举头看明月,因循归计已三年。”此诗引用唐李白《静夜思》中“举关望明月,低头思故乡”②诗句,作者融情于景,化用诗句、不漏斧凿之迹,实为思亲之佳句。《新月四首》:“也知到得团圆好,只我团圆又怕看。”此诗采用对比手法,表达诗人纠结的心情:盼望月圆,他家能团圆;害怕月圆,只身处异域。《岁暮河湟道中思乡杂咏七首(其一)》:“漠漠同云欲雪天,乡心归梦粤江边。”诗人看到雪花纷飞的情景,不由自主想到自己的家乡——广西平南,因而倍感孤独、思乡心切。此诗运用联想手法将甘肃和广西勾连起来,似无意之情,有意为之。《岁暮河湟道中思乡杂咏七首(其二)》:“拟上昆仑最高顶,天南遥望白云飞。”诗人想要登上昆仑山的最高处,向南遥望自己的故乡,让白云将自己的相思带回故乡。《高平旅邸柬吕翼之》:“秋风不遂鲈鱼约,孤负东篱菊又黄。”此诗连用了两个典故,先是用晋张翰辞官归乡之典,后用晋陶潜辞官归隐之典,间接地表达了诗人渴望归乡之情。《薄宦》:“故山丛桂老,万里一相思。”此诗前半句似乎是相思故乡的桂树(喻亲人),后半句直接抒情:即使远隔万里,也不能阻碍思乡之情。

---

① 续修山丹县志[M]. 清光绪三十四年(1908 年)石印本.

② 朱东润. 中国历代文学作品选[M]. 上海:上海古籍出版社,1980.

诗人三十一岁便开始远离亲人到处于绝域的甘肃任职，“与君去年出帝都，五千长路痡且瘏”（《翼之以忧南归，值大雪，不能行，治觞话别，因作此赠之》）的诗句，便是诗人当年出仕的情景。作为身在异乡的游子，黎建三也如常人一般受着乡愁的煎熬。乡愁诗写得情真意切，真挚感人。诗人用这些诗作来抒发对故乡山水的思念，热爱之情、眷恋之情流露在字里行间。即使远离家乡，但家乡的一草一木还是深深烙印在诗人的脑海里，如《四仙峪即事五首（其五）》所写“遥情却忆家山好，竹绕池塘水满溪”，又如《岁暮河湟道中思乡杂咏七首（其六）》“家在青山绿水边，破寒晴日欲辞绵”。一字一句道尽诗人对故乡的无限思念。

这类怀人思乡诗中的怀人诗，诗人多为漂泊之苦与羁旅之思所累，不自觉思念亲人和朋友，渴望朋友们和亲人们的慰藉、陪伴。

怀人诗有写对父母亲的思念的，如《乙丑春日仙堤寓邸作三首（其三）》：

两地春晖泪眼枯，芒鞋作计尚艰虞。《南陔》兰叶空颜色，寸草东风吹不苏。

此诗先写父母思念诗人，泪已苦干。次写担心父母年老，难以生计。《诗·南陔》“循彼南陔，言采其兰”本为描述人们侍养父母的诗句，现因诗人远离父母，因而孝心无法实现。“空颜色”包含着诗人的极大失望。最后作者化用了唐孟郊《孟东野集·游子吟》的“谁言寸草心，报得三春晖”①两句，寄托了诗人对父母深深的思念。此诗既写父母对诗人的思念，也写诗人对父母的思念，双向思念加重思念的重量，空间上的距离使得诗人与父母天涯相隔，唯有相思，成为他们精神上的寄托。再如《漓江舟行》：

早识澄江好，频惊行路难。故乡秋里别，明月客中看。山抱孤城静，滩鸣古渡寒。凭谁报慈母，一语寄平安。

此诗先写行路难，不由想起秋季自故乡出发，一直漂泊在外。在这群山环抱孤城，江水嘶鸣奔流的夜晚，唯有一人一舟，更显得诗人孤独、寂寞。后化用唐岑参《逢入京使》的“马上相逢无纸笔，凭君传语报平安”，寄托对父母的思念。

怀人诗也有写对儿子思念的，如《得长儿计偕北上信》：“凭人嗤宦拙，喜尔得名迟。北道难为客，南云有所思。”长儿即黎君弼，嘉庆三年（1798年）举人，当时在广西隆安县任县学教官②。诗中流露出对长儿得名后的喜悦与思念。诗人四十四岁丧次子黎君良，悲伤不已。故作《悼次儿君良八首》则表达了他的哀伤的感情。八首诗既有对命运不公安排的不满，“人间有恨偏敦我，穹昊苍苍问得无”

① 朱东润．中国历代文学作品选[M]．上海：上海古籍出版社，1980.

② （清）裘彬，江有灿．平南县志[M]．清光绪九年（1883年）刻本．

(《其一》);又有将儿子留在身边,却没能照顾好的悔恨,“同来万里成何事,一错真难铸六州”(《其二》),“不为彭殇惜修短,离乡背母太亏佗”(《其四》);也有对君良短暂一生的悲鸣,“读书了了竟何成,六尺灰钉便一生”(《其三》),“年华十五疾如梭,幼小伶俜病折磨”(《其四》),“从此便当随分过,奈何天里学长生”(《其七》);又有对亡儿的思念之情,“应是精魂犹恋我,一丝不断待归来”(《其五》),“魂魄有灵归故国,随风一路向东南”(《其七》);也有描写妻子思念对儿子的思念,“可怜愁病荆钗妇,犹作娇儿远别看”(《其六》)。丧子之痛,充斥文字间。

怀人诗也有写对友人思念的,《长安二首(其一)》:“故人不到阳关少,莫更匆匆唱渭城。”这诗句中作者化用了唐王维的《送元二使安西》的“西出阳关无故人”一句,字里行间显露出诗人对友人的不舍与劝勉,情感真挚。《秋夜有怀元亭三首(其一)》:“采采不盈掬,悠悠江水长。”诗人将对友人刘元亭的思念,比作连绵不绝的江水,可见思念之深、思念之久,也是这连绵不绝的江水见证二人友谊之深厚、长久。再如《月夜怀刘芝亭》:“惆怅前游意惘然,相思极目断云边。”此诗,诗人将对友人刘芝亭的思念,用“望断天涯”方式发泄,却也是难以纾解愁绪,只好付一片相思于断云。

诗人数量可观的思乡怀人诗,表明:再远的距离隔不断对家乡、对亲人、对朋友的思念。诗人漂泊之苦、羁旅之累被思乡之情、怀人之念取代,故诗人身在苦中,亦在甜中。

第三节 感叹际遇,渴望隐逸

乾隆中期后以后,表面上“盛世”的封建社会已经走向衰落,各种矛盾日益突出、激化。这一时期的诗人往往根据切身的感受反映了这种“盛世”的衰音。黎建三虽是封建统治阶级中的一员,但其社会地位接近下层人民。时代的烙印和人生的际遇必然给他个人带来思想上的影响,这无疑会呈现在文学作品中。因此仕途坎坷、身处边关的愁苦情怀也屡屡出现在黎建三诗中。

时代和际遇的双重影响,体现在诗人的诗歌里。《题王兆翁小照》:“缅怀风人诗,白驹在空谷。”《冬夜坐雨》:“风人诵如晦,喔喔听鸣鸡。”这二句的“白驹在空谷”与“如晦”皆为《诗经》中的篇章或名句,而《诗经》自汉代以来便被人们奉为儒家经典之作。这些说明了诗人早期曾受过儒家思想教育。作为一名壮族诗人,黎建三无比熟知儒家文化,是时代的印记:儒学在乾隆发展文化教育的举措中,深入根治于壮族文人。他在《壮岁》云:“壮岁不知命,贸勉思显扬。”可见“修身、齐家、治国、平天下”成为他主要的人生价值。可是在举进士不第、应“大挑”分发甘肃时,诗人情绪曾一度消沉,在《翼之以忧南归,值大雪,不能行,治觞话别,因作此赠之》写道:“衔哀淹滞咽复咽,宦海炎波炙手热。”当时的甘肃乃为偏僻荒凉之地,气候恶劣,严寒、旱灾是地方的主要自然灾害,自古以来鲜有人愿意定居生活甘肃。唐王之涣《凉州词》的“羌笛何须怨杨柳? 春风不度玉门关”以及上述提到的唐王维的诗句等这些千古绝句便是河西走廊独特风候的真实写照。而诗人生于粤西,自小在青山绿水中长大。出生地与出仕地的环境反差之大,这无疑给诗人心理笼上了层层愁雾。再说当时的乾隆中后期,官吏贪污、受贿成风。据《清高宗实录》①记载,乾隆四十六年(1781 年),以甘肃布政使王亶望为首,贪污赈灾银案轰动天下,当时涉案被处死的地方官吏达二十多人。此后大臣贪污、互助勾结之陋习尚有遗风,无疑加重了甘肃省平民大众在荒年的饥荒。这种现状使许多仕人对此望而却步。但自小树立了“以天下为己任”理想的黎建三还是“西出阳关”,在《京邸送罗松崖同年南归》里,他表达了“壮心不洒离群泪,春风尚到玉门关”的心绪。以及《古张掖郡》“酒泉咫尺春风度,未信班生易白头”等诗句,我们可以看出他出仕的初期尚是慷慨激昂和充满信心的。但随着时间的推移,奔波劳碌的生活,官场险恶,职位依旧,诗人心理失落了。《题曹午亭斋壁》中,诗人说:“身如大壑随流叶,心似枯桐欲断弦。剩有百忧堆两鬓,谁能一笑住三年。”诗人仕途的不得志,需要其他方式的发泄。而“社会生活是创作的真正源泉”②,基于此,黎建三常“动于情”而发吟咏来发人生遭遇的感慨。

这类人生际遇诗有感叹生活贫困的,如《白布隆吉赴芨芨,曹督视铅务,计程千余里,阅二旬而始达,途次杂咏十三首(其十二)》:“一官十载何长物,白到髭须第几茎。”长物指剩余之物,此典出自《世说新语·德行》,此处引用,形容自身生活贫困。又如《史载赵清献公以一琴一鹤自随古贤高致可想,余作宦五年囊无长物止得古琴一张,归舟无聊日三,摩挲诗以志兴》:“行粮有数难笼鹤,俸绢无存为买琴。”行粮所剩无几,琴为素琴,可见作者当时生活的艰苦。这些诗句就是诗人高风亮节的佐证,在官吏贪污、勒索、受贿成风的乾隆中后期,黎建三依然“年年骨相同”(《春夜》)。这些诗生动传神地刻画出诗人对生计艰难的深刻体验,言辞里透露出诗人主体的孤独与极端的贫困已经成为一种不能承受之重。再如《醉后戏

① 庆桂,董浩. 清高宗实录[M]. 北京:中华书局,1985.

② 徐中玉. 文学概论精解[M]. 上海:上海文艺出版社,1990.

成》：

枯肠耽苦吟，傍晚如渴骥。病酒复恋酒，夫我岂得已。粗粝腐儒餐，未到乏盐豉。秋韭间晚菘，清绝山中味。平头工数钱，升斗谙主意。新月淡窥帘，急步惊犬吠。浓薄未暇较，醉乡无恶地。却羡彭泽陶，蛮榼谁送似。烂漫对黄花，红滴珍珠腻。漉巾虽云劳，差胜往返易。十觞芒角平，庄语杂游戏。散发松下行，微霜上衣袂。

这首诗是诗人醉酒之诗。诗中诗人写贫困的生活借苦吟和恋酒得以缓解，行路之艰辛非常人所能想象，因其不仅忍受物理环境的恶劣，心理对家乡的思想、对仕途的幻想更是折磨人心。“却羡彭泽陶”，借用陶渊明的典故，表达对隐逸的向往。种种的人生磨难，让诗人在独在异乡的漂泊感和自我价值的失落感双重打击下，不自觉地“酒后吐真言”。哀叹的不仅仅是生活的艰辛，更有抱负难以实现的落寞，其中滋味，唯有诗人品味最深。

这类人生际遇诗有感叹遭遇疾病的诗句的，如《病疥》：“病魔方驱遣，毒乃侵及肤。”诗人远离亲人，在气候恶劣的西北遭遇疾病，着实是一种打击。又如《庚戌重五》：

五月流光真隙驹，清明过后一诗无。谁人解蓄三年艾，大药难凭九节蒲。贫喜荐新云子白，醉怜出渍荔支粗。冷肠懒问行藏计，且向鳌洲狎钓徒。

这首诗的颔联中“九节蒲”即手杖，扶杖走路，表明诗人病得不轻。这些诗句说明了疾病给作者生理和心理上带来了极大的痛苦，病而愈加思乡。

这类人生际遇诗有感叹仕途艰辛的，如《隆德县》：“乌帽河湟尘未脱，马蹄又上六盘山。”这句诗，诗人以轻松写深沉，以平静之心态写空间上的变化，寥寥几字便把一位漂泊天涯的游宦主体形象表现得完美无缺。

这类人生际遇诗有抒发遭遇孤独感受的，如《有忆三首（其一）》：“空江悄无人，独坐看秋月。”空江，秋景，诗人独自对月，此景此情，毫无疑问地拨动了诗人浪迹天涯的孤独寂寞之心弦。《春日寄元亭》：“寒天细雨意何如，独卧空堂怅索居。”句中“寒天”、“冷雨”、“独卧”这类字眼，让读者感受诗人的孤独景况，寄托着诗人对团圆、和谐、温馨的家的向往。又如《山中》“狂歌诗句儿童怪，独坐松根风露清”，字里行间洋溢着远离亲友的孤独感。这类写孤独的诗作中，最值得称道的是《秋思》：

老树秋归早，空阶落叶平。如何孤客耳，只作断肠声。

诗中由“秋日、老树、空阶、落叶、孤客”构成的秋景图，这凄清空冷的秋图与诗人的凄凉寂寞、惆怅失意、冷落孤独之情和谐地交织在一起，感人至深。

这类人生际遇诗还有抒发人生失意的,如《夏杪甘泉塔寺夜坐》:

暂闲弛负担,初地问楼台。薄宦输鸡肋,新秋近酒杯。树喧归鸟乐,铃语好风来。便拟羲皇侣,谁将热客猜。

这首诗,作者把自己的卑职比成"鸡肋",鸡肋指乏味而又不忍舍弃之物。作者通过用此典,表达自身壮志难酬,怀才不遇,流露出对宦场厌倦的感受。《仲夏,得长儿东来信即事书怀》:"荃茅伤数化,璞腊笑同声。"此二句用了屈原《离骚》中的诗句来写当时官场上部分官员同流混浊的情形,比喻逼真。这些诗作始终弥漫着诗人的一种疲惫感和失落感,表现出诗人在仕与隐之间的徘徊心理。

官场的险恶莫测、吏治的浑浊不堪,以及远离亲人的愁绪,都让诗人对官场厌恶,渴望退居田野乡间,与乡人为伍,与明月为伴,安逸生活,吟咏性情。于是,《素轩诗集》的不少诗篇,诗人表达的是欲辞官归隐。

这类闲适隐逸诗,有的直接表达渴望归隐的愿望,如《丙午重阳》:"客路情踪怜鄠杜,幽栖生计注鱼虫。""幽栖"即指隐居。《寄元亭山左三首(其三)》:"自笑浮沉似白鸥,粗才疏放合归休。""归休"即辞官退休、归隐。《月夜观渔人垂钓戏作》:"小隐渔郎得,清霄月一竿。""小隐"也就是隐居于山林。诗人用"幽栖"、"归休"、"小隐"等词直接表达归隐之意。

这类闲适隐逸诗,还有的借用典故,间接表达归隐之意。

利用"买山"典故:

"买山须何时,足音蛩然喜。"(《送梁培之桂林秋试》)

"缘木守株成底事,买山待隐两相妨。"(《高平旅邸柬吕翼之》)

"永怀平子赋,不待买山钱。"(《途次偶成》)

"尚待买山非得已,乾坤容我冷肠人。"(《仲冬六日,先严冥寿时,寓客邸怅然有作》)

此典出自《世说新语·排调》:"支道林(遁)因人就深公买印山。深公答曰:'未闻巢由买山而隐。'"后以买山指归隐山林。三首诗用"买山"典故,表明诗人希望过着与山为伴的生活。

利用"莼鲈"典故:

"吴盐蜀姜罗盘盂,柔甘流箸卑莼鲈。"(《鱼脍歌为马振翮作》)

"形疑槁木心如灰,莼鲈不到西粤地。"(《登万寿阁,望华山,风沙大作,诗以纪事》)

莼鲈为莼羹鲈脍之简称。鲈鱼与莼菜,产于江浙。此典出自《世说新语·识鉴》:"张季鹰辟齐王东曹椽,在洛见秋风起,因思吴中菰菜羹、鲈鱼脍,曰:'人生贵得适意尔,何能羁宦数千里以要名爵!’遂命驾便归。俄而齐王败,时人皆谓为见机。”后以此典形容人在外思乡归隐。“莼鲈”典故使两首诗的诗意,不像表面看似简单,实则包含诗人的思乡、归隐之情。

利用“陶潜”典故:

“齐谐漫志长房术,陶令翻悲宋玉秋。”(《丙午重阳》)

“官累何当了,长歌《归去来》。”(《廿年》)

“已是折腰还乞米,未妨对酒更题诗。”(《紫函再示叠和,秋怀前韵,作此奉答》)

“为问东篱菊,谁同载酒过。”(《秋斋》)

陶潜,公元365—427年。晋寻阳人,一名渊明,字符亮。大司马陶侃曾孙。曾为州祭酒,复为镇军、建威参军,后为彭泽令。因不能“为五斗米折腰”弃官归隐,以诗酒自娱。征著作郎,不就。南朝宋元嘉初年卒。世称靖节先生。有《归去来兮辞》诗。这四个典故皆是“陶潜”典故的变形:第一首用“陶令”作典;第二首用“《归去来》”作典;第三首用“折腰”作典;第四首用“东篱菊”作典。

利用“漱石枕流心”典故:

“愧我骑驴桥上过,空怀漱石枕流心。”(《巢父洗耳处》)

“昔闻孙子荆,枕漱昭群聋。”(《题〈王兆翁小照〉》)

“枕流漱石清谈好,尽日矶头伴钓翁。”(《通济桥下坐石听涛》)

典出《世说新语·排调》:“晋孙楚少时欲隐,谓王济曰:‘当“枕石漱流”,语误“漱石枕流”’王曰:‘流可枕石可漱乎?’孙曰:‘所以枕流,欲洗其耳;所以漱石,欲砺其齿。’”后形容隐居生活。三首诗用的是“漱石枕流心”典故。

利用“拂衣”典故:

“男儿致身应须早,不然拂衣归亦好。”(《翼之以忧南归,值大雪,不能行,治觞话别,因作此赠之》)

拂衣表示去向决绝之义,指隐居。典出《后汉书杨震传》:“孔融曰:‘孔融鲁国男子,明日便当拂衣而去,不复朝矣!’”用“拂衣”典故,看似宽慰别人,实则表达自身渴望归隐。

利用“煮白石”典故:

“何当御泠风,早晚煮白石。”(《过平凉欲登崆峒山不果》)

典自晋葛洪《神仙传》:“白石先生者,中黄丈人弟子也。至彭祖时,已二千岁余矣,不肯修升天之道,但取不死而已,不失人间之乐。其所据行者,正以交接之道为主,而金液之药方为上也。初以居贫,不能得药,乃养羊牧猪。十数年间,约衣节用，置货万金，乃大买药服之。常煮白石为粮，因就白石山居，时人号曰白石先生。亦食脯饮酒，亦食谷食，日行三四里，视之色如四十许人。”借指隐居山林。诗人借“煮白石”，含蓄委婉表达出在经历漂泊生涯后，欲归隐之心。

利用“泥龟甘泄尾”典故：

“泥龟甘泄尾，祥金从锤炉。”（《初度》）

此典出自《庄子・秋水》：“庄子钓于濮水，楚王使大夫二人往先焉，曰：‘愿以境内累矣。’庄子持竿不顾，曰：‘吾闻楚有神龟，死已三千岁矣，王以巾笥而藏之庙堂之上。此龟者，宁其死为留骨而贵乎？宁其生而曳尾涂中。’庄子曰：‘往矣！吾将曳尾于涂中’”。后形容甘于贫贱而隐居避世。

利用“衡门”典故：

“若使衡门待招隐，福淫祸善古今疑。”（《山居写怀》）

衡门本义为横木为门，喻简陋的房屋，借指隐居之所。语出《诗陈风衡门》：“衡门之下，可以栖迟。”

这些诗句是黎建三诗歌中的重要部分，它们映射出诗人的心理感受。不管是人生际遇诗，还是闲适隐逸诗，诗人在这类情动于中的诗中将怀乡怀人的情感与自身在政治上的失落感结合在一起，宣泄着内心的苦闷，让读者感受着诗人生命漂泊的体验。

第四节　沿途风光，即景抒情

清朝翰林院庶吉士朱方增说黎建三：“士大夫读书稽古，游历山川，综其生平之所得，作为诗歌。”①作为一名从南国广西到绝域甘肃的仕宦，在异乡长期漂泊和在桂甘两地间数次来回奔波，黎建三阅历了众多的山山水水，这丰富了他作诗的题材，因而写道途风光之作占了很大比重。这类诗歌，有实写的，也有作为“兴”的一种方式的。这类题材的作品大致有三种倾向。

首先，这类即景抒情诗写大自然的美，且看“遥望六盘山，苍翠绝可怜。坡陀互出没，突兀落眼前”（《六盘山》），仅四句便把六盘山的“高、陡、青”的总体轮廓呈现在读者面前。又如“明星玉女杳何许，半天忽失青芙蓉”（《登万寿阁望华山风沙大作作诗以纪事》）这二句，诗人用拟人手法把华山上玉女峰和莲花峰神态写

---

① （清）裘彬，江有灿．平南县志[M]．清光绪九年（1883年）刻本．

得活灵活现。再如“两岸峰峦削不成，碧波澈底照人清”（《忆漓江山水偶成四首（其一）》），此二句，描绘了桂林山秀水清的特点，寄托了自己热爱祖国大好河山的感情。“一曲河山雄紫塞，三秋波浪撼长城”（《重九日城西观黄河二首（其一）》），这首为诗人抒发观感之作，此句诗人用白描的手法形象地把黄河波涛奔腾、咆哮的雄壮之声势表现得形象逼真。再如《登独秀峰》：

独占群峰秀，先春到上方。江山归指顾，云树接微茫。绝顶平偏好，凭高稳不妨。凌晨更孤往，东首望扶桑。

此诗的前三联，诗人仅用三十字便把独秀峰的“卓立天地间”的轮廓描绘得让人如临其境，突出了它的“独、高、秀”的特点。

其次，这类即景抒情诗借山水，抒发思乡怀人之情。如《漓江舟中》：

早识澄江好，频惊行路难。故乡秋里别，明月客中看。山抱孤城静，滩鸣古渡寒。凭谁报慈母，一语寄平安。

此诗是诗人在漓江所作。诗人告别家乡，远赴甘肃途径漓江、明月高悬，群山环抱一孤城，周遭环境安静到浪花拍打渡口的声音都听得一清二楚。环境的空旷，加重诗人心中的孤独寂寞之情。诗人不自觉想起家中的老母亲，连向她老人家报声平安的人都没有，不自觉地更加伤感。“凭谁报慈母，一语寄平安”诗句化用唐岑参《逢入京使》“马上相逢无纸笔，凭君传语报平安”。再如《旅夜》：

萧条庭院晚凉天，回首悲歌一惘然。不敢举头看明月，因循归计已三年。

此诗是诗人在旅途中创作的。诗人在旅店难以入睡，萧条清冷的院落配上冰凉凉的晚上，不自觉抬头看到皎洁的明月，思乡之情涌上心头：已是在外三年，何时归乡见亲人？再诸如《自阿干镇赴狄道，访朱清彦，夜宿营中堡二首》《上元前二日舟泊桂林，时值积雨，颇形郁闷，夜半忽云开月出，与雨脚互辉映，诗以纪事》《道中戏作》《邠州》等，亦是抒发漂泊在外的思乡之情。

再者，这类即景抒情诗借山水，抒发人生感慨。如“满天飞雪下巉岩，履险安危指顾间。争似鳌洲结茅屋，卧听流水坐看山”（《六盘山遇雪》），诗人借山险、雪白，抒发乡愁与向往恬淡宁静的生活之感。又如“十年作吏行万里，对此亦足开心胸”（《大雪初止，过乌稍领》）一句即是诗人表达情寄山水之思。“劳生真大梦，误我是微名”（《瓦亭弹筝峡》），作者由眼前潺湲的弹筝水感，叹时光易逝而自己老大无成的情怀。再如《平戎驿作》：

三日空淹使者车，宦萍心迹欲愁予。边城风雨人千里，客馆楼台月一梳。短鬓有霜朝看镜，小窗无梦夜抄书。烟罗茅屋菰蒲艇，管领韶光总不如。

此诗诗人先写因风雨而滞留驿站三日，不由地感慨自己为官如同浮萍一样居无定所,愁绪涌上心间,登上楼台纾解苦闷的情绪。抬头看见月亮,又不自觉想起以前挑灯夜读的情景,看着镜中自己的白发,感慨无法留住韶光。诗人借写沿途驿站傍晚的景象,抒发自己韶华已逝,功业未建的感慨。

最后,这类即景抒情诗借山水之美寄托向往仙禅生活之思。远离亲友的孤独感和仕途上的失意感已让诗人心生厌倦,于是诗人常探胜迹访仙源,以寄托欲隐之思。如《泾州登王母山》:

周汉传遗迹,琳宫最上头。仙人不可见,泾水自东流。枕石槐根古,沿墙竹色幽。年来厌羁鞅,到处拟沧洲。

诗中的"王母山"在今甘肃省泾川县西,上有王母宫石窟而名。"琳宫"为仙人所居之所。"沧洲"本指滨水的地方,古称隐者所居。还有"仙人"等这些词都是表达作者向往仙禅生活之思。这些诗作,情感率直洒脱而蕴藏着诗人隐隐作痛之苦。"崆峒名胜近,何处访仙源"(《化平道中》),诗人饱受了尘世的纷争喧嚣与亲历了宦途的复杂龌龊之后,诗人暂时离开这些场合,到人迹罕至之处让烦忧之情绪休息片刻。这类诗篇,映照出诗人对仕途失意后,以自然为人生幸福补偿,同时也映射出诗人的孤独寂寞心绪,始终显露出游子的辛酸苦闷。

这类即景抒情诗是诗人寓情于景的产物。诗人借助客观景物的描写来抒发自身主观感情。景物的描写往往与对人生的思考结合以来,使得即景抒情诗更有内容深度。

第五节　咏史怀古,寄予沉思

诗人咏史抒怀,或以古讽今,或抒发对前贤隐士或历史英雄的歌颂与倾慕。如在《四皓墓二首(其一)》:

四冢何崔巍,昔贤埋玉地。为问石隐流,谁了天下事?

诗中,诗人用称颂的语气歌颂了汉初商山东园公、绮里季、夏黄公、用里四位才识过人而年高望重的隐士。以此来表达他对现实不满,欲与古人为友,从历史中寻找精神寄托来支撑自己的理想和信念,寄托了诗人的怀才不遇和欲隐之心态。

再如《泾州严家山》:

风吹枷锁满城香,满城争看员外郎。弹章凛凛一万字,奸回未诛魄已亡。至今二百有余载,山岳耸峙星斗光。严家父子真鬼蜮,举朝侧目手可炙。一朝势去冰山颓，子孙谴谪沦远域。进贤自古受上赏，戕忠天报报亦极。严家山房列窗牖，严家遗裔等牛后。严家男儿尘满头，严家妇女倚门首。湘帘金鸭小扬州，檀板银筝大垂手。孽蕃遗挂传尚在，百人索观见八九。泾原道路西通邮，过客发指笑且丑。呜呼！权奸贼贤遂病国，白头乞食天纲漏。当时唾骂由他人，岂知千秋地下犹有臭。

此诗是诗人借严嵩讽刺和珅。严嵩因善于谄媚皇帝，累拜英武殿大学士，入直文渊阁。世宗时，官至少傅兼太子师。揽权贪贿，凡直言时政，劾其窃权网利的，皆遭杀害。嵩子世蕃，官至太常寺卿，尤横行不法。御史邹应龙等极论嵩父子不法，遂籍没嵩家，斩世蕃，罢嵩官，嵩后寄食墓舍而死。诗人写作此诗，与当时和珅广结党羽，贪污受贿，把握朝政的现状有关。诗人不满朝廷现状，写下此诗。借写严嵩以谄媚而上位，竟官至少傅兼太子师，讽刺和珅亦是如此。"当时唾骂由他人，岂知千秋地下犹有臭"一句表明的是世人对严嵩的看法，何尝不是黎建三对和珅的看法：遗臭万年。

另外，除上述内容外，诗人黎建三还写了题画诗。诗人往往在题画诗中，借画写自己心中的愁苦，呈现并渲染着一位孤独漂泊者在饱经沧桑后欲回归安顿之所的自我形象。如《题〈豫章康春亭罗浮控蝶图小照〉》：

磨蝎迁官愁病身，缚魔救苦悟前因。才华江右谁先识，薪火长沙派最真。碧落珠篮花近手，罗浮凤子扇如轮。刀圭书卷仙凡别，我认端人更达人。

诗人对画作内容进行描述：碧蓝的天空，花儿盛开，蝴蝶翻飞。如此美丽之景，就像仙界一样，诗人据此认为作画之人必是通达知命之人。可惜，诗人自己却是百病缠身，难以通达。

重团聚、怨别离，是中华民族的传统心理。黎建三诗歌中也有描写送别挚友的。这类赠友送别诗，感情细腻，颇有韵味。如《送刘元亭旋里》：

共对离亭唤奈何，秋风瑟瑟水罗罗。斜阳细雨人初去，黄叶丹枫路几多。画岭峰峦横侧看，龙门波浪稳平过。迢迢千里迟归客，落日沧江怨棹歌。

此诗，描绘一幅这样的画面：日落西山，小雨朦胧，枫叶满地，在秋风瑟瑟的江边，诗人与友人刘元亭在驿亭话别。尽管不舍友人远到千里之外，诗人却无力阻止友人离去，只能祝福友人平安到达。诗歌最后一句是点睛之笔，诗人将自己的情感转移到行船时所唱的歌上，是歌怨？不，是诗人怨。寥寥数语，诗人就将不舍之情刻画得细致入微。

诗人还通过将个人之"志"寄于具体之"物"，如《迟菊》：

莫讶黄花太后期，山翁九日也无诗。重搔短发人空瘦，记否东篱酒送谁？阅尽凛秋还悄悄，爱他晚节更迟迟。逋仙彭令同高隐，留伴冲寒第一枝。

这首托物言志诗，诗人描述菊花深秋绽放，菊花在寒风中只身一人，不与百花争艳，不被世俗沾染，清高而又孤傲。借喻诗人自身渴望像陶渊明一样，像菊花一样，不追名逐利，不与世俗同流合污，表达厌倦官场，避世退隐之意。

清廖鼎声在《拙学斋论诗绝句》以诗论诗，评价黎建三："宦游西极玉门关，才笔纵横蔚巨观。始信江山助文藻，中原旗鼓要登坛。"廖鼎声认为黎建三富于诗才，取得足以抗衡中原的文采，对其评价甚高。确实，黎建三诗歌题材丰富，多角度、多维度展示时代和际遇加在身上的痕迹，不得不说黎建三的诗歌具有深刻的思想性。

第三章

黎建三诗歌的若干意象分析

意象是诗歌创作中不可缺少的因素。“意象本是两个词的叠合,是由主体的‘意’和主体意识到客体的‘象’两个方面融汇组合而成”。① 所谓意象,就是客观物象经过创作主体独特的情感活动而创造出来的一种艺术形象。简单地说,意象就是寓“意”之“象”,就是诗歌当中带有诗人主观情感的客观景象。意象是意与象的结合,意象是一种情景交融、融情于景的创作方法。意象在诗歌当中起着重要的作用。首先,意象的组合,会产生与意境相匹配的氛围,会使读者身临其境,如在画中游。其次,诗歌是诗人内心情感的流露,并不是一定会直抒胸臆,采用意象,融情于景,会产生含蓄蕴藉的效果。读者可以细细琢磨品味,获得审美。再者,借用意象,奠定全诗基调,为后面的抒情做好铺垫。总之,诗歌离不开意象。

诗人黎建三的诗歌出现众多意象,本章就四种高频出现的意象做出分析,分别是:月亮意象,雨的意象,萍、蓬、柳絮——诗人漂泊的意象,孤雁、独鹤——诗人孤独的意象。

第一节　月亮意象

一、咏月诗人

自古以来,我国许多诗人喜欢月亮,喜欢咏月。他们常常把月亮当作笔下的吟咏之物来寄托情思。唐李白就写《静夜思》诗来表达自己的思乡之情。他的“举头望明月,低头思故乡”诗句成为千古绝唱,借月喻相思,被后世文人经常化用。宋苏轼通过写《水调歌头·明月几时有》词来表达他怀念其弟苏辙之情。他的“但愿人长久,千里共婵娟”诗句也成为咏月佳句。黎建三也是一位有着浓重的月亮

---

① 夏之放. 文学意象论[M]. 广东:汕头大学出版社,1993.

情结的诗人，他也写了不少有关月亮的诗作。黎建三诗中的“月”常与如下几种事物连在一起：

（一）在屋舍或庭院或寺庙的上空出现的，如：

群山架月洗青铜，佳节惊心客舍中。（《桂林中秋》）

入寻古寺月初上，钟到寒塘夜一更。（《武城舟次与诸同学小饮，归抵寺寓，赋此为别》）

月明秋宇迥，竹净晚凉多。（《墅夜二首（其一）》）

明月何凄凄，团圞鉴东楼。（《秋夜有怀元亭三首（其二）》）

排闷共倾村店酒，朦胧淡月映窗虚。（《芝亭枉过山居，相与道，故留饮，赋此》）

破壁留纤月，残寒恋素衾。（《客夜》）

寒逗衾棱夜一更，帘筛风影月笼明。（《寺夜》）

心静闻香远，庭虚得月多。（《夏夜》）

揽衣下庭际，皓月一轮高。（《月夜》）

小院人初静，南窗月正当。（《闰四月十六夜》）

可怜三五月，分照给孤圆。（《东院》）（孤圆：作者自注“时儿柩停钟楼寺”）

边城风雨人千里，客馆楼台月一梳。（《平戎驿作》）

残醉半消红蜡尽，自看明月下窗棂。（《安西官舍》）

在屋舍或庭院上空出现的月，诗人独自对月难免思乡怀人，情思绵绵而乡愁缕缕。“月有阴晴圆缺”，面对月亮，诗人看到的似乎都是“月缺”，体现出诗人的孤伶无依与对温馨的家的向往。尤其是月亮在寺庙上空出现，突出空间上寂静，表达诗人的厌世情怀、渴望找到心灵归附之所。

（二）与流水、孤舟出现，如：

寒砧几处月如水，归雁一声霜满天。（《月夜怀刘芝亭》）

暝烟低着水，溪月暗随人。（《晚行》）

半江树影月出岸，连路笑声人踏歌。（《夜发武林口》）

故乡秋里别，明月客中看。（《漓江舟中》）

携手春城月正弦，游踪心迹两凄然。（《龚城，与芝亭信宿客邸，买舟东下抵家后赋寄》）

空江悄无人，独坐看秋月。（《有忆三首（其一）》）

夜月寒江泥酒眠，玉箫牙管夕阳斜。（《忆漓江山水偶成四首（其四）》）

独倚篷窗过夜半，马头山下月如银。（《上元舟夜》）

推篷对空阔，沙净月华新。(《泊旧口》)

与流水、孤舟出现的月，不正是象征着年华、岁月随流水而逝吗？诗人在体验漂泊的同时也在感叹岁月在流逝。

(三)在荒山的上空出现的，如：

荒山月到无人到，玉界乾坤一酒徒。(《山居中秋四首(其一)》)

月斜幽径里，因见达人心。(《墅夜二首(其二)》)

浮利虚名千日醉，空山白月一身轻。(《山中》)

吟罢成两忘，新月挂山嘴。(《西唐》)

在荒山上空出现的月，空山对天空，一人独对月，诗人体验孤独的同时也感受到自身经历的所得：远离亲人、囊中无长物。

(四)伴随黄昏、秋风、虫鸣的情况下出现的，如：

梦随好月来前夜，人瘦秋风倍往年。(《秋日得芝亭书却寄》)

独立黄昏闲怅望，一钩寒玉近西南。(《新月四首(其一)》)

短跋抄诗明月上，青山归屐夕阳初。(《春日寄元亭》)

风声淅淅虫唧唧，霜魂射簾月梭织。(《秋夜》)

霜重月华淡，庭荒蛩语多。(《秋斋》)

伴随黄昏、秋风、虫鸣出现的月，诗人感受到的是岁月蹉跎、晚年凄清。

(五)在夜空、雨水衬托下出现的，如：

三径凄清月色幽，微云河汉未全收。(《丙申中秋感赋》)

清秋风雨妒金盘，绝塞良宵强作欢。(《中秋，风雨，夜半，月复出》)

人自含酸春共冷，月如出险雨中明。(《上元前二日舟泊桂林，时值积雨，颇形郁闷。夜半忽云开月出，与雨脚互辉映，诗以纪事》)

明明虚幌意如何，寥落尘缘隔素娥。(《山居中秋四首(其四)》)

戍楼沉沉鼓声湿，明月皎皎客衣单。(《雨中自新河至峡口驿》)。

乍霁初弦上，弯环湿未干。(《秋夜新霁步月》)

在夜空、雨水衬托下出现的月，诗人对月，乡愁袅袅，泪眼婆娑。表达诗人体会到思乡之苦。

二、月亮意象的意义

(一)对月生乡愁

望月思乡，由于空间上的因素，常有月圆而家人不圆之时候。因为有了一定的距离，才产生愁人的思念。古人常用望月思乡、思人来表达思念。黎建三也常常通过这种方式来抒发思乡思人感慨的。如“两度月圆归未得，不堪重问大刀头”

(《中秋二首(其一)》)二句,诗人用了《汉书·李陵传》中任立政暗示李陵归汉(还乡)的典故,字里行间表现出思乡之久和思乡之切。诗人远离故土,无时无刻不思乡,在夜晚行舟的途中。这种思念更加强烈。如"故乡秋里别,明月客中看"(《漓江舟中》),当时之景为孤舟、孤灯、空江、明月。这些是诱发诗人思乡之潮的起兴物。诗人的乡愁是深沉厚重的,因而写出了不少带"泪"的诗句。如"清秋风雨妒金盘,绝塞良宵强作欢"(《中秋,风雨,夜半,月复出》),这一轮圆月是"秋风"、"秋雨"、"绝塞"这些景物的衬托下出现的,暗示着诗人思乡思亲之痛已至极了。又如"戍楼沉沉鼓声湿,明月皎皎客衣单"(《雨中自新河至峡口驿》)一句,明月是在"孤戍"、"鼓声"、"雨水"景物下出现的,景中尽现孤独。"皎皎客衣单"几字为诗人有意识地引用唐孟郊《游子吟》诗中的父母对子女的恩情来寄托他因长年在外而无法尽孝的之心。还有如"独立黄昏闲怅望,一钩寒玉近西南"(《新月四首(其一)》)一句,西南为诗人故乡所在的方向,诗人黄昏望月意为思乡思亲。这些诗句字面上写明月,实际上是诗人在抒发乡愁之思。

(二)对月生孤独

诗人多年的游宦生活,备尝其中苦味,正如诗人说的"半世自惭初学易,廿年不解苦为官"(《凉州旅次放怀》)一句。这苦来自漂泊途中的艰难以外,还有来自官场的险恶莫测。正如诗人说"衔哀淹滞咽复咽,宦海炎波炙手热"(《翼之以忧南归,值大雪,不能行,治觞话别,因作此赠之》),又如诗人说的"宦途龌龊勿复道,古来达者能自宽"(《雨中自新河至峡口驿》),这个表面看似旷达洒脱,但它却显沉重抑郁。正直的秉性使得诗人不愿与官场上那些伪善的官吏们同流,这使诗人不得不萌生一种孤独感。这月在荒山上出现,如"荒山月到无人到,玉界乾坤一酒徒"(《山居中秋四首(其一)》)与"浮利虚名千日醉,空山白月一身轻"(《山中》)等这些诗句,"酒徒"在"荒山"、"白月"意象物映衬之下,除了孤独还是孤独。明月在秋风、虫鸣或黄昏意象物的衬托下出现。如"风声淅淅虫唧唧,霜魂射簾月梭织"(《秋夜》)一句,风吹浮云,云动而月不动;秋虫嘶鸣,人静而心不静;霜落风簾,簾动而人不动。这些以动写静手法来写诗人孤苦之情态。又如"霜重月华淡,庭荒蛩语多"(《秋斋》)一句,也是以声衬静,以"霜重"示凄凉,以"庭荒"示寂寞。在这些意象的作用下,都是诗人向读者展示自身遭遇孤独的内心感受。诗人给月予人的灵性,把一腔情感倾注在月。在异乡的他,把月当作朋友。如"暝烟低着水,溪月暗随人"(《晚行》),诗人夜晚行役,一月伴孤人,可见其内深处蕴藏着无尽的孤独。

(三)向往月色下的静幽之境

诗人喜欢写静,如"人影空堤静,花纵坠露繁"(《秋夜新霁步月》)一句,用"空"来写静,用"坠露"来写静,层层映衬,字字渲染。诗人感受着在寺院的衬托下月亮意象表现出的月色静幽之境。又如"入寻古寺月初上,钟到寒塘夜一更"(《武城舟次与诸同学小饮,归抵寺寓,赋此为别》),其中就以寺院钟声来衬其寂静。寺院本为清幽之地,诗人月夜寻访,可谓兴致勃勃。这是表明了诗人厌倦了尘世的纷争之后到一僻静处,寻求心情安静片刻的一种方式而已。

(四)对月叹年华易逝

月升月落,月圆月缺,月光是流逝的、是有生命的。古人常以月的意象,伤感生命的流逝、岁月的匆匆,表现对历史的浩叹、追思及千古亘远深邃浩渺的宇宙意识。唐李白《把酒问月》:"今人不见古时月,今月曾经照古人。"举人出身的黎建三远离家乡作游宦,二十多年的出仕生涯让他尝遍人世间的悲欢离合。诗人在漂泊中常感人生脆弱与岁月易逝,如"珍重嫦娥意,多情鉴二毛"(《月夜》)便是一例。月亮亘古辉照人间,可是人们生命有限,诗人将有限的人生与永恒无限的时空形成对比,这巨大反差,随着时光流逝,人身心惭老而月亮往复圆缺之规律不变,因而人们对月自然萌生一种年华易逝、日月悠悠的感叹。

总之,黎建三诗中多月,这月景在不同环境、不同事物的衬映下有不同的意义。

第二节 雨的意象

一、写雨诗人

黎建三喜欢写雨,称其为"写雨诗人"也不为过。其诗作中写雨的有四十多首。写雨的诗句,所写的雨是不同类型的雨。

写大雨、急雨的,如:

檐牙银竹如绳直,料应滂沛一万里。(《喜雨》)

银竹森梢群籁息,却于静处识元功。(《大雨示长儿君弼(其一)》)

急雨颠风三日路,量寒较暖一分春。(《大榕江行》)

这些雨,有的来得猛,雨势大,诗人在赋雨时情绪高涨,音调明朗,对诗人来说,说明那是一场及时雨;有些雨来得快,去得慢,诗人在赋雨时用了一些贬、暗之词,那是苦雨,是给诗人行役途中带来困难的雨。

写细雨、缓雨的，如：

湿云滋暮色，细雨酿春寒。（《晚春柬徐敬夫》）

连朝阴雨殢人愁，带水拖泥过领头。（《丹水道中三首（其二）》）

平野浓云方漠漠，前村细雨已霏霏。（《徐沟途次遇雨》）

尽日轻雷飐雨丝，远游翻忆在山时。北窗一枕凉风起，密叶浓阴擘荔枝。（《季夏，初度日，自平凉返仪州，风雨交作，借宿策底镇，庙中感赋四首（其三）》）

寒天细雨意何如，独卧空堂怅索居。（《春日寄元亭》）

这些雨，有乡愁雨，因为诗人故乡黄梅成熟时有梅雨，诗人在异地见雨思乡；也有孤独雨，因为有绵雨的阻隔，诗人顿感孤凄。

写昼雨的，如：

秋阴霏细雨，雾海昼濛濛。（《山行大雾》）

十里平峦接绿芜，云痕木末半模糊。（《雨中过临潼望骊山》）

朱颜元发输前度，伏雨阑风又去年。讶客儿童知让坐，烘衣薪草不论钱。却思茅屋青山下，修竹方塘听溜泉。（《三寨道中遇雨》）

回首难追赴壑蛇，暖风微雨养梅花。（《己酉春日放笔》）

短褐骑驴泥滑滑，满天风雨出平凉。（《季夏，初度日，自平凉返仪州，风雨交作，借宿策底镇，庙中感赋四首（其一）》）

不缘经酷烈，未解爱清凉。（《久热喜雨》）

写夜雨的，如：

绝塞关河双鬓白，大江风雨一灯红。（《舟夜》）

浦树隔江烟漠漠，篷窗遥夜雨愔愔。（《史载，赵清献公以一琴一鹤自随古贤，高致可想。余作宦五年，囊无长物，止得古琴一张，归舟无聊，日三摩挲诗以志兴》）

连夜空阶雨，春苔长旧痕。（《咏苔》）

凝云低薄暮，入夜雨已霏。（《冬夜坐雨》）

暄晴逾月月，雨旸理亦齐。（《冬夜坐雨》）

三余古所贵，萧瑟永清思。（《冬夜坐雨》）

半夜抽秧雨，三更笑竹风。（《山斋夜雨》）

关心身事兼春事，到耳风声又雨声。（《二月将尽，天气殊少晴霁，挑灯夜坐赋此》）

扁舟一夜雨，孤驿五更鸡。（《大墟》）

经旬苦微雨，沙际江痕长。（《舟夜》）

深更细雨愁歧路，到处居人静掩闺。（《暮渡泾河，遇雨，夜半至太昌驿》）

十日愁霖凛冽风，芳斋岑寂与谁同。（《冬霁二首（其一）》）

这类雨，夜中落雨，诗人更感夜的寂静。

有侧面写雨的，如：

十里平峦接绿芜，云痕木末半模糊。（《雨中过临潼望骊山》）

面面溪流急，方塘欲到门。（《大雨示长儿君弼（其一）》）

诗人多方面、多角度、多层次地写雨，这些以雨为题材的诗句，丰富作品内容，为其诗作增添了不少的亮丽的特色。

不仅如此，诗人还写了雪、雾、冰等。如“短港堆银方歇棹，惊涛仇客又移船”（《洞庭阻雪与董植堂分韵》），“乱山风雪夜，凄断听鸣笳”（《晚次河桥驿》），“同云漫漫满天雪，饥雀啄树枯枝折”（《翼之以忧南归，值大雪，不能行，治觞话别，因作此赠之》），“玉龙麟甲银作堆，冰棱啮轮轮生角”（《送姜次轩观察赴金城廉访任，途遇大雪》），“积铁埋冻银，尻脽互枕抱”（《过平凉欲登崆峒山不果》）等，这是写冰雪的诗句。这是北方寒冷之日即有的天气景象，而这样雪花飘飞、白雪皑皑的日子在诗人的故乡广西平南县几乎是没有的，在这种对比之下，读者可以知道诗人写雪是有所寄托了。诗人写冰雪是从侧面反映了他依恋故乡，思念亲人的感情。“收纲艇回岚气外，发樵人入断崖中”（《昭江即目》），“秋阴霏细雨，雾海昼濛濛”（《山行大雾》），“六月征衫未卸绵，乱峰合沓雾笼天”（《三寨道中遇雨》），这些写雾气之诗句。雾是雨水的变体，雾给人以一种朦胧迷离之感觉。诗人写雾，也是有所寄托的，在现实生活中，诗人感到前途迷茫，正如诗人把“薄宦”称为“鸡肋”。这鸡肋，食之无味，弃之可惜。“落托仍一身，鸡肋真可弃”（《咏怀五首（其三）》），这是诗人发的一翻牢骚之言。是仍仕，还是回归故园？诗人尚处在犹豫中。

二、写雨模式

（一）喜雨

古人往往把滋润万物、唤起勃勃生机的雨，称作“甘霖”、“甘露”、“甘雨”。“甘”并不是味觉感应，而是心理体验。雨泽万物，特别是庄稼发育成长阶段，此时急需雨水的浇灌，否则它们将枯死。倘若天降大雨，那便是及时雨，便是喜雨。喜雨往往具有三个特征：应时而降的时间意义；无声润物的生命特征；焕发生机的心理反应。正是如此，人们才称之为“喜雨”。

最早喜雨的诗作是唐杜甫的《春夜喜雨》，“好雨知时节，当春乃发生。随风潜入夜，润物细无声”。杜甫就从雨能滋养万物的角度出发，认为这是及时雨，是喜

雨。黎建三诗集中也有几首写喜雨的诗,如《喜雨》:

天地和,雨泽至。旱干虽曰天意,亦人事。剪爪侵肌知者谁?竿播击鼓真儿戏。朝来杲日升扶桑,亭午微风起西北。肤寸触石张云旗,雨师龙公齐着力。蜚廉收威雷鼓静,檐牙银竹如绳直。料应滂沛一万里,偏为苍黎洗菜色。山人穷空忘内顾,凭阑大笑作长句。但愿贫者勿惰富勿妒,旱干未可委之数。

此诗前面先叹天气久旱,再发简短议论,认为天旱也是人们破坏大自然造成的,再写"微风"、乌云、"雷",之后是大雨"滂沛",雨景为"檐牙银竹如绳直",雨势之大,比喻得形象生动。再写"山人穷空忘内顾",表现了农民忙于田间活的情景,这种雨与田间庄稼成长有关,与农民生活息息相关,诗人于是"凭阑大笑作长句",为农民而喜。"雨"和"山人"、"苍黎"连在一起,便是喜雨。诗人写这雨,从侧面寄托了他关注民生的思想。还有如"半夜抽秧雨,三更笑竹风"(《山斋夜雨》)的雨等,也是喜雨。诗人也寄托了有这方面的思想。

天气炎热,空气干燥。人们盼雨驱热。这时的雨也是喜雨。如《久热喜雨》一首:

朱火赫堂堂,南风雨势张。不缘经酷烈,未解爱清凉。尘梦仙堤隔,乡心客路长。记将潇洒意,净洗利名肠。

首联先写天气酷热,闪电风来,再写雨至。颔联写诗人感慨自己生在南方,不曾经历过如此酷暑。颈联诗人因雨至而凉爽,遥想故乡。尾联抒发感慨:让雨潇潇洒洒地洗涤这被官场权势利益渲染的心。酷热后的雨,更是"雪中送炭",解百姓,包括诗人之内心烦躁与急功近利。

(二)愁雨

雨能生愁,"雨"和"愁"形态相似,雨的连绵不绝寓意愁思的"剪不断,理还乱",阴雨连绵而愁也无尽。

诗人见雨起乡愁,如"尽日轻雷飏雨丝,远游翻忆在山时。北窗一枕凉风起,密叶浓阴擘荔枝"。这是在《季夏,初度日,自平凉返仪州,风雨交作,借宿策底镇,庙中感赋四首(其三)》中的首联和颔联。时值夏末,遇上雷雨,突然想起故乡的荔枝林,想起"擘荔枝"的情景。粤西是荔枝的主要产地。因而诗人在夏末荔枝成熟时节,见雨思乡,寄托那强烈的乡思。再有,当雨与夜色、孤舟、孤灯连在一起时,这种雨带来的也是忧愁,是孤独的忧愁。如"绝塞关河双鬓白,大江风雨一灯红",这是《舟夜》中的诗句,是诗人感叹身处偏僻边塞的江河中,孤舟夜行时感受的孤独之苦。背景有"绝塞"、"关河"、"风雨"、"一灯"及身心疲惫的诗人一人。小的空间景是"雨打船篷,风吹船帆,诗人孤灯伴影"。而大空间是"绝塞"、"大江"。

这景表现出的空间之广而人物之少，这反差，不得不让人倍感寂寞袭击之力度。这些都让诗人感觉到不能承受之重。再如“浦树隔江烟漠漠，篷窗遥夜雨愔愔”。这是《史载，赵清献公以一琴一鹤自随古贤，高致可想。余作宦五年，囊无长物，止得古琴一张，归舟无聊，日三摩挲诗以志兴》诗中的二句。诗句中让人感受到诗人雨夜行船漂泊的艰辛。这苦中就包含着孤独之愁，这愁是无尽的。这是诗人在夜晚行船途中遇雨而起的大愁。可是诗人回到寓居处还是见雨就生愁，也是孤独之愁。如“连夜空阶雨，春苔长旧痕”（《咏苔》），这二句中背景有“空阶”、“夜雨”、“春苔”、“旧痕”。后一句字面上显出诗人门阶常无人踩踏导致长苔，这表明亲朋来访之少或诗人常行人在外，暗含了诗人的孤独之愁还是挥之不去的旧愁。还有如“凝云低薄暮，入夜雨已霏”（《冬夜坐雨》），“三余古所贵，萧瑟永清思”（《冬夜坐雨》），“关心身事兼春事，到耳风声又雨声”《二月将尽，天气殊少晴霁，挑灯夜坐赋此》，“扁舟一夜雨，孤驿五更鸡”（《大墟》），“十日愁霖凛冽风，芳斋岑寂与谁同”（《冬霁二首（其一）》）等等，这些雨都是诗人见雨生孤独之愁的雨。

（三）苦雨

当人们行途时遇上的雨，因为它给人们带来诸多不便，那是苦雨。这种“苦”，不仅仅是途中遇雨，难以前行，更是掺杂着自身常年在外奔波之苦：远离家乡，孤独寂寞；生活艰辛，仕途无望。诗人的人生际遇加重这份“苦雨”之“苦”。

诗人黎建三由于自身特定的仕宦经历而常年在外奔波，行役中遇雨是常有的事。这样的雨，它不止能加重行走的难度、耽误行程，而且也使诗人身心疲惫。“连朝阴雨殢人愁，带水拖泥过领头”（《丹水道中三首（其二）》），“短褐骑驴泥滑滑，满天风雨出平凉”（《季夏，初度日，自平凉返仪州，风雨交作，借宿策底镇，庙中感赋四首（其一）》）等，这些诗句都写了雨天路滑给诗人带来的苦。诗人自身已是孤独愁苦，漂泊沦落，路遇雨更增加行路的艰辛，这对诗人来说是苦雨。

总之黎建三诗中多“雨”，这“喜雨”、“愁雨”、“苦雨”的出现，意境上有一种朦胧迷离之美，这朦胧可给人带来神秘感，如人们常说的因“喜极而泣”而“泪”眼朦胧，这是“喜雨”；同时它也能让人因雨而生愁、生静之思，这是“愁霖”。

第三节　萍、蓬、柳絮——诗人漂泊的意象

“由于价值的失衡，人们找不到精神家园，生活中的事物常能引发人们的伤

悲。在文学意象的选择上,人们很容易对那些灰色的、低调的物象感兴趣”①。

诗人黎建三有过跨地域、远距离、长时间的漂泊经历,这期间的生活就像水中浮萍一样随波逐流、居无定所。这些痛苦的经历感受使他情动于中而发泄于外,因此他写了不少的有关“浮萍”的诗句。借浮萍的随水流而走、孤孤单单、没有依傍、居无定所、行无踪迹,来比喻诗人自身漂泊无定的身世和变化无常的人世间。

黎建三诗中的“浮萍”意象象往往与水、船或灯之意象同时一起出现。如《江行》诗中的“萍生连夜雨,帆饱十分风”一句,这是正面写的浮萍,水中萍由于遭水流冲击本已是苦不堪言,可还遭到夜雨的打击,这是痛上加痛。此诗暗示着生活中遭受到的除了来自孤独漂泊本身带来的痛苦之外,还有来自诗人主体在那年深冬行役途中患病带来的痛。“问药烦慈母,长闲称病身”(《病起》),也说明了这一点。雨水在风中飘摇,萍随流水浮动飘流,孤帆在前进,诗人在夜行。这诗句喻诗人在不停地漂泊。再如“笼灯还觅路,十里水汀萍”(《夜出马峡》)一句,也是正面写“萍”,它与“灯”连在一起,人在前进,灯在前移,萍在飘流。由于歧路天黑,前路茫然。诗人感叹自己犹如之水中浮萍一样不停地漂,“身世浮沉雨打萍”诗人由夜行的艰苦想到自身的飘零。

“蓬”依其断根飞向远方,而且漂泊无依的特点,在古诗文中,“蓬”象征着天涯游子。游子离开家乡,客居外地,恰似蓬草断根;游子行无定点,居无定处,又如同蓬草的飘泊无依。

诗人在外为官二十多年,孤身一人,感叹自己身世飘零的时候,思乡念友的时候,便用“蓬”来寄托心曲。“蓬”在诗人诗中表现为“转蓬”、“飘蓬”。如《重午,西草湖即事》一诗,为诗人在端午佳节的思亲之作。最后的“金城更阴三千里,莫讶良辰叹转蓬”一句,诗人通过写两地广阔空间的阻隔,叹身世飘零和远离亲人的辛酸。又如《西巩驿途次感成》中“黄花开后别皋兰,异域飘蓬一瞬看”二句,作者自喻飘蓬,看到菊花遂起乡思。又如“飘蓬无根随风飞,故山虽在人口饥”(《登万寿阁望华山风沙大作诗以纪事》),此处诗人也把自己喻为飘蓬。诗人从八桂到五凉,乡关万里,山水苍茫,思乡之情难以割舍,因此身处异乡的他倍感来回奔波的孤零与苦辛。

“柳”与“留”谐音,古人在送别之时,往往折柳相送,以表达依依惜别的深情。柳絮作为柳的附属品,自然而然表达别离和相思。同时,柳絮具有随风飞舞、漂泊无定的特点,与远离故乡、漂泊他方的游子极具相似性,于是柳絮成了飘零的另一

① 徐国荣. 中古文学感伤原论[M]. 中国社会科学出版社出版,2001.

象征。柳絮飞扬,预示春色将近,人们自然会联想大好春光易逝,人生聚散无常,时而发出对时光的感叹。

“柳絮”在黎建三的诗中表现为“杨花”、“飞絮”。与上述的“蓬”一样,也成为被喻成游宦生活的意象。不同的是,诗人在此意义的基础上,赋予了柳絮的人性的意义。如在《暮春,马莲并作二首(其二)》:“草花荡漾无情白,解学杨花乱扑人。”此二句,柳絮在此处被喻成诗人形象的延伸。与草花对比,“杨花乱扑人”更形象地写出诗人在漂泊中感受孤寂的时候对亲情友情的渴望。这是诗人对游宦生活有了深刻体验后的自然流露。又如《长安二首(其二)》:“一肩幞被趁朝寒,飞絮多情去住难。”诗人在爱国与思家的两种矛盾多次冲突之下,这二句正体现了诗人对仕途和羁旅生活的厌倦后抒发一种无奈之感。

诗人不管借“浮萍”也罢,借“蓬”也好,还是借“柳絮”,皆因三者飘零无依,暗喻自身的无依无靠,分外加重思乡怀人之情,感慨人生韶华易逝、聚散无常。

第四节 孤雁、独鹤——诗人孤独的意象

雁是大型候鸟,每年秋季奋力飞回故巢的景象,常常引起游子思乡怀亲和羁旅伤感之情。而且,雁为群栖群飞的鸟类,如在魏曹丕的《燕歌行》中“秋风萧瑟天气凉,草木摇落露为霜,群燕辞归雁南翔”。① 群雁飞翔时,常成“一”字或“人”字。倘若一雁失群,那它将会哀伤而最终死去。

黎建三笔下的“雁”常与“风雪”这些景物连在一起出现,突出了在这风雪环境下的孤雁更加有思群之心。如“如何就暖无消息,漫天风雪独自飞”(《闻雁二首(其一)》),这“风雪”可指自然界的风雪,也可指来自于社会生活中那些给诗人在实现人生的价值时人为施加的困难。黎建三远离亲人,孤苦无依,犹如一只失群的孤雁,因此在抒发乡愁时,诗人刻画了一只孤雁。诗人不知自己何时能够回到故乡,以孤雁自比,感怀身世。

这孤雁在黎建三诗中有时表现为“断鸿”。如《哀思》:“泛梗依良友,乡心逐断鸿。”此诗为思乡怀友之作,句中的“断鸿”即孤雁。此失群的孤雁便是诗人形象的延伸。

鹤,常为人们歌咏之禽,如《诗经·小雅·鹤鸣》:“鹤鸣于九皋,声闻于野。”

---

① 朱东润. 中国历代文学作品选[M]. 上海:上海古籍出版社,1980.

此篇据汉郑玄注为教宣王求贤士而作,后称修身洁行而有时誉的人为鹤鸣。鹤在传说中常被仙人所骑,加上本身异常醒目的外貌,它成为品行高洁的人或隐居山林的人的代称。诗人诗中常用“鹤”表明自己的志向:洁身自好或欲隐山林。

黎建三由于自身秉性刚直,力保洁身自好,不与那些伪善圆滑的官员同流合污。因此诗人晚年之时,尽管为官数十年,但依旧“俸绢无存为买琴”(《史载,赵清献公以一琴一鹤自随古贤,高致可想。余作宦五年,囊无长物,止得古琴一张,归舟无聊,日三摩挲诗以志兴》)。他在品行上表现的“鹤立鸡群”,这就注定了他孤独的一面。如在《春晚书怀》一首中,他把自己比为独鹤。“忍饥独鹤十分静,得意丛花一例妍”,诗人直抒心曲,这正是诗人孤独形象的直白。

由于空间的阻隔和身心的疲倦造成内心的孤独漂泊之苦,正如诗人说“正自厌羁勒,无为撄世情”(《仲夏,得长儿东来信即事书怀》)。因而那温馨之家与大自然便成为诗人自然向往的地方。在众多的诗中,诗人或直白或含蓄地倾吐了欲隐之心曲,“蓄鹤”这种归隐方式是诗人在经历沧桑而思虑已久后欲做出的一种举动。那些典故中的主人公在诗人看来是那么令他钦慕,如在《老鹤》“旧住孤山曾报客,真同羽士解延龄”一诗中,诗人运用了“梅妻鹤子”之典,意为对宋林逋隐士生活的羡慕。诗人想归隐,想过平静的生活,但是诗人归隐的条件尚不成熟。这些条件,有世俗的,也有来自自身的性格的。这种欲归而不归的心理,影响着诗人的诗歌创作。

第四章

黎建三诗歌的艺术特色

生活在乾隆嘉庆年间的黎建三，由于当时的封建王朝日渐走向衰落，社会各种矛盾日益突出，因而这一时期的诗人大多走上自由独创的道路。黎建三以其“见道之言，发泄于草木虫鱼，以抒情抱负”①，在向古人、时人学习中实现自我超越的实践的时，黎建三形成了自己的特色。黎建三有诗歌 515 首留传后世，现通读、分析黎建三诗作，列举其主要艺术特色如下。

第一节　喜用典故

诗之用典，今人葛成民先生认为，滥觞于诸子，普及于两汉，两晋之时，文士皆博览群书，志其故实，乳润文章，蔚然成风②。通读黎建三诗作，发现黎建三喜用典故。这有三个方面的原因。一是受传统诗风的影响，清代中叶诗坛最为盛行；二是以典入诗是时代的使然，黎建三生活在乾隆、嘉庆年间，是清朝大兴文字狱的时期，为避顾忌而用典，用典可使诗句精炼，表达那难以明言直说或者不愿直言的情思；三是引用典故，能扩大诗歌语言表达的内容容量，使诗歌语言产生典雅之美。黎建三用典丰富多彩，旁征博引，涉及儒家经典、历史故事、神话传说等众多领域。如《京邸送罗松崖同年南归》：

金台五月金欲流，金台客子多烦忧。异乡况又万里别，俯仰今昔心悠悠。与君一判十三载，故山咫尺隔丰采。闭门读破万卷书，愧我穷愁颜面改。今年挟策来帝都，蹇驴却路无欢娱。天涯酒人不易得，功名抛掷从枭卢。迂疏谬弋百里寄，无乃腐鼠骄鵷雏。行将九万看抟扶，息以六月真良图。君归故乡秋正早，丹枫黄

① (清)裘彬，江有灿．平南县志[M]．清光绪九年(1883 年)刻本．

② 葛成民．唐宋诗词典故大辞典[M]．广西：广西人民出版社，1994.

叶梧江道。风魂月魄玉琴张，鼠须蚕茧姜芽老。槛外阑干苜蓿香，阶前绿缛濂溪草。人夸郎署紫微花，我说门墙桃李好。我今去作风尘吏，班生投笔封侯地。绝塞山川亦主恩，束发读书学何事？短后黄皮压赫连，壮心不洒离群泪。春风尚到玉门关，相思南望飞鸿至。作此长歌送君别，粤峤莺花秦陇雪。蝇头便面数行书，临岐握手中肠结。愿君置向怀袖间，藏之三年字不灭。

此为诗人写给罗松崖同年的一首送别诗，语言流利而色彩丰富，情感激昂亢奋、豪迈奔放，笔调潇洒俊达。叙事、议论、抒情三者结合。诗中多处用典，如“无乃腐鼠骄鹓雏”，化用了《庄子·秋水》：“于是鸱得腐鼠，鹓雏过之，仰而视之曰：‘吓！’”一典，表达自己绝无忌妒贤能之心。“行将九万看抟扶，息以六月真良图”一句化用庄子《庄子·逍遥游》中“大鹏展翅高飞”，来预示着诗人及友人将为国建功立业与大展宏图的决心。“班生投笔”一典见《东观汉记·班超传》：“班超，字仲升。彪少子，固弟。父卒，家贫。恒为官佣写书以供养，久劳苦，尝辍业投笔叹曰：‘大丈夫无它志略，当效傅介子张骞立功异域以取封侯，安能久事笔研（砚）间乎！’”后班超成就功名，封为定远侯，晚年思归故里。后遂为典，指弃文从武、发愤立功。引此典表明诗人勉励自己要有不畏艰难险阻以实现人生愿望的信心。“短后黄皮压赫连”语出唐岑参《北庭西郊候封大夫受降回军献上》：“自逐定远侯，亦着短后衣。”此句谓衣之后幅较短，便于动作。“春风尚到玉门关”出自唐王之涣《凉州词》：“羌笛何须怨杨柳？春风不度玉门关。”此句反用，表明作者对前途充满乐观的情绪。“临岐”典自南朝宋鲍照《舞鹤赋》：“指会规翔，临岐矩步。”指分道惜别之意。“愿君”二句化用《古诗十九首·孟冬寒气至》中“置书怀袖中，三岁字不灭”来表达诗人珍惜友情之心。短短一首诗化用七个典故，这七个典故，辞约义丰，皆与诗人的经历遭遇存在相似性。诗人用这些典故入诗，在表达对友人的无限依恋的同时，也勉励自己珍惜大好时光，早日为国建功立业。

又如《丙午重阳》：

峰闹檐牙耳欲聋，一年秋事付梧桐。几枝瘦皱迎霜菊，满院萧骚落帽风。客路情踪怜鄠杜，幽栖生计注鱼虫。底须辛苦题糕字，且拟愁颜借酒红。纵遣如泥未解忧，关情身世两悠悠。齐谐漫志长房术，陶令翻悲宋玉秋。上帝岂能真雨粟，生民可使竟无鸠。惊心不敢登高望，万井萧条落日愁。

这首诗写了秋景及登高不果而愁饮之事，其中用了几个典故，如“落帽风”出自《晋书·孟嘉传》：“（孟嘉）后为征西桓温参军，温甚重之。九月九日，温燕龙山，僚左毕集。时佐史并着戎服。有风至，吹嘉帽坠落，嘉之不觉。温使左右勿言，欲观其举止。嘉良久如厕，温令取还之。命孙盛作文工嘲嘉，着嘉坐处。嘉还见,即答之。其文甚美,四座嗟叹”。后遂以为典,指重九登高,此指秋风。又如“鱼虫”犹言鱼鸟,出自《隋书·隐逸传序》:“狎玩鱼鸟,左右琴书”。此指以鱼虫为生,指隐居生活。“题糕字”即题饧,出自宋王谠《唐语林·文学》:“刘禹锡曰:‘为诗用僻字,须有来处。宋考公云:马上逢寒食,春来不见饧尝疑之。因读《毛诗》郑笺说吹箫处,注云:“即今卖饧者所吹。”六经唯此中有“饧”字。吾缘明日重阳,押一糕字,续寻思六经竟未见有“糕”字,不敢为之。’”后以“题饧”指生僻字。“齐谐漫志长房术”一典,《庄子·逍遥游》:“齐谐者,志怪也。”后成仙人,长生不老。“陶令”指晋陶潜,“宋玉”指战国时期的宋玉,楚鄢人,或说是屈原弟子,曾为楚顷襄王大夫。《九辩》是宋玉赋中一篇。其中开头有以悲秋为内容的一段。“陶令翻悲宋玉秋”指在登高时节,诗人看到眼前萧瑟之秋景及干旱之天气,触景生情,忧民之心油然而生。“雨粟”谓天降粟。出自《淮南子·本经》:“昔者,仓颉作书,而天雨粟,鬼夜哭。”汉高诱注:“仓颉始视鸟迹之文造书契,则诈伪萌生。诈伪萌生,则去本趋末,弃耕作之业而务锥刀之利,天知其饿,故为雨粟,鬼恐为书文所劾,故夜哭也。”这些典故,均能让诗人表情达意,使“情、景、事、理”的和谐统一,这些典故与该诗内容的配合有一种默契美和感染美。

有些典故,用得精切,用得不露痕迹,让人浑然不觉。如《短歌》中的“功名坐愧等身书,子孙绝少千头橘”。此句中用了“甘橘为奴”的典故。此典出自《三国志·吴志·孙休传》:“丹阳太守李衡。”裴注引《襄阳记》:“衡每欲治家,妻辄不听。后密遣客十人,于武陵龙阳汜洲上作宅,种甘橘千株。临死,敕儿曰:‘汝母恶吾治家,故穷如是。然吾州里有千头木奴,不责汝衣食。岁上一匹绢,亦可足用耳。’衡亡后二十余日,儿以白母。母曰:‘此当是种甘橘也’”。后用为典,多谓植果树可增加收入。此喻诗人一生廉洁清苦,没有给子孙后代留下巨额财产。又如《答杨厚村赠茶》一诗中的“水厄陋王蒙,七碗殊负腹”,后一句用了唐卢仝《玉川子集·走笔谢孟谏议新茶》的“一碗喉吻润。两碗破孤闷。三碗搜枯肠,唯有文字五千卷。四碗发轻汗,平生不平事,尽向毛孔散。五碗肌骨清。六碗通仙灵。七碗吃不得也,唯觉两腋习习清风生”中的“七碗”来形容嗜茶。《咸阳道中》的“陇麦青青堤柳绿,春风只肯到长安”,此句化用唐王之涣《凉州词》:“羌笛何须怨杨柳?春风不度玉门关。”东晋陶潜怀抱高尚,辞官归家隐居田园,在宅边手植五柳。在此基础上结合《周礼·秋官》“朝士,掌建邦外朝之法……面三槐,三公位焉,州长众庶在其后”以及宋王旦的父亲王祐手植三槐于庭,曰:“吾之后世,必有三公者,此其所以志也”(《宋史·王旦传》)。后以此典借指三公一类的高官之语。再根据自身的经历得出的感悟,黎建三认为还是不仕为好,于是在《岁暮河湟道中思乡杂咏七首(其七)》,发出了"寄语故园旧亲串,门前栽柳莫栽槐"的肺腑之言。这些典故,灵活变化,自然合拍,有较强的艺术表现力。像这样的例子尚有许多,这里不能一一列出。

诗人常用相同的典故。诗人在表达归隐之意时,曾用多次使用"买山"典故、"陶潜"典故、"漱石枕流心"典故、"莼鲈"典故。①

诗人平时用功辛勤,正如诗人说的:"赖有牙签伴索居,寒风窣窣夜窗虚。何因净把尘心洗,读破人间万卷书"(《冬夜读书》),以及"等身书"(《短歌》)和"闭门读破万卷书,愧我穷愁颜面改"(《京邸送罗松崖同年南归》),"穷空颇好书,掩卷复不省"(《独酌》)等等。如此一来,诗人"博学闻人"②,以致诗人在其诗歌创作中运典自如。喜用典故,使黎建三的不少诗歌语言凝练而蕴藉,风致而典丽。

第二节　构思新奇

诗人黎建三诗歌在谋篇布局、遣词造句以及艺术表现上也有独到之处。

诗人喜欢写雨,在他的《素轩诗集》里,写有关"雨"的意象,有许多直接以雨为题的诗,间接涉及雨的也有不少。如《于役定西,途次喜雨》:

幸泽非人力,神功荷太清。青岚一夜雨,秋色定西城。乍可苏禾黍,何时洗甲兵。微官频道路,身世远含情。

这是作者在秋天行役途中遇上的大雨,这本来给作者行路途中带来不便,可是诗人仍"喜雨",音调明快。首联诗人用"幸泽"、"神功"等赞赏的词语来写雨,"乍可苏禾黍,何时洗甲兵"此二句饱含着关心民生、盼望着人民日夜过上安宁祥和日子的深情,体现了一位父母官的高尚情怀。情与景的统一,将忧民之思融入眼前景象中,这不能不说构思巧妙。

自古以来,我国诗人都喜欢咏月,他们都有所寄托,大多咏月思乡思亲。可是在黎建三诗中,我们发现除此内容之外,还有对月生孤独和对月叹人生易逝之感。前者如《夜观渔人垂钓,戏作》一首:

小隐渔郎得,清宵月一竿。霜华青箬湿,水气石台寒。风定纶丝稳,波平鉴影安。浔阳若相遇,莫作卖鱼看。

① 详见第二章第三节感叹际遇,渴望隐逸。

② (清)裘彬,江有灿. 平南县志[M]. 清光绪九年(1883年)刻本.

诗人先写空中明月，再写水上景色，再发自己向往田园安静生活的情趣。“小隐渔郎得，清霄月一竿。”此二句，“渔郎”、“清宵”、“月一竿”，这些字眼，渔郎独对月，诗中渔郎即是诗人的化身。明月良宵，本是欣赏佳辰，可是诗人由于身处异乡，远离亲友而心感孤独，这是对月生孤独。在构思上，这不能说不巧。

又如《月夜》一首：

揽衣下庭际，皓月一轮高。良夜不易得，吾生何太劳。轻风筛竹影，清露净兰皋。珍重嫦娥意，多情鉴二毛。

诗中，诗人写“皓月”、“清露”、“兰皋”等良夜佳景，抒发了“良夜不易得，吾生何太劳”之感，最后笔锋一转，“珍重嫦娥意，多情鉴二毛”。这二句，诗人除了用人格化的方法外，还用了来自《文选·秋兴赋·序》中“二毛”来感慨身心渐老之典，这是诗人对月感叹人生易逝。这别出心裁的构思，不能不说为巧。

再如，黎建三也有写灯的诗，但他不像常人一样把灯仅当作给人类带来光明的东西，他却赋予灯的另外的意义，如对灯生孤独感。如《山斋夜雨》一首：

分龙传旧谚，山舍昼溟蒙。半夜抽秧雨，三更笑竹风。悲欢双鬓白，梦觉一灯红。羲驭无停轨，来朝又复东。

此诗先写山舍夜晚雨中之景，再写竹林来风，再叹悲欢离合与年华易逝，最后抒发孤独之思。“悲欢双鬓白，梦觉一灯红”二句，情景真实感人。

黎建三还通过写灯来抒发对家园温馨的向往。如《上元舟夜》一首：

扁舟忽忽又佳辰，灯火谁家最好春？独倚篷窗过夜半，马头山下月如银。

这是诗人在上元夜行舟途中独对灯花发的心绪。“扁舟忽忽又佳辰，灯火谁家最好春?”这两句，显然是诗人以灯写对向往家的温馨的真实流露。

再如《过洞庭湖即事七首(其七)》：

天光湖影共悠悠，廿载经过第一游。月下水云应更好，携琴重上岳阳楼。

此诗写了洞庭湖之美景。诗中“月下水云”本应为“水下月云”。诗人如此倒装来构思，赋予月的灵性，有动感、有美感。这些在构思上，着实为巧妙之招。这些新奇的构思使黎建三的部分诗作显得灵活、新鲜、生动、有趣。

诗人黎建三的诗歌，构思新奇，不落窠臼，用语清丽细腻，让读者顿觉妙然生趣。

第三节 善写荒寒空静之景

诗人黎建三生活在乾隆中后期和嘉庆前期,乾隆中期以后,表面上"盛世"的清朝逐渐走向衰落,各种矛盾日益激烈。乾隆四十六年(1781 年)、乾隆四十九年(1784 年),甘肃省爆发了两次撒拉族人民起义和回族人民起义①,这些说明了当时社会存在着众多的政治危机,社会阶级矛盾和民族矛盾突出。

乾嘉时期,文坛兴起"性灵说"。发起者是袁枚,主张"诗难其真也,有性情而后真,否则敷衍成文矣"。袁枚《随园诗话》卷一云:"杨诚斋曰'从来天分低拙之人,好谈格调,而不解风趣。何也?格调是空架子,有腔口易描;风趣专写性灵,非天才不办。'余深爱其言。须知有性情,便有格律;格律不在性情外。《三百篇》半是劳人思妇率意言情之事;谁为之格?谁为之律?而今之谈格调者,能出其范围否?"②乾隆年间,袁枚迁谪到桂林,创作大量诗词,实为粤西诗人第一。黎建三与这一时期的许多诗人一样,他们跟随袁枚的后尘,在创作上大都独抒性灵,因而在创作诗歌时,黎建三常常根据孤独漂泊的切身体验来反映"盛世"下的哀音。这种遭遇在黎建三诗中常常表现为诗人置身于荒寒空静的环境中,诗人与月为友、与孤舟为伴、与孤马、孤驿为侣等等。深深的孤凄之感,对生命孤独漂泊的感伤,必然导致诗人对消除和舒解方式的寻求。越是焦虑和紧张的时候,越是需要舒缓的力量。黎建三孤独漂泊的遭遇是时代与社会的使然,然而这给诗人生理和心理上带来的苦痛是难以言状的,这种使诗人不能承受之重自然要以一定的形式宣泄出来。黎建三的表现不是直接的倾吐,而是通过写特定的有一定相关联的事物来显现并渲染。主要有以下几种形式:

首先,以空间上事物大小对比来表现。如《再至环县途次偶成》:

深冬驱马复经过,饮水看山唤奈何。亦有平原都瘠土,更无行旅只私鹾。木波城圮遗民少,灵武台荒夕照多。环庆由来形胜地,即今边徼入包罗。

诗人先写深冬饮马看山,次写平原空旷无人,再写民少台荒,最后叹胜地的变迁。这些景象毫无生机,偌大的空间仅诗人一人一马而已,这让读者感受到诗人的孤独与无奈的心情。又如"推篷对空阔,沙净月华新"是《泊旧口》诗中二句,孤

① 戴逸. 简明清史(第二册)[M]. 北京:人民出版社,2006.

② (清)袁枚、王英志校点. 校点随园诗话[M]. 南京:凤凰出版社,2000.

篷对月之外尽是空阔，这是诗人行舟夜泊旧口时遭遇的孤独感受。

其次，以恶劣的气候环境条件下单个事物的出现来表现。如《闻雁二首（其一）》，此诗中的雁即为诗人自身形象的化身，雁的“万里衔芦”喻为诗人从南方的广西来到遥远的北国甘肃为宦之情形。“风雪漫天独自飞”字面上的漫天风雪表示天寒地冻之冷，深层的意义为喻诗人仕途上的艰辛苦楚。在这环境中，“独自飞”更显孤独凄凉。在此景衬托下，诗人的爱国爱民的光辉形象表现得完美无缺。

还有以几种单个事物主体的并列出现来渲染。如《暮渡泾河，遇雨，夜半至太昌驿》一首，这是写雨夜投宿之作。“到处居人静掩闺”一句显示出雨夜的寂静与空旷。“荒署羁栖孤驿梦”一句用“荒署”、“孤驿”来表现出的不仅有荒凉之意，而且有孤寂之感。这些夜景道尽了雨夜诗人的心态。

再次，以冷暖映衬来表现。如《六出花二首（其一）》：

天花缕刻未须疑，一六生成肖偶奇。记得青袍驴背路，忍寒亲数玉参差。

“六出”指的是雪花，因其结晶成六角形而称为六出。诗人在雪花飘飞之日骑驴行役，可谓艰辛，可是诗人以冷写暖，“记得青袍驴背路，忍寒亲数玉参差”言语中不显出冷意，但是就在这些以乐景写哀情的诗句里，显露着诗人无尽的孤寂感。又如《途中遇雪》中的“光摇银海动，冻合墨天低。尽日无人迹，微吟信马蹄”四句也是如此，在白色与墨色的对比中，以冷写暖，更显寒气逼人，然而就在这样的天气里，诗人一人一马，尽管诗人微吟信马，可还是让读者感到诗人的孤苦伶仃。这是诗人善用环境来衬托。再如《洞庭阻雪与董植堂分韵》一首，首联“落灯风信雪漫天，学得袁安一日眠”，映入读者眼帘的白雪皑皑的景象。诗人通过用“东汉袁安卧雪”一典来形容大雪的天气，但就在这样的严寒之日，本该和家人或朋友围炉共话，可是诗人却一人在床僵卧，这正是诗人内心孤独的真实写照。

最后，以声写静来表现。如“空阔鱼龙静，高寒鼓角愁”（《岳阳楼》），“静闻山鹤警，依约过三更”（《秋夕》），“山抱孤城静，滩鸣古渡寒”（《漓江舟中》）等这些诗句，为以声写静之句，表面上诗人情寄山水，诗人看到景物起情思，但却无不寄托着诗人孤独的愁绪。这是诗人融情于景、情景交融，“一切景语皆情语”①，加强了诗人主体意识的表露。诗人正是这样通过浓重的情调色彩与富于象征性的语言来表现他“哀愤与孤激之思”。因而音调低沉，情感抑郁，然而却有情景感染之美。

诗人多写荒寒空静之景，既与诗人的仕宦经历有关，也是诗人心境的真实

---

① （清）王国维著，徐调孚校注．校注人间词话（卷下）[M]．北京：中华书局，2008.

写照。

这类荒寒空静之景或表达自身的孤独寂寞，或表达对远方亲人的思念，或表达对自身际遇的感慨，值得读者细细品味。

第四节　语言刚健俊逸而流丽清新

有关黎建三诗歌的语言，清人梁上国在《素轩诗集·序》说："俊逸、浑厚、流丽、清新"。解读其全部诗作，发现其中的佳句、秀句不少。

刚健俊逸者，如《通济桥下听涛》：

积铁累累箭溜通，长桥百尺跨当中。殷雷昼挟千峰雨，夹岸晴喧万木风。归路招邀人语小，惊心行步马蹄工。枕流漱石清谈好，尽日矶头伴钓翁。

此诗用了"积铁累累"、"箭溜通"、"长桥百尺"、"殷雷"、"千峰雨"、"喧"、"万木风"、"人语小"、"惊心行步"，这些"刚健俊逸"词语，使此诗全诗境界雄奇浑厚，气势豪迈壮阔，笔力刚劲。生动而形象地描绘了江面宽阔、波涛怒吼的情景。这些语言音调昂扬让人振奋，显示了刚健俊逸之美。又如"沙碛月笼明，狂飙绝塞生。涛头翻大壑，帐角拨孤撑"四句，这是《野宿瓦剌峡，大风竟夕》中的首联与颔联，句中用了"狂飙"、"绝塞"、"涛头翻大壑"、"帐角拨孤撑"。每一个词语都显露了刚劲之风与豪放飘逸之俊，景象优美。其他诗歌也有类似的诗句，如"三年兵火怜生聚，万里江山愧壮游"（《襄阳舟中》），"奔波渐驶秦关远，高挂云帆指岳州"（《襄阳舟中》），"棹声远入青苍里，百丈银涛天上来"（《忆漓江山水偶成四首》），"勉哉千里行，九万自兹始"（《送梁培之桂林秋试》），"三年悲远客，万里哭严亲"（《怀元亭》）等等，这些诗句诗人运用了一些富于概括性的形容词与夸张性的数字来表现，显现了刚健俊逸之美。

有些诗句表现出流丽清新之美，通读黎建三诗作，发现此种美感是通过如下两种方式来表现：

首先，通过倒装来表现。如"树喧归鸟乐，铃语好风来"（《夏杪，甘泉塔寺夜坐》）这两句，诗人用以声写静、以动写静的写作手法，表现了夏夜的静寂。句式上用了倒装，常规语序为"归鸟乐喧树，好风铃语来"。经过诗人倒装运用，便使诗句更显平熟而圆滑，因而有流丽清新之美感。又如"林深久徘徊，佳树屡徒倚"（《浯溪》），这两句表达作者眷恋山林生活之情思。句式上也是用了倒装，常规语序为"久林深徘徊，屡徒倚佳树"。如此运用，避免了字面上的通俗无味和韵律上的生硬坚涩,因而显示了流丽清新之美。再如"夕照明沙井,秋光瘦柳条"(《重阳前一日,发金城途次作》),这是诗人写秋日夕照之景。作者用词准确恰当,形象生动。句式上也是用了倒装,常规语序为"夕照沙井明,秋光柳条瘦"。而按此语序,便无诗味了,也不合韵律的要求。再且,倒装后的"明"与"瘦"两字,成为此二句的点睛之字,使人耳目为之一新。"空庭嘶瘦马,坏堞集昏鸦"(《晚次河桥驿》),此二句也是如此。这与唐王维《山居秋暝》中的"竹喧归浣女,莲动下渔舟"一样有新奇之美。

其次,通过化用典故来表现。黎建三在遣词造句中也善于翻旧出新。如在《壮岁》一首中:"人间无可诉,处心积虑吁上苍,愿鉴寸草诚,五六不遇角与张。"此句中用了宋马永卿《懒真子·五角六张》中的"五角六张"之典来比喻遇事不顺遂。虽是同是典故,目的相同,但由于字序不同,其功效不一样了。如此运用,除了显示用典技术高招之外,还能促进音律的和谐圆润与用字新奇,因而产生了流丽清新之美。

诗人运用诸多小技巧,使得语言刚健俊逸而流丽清新,形成自己独特的语言风格。

第五节　诗学杜甫,遵杜化杜

杜甫是唐代伟大的现实主义诗人,留有1500多首诗歌。这些诗歌像一面镜子,广泛深刻地反映了"安史之乱"前后,唐代社会由盛而衰的真实历史面貌。他的诗歌自唐以来,被称为"诗史",诗人本人也被看作一代诗宗,被尊为"诗圣"。杜甫现实主义推向了一个新的更高更成熟的阶段,对后世影响深远。

从先秦时期开始,广西地区已经开始接受汉文化的影响,杜甫自然是广西文人墨客的学习重点,而广西文人自然"普遍受到杜甫思想及作诗技法影响,深言忧患意识"。① 广西在清代涌现出郑献甫、张鹏展、刘定逌、韦丰华等诸多诗人,学习杜甫和杜诗。广西文人群体不仅接受杜甫的写实手法,还潜移默化将社会民生作为关注点,力求用诗歌记录时代的脉搏。诗人黎建三在社会大思潮下,诗学杜甫是符合时代文学潮流的。

---

① 马学良、梁庭望、张公谨. 中国少数民族文学史(下)[M]. 北京:中央民族学院出版社,1992.

除此之外，诗人黎建三诗学杜甫的原因，个人原因主要基于以下两点。

一是黎建三与杜甫所处的时代背景相似。杜甫经历唐朝由盛转衰，从安史之乱至入蜀之前，杜甫经历了大时代的动乱，目睹了百姓的流离失所和苦难生活、国家的连天炮火和山河破碎，写下大量的实录式写实名篇。杜甫的诗描写当时历史实况，反映唐代由盛转衰的现况，现实主义色彩是时代的必然。而黎建三同样经历清朝由盛转衰，从分发甘肃到丁尤归乡之前，黎建三亲身体验政治腐败、贪污成风下的百姓民不聊生的生活。在辗转甘肃各地的二十多年时间里，写下富有时代性的写实诗歌。黎建三在高度类似杜甫所处的时代大背景下，诗学杜甫是时代的肯定。

二是黎建三与杜甫个人的生平履历相似。杜甫出生在“奉儒守官”的文学家庭中。7 岁学诗，15 岁扬名，一生却郁郁不得志，只做过一些“左拾遗”等小官，虽然被后世称为“诗圣”，可在唐朝当时并没有得到人们的重视。同时，也正是只做过一些“左拾遗”等小官，杜甫可以深入下层百姓生活，仔细观察人生社会的实况，从自己的生活经验去体会人民的苦乐，进而创作出诸多的不朽之作。而黎建三也出生在文学家庭，18 岁中举，后屡次会试不第，31 岁分发甘肃，一待就是二十多年，只做过“知县”、“知州”等小官。不过，正是往来甘肃各地间，亲身看到因天灾下，官吏不管不问、反而愈加剥削百姓的现象，而创作出不少反映黎民疾苦的诗作。相似的际遇，让黎建三对杜甫有种“同是天涯沦落人，相逢何必曾相识”的惺惺相惜之情。诗学杜甫，也就水到渠成。

诗人对杜甫的赞赏与爱慕，在《十六夜》一诗中，展现得淋漓尽致。

襟上犹余宿酒香，平分秋色去堂堂。眼前世事争圆缺，昨夜清辉试较量。人比落灯心未懒，诗吟老杜气犹张。莫辞一例殷勤看，待得如钩菊又黄。

在一个秋季，诗人闻着衣服上残留的酒香，看着淡淡的月光，吟诵着杜甫的诗篇，不觉精神抖擞。“人比落灯心未懒，诗吟老杜气犹张”。不正是诗人对杜甫的爱慕、对杜诗的喜欢？杜甫曾写过《十六夜玩月》，诗人黎建三这篇《十六夜》是仿杜甫而作。

诗人也有对杜甫的追念与怀思，如《乙丑春日仙堤寓邸作三首（其二）》：

回首功名总惘然，书生命薄不由天。身宫磨蝎遭逢旧，哭煞黄杨厄闰年。

此诗，诗人感慨杜甫一生不得功名，福薄命短，如今自己也和杜甫一样的遭遇，不自觉忧从中来。诗人追念杜甫，哀杜甫亦为哀自己。

诗人出于对杜甫的认同与喜爱，自觉学习杜诗，取材于政治兴亡、社会动乱、战事徭役、饥饿贫穷和贫富悬殊等，用写实的笔触白描社会现实。诗歌当中充斥着儒家思想——悲天悯人、忧国忧民，洋溢着仁民爱物的情怀和浓烈爱国主义色彩。以《变歌行》为例：

生女载寝地，生男载寝床。由来生男好，此理何彰彰。吾闻木兰女，代父从军赴边鄙。又闻缇萦好儿女，上书讼冤动天子。亦有孝女不字贞，洁身奉养要没齿。世风浇薄真性漓，戴高履厚忘尊卑。所天化作罔极怨，亲暱便可顶踵糜。羽毛丰隆城府立。隐如大敌不可窥，惟水有源木有枝，惟禽罔觉兽罔知。彼愚蠢，蠢不足责，诵言法古将胡为？古今孝子不常有，未必人父多不慈。吁嗟乎！不见世问诸女儿，衣食尚及严老亲，男儿眼前如路人。吁嗟乎！浮生百年若行旅，得力不在虎与鼠，何必生男胜生女。

诗人在诗歌起始写了人们对于生男生女的不同态度。接着诗人发出质疑，怀疑古已有的观念——生男好，列举花木兰代父从军、缇萦以身赎父刑的例子。再联系世风日下、孝子不常有的社会现实，得出“得力不在虎与鼠，何必生男胜生女”的结论。“诵言法古将胡为?”将此诗推向最高潮，诗人大胆批判迂腐的思想和鄙薄的观念，在“男尊女卑”的时代，发出深刻的质疑。“生女犹得嫁比邻，生男苦累终其身”。此句化用唐杜甫《兵车行》的“信知生男恶，反是生女好，生女犹得嫁比邻，生男埋没随百草”。诗人化用杜诗，意为战争年代，男子服役往往不得生还，暗示黎民徭役之苦。再如《田妇》：

雾鬓烟鬟特地愁，每逢人过便低头。谁家一样修蛾女，日照红窗未下楼。

诗中首联和颔联写出农妇只能在地里干活，颈联和颔联写出地主闺秀可以一天不下楼。在农妇和地主闺秀的对比中，诗人黎建三寄于对农民的同情，对地主的嘲讽。诗人通过诗歌反映着社会现实，诗人的诗歌深深烙印上了杜甫的影子。

“壮族文人一方面广采博纳杜诗，一方面又对杜诗加以发展，以本民族的文化特质与地域精神对其整合创新；也就是说壮族文人对杜诗并不是简单的复制与模仿，而是富有创新性的进一步发展，这个发展对整个中华民族来说，无疑是一种融合性的推动”①。诗人学习杜诗，并不是墨守成规，而是融会贯通，化用杜诗的诗句或意象。

诗人直接化用杜诗的意象，如《忆漓江山水偶成四首（其二）》：“石径寒丛猿啸哀，淡烟晴日画图开。”“猿啸哀”就是出自杜甫《登高》一诗，“风急天高猿啸哀，渚清沙白鸟飞回”。再如《泾州严家山》：“严家父子真鬼蜮，举朝侧目手可炙。”

① 王红．整合与创新：清代广西壮人接受杜诗的变异学研究［J］．中央民族大学学报，2006（5）．

“可炙”典故出自杜甫《丽人行》,“后来鞍马何逡巡,当轩下马人锦茵。杨花雪落覆白苹,青鸟飞去衔红巾。炙手可热势绝伦,慎莫近前丞相嗔”。后以“炙手可热”形容权贵势焰很盛。此诗用典说明当时严嵩父子权势的炙热。又如杜甫的《杜工部草堂诗笺·与鄠县源大少府宴渼陂得寒字》:“饭抄云子白,瓜嚼精水寒。”云子传说为神仙服食之物,后世则以饭为云子白。诗人黎建三两次化用此典故,“贫喜荐新云子白,醉怜出渍荔支粗”(《庚戌重五》),“忽忆故园梅雨后,饭抄云子荐新忙”(《泾平道中二首(其二)》)。

诗人直接化用杜诗的诗句,如《壬寅除夕》:“囊中留得一钱看,穷途怕见宜春字。”此句化用杜甫《空囊》诗,“翠柏工苦犹食,明霞朝可餐。世人共卤莽,吾道属艰难。不爨井晨冻,无衣床夜寒。囊中恐羞涩,留得一钱看”。暗喻自身生活贫困,身边无钱。再如《咏怀五首(其一)》:“尚思破万卷,云梦八九吞。”“破万卷”化用杜甫《奉赠韦左丞丈二十二韵》:“读书破万卷,下笔如有神。”后世用“读书破万卷”形容读书很多,学识渊博。

诗人对杜甫的崇拜,对杜诗的推崇,还表现在杜诗中出现的意象,诗人的诗作也会有所体现。如杜甫《白丝行》:“缫丝须长不须白,越罗金粟尺。”“蜀锦”也出现在诗人《上元前五日兰城作》一诗中,“吴绫蜀锦贱如草,银花火树干云霄”。

再如杜甫“妾身未分明,何以拜姑嫜”(《杜工部草堂诗笺·新婚别》)与诗人“便欲相存问,堂上有姑嫜”(《翻远别离曲七首(其二)》),皆有“姑嫜”。又如《初夏,过卢妹丈山庄感赋二首(其二)》:“生前逼仄缘儿女,此日提携仗弟昆。”

“弟昆”一词,也曾出现在杜甫《彭衙行》,“誓将与夫子,永结为弟昆”。再如《夏日》:“颠狂伏雨愁颓壁,料峭尖寒似暮春。”杜甫《秋雨叹(之二)》:“阑风伏雨秋纷纷,四海八荒同一云。”两诗都有“伏雨”。如“女墙”都出现在诗人的“新秋风雨伴人忙,客馆萧条对女墙”(《隆德县阻雨》),杜甫的“城峻随天壁,楼高望女墙”(《杜工部草堂诗笺·上白帝城》)。“生理”出现在诗人的“出入顺作息,即此遂生理”(《武胜道中》)和杜甫的“艰难昧生理,漂泊到如今”(《春日江村(之一)》)。诗人的《乙丑春日仙堤寓邸作三首(其三)》“两地春晖泪眼枯,芒鞋作计尚艰虞”与杜甫的《北征》“维时遭艰虞,朝野少暇日”,都有“艰虞”一词。《咏怀五首(其三)》:“名场骋崩波,强弱各自媚。”杜甫《别唐十五诫因寄礼部贾侍郎》:“飘飘适东周,来往若崩波。”两诗皆有“崩波”一词。诗人的“羞比白凫空五尺,终看老翮上青冥”(《老鹤》)与杜甫的“君不见黄鹄高于五尺童,化为白凫似老翁。”(《白凫行》),皆有“白凫”。诗人的“客贫就僻近东城,夜夜鸡声代漏声”(《闻鸡》)与杜甫的“五夜漏声催晓箭,九重春色醉仙桃”(《奉和贾至舍人早朝大明宫》)皆有“漏声”。甚至是杜甫写过的诗歌,诗人都要仿写。除上文提到的诗人《十六夜》仿杜甫《十六夜玩月》,诗人的《咏怀》亦仿甫的《自京赴奉先咏怀五百字》,诗人的《山居中秋四首》仿杜甫的《山居秋暝》。

“由于杜诗在广西壮族地区的跨民族、超时空传播,杜诗和杜诗精神逐渐深入到壮人的灵魂,甚至部分内化为本族的民族精神理念,因此,当壮族文人进行文学创作和文论思考时,他们就会发挥自身的主观能动性,自觉不自觉把杜甫文学思想和创作经验运用到自身的文论建设和文学创作中”①。黎建三诗学杜甫,主要是对杜甫精神的继承,即对国家民族的深切关注,正是思想上的共通性,这种行为具有自觉性。不过,诗人虽然诗学杜甫,遵杜化杜,写有不少揭露社会现实的力作,但与杜甫这位伟大的现实主义诗人相比,数量还是不多。

---

① 王红.整合与创新:清代广西壮人接受杜诗的变异学研究[J].中央民族大学学报,2006(5).

第五章

黎建三诗歌的地位、影响及艺术得失

黎建三出身书香门第,少便有才,“年十八举于乡”;同时他又是一位勤奋之人,他博览群书,即使在他出任知县以后,他时时还想“尚思破万卷”(《咏怀五首(其一)》),这为他作诗时提供了丰富的知识养分。因此他博学的精神是值得后人学习的。另外,黎建三是一位苦吟诗人,在当时艰苦环境条件下,他仍能不辍于诗,“枯吟未负偏舟兴,昨夜沽来酒在筒”(《昭江即目》)。此种精神难能可贵。

对于黎建三之诗作,清翰林院庶吉士梁上国给予极高的评价,在《素轩诗集·序》中说:“谦亭以孝廉作循吏,往来数十年不辍于诗。今读其诗而知其性情之和平忠厚,且以知其政之恺悌慈祥;读其诗而知其学问之明通淹贯,且以知其政之敏链廉能。至于古体,磅礴豪迈;五言短章,骎骎乎登古乐府之堂,而律之俊逸、浑厚、流丽、清新,固人人所共爱。而余独爱其以见道之言,发泄于草木虫鱼,以抒情抱负。所谓真学问真性情者也。如此之人,可爱;如此之诗,可传。”梁上国认为黎建三在诗歌中体现了他的性格,所谓“知诗识人”也。他工于古体诗和律诗,经常在诗中流露“真性情”,将情寄托在景中。

由上述第二章、第三章、第四章可知,黎建三的《竹斋诗集》富有思想性和艺术性。他的诗歌题材广泛,既有忧国伤时、关注民生的忧国伤时诗,又有游宦生活、思亲怀友的怀人思乡诗,又有感叹际遇、渴望隐逸的人生际遇诗和闲适归隐诗,也有沿途风光、即景抒情的即景抒情诗,还有咏史怀古、寄予沉思的咏史怀古诗等等。忧国伤时诗,虽然数量不多,但社会现实主义色彩浓厚。如《四禽言》,通过啄木鸟、压油鸟、姑恶鸟、布谷鸟的描写,生动刻画剥削者压榨百姓的丑恶行径,寄托对百姓的同情。此外,黎建三使用“月亮”、“雨”、“萍”、“蓬”、“柳絮”、“孤雁”、“独鹤”等意象,与其漂泊天涯的人生境遇和怀人思乡的情感世界密不可分。而且,黎建三诗歌体现出来的喜用典故、构思新奇、善写荒寒空静之景、语言刚健俊逸而流丽清新、诗学杜甫学杜化杜的特点,正是其诗歌独特之处,与其自幼所受的儒家文化以及漂泊为宦的人生经历息息相关。

同时,我们也可从诗歌创作上看出黎建三的学习态度。黎建三也是一位善于向人学习的诗人,他学习古人,但他并不拘泥于古人作诗的方法。黎建三有一首名为《仿昌谷体》之诗。李贺,字长吉,福昌(今河南省宜阳县)人,家居昌谷(在今宜阳境内)。李贺善于熔铸词采,驰骋想象,运用神话传说,创造出奇诡、璀璨多彩的鲜明形象,诗中常有感伤、低沉的情调。后人把他诗称为"昌谷体"。李贺的境遇与黎建三相似。黎建三诗也有此种特色,不同的是,黎诗在语言上较通俗易懂且有幽默诙谐之特征。可见黎建三学习古人却能超越古人。黎建三作为清乾隆、嘉庆年间之人,居于当时环境条件,在诗歌创作上或多或少都受到袁枚"性灵"的影响,从他众多的抒发抱负的诗来看,他独抒性灵的成分卓然显著,但他却能跳出"性灵"派的樊篱,在抒写个人的言胸中之"所欲言"的同时,他运用了一些书卷味如运用典故的作法,另外在他不少的诗篇里引用了许多的神话传说。所以说黎建三形成了自家创作诗歌的特色。黎建三善于向人学习,在学习中却没有迷失自我,这点也是他的可贵之处。

黎建三诗中有些写民俗民风内容的诗句,如"黄钱绿蜡朝来贵,都出城南接喜神"(《仪州新正杂咏五首(其三)》)等等,这些来源于现实生活的材料更能增添了诗歌的通俗性与真实性。另外黎建三善于向群众学习语言。其诗中有一些民族语言的内容,如"娵隅"是古时西南少数民族人对鱼的称谓。这些对于研究民俗或少数民族语言来说都是极为珍贵的材料,同时足以证明黎建三是肯于学习和善于运用民间语言的。

黎建三虽在当时名不显于世,但是作为广西壮族诗人,游宦甘肃多年,他的诗歌代表一方地域文化。"乾隆、嘉庆时期(1737—1820)是广西诗派的初步形成期。随着广西文化水平的普遍提高,中科举的人数大量增加,广西诗人的数量也急剧增加。于是就涌现出了刘定逌、胡德琳、龙献图、刘映棻、冯敏昌、杨廷理、朱依鲁、黎建三、邓建英、朱依真、李秉礼等比较著名的诗人"①。黎建三是乾嘉时期涌现出来的比较著名的壮族诗人。

诚然,黎建三诗作中也有些缺陷。首先,黎建三善于通过刻画一些文学意象来表达他的哀愤与孤激之思。从整体上看,这些意象有两种类型,一是象征性的意象,如诗人通过写"月"、"雨"、"萍"、"蓬"等来抒情,这类意象的出现,在表达同一种情思的时候,重复出现的意象未免让人觉得单一而无味。二是描述性的意象,如"孤灯"、"孤舟"等,他们的反复出现也让人觉得诗歌意境过于狭窄。其次,

① 王德明. 论清代诗派的形成、特征及其意义[J]. 南方文坛,2010(5).

黎建三诗歌题材广泛，内容丰富，虽诗学杜甫，但表现社会现实的作品还是数量不多；再者，诗歌中多用典故，有的用了僻典，造成了故意显露才学的现象；最后，由于受到时代和社会环境的限制，黎建三诗集中有极少数的作品存留有迷信、宿命论的思想，如《习苦》"身世固所遇，吾生将何修"以及《身世》"身世有定命，吾生宁自由"等等，这些诗句里表现出唯心主义的思想。但这些成分在黎建三诗集里是微不足道的，它们并不影响《素轩诗集》总体上的思想内容与艺术价值。

黎建三是乾嘉时期壮族诗人的代表，他的《素轩诗集》尽管存在缺憾和不足之处，但仍具有较高的文献价值、史料价值。仁者见仁，智者见智。黎建三作为清朝乾嘉时期广西地区的壮族文人，在乾嘉时期广西文坛的具有不可替代的文学地位，他的诗歌展现乾嘉时期的文学发展风向和社会政治文化面貌，系统、全面研读黎建三的《素轩诗集》势在必行。

第六章

黎建三词的内容及其艺术特色

广西虽然地处偏僻,但是深受汉文化的影响,尤其是贬谪到广西的文人骚客,对其文学影响至深。广西词坛的发展由来已久,到粤西诗派的产生蔚为壮观。“王维新所谓‘秦淮海左迁横浦,为粤开词家之祖’委实道出北宋元符间秦观等迁谪粤西、开粤西文坛风会的事实。实际上宋代词人到粤西的远不止秦观一人,宋人留下咏粤西的词作也有一定数量。如黄庭坚谪宜州,张孝祥、范成大帅桂林,都有词作传世;又如黄应武、李曾伯、刘褒、向滈、朱晞颜、邹应龙等亦留下在粤西的词作”①。粤西词派萌芽于宋代,秦观首开文坛之风。后陆续贬谪到广西的文人留下大量的作品,为广西文坛的发展奠定基础。康熙年间编写的《历代诗余》《钦定词谱》这两部词书,推动了清朝中叶词学的发展。至道光、咸丰年间,王鹏运和况周颐登上词坛,逐渐成为词坛领袖,粤西词派开始形成。“道光(1821—1850)、咸丰(1851—1860)以后粤西词坛勃然大兴。王鹏运、况周颐独辟蹊径,另立门户。一时全国词坛,纷纷响应,形成了清季词坛名重一时的粤西词派”②。光绪四十六年(1860年),龙继栋成立“觅句堂”,“觅句堂”成为仕宦于京师的粤西人士以文会友之地,粤西词派开始拥有固定的场所,粤西词派逐渐发展壮大。清末,北京“宣南词社”成立,粤西词派的规模进一步壮大。光绪中叶(1884—1890),王鹏运成为词坛泰斗。王鹏运卒后,况周颐继其衣钵。粤西词派不断壮大,正如况周颐所说:“吾粤西词人诚寥寥如晨星,然皆独抒性灵,自成格调,绝无挨门傍户、画眉搔首之态。可传以此,不传亦以此。”粤西词派成为清代广西的代表性流派。

黎建三属于粤西词派一员。“如果从历史的因承而论,容县李守仁与‘峤南三子’(或称‘都峤三子’)王维新、覃武保、封豫与平南黎建三、彭昱尧、桂平崔瑛、崔肇琳父子等,词学渊源远承秦观的影响;近受王阳明学术的沾溉,实际上形成一个

① 沈家庄,粤西词人群体研究导论,中国韵文学刊,2007,21(2).

② 曾德珪. 前言[A]. 粤西词载[M]. 桂林:漓江出版社,1993.

以容县、北流、平南、桂平等浔江流域城镇为中心的粤西南文化圈中的词人群体——桂东南词人群便是在这样的一个文化氛围中形成并发展的”①。黎建三虽然在外漂泊做官二十多年，但作为粤西词人，词的创作自然受到粤西诗派的影响，情感真实细腻，语言精练易懂，在清代词上占有一定地位。

在粤西词派中，王鹏运和况周颐是核心人物，他们对粤西诗派的形成、发展壮大起到不可替代的作用。王鹏运(1849—1904)，字佑遐，一字幼霞，中年自号半塘老人，又号鹜翁，晚年号半塘僧鹜，广西临桂(今桂林)人。工词，与况周颐、朱孝臧、郑文焯合称“清末四大家”，王鹏运居首。著有《半塘定稿》。况周颐(1859—1926)，原名况周仪，因避宣统帝溥仪讳，改名况周颐。字夔笙，一字揆孙，别号玉梅词人、玉梅词隐，晚号蕙风词隐，人称况古，况古人，室名兰云梦楼、西庐等。广西临桂(今桂林)人。一生致力于词，尤精于词论。著有《蕙风词》《蕙风词话》等，辑有《粤西词见》两卷等。王鹏运和况周颐对黎建三的词大加赞赏，《粤西词见》记载：“素轩词《满庭芳·杨花》一阕半塘老人极赏之。余喜《木兰花·春晚》云：‘倚阑脉脉几多愁，一把柳丝犹有数。’语不甚深，却似未经人道。又《浣溪沙》云：‘幽兰和露太多情。’《虞美人》云：‘欲将春恨寄平芜。亭外雨丝风片两模糊。’《东风第一支》云：‘薰风无赖，做不热、不寒晴昼。’亦外孙齑臼也。’”作为粤西诗派的领袖，王鹏运和况周颐对黎建三评价如此之高，可见黎建三的词有自身独特的词学价值，我们主要从词的内容和词的艺术特色两个方面来看。

第一节　黎建三词的内容

黄照熹在《觅句堂与广西词派》一文中，说道：“清代的广西词人，真是五色缤纷，竞放异彩。有以黎建三、潘鰤，黄体正、彭昱尧为代表的梧州词派，有以于式枚为代表的平乐词派。但最杰出的是以谢良琦、朱依真、龙启瑞、苏汝谦、倪鸿、龙继栋、韦业祥、王鹏运、况周颐、刘福姚等为代表的桂林词派。”②黄照熹在论述觅句堂在广西词派发展中所起到的作用时，也意识到黎建三所处的年代已经开始形成广西词派，黎建三属于其中的一员。不过对黎建三的词，尚无专门的研究。

黎建三现有词38首留传后世，从内容表现上看，他的词主要有以下两种类

① 沈家庄，粤西词人群体研究导论，中国韵文学刊，2007，21(2).

② 艺林丛录(第七编)[M]. 北京：商务印书馆，1961.

型:第一种是发思乡怀人之感。如《满江红·仪州署作》:

乍可秋来,怪直恁萧条庭院。伤怀处,秦关粤峤,伯劳飞燕。久客易惊颜面改,多愁更觉飘蓬贱。便等闲瘦尽沈郎腰。谁人见!尽乐事,消除遍;甚美景,如何遣?算连环只有乡心一片。梦里漫寻欢顷刻,眼前都是人亲眷。听城头落日响哀笳,无肠转。

此词前部分写萧条秋景、两地离愁、感叹漂泊与相思之苦,后部分写梦中与亲眷寻欢,再用“落日”、“哀笳”来渲染情景,让读者感受词人饱经思乡思亲之苦。词中的“谁人见”、“如何遣”、“无肠转”等等句子,均为词人抒发对远离家乡亲人这一现实的牢骚之言,整首词里充塞着词人的幽怨情怀,透露出词人的孤寂心绪与受孤独煎熬的遭遇。再如《浣溪沙·旅思》:

漠索轻尘日欲斜,连宵幽梦少还家,量愁数闷是生涯。来处金城方积雪,归时灞柳又飞花,谁知迁就度年华。

此词前半阕首先刻画一幅太阳西下、沙尘分飞的塞外黄昏的画面,营造了萧瑟凄凉的氛围。接着直抒情感:因为回家次数太少,一连几天梦归故里。词人身在塞外,唯一可做的就是细数自己的愁绪。行旅过程中,词人思念家乡、亲人,乃至魂牵梦萦,可见割不断的思念之情,不会因为距离远而情变淡,反而愈加浓烈。这类作品,还有如《念奴娇·有所思》《沁园春·代徐敬春作》《忆汉月·有忆》等等。思乡怀人词占了绝大多数。

第二种是感叹时光易逝。如《玉楼春·抄夜郎搜绎书后》:

深秋尽日迷离雨,一部新词香一炷。半生心迹断肠多,到眼只寻肠断句。青春有脚留难住,白发欺人辞不去。繁华天与奈何天,觅遍生涯无着处。

此词为词人触景起情之作。前部分写秋夜落雨、填词心伤,词人寓情于景,以衰飒之境衬托出词人的愁苦。这样凄凉的情境,何尝不是词人苦楚的心境的写照。后部分慨叹年华流逝。“青春有脚留难住,白发欺人辞不去”,直抒胸臆,青春难留,人已沧桑。在时光流逝和功名未建的对比下,词人抒发老而一事无成的万千感慨:自己身体像飞蓬一样居无定所,心灵难以得到安歇。再如《苏幕遮·客思》:

齿加长,腰尽折。二十年来,滋味年年别。八百心钟敲不歇,数甚欢娱,博得头如雪。旧情牵,新恨结。明镜天涯,独自看圆缺。已拚穷愁生计拙,月地云窗,受个真疼热。

“齿加长”、“腰尽折”,不知不觉,年华已逝,词人漂泊游宦二十多年,深深品尝到离别滋味,换来的却是白发苍苍。在一年年的飞蓬般的羁旅生涯中,思乡之情伴随时间推移愈加浓厚。但又是无可奈何,词人一个人孤独地看着月亮的圆缺循环。词人在时光逝去中感叹青春不再、功业未建。感叹时光易逝是黎建三诗词常见的主题,类似作品还有《眼儿媚·客感》《剔银灯·旅寓冬夜》等等。

黎建三自乾隆四十六年(1781 年)开始漂泊游宦二十多年,在他乡异域的环境的恶劣、生活的艰辛,加之长期有家难归,情感分外敏感,任何境遇都会触及词人敏感的神经,思乡怀人之情往往一发不可收拾。词中多表达对家乡亲人的思念,合乎情理。此外,词人抱着建功立业的心态出仕,不想越老越衰、功业未建,老而一事无成的悲鸣,往往借感叹韶华易逝、岁月不再得以纾解。韶华易逝,悲叹的不仅仅是时光,还是自身。

第二节 黎建三词的艺术特色

黎建三的词多表达思乡怀人之感、时光易逝之叹,黎建三所作的词具有以下四个艺术特色。

(一)情感真实细腻,幽怨愁郁。如《眉峰碧·别怨》:

别意心香拜。别绪心头碍。一分将息一分愁,百计自、家宁耐。梦隔长城外。人瘦连枝带。簾垂清昼满庭花,情怀只是无聊赖。

此词上阕写别绪、愁思,下阕写乡梦不断、叹人瘦、春花烂漫、叹无聊。词人结合切身的经历感受来发思乡思人之感,独抒性灵,情感真实。用"一分将息一分愁"来写愁,有一种细腻缠绵之美。本是春花满庭,可是词人无心恋赏。词人用了"人瘦"、"无聊赖"等贬、暗之词来叙述,可见词人有一腔幽怨愁郁的情怀,语言风格沉郁自然。再如《眼儿媚·客感》:

三春踪迹笑杨花,孤负好韶华。更声搅睡,鸡声促起,月正横斜。遥怜小玉熏香伴,细语诵楞伽。云鬟低拥,兰灯半灺,寒逗窗纱。

词人将自己比作杨花,无根无由,长期漂泊,辜负了最好的年华。想到这,词人已了无睡意,听到打更声音、鸡叫声音,起床看着皎洁的月亮,生发无限的思考。回想起以前,在香味四溢的书房,细细研读《楞伽经》,佳人在旁,点灯夜读,好生惬意!此人的情感由漂泊在外的愁苦转为对往昔生活的追思,这种细腻感情的变化,寥寥数语,展现得淋漓尽致,字里行间充斥对佳人的思念。词人在词中所表达的情感,细腻而真实。再如《满庭芳·杨花》:

结子缘悭,离魂命薄,伤心此日园亭。却寻往事,烟缕镇关情。记否陌头旖旎？东风懒、去住玲娉。杨枝曲，移宫入破，凄断不堪听。娉婷，初学舞，怜黄惜绿，看到眉青。怅花香易散，梦幻难醒。白傅情怀渐老，漫回首、语燕流莺。章台畔，年年春暮，无语对浮萍。

此词得到半塘老人王鹏运的“极赏”。词中词人将自己比作杨花，自己的常年漂泊在外，很少有机会回到故乡，如同杨花一般，无缘相见。又化用倩娘离魂治游典故，把自己比作倩娘，回不到自己日日夜夜牵挂的故乡。两个比喻，构思新颖，贴切生动。词人回想起往事，一丝一缕的相思之情如同炊烟，连绵不断，耳边传来的《杨枝曲》，将这份寂寞孤独之感深化。下阕描写女子慢慢长成妙龄女子，回首遥思，恰如昨天。最后一句，词人伫立在章台岸边，看着浮萍随水流动，竟无语以对：自己何尝不像浮萍一样，漂泊无依，心灵没有归宿。黎建三词的语浅却有深意，在字里行间充斥着幽怨愁郁，感情细腻真实。

（二）语言不事雕琢，精炼易懂。如《荷叶杯·拟艳》：

重把佳期絮问，须准，细语半含颦。柳梢头上月如银。真幺真，真幺真？

此词语言朴素，词人以口语入词，生动活泼，似乎在与读者对话或作倾诉，让人感到有亲切感，易于理解接受。另外词人用了白描手法，意境上有景真情真之美。黎建三词的语言精练易懂，正如《木兰花·春晚》：

惜春泥酒愁还住，畏酒情怀春又去。倚栏脉脉几多愁，一把柳丝犹有数。好花到眼难吩咐，有意花枝华发妒。为欢不解趁朱颜，对酒看花无是处。

况周颐在《粤西词见》中提到：“余喜《木兰花·春晚》云：‘倚阑脉脉几多愁，一把柳丝犹有数。’语不甚深，却似未经人道。”柳丝是可以数得清，反衬愁绪的无端无绪、连绵不断，加深词人的愁苦。词人斜倚在栏杆上，看似细细数着柳丝，实为细细数着那些如无穷无尽的愁绪。一个简单动作“倚栏”，让读者身临其境，亲身体验到词人的心灰意冷。此句与李煜的“问君能有几多愁，恰似一江春水向东流”有异曲同工之妙，将无形之物化为有形之物，将抽象具体化。十四字道尽心中的愁绪，语言凝练至此，难怪况周颐对其赞扬不止。《浣溪沙·春夜》《虞美人》《东风第一枝·有忆》亦得到况周颐的喜欢，与黎建三的词语言通俗易懂、精练和情感真实细腻的特点分不开。

（三）巧妙化用诗句，无痕无迹。如《柳梢青·舟次》：

客路春迟，东君作意，硬派相思。并棹呼风，连樯听雨，隔个篷儿。有时轻蹙双眉，看人处、芳心自持。无赖闲情，难抛愁绪，江水应知。

此词最后一句“无赖闲情，难抛愁绪，江水应知”，化用李煜《虞美人》“问君能有几多愁，恰似一江春水向东流”。客路上的思乡情绪、漂泊无依的感伤，难道真的是人不自知,江水应知吗?词人在此化用诗句,贴切自然,无斧凿痕迹,意指愁绪正如江水一般,连绵不绝。

(四)熟练借用典故、言简意赅。如《点绛唇·春晓》:

生错多情,今年又被东风误。尖风丝雨,日日和愁住。簾幙垂垂,曾是周郎顾。人何处?离魂春暮,一样难吩咐。

此词中"簾幙垂垂,曾是周郎顾",化用周瑜典故。周瑜精通音律,即使三杯下肚,仍能听出乐曲演奏中的错误,并总是回头一顾。当时有"曲有误,周郎顾"之语。再如《满庭芳·杨花》:

结子缘悭,离魂命薄,伤心此日园亭。却寻往事,烟缕镇关情。记否陌头旖旎?东风懒、去住泠娉。杨枝曲,移宫入破,凄断不堪听。 娉婷,初学舞,怜黄惜绿,看到眉青。怅花香易散,梦幻难醒。白傅情怀渐老,漫回首、语燕流莺。章台畔,年年春暮,无语对浮萍。

此词"离魂",借用倩娘离魂冶游之典,《太平广记》中陈玄佑《离魂记》记载该事。词人借倩娘之典,喻指自身如同倩娘一般,无根无由,漂泊在外。黎建三不仅是诗中常用典,词亦如此。

黎建三词题材多为思乡怀人和感叹时光易逝,情感真实细腻、幽怨愁郁,语言不事雕琢、精炼易懂,巧妙化用诗句、无痕无迹,熟练借用典故、言简意赅。而且得到词学大师王鹏运和况周颐的赞赏,黎建三词具有独特的词学价值。黎建三的词是乾嘉时期广西词人的佼佼者,随着后世对其词研究的深入,黎建三的文学地位和时代影响逐渐明晰。

《素轩诗集》校注

凡　例

1. 本校注以广西博物馆藏[道光壬寅年刻]《素轩诗集》为工作底本，以[道光]《峤西诗钞》、[道光刻]《三管英灵集》、[清道光十五年刻]《平南县志》、[光绪刻]《平南县志》、[道光钞]《山丹县志》等文献资料中所收录的诗作为参校。

2. 校注部分的篇目顺序以广西博物馆藏《素轩诗集》(道光壬寅年[1842]刻本)顺序为准，遇有疑问和讹异处，在注中说明。

3. 本校注只以黎建三诗作为主要工作对象。《素轩诗集》收录有黎君弼《自娱诗集》二卷诗一百首不作校注。

4. 诗稿采用分首校注，将校注文字置于各首之后。如原文一个标题下有多首诗，亦分首校注，对该诗题及诗序注释则附于第一首中。

5. 校注分开，分列校注，先校后注。校以【校】标明，对校的内容按(1)(2)(3)……序号排列；注释以【注】标明，对注释内容以[1][2][3]……序号排列。原文作者自注的内容，出注其中的人名、地名。

6. 对未查清的内容，标明“不详、未明”。

7. 诗中繁体字全部改为简体字，严格按照国家公布的简化字总表加以简化。

目 录

《素轩诗集》卷一

《素轩诗集》卷二

《素轩诗集》卷三

《素轩诗集》卷四

《素轩诗集》卷五

《素轩诗集》卷六

《素轩词剩》

《素轩诗集》卷一

田关

襄南十日雨[1]，新潦望中平[2]。客问关前路，舟从树杪行。孤烟村店远，斜照晚霞明。却泊渔洲畔，萧萧芦荻声。

【注】

[1]襄南：地名，在今甘肃省通渭县南，即今的襄南乡。

[2]新潦：新形成的积水。潦，积水。

桂林中秋

群山架月洗青铜[1]，佳节惊心客舍中。玉笛何人歌《子夜》[2]，金波有意住楼东[3]。晴湖芳草三千路[4]，小簟轻衾一夜风[5]。幽赏未能眠未得，平分秋怨问梧桐。

【注】

[1]青铜：镜，此喻明月。

[2]《子夜》：即《子夜歌》。晋曲名，相传是晋女子子夜所作，故名。见《宋书·乐志》。

[3]金波：月光。

[4]作者自注“时由湖南抵省”。按，省即广西省，其时省治桂林。

[5]簟：竹席。衾：被子。

送刘元亭旋里[1]

共对离亭唤奈何[2]，秋风瑟瑟水罗罗[3]。斜阳细雨人初去，黄叶丹枫路几多[4]。画岭峰峦横侧看[5]，龙门波浪稳平过[6]。迢迢千里迟归客，落日沧江怨棹歌[7]。

【注】

[1]刘元亭：人名，生平不详。

[2]离亭：路边驿亭。地远者称离亭，近者称都亭。

[3]罗罗：疏朗清澈的样子。

[4]丹枫:经霜泛红的枫叶。可见,本诗作于深秋时节。

[5]“画岭”句:此处作者化用宋苏轼的《题西林壁》中的“横看成岭侧成峰”一句。

[6]作者自注“画山在阳朔县,龙门,滩名”。按,阳朔,县名,今广西桂林市阳朔县。

[7]沧江:江流,江水。以江水呈苍色,故称沧江。棹(zhào)歌:船工行船时所唱之歌。

秋夜有怀元亭三首

其一

迢遥宾雁度[1],荏苒夕照黄[2]。念我同袍子[3],惓言归故乡[4]。秋江多兰芷[5],欲折相贻将。采采不盈掬[6],悠悠江水长。

【注】

[1]迢遥:远貌。宾雁:鸿雁。

[2]荏苒(rěn rǎn):渐进,推移,多指时间而言。

[3]同袍(páo):朋友、友人。《诗经·秦风·无衣》:“岂曰无衣?与子同袍。”后因以同袍喻友爱。

[4]惓(quán)言:恳切之话。

[5]兰芷:兰草和白芷,皆香草。

[6]盈掬:亦作“盈匊”,意为满捧。匊,两手合捧。《诗·唐风·椒聊》:“椒聊之实,蕃衍盈匊。”毛传:“两手曰匊。”

其二

明月何凄凄,团圞鉴东楼[1]。林端发悲响,落叶声萧飕[2]。携琴坐明月,促节弹离忧[3]。离忧不可诉,凉风池西头[4]。

【注】

[1]团圞(luán):浑圆的样子。鉴:照。

[2]飕(sōu):形容风声。

[3]促节:急促的节奏,短促的音节。离忧:离别的忧思;离人的忧伤。

[4]池:通徹,意为渗透。西头:天文有宦者四星,在帝座之西,故“西头”为宦官的代称,在此代指自己。

其三

得名未足喜,失名亦何忧?努力爱年华,物外非所求。丈夫贵知心,宁为小别愁?愿将金石意[1],黾勉期白头[2]。

【注】

[1]金石意:以金石的坚固、刚强比喻心志的坚定、忠贞。

[2]黾(mǐn)勉:努力。

忆西湖旧游三首[1]

其一

西湖风景最魂消,十二年前买画桡[2]。记得断云微雨里[3],隔花荡过第三桥。

【注】

[1]西湖:湖名,在浙江省杭州市西。

[2]画桡:有画饰的船桨。桡,船桨。

[3]断云:片云。

其二

燕剪莺梭趁好春,平堤鸭绿绉粼粼[1]。飞来峰上云如雪[2],长短桥头柳拂人。

【注】

[1]燕剪:指燕尾。因分叉如剪刀,故称燕剪。莺梭:莺飞往来如同穿梭。

[2]飞来峰:山名,在浙江省杭州市灵隐寺对面。相传东晋咸和元年(326年),印度和尚曾登此峰,说很像印度的灵鹫峰,不知何时飞来,故名。见《咸淳临安志》。

其三

荷叶平栏一桁斜[1],湖心烟水橹咿哑[2]。多情无限裙腰草,绿到苏堤卖酒家[3]。

【注】

[1]桁(héng):横木。

[2]烟水:雾霭迷蒙的水面。咿(yī)哑:象声词,指摇船桨之声。

[3]苏堤:在浙江省杭州市西湖中。北宋元祐年间苏轼知杭州时,疏浚西湖,堆泥筑堤,故名。见《宋史·河渠志·东南诸水下》。

月夜怀刘芝亭

惆怅前游意惘然，相思极目断云边。寒砧几处月如水[1]，归雁一声霜满天[2]。愁客梦随秋草远，怀人诗在菊花先。遥知此夜南楼兴，应忆春江共酒船。

【注】

[1]砧(zhēn)：捣衣石。

[2]“归雁”句：此句化用唐人张继《枫桥夜泊》：“月落乌啼霜满天，江枫渔火对愁眠。”

漓江舟中[1]

早识澄江好[2]，频惊行路难。故乡秋里别，明月客中看。山抱孤城静，滩鸣古渡寒。凭谁报慈母，一语寄平安[3]。

【注】

[1]漓江：水名，也称漓水，桂江上游。出自广西兴安县境苗儿山，西南流至阳朔，自以下称桂江。

[2]澄江：清澈的江水，在此指漓江。

[3]“凭谁”二句：化用唐人岑参《逢入京使》：“马上相逢无纸笔，凭君传语报平安”句。

昭江即目[1]

孤棹寒汀山市东[2]，满林枫叶作秋红[3]。晴烟峡口平平水，斜日滩头正正风。收纲艇回岚气外[4]，发樵人入断崖中。枯吟未负偏舟兴[5]，昨夜沽来酒在筒。

【注】

[1]昭江：水名，在广西昭平县境内。

[2]孤棹：独桨，借指孤舟。寒汀：清寒冷落的小洲。

[3]秋红：秋日熟透泛红的果实。

[4]艇：轻便的小船。岚(lán)气：雾气。

[5]枯吟：苦吟。

晚行

廿里村桥路，经行记尚真。暝烟低着水[1]，溪月暗随人。马怯新泥滑，风欺败絮贫。书生生计拙,未拟惜艰辛。

【注】

[1]暝烟:傍晚的烟霭。

病起

深冬迎腊雨,蓬径失宵晨。问药烦慈母,长闲称病身。布帷拈卷乍,韦带养愁新[1]。孤负西塘外,梅花放已匀。

【注】

[1]韦带:指无饰的皮带。喻贫寒。

龚城与芝亭信宿客邸,买舟东下抵家后赋寄[1]

携手春城月正弦,游踪心迹两凄然。鸡声钟信还家梦[2],药碗茶铛小雨天[3]。几曲秦筝深浅恨[4],一千水驿短长笺。关情记得空江上,落日酒醒浪打船。

【注】

[1]龚城:地名,今广西平南县城。信宿:指连宿两夜。

[2]钟信:用作报时信号的钟声。

[3]铛(chēng):釜属,温器。汉服虔《通俗文》:“鬴有足曰铛。”

[4]秦筝:类似瑟的弦乐器。

江行

解缆晓曈昽[1],青山初日红。萍生连夜雨,帆饱十分风。竹犬临江戌,烟蓑把钓翁。扣舷歌《水调》[2],凄断和归鸿。

【注】

[1]解缆:解去系船的缆绳,指开船。曈昽(tóng lóng):指天色暗而渐明。

[2]水调:曲调名。清冯舒注:“炀帝开汴渠成,自作水调。”

松涛和玉于圃原韵[1]

南风拂拂来,离立蛟龙舞。青山卧海潮,白日有雷雨。苍郁无阴晴,澎湃自千古。北窗羲皇人[2],梦回正卓午[3]。

【注】

[1]原韵:和他人诗词时,称所和诗词的韵为原韵。

[2]羲皇:此指午睡。语出晋陶潜《陶渊明集〈八〉》与子俨等疏:“常言五、六月中,北窗下卧,遇凉风暂至,自谓是羲皇上人。”

[3]卓午:正午。

月夜观渔人垂钓戏作

小隐渔郎得[1],清霄月一竿。霜华青箬湿[2],水气石台寒。风定纶丝稳[3],波平鉴影安[4]。浔阳若相遇[5],莫作卖鱼看。

【注】

[1]小隐:隐居于山林。

[2]箬(ruò):用箬竹叶或篾编成的宽边帽。

[3]纶丝:钓鱼用的线。

[4]鉴:镜子。喻水平如镜。

[5]浔阳:地名,今广西平南县浔江滨。

秋日得芝亭书却寄

愁病侵寻漫自怜[1],孤灯白幌读红笺[2]。梦随好月来前夜,人瘦秋风倍往年。别绪相牵梅子雨,诗情遥寄蓼花天[3]。何由更买黄村棹,共对江枫醉十千。

【注】

[1]侵寻:渐进、浸润,谓范围逐渐扩大。

[2]幌:帐幔,帘帷。

[3]蓼(liào):一种一年生草本植物。

武城舟次与诸同学小饮,归抵寺寓,赋此为别[1]

篷窗樽酒快平生,壮岁谕心醉易成[2]。水客帆樯迎面影[3],画栏弦索断肠声。入寻古寺月初上,钟到寒塘夜一更。后约几时重问讯,江风襆被最关情[4]。

【注】

[1]武城:地名,即武林。在今广西平南县浔江下游之滨。

[2]谕(yù)心:表明。

[3]水客:船夫,渔夫。帆樯:桂帆的桅杆,借指帆船。

[4]襆(pú)被:以包袱裹束衣被。

泊大榕江[1]

沙渚秋深退旧痕[2]，轻舟埋碇日黄昏[3]。云山望眼八千里，风雨孤篷酒一樽[4]。曲坞有田都近水[5]，疏篱小聚不成村。二年作客经过地，衰草寒波又断魂。

【注】

[1]大榕江：地名，在广西兴安县。

[2]渚(zhǔ)：水中间的小块陆地。

[3]碇(dìng)：系船的石礅。

[4]樽(zūn)：古代的盛酒的器具。

[5]坞(wù)：指地势周围高而中央凹的地方。

界首除夕[1]

拍拍寒风促岁频，村沽野籁未全贫[2]。勉抛岁月几杯酒，如此江山一叶身。菱角柑盘乡国梦[3]，诗囊药碗饯年人[4]。明晨拟向东君借[5]，十尺蒲帆试好春[6]。

【注】

[1]界首：地名。在今广西兴安县。

[2]村沽：亦作“村酤”，村酒。

[3]菱角：菱，水生草本植物，果实有角。乡国：家乡。

[4]诗囊：装诗作本子的袋子。典自唐李商隐《李贺小传》：李贺“每旦日出与诸公游，以尝得题然后为诗，如他人思量牵合，以及程限为意。恒从小奚奴，骑疲驴，背一破锦囊，遇有所得，即书投囊中。及暮归，太夫人使婢受囊出之，见所书多，辄曰：‘是儿要当呕出心始已耳。’上灯与食，长吉从婢取所书，研墨叠纸足成之，投他囊中。非大醉及吊丧日，率如此，过亦复省”。饯(jiàn)：以酒食送行，此指送。

[5]东君：此指司春之神。

[6]蒲帆：用蒲草编织的帆。

洞庭阻雪，与董植堂分韵[1]

落灯风信雪漫天[2]，学得袁安一日眠[3]。短港堆银方歇棹[4]，惊涛仇客又移船[5]。矶头健鹘骄无那[6]，湖外春云冻不连。却笑吟成输白战[7]，消寒且仗酒如泉。

【注】

[1]洞庭:湖名,在湖南省北部,长江南岸。分韵:数人相约赋诗,选定数字为韵,由各人分拈,并依所拈的韵赋成诗句。

[2]风信:随着季节变化应时吹来的风。

[3]袁安一日眠:此处用以咏雪。典出《后汉书·袁安传》注引晋周斐《汝南先贤传》:"时大雪积地丈余,洛阳令身出案行,见人家皆除雪出,有乞食者。至袁安门,无有行路。谓安已死,令人除雪入户,见安僵卧。问何以不出。安曰:'大雪人皆饿,不宜干人。'令以为贤,举为孝廉。"

[4]银:指雪。

[5]仇客:指作客他乡的同伴。

[6]矶头:水边突出的岩石或石滩。健鹘:勇猛矫健的鹘。鹘,古书上说的一种鸟,短尾,青黑色。

[7]白战:徒手作战。用以比喻作禁体诗时,不得用某些常用的字眼。苏轼《聚星堂雪诗》:"当时号令君听取,白战不许持寸铁。"其《序》云:"与客会饮聚星堂,忽忆欧阳文忠公作守时,雪中约客赋诗,禁体物语,于艰难中特出奇丽。"

长堤曲

春色满长堤,柳丝千万缕。结就双连环,茫茫寄何处。

京邸,送于圃南归二首

其一

玉立金台客[1],天涯作计贫。莺花增别恨,风雨送归人。岁月功名旧,关山物候新。临分重握手,去住总酸辛。

【注】

[1]金台客:此指参加京城科第考试之人。金台,即黄金台,故址在今河北易县东南。相传战国燕昭王筑台于此,置千金于台上,延请天下士。后用作招揽人才之典。见明张存绅《雅俗稽言·金台》。

其二

掉首宁过夏,还乡或涉秋。晓风荥泽渡[1],斜日岳阳楼[2]。白发中年约,青山隔世修。此行殊孟浪[3],为我谢诸刘。

【注】

[1]荥泽:泽名,在今河南省荥阳市境内。

[2]岳阳楼:在湖南省岳阳县城西门上,三层,始建于唐,下瞰尚洞庭湖,为著名风景地。相传三国吴鲁肃于此建阅兵楼。唐天宝后其名渐著。李白、杜甫、韩愈、白居易诗集中都有岳阳楼诗。宋庆历五年巴陵守滕宗谅重修,范仲淹为此撰《岳阳楼记》。

[3]孟浪:放浪。

晓起

众山欲上日,万物弗遑息[1]。山客亦晨起,容与林塘侧。余霜未辞树,竹露有清色。凉风吹白袷[2],爽气入胸臆。朱门高眠人[3],欲领不可得。

【注】

[1]遑:闲暇,此指停止。息:此指生长。

[2]白袷(jiá):白色的夹衣。

[3]朱门:红漆大门,指贵族豪富之家。高眠人:指闲居的人。

山斋

寒雨度北林,凉风入高阁。深夜寂无声,时闻山果落。

丙申中秋感赋[1]

三径凄清月色幽[2],微云河汉未全收[3]。难凭玉杵求灵药[4],剩有金盘鉴旧愁[5]。燕市酒痕游子梦[6],空山霜影墓门秋[7]。输他童稚欢娱甚,索笑婵娟夜不休[8]。

【注】

[1]丙申:即乾隆四十一年(1776 年)。

[2]三径:指家园,语出晋陶潜《陶渊明集·归去来兮辞》:“三径就荒,松菊犹存。”

[3]河汉:指银河。

[4]玉杵(chǔ):《太平广记·裴航》:“(裴航)遂饰装归辇下,经蓝桥驿侧近。因渴甚,遂下道求浆而饮。见茅屋三四间,低而复隘。有老妪缉麻苎。航揖之,求浆。妪咄曰:‘云英,擎一瓯浆来,郎君要饮。’航讶之,忆樊夫人诗有云英之句,深

不自会。俄于苇箔之下,出双玉手捧瓷,航接饮之,真玉液也。但觉异香氤郁,透于户外。因还瓯,遽揭箔,睹一女子,露(yè)琼英,春融雪彩,脸欺腻玉,鬓若浓云,娇而掩面蔽身。……(航)良久,谓妪曰:'向睹小娘子艳丽惊人,姿容擢世,所以踌蹰而不能适。愿纳厚礼而娶之,可乎?'妪曰:'渠已许嫁一人,但时未就耳。我今老病,只有此女孙。昨有神仙遗灵丹一刀圭,但须玉杵臼捣之百日方可就吞,当得后天而老。君约取此女者,得玉杵臼,吾当与之也,其余金帛,吾无用耳。'航拜谢曰:'愿以百日为期,必携杵臼而至,更无他许人。'妪曰:'然。'航恨恨而去。……数月余日,或遇一货玉老翁,曰:'近得虢州药铺卞老书,云有玉杵臼货之。郎君恳求如此,此君吾当为书导达。'航愧荷珍重,果获杵臼。卞老曰:'非二百缗不可得。'航乃泻囊,兼货仆货马,方及其数,遂步骤独挈而抵蓝桥。昔日妪大笑曰:'有如是信士乎?吾岂爱惜女子,而不酬其劳哉?'女亦微笑曰:'虽然,更为吾捣药百日,方议姻好。'……仙童侍女,引航入帐就礼讫。"

[5]金盘:比喻日月。

[6]作者自注"去岁中秋,留寓京邸"。

[7]窀穸(zhūn xī):指墓穴。作者自注"时为大父营窀穸"。按,大父,指黎建三祖父黎兆衎。见《平南县志》(光绪刻)。

[8]婵娟:此指月亮。

秋日漫成呈任轩叔

山居自萧瑟,况复秋序寒。凉飚入户牖[1],戚戚不可干。团翁捐箧笥[2],动觉襟袖单。陨叶来凄声,童仆惨不欢。天道本迭运[3],人心若转丸。炎威五六月[4],越葛疑重纨[5]。高台亦甑处[6],体发无时干。谁不乐清适,烦郁愁眉攒[7]。昨日西风来,今日忽凄酸。变易类如此,天地良亦难。吁嗟驹隙中[8],岂得据所安?四时何区分,真赏能自宽。秋声娱我耳,秋月足我看。落英掬晓露,清气沦肺肝[9]。我怜春光去,亦惜秋色阑[10]。试叩达欢怀,斯言或不刊[11]。

【注】

[1]飚:指风。

[2]团翁:指团扇。捐:丢弃。箧笥(qiè sì):藏物之竹器。

[3]迭运:更迭运行,循环变易。

[4]炎威:酷热的威势。

[5]越葛:越地葛布做成的衣服,透气凉爽。纨:细绢,细的丝织品。

[6]甑处:处于甑中,形容炎热。

[7]焌(jùn)郁:暑热郁积不散。攒:聚拢,紧皱。

[8]驹隙:典自《庄子知北游》:“人生天地之间,若白驹之过隙。”后以隙驹喻易逝的光阴。

[9]沦:进入。

[10]阑:晚,迟。

[11]不刊:无须修改,不可磨灭。

夜发武林口[1]

夜凉柔橹破清波,酒艇渔灯取次过。半江树影月出岸,连路笑声人踏歌。小别家山归梦易,关情杨柳旧愁多。盈盈一水不得去,明日红尘可奈何[2]。

【注】

[1]武林:地名,今在广西平南县浔江下游。

[2]作者自注“时欲赴梧州不果行”。

有忆三首

其一

维舟丹枫岸,遥山露一发。空江悄无人,独坐看秋月。

其二

回忆分携日,攀条泣柳丝。怕看泪痕处,枯却去年枝。

其三

宝带香未歇[1],文鸳不可双[2]。侬心似溪水[3],夜夜到梧江[4]。

【注】

[1]宝带:用珍宝装饰的佩带。

[2]文鸳:鸳鸯。以其羽毛华美,故称文鸳。

[3]侬:我。

[4]梧江:水名,西江流经今广西梧州市的一段。

旱

三春萧飒吹秋风[1],飞沙百里黄蒙蒙。天光熇熇夏日赤[2],农夫估客无颜色[3]。去年收获仅十一,县官督逋如束湿[4]。富人仓廪陈相因[5],穷檐升合同琼实[6]。况复今年春,民事那可说,秧针干萎青草死,低田生棘高田裂。可怜野老空较量[7],日日举头项欲折。更闻道路言,里长相追逼[8]。楼船急牵挽,处处促供役。敢辞冻馁事[9],上官自痛,凶荒救无策。吁嗟,斯言使人哭。我亦穷愁相迫蹙[10],含酸为作忧旱词。吞声试为父老读,父老举手谢,天高视听下,桑林致祷语岂多[11],八埏四极沾滂沱[12]。

【注】

[1]三春:此指季春。

[2]熇熇:形容炎热。

[3]估客:贩货的行商。

[4]逋:指所欠赋税债物。束湿:《汉书·宁成传》:"为人上,操下者急如束湿。"唐颜师古注:"束湿,言其急之甚也。湿物则易束。"后以此形容旧时官吏对下属的严酷急切。

[5]相因:此指堆积。

[6]升合:一升一合,比喻数量很小。琼实:仙果的别称。南朝梁沈约《绣像赞》:"水耀金沙,树罗琼实。"

[7]野老:村野老人。

[8]里长:古之乡职,谓一里之长。

[9]冻馁:饥寒交迫。

[10]迫蹙:困迫,穷蹙。

[11]桑林致语:相传商汤时大旱七年,连洛川的河水都干涸了,于是汤王沐浴洁身,理发并修剪指甲,以自身作为祭天的牺牲,祷雨于桑林之野,以六件事进行反省,即政治不明、贿赂公行、坏人当道、大兴土木营建宫室、爱好女色,致使民罹致疾苦。自责道:"万方有罪,罪在朕躬,朕躬有罪,无及万方,无以一人之不敏使上鬼神伤民之命。"见晋皇甫谧《帝五世纪》,此借指祷雨。

[12]八埏(yán):八方的边际。四极:四方极远之地。

杨花曲

春风吹杨花,辞条暗凄恻[1]。化为青浮萍,随流不得息。枝叶本相亲,飘荡异颜色。流水隔长堤,幻情那复识[2]。

【注】

[1]辞条:离开树枝。

[2]识(zhì):记得。

拟古

华华桃李树[1],上有双棲禽。双栖妒人目,双啼死人心。

【注】

[1]华华:形容树木枝叶繁茂。

寄元亭

十载亲情镇可怜,浔阳城北酒帘边[1]。飘零琴剑余狂态,自在江山阅少年。搔首惭惊潘岳鬓[2],端居深愧祖生鞭[3]。粗疏潦倒真吾事,羡汝秋江上水船[4]。

【注】

[1]浔阳:旧地名,在今浔江的北岸,属广西平南县。

[2]潘岳鬓:潘岳,公元47—300年,晋荥阳中牟人,字安仁。累官至给事黄门侍郎,工诗赋。《悼亡》诗三首最著名。典自《文选·潘岳〈秋兴赋〉序》:"晋十有四年,余春秋三十有二,始见二毛。以太尉掾兼虎贲中郎将,寓直于散骑之省。"杜预曰:"二毛,头白有二色也。"后以此典感慨身心渐老。

[3]端居:平常居处。祖生鞭:典自《晋书·刘琨传》"晋刘琨与祖逖为友,闻逖被用,乃致书亲故云:"吾枕戈待旦,志枭逆虏,常恐祖生先吾著鞭。"后以此典表现人奋发争先,报国建功。

[4]作者自注"时元亭将赴乡试"。

子夜歌二首

其一

君家大江口,春水无还时。春蚕在曲簿[1],日夜暗生丝。

【注】

[1]曲簿:蚕箔,饲蚕的器具。

其二

浮云远出岫[1],随风有还期。君心似筝柱[2],游移无定时。

【注】

[1]岫(xiù):山洞。

[2]筝柱:筝上的弦柱。每弦一柱,可移动以调定声音。

春日寄元亭

寒天细雨意何如,独卧空堂怅索居[1]。短跋抄诗明月上,青山归屐夕阳初[2]。疏慵愧乏三冬用[3],愁病虚传尺素书[4]。若问东皋旧吟客[5],生涯已拟托樵渔。

【注】

[1]索居:孤独地散处一方。

[2]屐(jī):鞋。

[3]三冬用:即"三冬足用"之省称。出自《汉书·东方朔传》:"东方朔字曼倩,平原厌次人也,武帝初即位,征天下举方正贤良文学材力之士,待以不次之位,四方士多上书言得失,自炫鬻者以千数,其不足采者辄报闻罢。朔初来,上书曰:'臣朔少失父母,长养兄嫂。年十三学书,三冬文史足用。十五学击剑。十六学《诗》、《书》,诵三十二万言。'"后以此典形容读书勤奋,学业有成。

[4]尺素书:指信。素,生绢。古人写文章或书信用长一尺左右的绢帛,称为尺素。《文选·乐府古辞〈饮马长城窟行〉:"客从远方来,遗我双鲤鱼。呼儿烹鲤鱼,中有尺素书。长跪读素书,书上竟何如。上有加餐食,下有长相忆。"后以此典指书信。

[5]东皋:东皋子即王绩(585—644),唐绛州龙门人,字无功,号东皋子。隋大业中举孝廉,授扬州六合县丞,以非性所好,解职还乡里。

元旦

椒酒迎端吉[1],初阳水竹栖[2]。文章空岁月,事业问锄犁。今昔缘无定,悲欢境岂齐。寒梅春意足,白绽小塘西。

【注】

[1]椒(jiāo)酒:用椒实浸制的酒,古俗,元旦子孙向家长进此酒,见汉崔寔《四民月令》。

[2]初阳:古谓冬至一阳始生,因以冬至至立春以前的一段时间为初阳。

薄命辞

灼灼桃花开[1],照耀阳春时。春风无美恶,琼葩着丑枝[2]。卢家有好女,少小娴风诗[3]。十三调鹦鹉[4],十四画长眉。十五藏六亲,外人不得知。一朝嫁东家,自分相倚依。朝汲浑井水,暮刈园中葵。解却明月珠[5],再卸辟寒犀[6]。金玉非所爱,辛苦妥所宜。岂敢怨贫贱,但愿得所归。荡子出门去[7],搜索嫁时衣。往来阛阓间[8],结交薄命儿。入门肆号咷[9],酒肉厌朵颐[10]。呼卢朝夕酣[11],狭斜行无期[12]。可怜玉颜女[13],日日潜酸悲。三载为人妇,约略识容仪。凉秋八九月,寒风入敝帷。床头蟋蟀鸣,屋角鸟乱啼。今日食不饱,明日无晨炊。门祚日以索[14],所天日以卑。中夜自起坐,惝恍心忧疑[15]。晓来览明镜,憔悴无华姿。邻嫂怜女苦,小姑劝女痴。幽怨只自悉,含辛当告谁。昔为良家女,今为荡子妻。悠悠苍天高,红颜委沙泥。

【注】

[1]灼灼(zhuó):鲜明、光盛的样子。《诗经·周南·桃夭》:“桃之夭夭,灼灼其华。”

[2]琼葩(qióng pā):如玉之花。

[3]娴(xián):熟练。风诗:指《诗经》。此指诗歌。

[4]鹦鹉:鸟之一种。

[5]明月珠:夜光珠。因珠光晶莹似月光,故名明月珠。

[6]辟寒犀:犀角名。据说可驱除寒气。五代王仁裕《开元天宝遗事·辟寒犀》:“开元二年冬至,交趾国进犀一株,色黄如金;使者请以金盘置于殿中,温温然有暖气袭人。上问其故,使者对曰:‘此辟寒犀也。顷自隋文帝时,本国曾进一株,直至今日。’上甚悦,厚赐之。”

[7]荡子:浪荡子,谓游手好闲、不务正业或败坏家业的人。

[8]阛阓(huán huì):街市。

[9]咷(táo):叫嚷。

[10]朵颐(yí):指鼓动腮颊嚼东西的样子。

[11]呼卢:象声词,即打呼噜声。

[12]狭斜:小街曲巷,多指妓院。

[13]玉颜:形容美丽的容貌。多指美女。

[14]门祚(zuò):犹家世。《文选·陈情表》:“门衰祚薄,晚有儿息。”

[15]惝恍:亦作“惝怳”,惆怅、失意、伤感貌。

田妇

雾鬓烟鬟特地愁[1],每逢人过便低头。谁家一样修蛾女[2],日照红窗未下楼。

【注】

[1]雾鬓:浓密秀美的头发。烟鬟:形容鬓发美丽。

[2]修蛾女:长着细长蛾眉的女子。

忆漓江山水偶成四首

其一

两岸峰峦削不成,碧波澈底照人清。少年便作天涯客[1],但到漓江双眼明。

【注】

[1]天涯客:漂泊天涯的游子,此为作者自称。

其二

石径寒丛猿啸哀[1],淡烟晴日画图开[2]。棹声远入青苍里[3],百丈银涛天上来[4]。

【注】

[1]猿啸哀:语自唐杜甫《登高》:“风急天高猿啸哀,渚清沙白鸟飞回。”

[2]画图开:如画般展开。李白《陪族叔刑部侍郎晔及中书贾舍人至游洞庭五首》:“淡扫明湖开玉镜,丹青画出是君山。”

[3]青苍:青翠的远山。

[4]百丈银涛:指瀑布。

其三

画舫红妆绿水滨,倦游踪迹记犹真。蓼花洲畔丹枫路。一棹秋风送美人。

其四

夜月寒江泥酒眠[1],玉箫牙管夕阳□(1)[2]。佳人寂寞诗人老,回首青山一惘然[3]。

【校】

(1)此处空缺一字,疑是"斜"。

【注】

[1]泥酒:指醉酒。

[2]牙管:象牙制的笔管,代指精良的毛笔。

[3]惘(wǎng)然:失意,不知所以。唐李商隐《锦瑟》:"此情可待成追忆?只是当时已惘然。"

白莲二首

其一

翠盖亭亭绉雪纹,午凉断续散清芬。似逢素面朝天去,淡扫蛾眉已十分。

其二

玉簪欹滑两三枝[1],往事犹传太液池[2]。应是美人消受得,风清月白倚栏时。

【注】

[1]欹:斜,倾侧。

[2]太液池:池名,汉太液池。在今陕西省长安县西。汉武帝时于建章宫北兴建。言其所及甚广,故称。周围十顷,中起三山,以象瀛洲蓬莱方丈三神山,并用金石刻成鱼龙奇禽异兽之类。见《三辅黄图·池沼》。

送梁培之桂林秋试[1]

培之瑰玮姿,奇气却犀兕[2]。弱冠登文坛[3],所向尽披靡。邈兹绝俗概,纷馥有内美[4]。愤世掷肝胆,论古贱目耳。所不慊吾心[5],唾之犹泥滓[6]。气节古所钦,俊忌与道诡。能出万夫后,乃为天下士。君家青山傍,池水色清泚[7]。修竹白板扉[8],日高眠未起。俯视劳劳人,仰首一瑳齿[9]。二仲时往还,我亦数戾止[10]。春韭葡萄醅[11],未肯瓶罍耻[12]。笑我风尘徒,揄揶听山鬼。买山须何时[13],足音蛩然喜[14]。今年聊息肩[15],剽窃字满纸。昨君手我文,谬谓颇奇伟。布鼓过雷门[16],此事无乃似。我懒类中散[17],粗疏厌冠履[18]。君方挟莫邪[19],拟展屠龙技[20]。江上买扁舟,诘曲溯漓水[21]。蓼花冒寒汀,岚光啖乌尾[22]。秋风独秀来[23],八桂散芳蕊[24]。丈夫等身书,不徒拾青紫[25]。勉哉千里行,九万自兹始[26]。

【注】

[1]梁培之:人名,生平不详。

[2]犀兕(sì):犀牛和兕,两者为猛兽。

[3]弱冠:古时以男子二十岁为成人,初加冠,因体犹未壮,故称弱冠。《礼记·曲礼上》:“二十曰弱,冠。”孔颖达疏:“二十成人,初加冠,体犹未壮,故曰弱也。”后遂称男子二十岁或二十几岁的年龄为弱冠。

[4]内美:内在的美德。《楚辞·离骚》:“纷吾既有此内美兮,又重之以修能。”

[5]慊:满足,满意。

[6]泥滓:泥渣。

[7]清泚:清澈。泚,清。

[8]白板:不施油漆的木门。

[9]瑳齿(cuō):牙齿鲜洁貌。

[10]戾(lì)止:来到。

[11]醅(pēi):没过滤的酒。

[12]瓶罍(léi)耻:“瓶罄罍耻”的略语。《诗经·小雅·蓼莪》:“瓶之罄矣,维罍之耻。”郑《笺》:“瓶小而罍大,罄,尽也。瓶小而尽,罍大而盈。言为罍耻者,刺王不使富分贫,众恤寡。”后以瓶罄罍耻比喻贤良被斥,正直受谗。

[13]买山:典出《世说新语·排调》:“支道林(遁)因人就深公买印山。深公答曰:‘未闻巢由买山而隐。’”后以买山指归隐山林。

[14]“足音”句:蛩(qióng),古书上指蟋蟀。原指久居荒凉之地,忽然有人来访,感到十分欣悦。后比喻十分难得的客人。典出《庄子·徐无鬼》:“夫逃虚空者……闻人足音,跫然而喜矣。”

[15]息肩:卸去负担。《左传·襄公二年》:“郑成公卒,子駟请息肩於晋。”杜预注:“欲辟楚役,以负担喻。”

[16]布鼓句:《汉书·王尊传》:“毋持布鼓过雷门。”注:“雷门,会稽城门也,有大鼓。越击此鼓,声闻洛阳。……布鼓,谓以布为鼓,故无声。”后以鼓与雷门并举,比喻在高手前卖弄技能。

[17]“我懒”句:三国魏嵇康曾任中散大夫,称嵇中散。《文选·〈与山巨源绝交书〉》:“少加孤露,母兄见骄,不涉经学,性复疏懒,筋驽肉缓。头面常一月十五日不洗,不大闷痒,不能沐也。每常小便而忍不起,令胞中略转乃起耳。又纵逸来久,情意傲散,简与礼相背,懒与慢相成。”后人称为嵇康懒。

[18]冠履：亦作“冠屨”，帽与鞋，头戴帽、脚穿鞋，喻上下、尊卑。

[19]莫邪：亦作“莫耶”，古代传说春秋时吴五阖闾令干将在匠门铸剑，铁汁不下，其妻莫邪自投炉中，铁汁用出。遂成二剑，雄剑名干将，雌剑名莫邪。干将进雄剑于吴王，而藏雌剑。雌剑思念雄剑，常悲鸣。后来亦作为宝剑的通称。

[20]屠龙：《庄子·列御寇》：“朱泙漫学屠龙于支离益，单千金之家，三年技成，而无所用其巧。”后因称高超的技艺为屠龙之技。

[21]诘曲：屈曲，屈折。

[22]岚光：山间雾气经日光照射而发出的光彩。

[23]独秀：山名。此指桂林市的独秀峰。

[24]八桂：广西的代称。

[25]拾青紫：出自《汉书·夏侯胜传》：“（夏侯）胜每讲授，常谓诸生曰：‘士病不明经术；经术苟明，其取青紫如俛拾地芥耳。学经不明不如归耕。’”此处用典，指因富才学而易得官。

[26]九万：形容人的前程远大。典自《庄子·逍遥游》：“北冥有鱼，其名为鲲。鲲之大，不知其几千里也。化而为鸟，其名为鹏。鹏之背，不知其几千里也；怒而飞，其翼若垂天之云。是鸟也，海运则将徙于南冥。南冥者，天池也。齐谐者，志怪也。谐之言曰：‘鹏之徙于南冥也，水击三千里，抟扶摇而上者九万里，去以六月息者也。’……背负青天而莫之夭阏（è）者，而后乃将图南。蜩（tiáo）与学鸠笑之曰：‘我决（xuè）起而飞，抢（qiāng）榆枋，时则不至而控于地而已矣，奚以之九万里而南为？’”

寄元亭山左三首[1]

其一

草长花飞三月天，满怀离索倩谁传[2]。刘蕡下第羞余子[3]，王粲登楼美少年[4]。名士高轩犹在否，鹊山寒食定潸然[5]。奚囊珍重商河字[6]，寄我梅花路八千。

【注】

[1]山左：山东省之旧称，因它在太行山之左而得名。

[2]离索：“离群索居”之省，宋范仲淹《送黄灏员外诗》：“追陪未久还离索，早晚轩车重见寻。”

[3]“刘蕡”句：刘蕡，昌平人，字去华，文宗大和二年，应贤良对策，极言宦官

祸国,考官害怕得罪宦官,不敢录取。同考的李郃说:"刘蕡不第,我辈登科,实厚颜矣。"令狐楚、牛僧儒都上书推荐蕡为幕府,授秘书郎。由于宦官诬陷,后贬柳州司户参军。见《新唐书》。

[4]王粲(càn):公元177—217年,三国魏山阳高平人,字仲宣,博学多识,文思敏捷,为建安七子之一,《登楼赋》是他赋中的名篇。

[5]鹊山:山名,在山东历城县北。寒食:节令名,在农历清明前一或二日,南朝梁宗懔《荆楚岁时记》:"去冬节一百五日,即有疾风甚雨,谓之寒食,禁火三日,造饧大麦粥。"相传春秋时晋国介之推辅重耳(晋文公)回国后,隐于山中,重耳烧山逼他出来,之推抱树而死。文公为悼念他,禁止在之推死日生火煮食,只吃冷食。以后相沿成俗,叫作寒食。

[6]奚囊:指诗囊。唐李商隐《李长吉小传》:"每旦日出,与诸公游,恒从小奚奴,骑距驴,背古破锦囊,遇所得,即书投囊中。"商河:县名,属山东省。

其二

少壮能轻旅客愁[1],便随春色到皇州[2]。文章定得阴符秘[3],山水真同太史游[4]。应恋庭闱劳远梦[5],莫耽裙屐学时流[6]。杏花十里连宫苑,射策金门趁黑头[7]。

【注】

[1]轻:轻视,此指看得很轻。

[2]皇州:帝都,南朝宋鲍照《代结客少年场行》:"昇高临四关,表里望皇州。"

[3]阴符秘:道家的一种术语,指一种秘招。

[4]太史:官名,三代为史官及历官之长。秦称太史令,汉属太常,掌天文历法。汉司马迁以掌天官之太史,而负修史之任。此指司马迁。

[5]庭闱(wéi):晋束广微(皙)《补亡诗·南陔》:"眷恋庭闱,心不遑安。"注:"庭闱,亲之所居。"后借指父母。

[6]裙屐(jī):指修饰华美而无实学。

[7]射策:汉代取进士有对策、射策之制。射策由主试者出试题,写在简策上,分甲乙科,列置案上,应试者随意取答,主试者按题目难易和所答内容而定优劣。上者为甲,次者为乙。射,投射之意。此指科第考试。金门:即金马门。汉武帝得大宛马,乃命东门京以铜铸像,立马于鲁班门外,因称金马门。《史记·东方朔传》:"(朔)时坐席中,酒酣,据地而歌曰:'陆沉于俗,避世金马门。宫殿中可以避世全身,何必深山之中,蒿庐之下。'金马门者,宦者署门也,门旁有金马,故谓之

'金马门。'"后遂沿用为官署的代称。此指谋取官职。

其三

自笑浮沉似白鸥,粗才疏放合归休[1]。促襟谁信贫非病,对镜深知相不侯。叔夜人猜真懒散[2],巨源我羡好丰猷[3]。燕台迢递频翘首[4],江树春云暗别愁。

【注】

[1]归休:辞官退休,归隐。

[2]叔夜:嵇康,公元223—262年,三国魏谯郡人,字叔夜,少孤,为魏宗室婿,仕魏为中散大夫,丰神俊逸,博洽多闻,崇尚老庄,工诗文,善鼓琴,精乐理,"竹林七贤"之一。懒散:三国魏嵇康曾任中散大夫,称嵇中散。《文选·〈与山巨源绝交书〉》:"少加孤露,母兄见骄,不涉经学,性复疏懒,筋驽肉缓。头面常一月十五日不洗,不大闷痒,不能沐也。每常小便而忍不起,令胞中略转乃起耳。又纵逸来久,情意傲散,简与礼相背,懒与慢相成。"

[3]巨源:山涛,公元205—283年,晋河内怀县人,字巨源,好老庄,与嵇康、阮籍等作竹林之游,时称为竹林七贤。丰猷:众多功业、业绩。

[4]燕(yān)台:故址在今河北易县东南,燕昭王筑台以接待贤士,故称贤士台,又叫招贤台,以后用为招贤纳士的典故。见南朝梁任昉《述异记》。

移塾兰言书屋示诸子弟三首

其一

颇怪嚣尘累[1],还寻半亩居。此身无坐处,得意即吾庐。匝地榕阴厚[2],沿墙竹影疏。幽栖最相惬,咫尺问犁锄。

【注】

[1]嚣尘:喧闹多尘埃。

[2]匝地:遍地。

其二

百顷如枰地,秋耕事若何。素裙踏车女,青箬牧牛歌[1]。墟路归人少,空原夕照多。还闻村落语,黾勉应催科[2]。

【注】

[1]青箬:青箬笠。箬,竹名,即箬竹。竹叶及箨似芦荻,可包物、编织。

[2]催科：催租，租税有法令科条，故称催科。

其三

天意劳黔首[1]，秋风日夜晴。艰难悲父老，拯救愧儒生。水竹娱心目，琴书远世情。分途农与士，相勖戒虚名[2]。

【注】

[1]黔(qián)首：庶民，平民。

[2]勖(xù)：勉励。

墅夜二首

其一

十笏栖迟地[1]，闲情寄薜萝[2]。月明秋宇迥，竹净晚凉多。薄酒不成醉，新诗还独歌。剧怜寥寂处，幽兴未蹉跎。

【注】

[1]十笏(hù)：笏指古时铸金银为条板，形似笏(古朝会时所执的手板，有事则书于上，以备遗忘。)，因称一枚为一笏。十笏此指地方狭窄。栖(xī)迟：游息，居往。

[2]薜萝(bì luó)：即薜荔、女萝，皆植物名，楚辞屈原《九歌·山鬼》："若有人兮山之阿，被薜荔兮带女萝。"后以薜萝指隐士的服装。

其二

徙倚东墙外，凉飕吹我襟[1]。晚舂闻急杵，惊犬吠疏林。竹露静犹滴，庭蛩咽更吟[2]。月斜幽径里，因见达人心。

【注】

[1]飕(sōu)：凉风。

[2]蛩(qióng)：指蟋蟀。

芝亭枉过山居，相与道，故留饮，赋此[1]

经(1)年踪迹伴樵渔[2]，客到柴关落照初[3]。握手乍疑颜面改，惊心同是死生余[4]。离怀暂慰清秋节，远道犹艰尺素书[5]。排闷共倾村店酒，朦胧淡月映窗虚。

【校】

(1)原为“径”,今据上下文意改。

【注】

[1]枉:弯曲或歪斜,此指拐过弯。

[2]樵渔:指樵夫和渔夫。

[3]柴关:指柴门。

[4]作者自注“时芝亭与余同病起”。

[5]作者自注“谓令兄元亭远游无信”。

鱼脍歌为马振翮作[1]

微风淅淅新凉俱,奇花幽草明绮疏[2]。主人爱客且爱书,示我长句纷玑珠[3]。缘情体物绝棱模[4],口诵唇颊思沾濡[5]。柳塘蟠折萦菰蒲[6],晨烟夕照疑江湖。笭箵袯襫长须奴[7],槎头缩项登斯须[8]。金刀青莹拭锟铻[9],银丝雪片截肪腴。吴盐蜀姜罗盘盂[10],柔甘流箸卑莼鲈[11]。清尊眉州天马驹[12],渴骥覆没轻百壶[13]。饮啄雅俗分精粗,语妙真可惊拘儒[14]。十年长才待价沽,水竹聊仿陆沉图[15]。公荣不饮喜酒徒[16],酒阑索诗如索逋[17]。年年四月樱笋厨[18],弗羞蛮语学娵隅[19]。

【注】

[1]马振翮:人名,生平不详。

[2]绮疏:雕饰花纹的窗户。

[3]玑(jī)珠:即珠玑,比喻美好的诗文。

[4]缘情体物:抒情和状物。《文选·陆机〈文赋〉》:“诗缘情而绮靡,赋体物而浏亮。”李善注:“诗以言志,故曰缘情;赋以陈事,故曰体物。”棱模:即模棱,喻遇事不置可否、态度含糊。

[5]沾濡:指浸湿。

[6]蟠折:蟠虫弯曲状。菰(gū)蒲:植物名,生于河边,坡泽。

[7]笭箵(líng xīng):打鱼时用的竹子编的盛器。袯襫(bó shì):古时农夫穿的蓑衣之类。

[8]槎(chá)头:鱼名,即鳊鱼,缩头,弓背,大腹,色青,味美,以产汉水者尤著名,人常用槎拦截,禁止擅捕,因又称槎头缩项鳊。

[9]锟铻:古书上记载的山名。所产的铁可以铸刀剑,因此锟铻也指宝剑。

[10]吴盐:吴地所产的盐,以洁白著称,为四方所食。唐肃宗时,盐铁铸钱使第五琦于两淮所煮盐以洁白著名,后亦称两淮生产的盐为吴盐。唐李白《梁园吟》:“玉盘杨梅为君设,吴盐如花皎白雪。”蜀姜:蜀地所产的姜,为调味佳品。语出《吕氏春秋·本味》:“和之美者,阳朴之薑。”高诱注:“阳朴,地名,在蜀郡。”盘盂:亦作“盘杅”,圆盘与方盂的并称,用于盛物,古代亦于其上刻文纪功或自励。

[11]莼(chún)鲈:为莼羹鲈脍之简称。鲈鱼与莼菜,产于江浙。典出《世说新语·识鉴》:“张季鹰辟齐王东曹椽,在洛见秋风起,因思吴中菰菜羹、鲈鱼脍,曰:‘人生贵得适意尔,何能羁宦数千里以要名爵!’遂命驾便归。俄而齐王败,时人皆谓为见机。”后以此典形容人在外思乡归隐。

[12]尊:同“樽”,盛酒具。眉州:古地名,在今四川峨眉山。天马驹:指骏马。

[13]渴骥:语出《新唐书·徐浩传》:“尝书四十二幅屏,八体皆备,草隶尤工。世状其法曰:‘怒猊抉石,渴骥奔泉’云。”后用“渴骥奔泉”形容书法笔势矫健或比喻迫切的欲望。在此意为迫切的欲望。

[14]拘儒:迂阔的儒生,汉桓宽《盐铁论·复古》:“故未遑扣扃之义,而录拘儒之论。”

[15]陆沉:喻隐于市朝中,典自《庄子·则阳》:“仲尼曰:‘是圣人仆也。是自埋于民,自藏于畔。其声销,其志无穷,其口虽言,其言未尝言,方且与世违而心不屑与之俱,是陆沉者也。’”郭象注:“人中隐者,譬无水而沉也,谓之陆沉也。”

[16]“公荣”句:公荣,晋代刘昶字公荣,性情通达好饮酒。《世说新语·简傲》:“王戎弱冠诣阮籍,时刘公荣在座。阮谓王曰:‘偶有二斗美酒,当与君共饮。彼公荣者,无预焉。’二人交觞酬酢,公荣遂不得一杯。而言语谈戏,三人无异。或有问之者,阮答曰:‘胜公荣者,不得不与饮酒;不如公荣者,不可不与饮酒;唯公荣,可不与饮酒。’”后以此典形容士人相聚饮酒。

[17]逋:逃亡,此指逃亡之人。

[18]樱笋厨:春夏之交,樱桃、笋时鲜上市,以此为佳馔,故称樱笋厨。

[19]娵(jū)隅:古时西南少数民族称鱼为娵隅。

山中

十尺茅庵折脚铛[1],宵深不辨短长更。狂歌诗句儿童怪,独坐松根风露清。浮利虚名千日醉,空山白月一身轻。巡檐延伫心如水[2],时听盆鱼煦沫声[3]。

【注】

[1]铛(chēng):釜属,温器。汉服虔《通俗文》:"鬴有足曰铛。"折脚铛:喻生活贫困。

[2]巡檐:来往于檐前。延伫:久立,久留。《楚辞·离骚》:"悔相道之不察兮,延伫乎吾将反。"王逸注:"延,长也;伫,立貌。"

[3]煦(xù)沫:用唾沫互相湿润。

秋斋

寒斋似行旅,独夜意如何。霜重月华淡,庭荒蛩语多[1]。山林成夙昔[2],琴剑足摩娑[3]。为问东篱菊[4],谁同载酒过。

【注】

[1]蛩(qióng)语:指蟋蟀叫声。

[2]夙(sù)昔:往日。

[3]摩娑:抚摸,弹拭。

[4]东篱菊:语出晋陶潜《饮酒诗》:"采菊东篱下,悠然见南山。"借指隐居生活。

古意

人情荷上露,变易安可知?怆怀感畴曩[1],揾泪如连丝[2]。忆昔初见君,春山学蛾眉[3]。合欢琥珀枕,连理珊瑚枝。一朝无丑好[4],弃捐遂何早[5]。遗簪蝉翼轻,悠悠置长道。浮云随大风,东流去浩浩。恩爱日以新,后会岂能保?

【注】

[1]畴曩(nǎng):指从前。

[2]揾(wèn):拭。

[3]春山句:即"眉学春山",形容貌美。典出晋葛洪《西京杂记》卷二:"(卓)文君姣好,眉色如望远山,脸际常若芙蓉,肌肤柔滑如脂。"

[4]丑好:偏义复词,此处指好。

[5]弃捐:丢弃。

西塘

西塘有榕树,树影全在水。小鱼吹榕叶,大鱼食榕子。载酒聊复吟,钓丝随风委。吟罢成两忘,新月挂山嘴。

春夜

落寞穷愁客,年年骨相同。生涯怜药物,心绪问春风。人俗琴偏古,吟悭句偶工[1]。夜阑眠不得[2],起坐月当中。

【注】

[1]吟悭(qiān):谓不常吟诗。

[2]夜阑:夜深。

《素轩诗集》卷二

潘小江叔岳追和王渔洋秋柳诗见示[1]，作此答之三首

其一

初写黄庭秋柳诗[2]，女儿中妇耐寻思[3]。当年和遍江南北，笔下骊珠属阿谁[4]。

【注】

[1]叔岳：妻子的叔父。王渔洋：即王士祯，1634—1711年，字子真，一字贻上，号阮亭，别号渔洋山人。清初著名诗人，有《精华录》诗集。

[2]初写黄庭：恰到好处的意思。晋王羲之写的《黄庭经》帖，为后世学写小楷的范本，相传有"初写黄庭，恰到好处"之语。见唐张彦远《法书要录·晋王右军王羲之书目》。

[3]中妇：指妻子。

[4]骊(lí)珠：典出《庄子·列御寇》："夫千金之珠，必在九重之渊，而骊龙颔下。"此喻能得命题精蕴之佳作。阿谁：疑问代词，犹言谁、何人。

其二

黄鹤题诗忆上才[1]，谪仙只赋凤凰台[2]。千金欲买珊瑚树，乞与徐陵架笔来[3]。

【注】

[1]"黄鹤"句：黄鹤楼，在湖北武汉市蛇山的黄鹄矶，临长江，古代传说，有仙人子安尝乘黄鹤过此，故名黄鹤楼。"上才"指唐崔颢，公元？—754年。唐汴州人，开元十一年进士，天宝间任尚书司勋员外郎。以诗名。尝登武昌黄鹤楼赋诗，为李白所推重，有句云："眼前有景道不得，崔颢题诗在上头。"见元辛房《唐才子传》。

[2]"谪仙"句：李白曾游凤凰台，作有《登金陵凤凰台》一诗。世称李白为谪仙。凤凰台在江苏南京，晋升平中，有鸟集此地，文彩如孔雀，时人传谓凤凰，因起台于其地名为凤凰台。

[3]徐陵：人名。南朝陈东海郯人。字孝穆。仕梁为通直散骑常侍，入陈官至尚书，时与庾信齐名。

其三

张绪闲愁梳白发[1],小蛮衰泪衷红绵[2]。无端怕读伤心句,满眼春光总可怜。

【注】

[1]张绪:公元422—489年,南朝齐吴郡吴人,字思曼。美风姿,清简寡欲,口不言利。长于《周易》,官至太常卿,领国子祭酒。武帝植蜀柳于灵和殿前,尝赞叹说:"此杨柳风流可爱,似张绪当年时。"

[2]作者自注"小江诗中语"。小蛮:唐白居易的女侍。见白居易《长庆集·不能忘情吟序》。

岳阳楼[1]

客路三千里,巴陵第一楼[2]。山横南楚尽,云接汉江流[3]。空阔鱼龙静,高寒鼓角愁[4]。永怀忧乐语[5],望古思悠悠。

【注】

[1]岳阳楼:在湖南岳阳县城西门上,三层,始建于唐,下瞰尚洞庭湖,为著名风景地。相传三国吴鲁肃于此建阅兵楼。唐天宝后其名渐著。李白、杜甫、韩愈、白居易诗集中都有岳阳楼诗。宋庆历五年巴陵守滕宗谅重修,范仲淹为此撰《岳阳楼记》。

[2]巴陵:县名,汉下隽巴丘地,神话传说后羿斩巴蛇于洞庭,蛇骨堆积象丘陵,故名。三国吴改巴陵县。1913年改称岳阳县。

[3]"山横"二句:化用唐李白《渡荆门送别》有诗句:"山随平野尽,江入大荒流"。

[4]鼓角:战鼓和号角,军中用以传号令壮声势。

[5]忧乐语:此指宋范仲淹《岳阳楼记》:"先天下之忧而忧,后天下之乐而乐"。

京邸送罗松崖同年南归[1]

金台五月金欲流,金台客子多烦忧[2]。异乡况又万里别,俯仰今昔心悠悠。与君一判十三载,故山咫尺隔丰采。闭门读破万卷书,愧我穷愁颜面改。今年挟策来帝都,蹇驴却路无欢娱[3]。天涯酒人不易得,功名抛掷从枭卢[4]。迂疏谬弋百里寄,无乃腐鼠骄鹓雏[5]。行将九万看抟扶,息以六月真良图[6]。君归故乡秋正早,丹枫黄叶梧江道[7]。风魂月魄玉琴张,鼠须蚕茧姜芽老[8]。槛外阑干苜蓿香[9]，阶前绿缛濂溪草[10]。人夸郎署紫微花[11]，我说门墙桃李好。我今去作风尘吏，班生投笔封侯地[12]。绝塞山川亦主恩，束发读书学何事？短后黄皮压赫连[13]，壮心不洒离群泪。春风尚到玉门关[14]，相思南望飞鸿至。作此(1)长歌送君别，粤峤莺花秦陇雪[15]。蝇头便面数行书[16]，临岐握手中肠结[17]。愿君置向怀袖间，藏之三年字不灭[18]。

【校】

(1)原缺一字，今据上下文意补“此”字。

【注】

[1]京邸(dǐ)：京城高级官员的住所。罗松崖：人名，乾嘉年间广西临桂人，乾隆三十三年(1768年)举人。

[2]金台客子：指参加京城科第考试之人。金台指黄金台，故址在今河北易县东南，相传战国燕昭王筑台于此，置千金于台上，延请天下士，故名金台。后人慕之，亦筑台于此。

[3]蹇驴：跛蹇驽弱的驴子，喻驽钝的人，在此自谦之词。

[4]枭(xiāo)卢：古时博戏樗蒱采名。幺为枭，最胜，六为卢，次之。唐韩愈《送灵师》：“六博在一掷，枭卢叱回旋。”

[5]腐鼠骄鹓雏(yuān chú)：腐鼠，腐烂的死鼠，比喻世俗人所看重的极轻贱卑微之物。鹓雏指古书上说的凤凰的一类的鸟。典自《庄子·秋水》：“惠子相梁，庄子往见之。或谓惠子曰：‘庄子来，欲代子相。’于是惠子恐，搜于国中三日三夜。庄子往见之，曰：‘南方有鸟，其名曰鹓雏，子积知之乎？夫鹓雏，发于南海而飞于北海，非梧桐不止，非练食不食，非醴泉不饮。于是鸱(chī：古书上说指一鹰)得腐鼠，鹓雏过之，仰而视之曰：“吓！”今子欲以梁国而吓我邪？’”后以此典形容以小人之心度君子之腹，忌妒贤能。

[6]行将句：抟(tuán)，环绕，盘旋。息，休息。图，图谋、计划。典自《庄子·逍遥游》：“北冥有鱼，其名为鲲。鲲之大，不知其几千里也。化而为鸟，其名为鹏。鹏之背，不知其几千里也；怒而飞，其翼若垂天之云。是鸟也，海运则将徙于南冥。南冥者，天池也。齐谐者，志怪也。谐之言曰：‘鹏之徙于南冥也，水击三千里，抟扶摇而上者九万里，去以六月息者也。’……背负青天而莫之夭阏(è)者，而后乃将图南。蜩(tiáo)与学鸠笑之曰：‘我决(xuè)起而飞，抢(qiāng)榆枋，时则不至而控于地而已矣，奚以之九万里而南为？’”此处指罗松崖的前程远大。

[7]梧江：水名，西江流经今广西梧州市境内的一段。

[8]鼠须蚕茧：鼠须即用老鼠胡须做成的毛笔，蚕茧即蚕茧纸。唐何延之《兰

亭记》:“(王羲之)挥毫毫制序,兴乐而书,用蚕茧纸,鼠须笔,遒媚劲健,绝代更无。”

[9]苜蓿(mù xu):植物名,又称木粟、牧宿、环风、光风草、连枝草。也作“目宿”原产西域,汉武帝时自大宛传入中土。为马牛等饲料及绿肥作物,也可入药,其嫩茎叶,可当蔬菜。

[10]濂溪:水名,在湖南道县,旧道州西营乐乡,有安定山,山有溪名濂溪,为宋周敦颐家居处。

[11]郎署紫微花:唐开元元年改中书省为紫微省,中书令为紫微令中书舍人为紫微舍人,取天文紫微垣(yuán)为义,寻于省中植紫微花。此两句说,作者认为,无论在京城还是在边远山区为官,只要心地达观,都各有所得。

[12]班生:指班超,人名。公元33—103年,汉扶风安陵人。“字仲升。彪少子,固弟。父卒,家贫。恒为官佣写书以供养,久劳苦,尝辍业投笔叹曰:‘大丈夫无它志略,当效傅介子张骞立功异域以取封侯,安能久事笔研(砚)间乎!’”后班超成就功名,封为定远侯。晚年思归故里。后遂为典,指弃文从武、发愤立功。见《东观汉记·班超传》。

[13]“短后”句:谓衣之后幅较短,便于动作。语出唐岑参《北庭西郊候封大夫受降回军献上》:“自逐定远侯,亦着短后衣。”赫连:代北复姓,匈奴左贤王刘去卑之后,去卑即独孤氏之祖,传至勃勃,称夏王,自云赫赫与天连,因以为氏。

[14]“春风”句:化用唐王之涣《凉州词》:“羌笛何须怨杨柳?春风不度玉门关。”此处反用其义,表明诗人对前途充满信心。玉门关:关名。甘肃省敦煌市西北。因由西域输入和阗玉石取道于此而得名,为汉武帝时所置。

[15]粤峤(qiáo):广西东部与广东西部一带。秦陇:指陕西一带。

[16]蝇头:喻小字。便面:《汉书·张敞传》:“(敞)使御史驱,自以便面拊马。”《注》:“便面,所以障面,盖扇之类也。不欲见人,以此自障面,则得其便,故曰便面,亦曰屏面。”后称团扇、折扇为便面。

[17]临岐:指分道惜别。语出南朝宋鲍照《舞鹤赋》:“指会规翔,临岐矩步。”

[18]“愿君”二句:化用了《古诗十九首·孟冬寒气至》:“置书怀袖中,三岁字不灭。”

郃州[1]

迎风桥边落日初[2],秦关粤岭八千余[3]。微官应累高堂梦[4],谁寄平安两字书。

【注】

[1]邠(bīn)州:州名,原为古国,故地在今陕西彬县,本作豳。周先人公刘所建。唐开元十三年以豳字类“幽”,改为邠。

[2]迎凤桥:桥名,在今陕西彬县。

[3]秦关:指秦地关塞

[4]高堂:指父母。

平凉道中寄舍弟中德[1]

客路惊秋早,空山落叶干。一官吾跋涉[2],人口尔艰难。土屋连三窟[3],云峰矗六盘[4]。同怀若相问[5],莫道近边寒。

【注】

[1]平凉:地名,今属甘肃省平凉市。舍弟:对人自称其弟的谦辞。亦称家弟。

[2]跋涉:登山涉水。形容旅途艰苦。

[3]三窟:三个洞穴。

[4]六盘:指六盘山。在今宁夏固原市西南,是陇山山脉的主峰。山路险狭曲折,经盘道六重才到顶峰而名。

[5]同怀:谓同胞兄弟姐妹。

六盘山[1]

遥望六盘山,苍翠绝可怜。坡陀互出没[2],突兀落眼前。谁人辟天险,茫昧知何年。榛芜翳荒戍(1)[3],石濑鸣涓涓[4]。初如拾阶级[5],数武复蜿蜒[6]。磴齿忽陡涩[7],轮蹄屡延缘[8]。前行倏纡折[9],疑陟后者肩。骡驮纷断续,若蚁负子然。盘盘上益高,跕跕惊飞鸢[10]。崩崖垂大壑,留目不敢旋。我行西陲道,历险此最先。寒暑异于下,风雷集其巅。孝子戒垂堂[11],出处理有专。驱车九折坂,壮志怀囊贤[12]。

【校】

(1)原为“戌”字,此据上下文意改。

【注】

[1]六盘山:山名,在今宁夏固原市西南,是陇山山脉的主峰。山路险狭曲折,经盘道六重才到顶峰而名。

[2]坡陀:山势起伏貌。

[3]榛芜:草木丛杂,形容荒凉的景象。翳(yì):遮蔽。戍:边防区域的营垒、城堡。

[4]濑:湍急的水。

[5]阶级:台阶。

[6]武:古以六尺为步,半步为武。

[7]磴:石头台阶。陡涩:陡峭不平。

[8]轮蹄:亦作"轮蹏",车轮与马蹄,代指车马。延缘:顺沿,循行。

[9]纡折:迂回曲折。

[10]"跕跕(diē)"句:形容环境艰险。语出《东观汉记·马援》:"吾在浪泊……仰视乌鸢跕跕堕水中。"

[11]戒垂堂:形容做事谨慎自爱,不冒风险。典自《史记·袁盎晁错列传》:"文帝从霸陵上,欲西驰下峻阪。袁盎骑,并车揽辔。上曰:'将军怯邪?'盎曰:'臣闻千金之子坐不垂堂,百金之下不骑衡,圣主不乘危而徼幸。今陛下骋六騑,驰下峻山,如有马惊车败,陛下纵自轻,奈高庙、太后何?'下乃止。"

[12]曩:以往,从前,过去的。

晚次河桥驿[1]

策蹇寻孤驿[2],荒城夕照斜。空庭嘶瘦马,坏堞集昏鸦[3]。人欲飘萍老,官犹啖蔗夸[4]。乱山风雪夜,凄断听鸣笳[5]。

【注】

[1]河桥驿:驿名,在大通河旁,今属甘肃省永登县河桥镇。

[2]蹇(jiǎn):指驽劣之马。

[3]堞(dié):城上如齿状的矮墙。

[4]啖蔗:比喻境况逐渐好转。出自《世说新语·排调》记顾恺之食甘蔗,先从尾起。别人问他为什么,他回答说:"渐入佳境。"

[5]笳:古管乐器名。汉时流行于西域一带少数民族间,初卷芦叶吹之,与乐器相和,后以竹为之。

小除[1]

此夕小除夕,家庭笑语亲。只应慈母意,遥念薄游人[2]。

【注】

[1]小除:除夕的前一天。也称小尽。清顾禄《清嘉录·十二小年夜大年夜》:"或有用除夕前一夕者,谓之小年夜,又曰小除夕。(案)韩鄂《岁华纪丽》云:'三十日为大尽,二十九日为小尽。'"吴人谓之大除小除。

[2]薄游:为薄禄而宦游于外,用于自谦。

岁暮河湟道中思乡杂咏七首[1]

其一

漠漠同云欲雪天[2],乡心归梦粤江边[3]。敝裘羸马无人识[4],濩落官涯又一年[5]。

【注】

[1]河湟:黄河湟水两流域地。《新唐书·吐鲁番传》:"湟水出蒙谷,抵龙泉与河合。……故世举谓西戎地曰河湟。"

[2]同云:云成一色,天将下雪的迹象。

[3]粤江:珠江的旧称。此代诗人的故乡平南。

[4]敝裘:破旧的皮衣。羸(léi)马:瘦弱的马。

[5]濩(huò)落:即无用。

其二

经年有梦恋庭闱[1],欲报平安去雁稀。拟上昆仑最高顶[2],天南遥望白云飞。

【注】

[1]庭闱:借指父母。语出晋束广微(皙)《补亡诗·南陔》:"眷恋庭闱,心不遑安。"晋束广微注:"庭闱,亲之所居。"

[2]昆仑:古障塞名,又名昆化障,西汉置。在今甘肃瓜州县境。《汉书·地理志》下云:"敦煌郡广至县有宜禾都尉治昆仑障。"

其三

旧约名山学点求[1],驰烟勒字更谁尤[2]。无多洛下三间屋,闲却西头事远游。

【注】

[1]点求:指孔子的两个学生曾皙与冉求。曾皙,名点。

[2]驰烟:谓疾驰于山路的烟雾之中。勒字:刻字。

其四

明镜芳香阻赠持，陌头柳色好相思[1]。书生不是封侯福，况似长安乞米时。

【注】

[1]“陌头”句：语出唐王昌龄《闺怨》：“忽见陌头杨柳色，悔教夫婿觅封侯。”

其五

早岁经营一束书，膝前头角近何如[1]。迂疏不解惭儿女，更拟题诗戒厥初。

【注】

[1]头角：梳在儿童头顶两旁的发辫，借指儿童。

其六

家在青山绿水边，破寒晴日欲辞绵[1]。争看估客帆樯到[2]，朱橘黄柑剧可怜。

【注】

[1]辞绵：换下绵衣。

[2]估客：贩货的行商。帆樯：挂帆的桅杆，借指帆船。

其七

河阳艳说好花开[1]，潘令当年只费才[2]。寄语故园旧亲串[3]，门前栽柳莫栽槐[4]。

【注】

[1]河阳：县名，春秋晋地，汉置县，属河内郡。历代沿置，明废。故地在今河南孟州市。艳说：艳羡地评说。

[2]潘令：潘岳，公元247—300年，晋荥阳中牟人，字安仁，工诗赋，曾任河阳令。在全县遍种桃李，春风吹来，到处都是花的世界。

[3]亲串：亲近的人，南朝(宋)谢惠连《秋怀诗》：“因歌遂成赋，聊用步亲串。”串，原读为惯。今通指有戚谊者为亲串，“串”读为“穿”的去声。

[4]栽柳：化用“隐潜五柳”，晋陶潜《五柳先生传》：“先生不知何许人也，亦不详其姓字。宅边有五柳树，因以为号焉。闲静少言，不慕荣利。好读书，不求甚解；每有会意，便欣然忘食。性嗜酒，家贫不能常得。亲旧知其如此，或置酒而招之，造饮辄尽，期在必醉；既醉而退，曾不吝情去留。环堵萧然，不蔽风日；短褐穿结，箪瓢屡空，晏如也。常著文章自娱，颇示己志。忘怀得失，以此自终。”后以此典指隐士的住所。

栽槐:化用“位列三槐”,典自《宋史·王旦传》:“(王旦)父祐,尚书兵部侍郎,以文章显于汉,周之际,事太祖,太宗为名臣。尝谕杜重威使无反汉,拒卢多逊害赵普之谋,以百口明符彦卿无罪,世多称其阴德。祐手植在三槐于庭,曰:‘吾之后世,必有三公者,此其所以志也。’”后以此典指位居三公一类的高官,此指出门做官。

上元前五日兰城作[1]

我从河湟来[2],新正方十日[3]。居人向我说繁华,上元灯火旧无匹。黄河冰桥冰欲消,莲花池畔春风娇[4]。吴绫蜀锦贱如草[5],银花火树干云霄[6]。县官三日不卧食,大官欢乐奴仆骄。跳梁小丑偶跋扈[7],金碧错落一炬焦。太阳丽中阴霾散,仓猝未暇禁渔樵。时人不悟返朴意,尚期今岁夸元宵。我闻一丝一粟皆天物[8],暴殄(1)所以致氛妖[9],西陲土瘠民不饶,上下节爱民气调。吁嗟乎!上下节爱民气调,作歌敢以告同僚。

【校】

(1)原为“殄”字,今据上下文意改。

【注】

[1]上元:农历正月十五为上元节。兰城:市名,现在的兰州市。

[2]河湟:黄河湟水两流域地。《后汉书·西羌传》:“乃度河湟,筑令居塞。”《新唐书·吐鲁番传》:“湟水出蒙谷,抵龙泉与河合。……故世举谓西戎地曰河湟。”

[3]新正(zhēng):新年之正月。

[4]作者自注“池在城西”。

[5]吴绫:丝织品名。《新唐书·地理志五》:“明州余姚郡……土贡吴绫。”蜀锦:古代丝织物的一种。唐杜甫《白丝行》:“缫丝须长不须白,越罗蜀锦金粟尺。”注:“越罗蜀锦,天下一步之奇纹也。”元费著撰《蜀锦谱》记载蜀锦产地除外,还有秦州湖州等地,故蜀锦以各地织法源自蜀地,相沿为名,成为锦的通称。

[6]干:抵触,高及。

[7]跳梁小丑:形容猖狂捣乱而没有多大能耐的丑恶之徒。作者自注“时回教滋事”。

[8]“我闻”二句:语出《书·武成》:“今商王受无道,暴殄天物,害虐烝民。”唐孔颖达疏:“则天物之言,除人外,普谓天下百物为兽草木。”

[9]氛妖：亦作“氛祅”，妖气，多喻指灾祸或叛贼。

隆德县[1]

经过犹记戒重关[2]，半载萍蓬几破颜[3]。乌帽河湟尘未脱[4]，马蹄又上六盘山[5]。

【注】

[1]隆德：县名，今属属宁夏。邻接甘肃省，汉安定郡地，宋为羊牧隆城寨，后改隆德寨，金置县，明清皆属平凉府。

[2]作者自注“时回匪尚未靖”。

[3]萍蓬：萍浮蓬飘。喻行踪转徙无定。

[4]河湟：黄河湟水两流域地。《新唐书·吐鲁番传》：“湟水出蒙谷，抵龙泉与河合。……故世举谓西戎地曰河湟。”

[5]六盘山：山名。在今宁夏固原市西南，是陇山山脉的主峰。山路险狭曲折，经盘道六重才到顶峰而名。

过平凉欲登崆峒山不果[1]

陇右少隙地[2]，其实无一山。非无满眼山，一一兀且顽。逶迤高平道，水木颇娟好[3]。征途虽云劳，对此触幽讨。峨峨崆峒山，郁葱耿西皞[4]。积铁埋冻银[5]，尻脽互枕抱[6]。闻道传古皇，下风昔曾造[7]。开辟杳鸿蒙[8]，茫昧谁能考。嗟予奉时役，官程苦促迫。十年看山眼，坐被黄尘隔[9]。更闻最高处，铁锁苔痕碧。世乏赤松俦[10]，灵境只可惜。何当御泠风[11]，早晚煮白石[12]。元鹤洞云深，千载无人识。

【注】

[1]平凉：县名，汉朝那县，隋大业二年改平凉县，1958年划入甘肃平凉市。崆峒山：山名，在甘肃平凉市西，属六盘山。

[2]陇右：陇山以西至黄河以东之地。

[3]娟好：清秀美丽。

[4]西皞(hào)：亦作“西皓”，指西方。

[5]冻银：喻积雪。

[6]尻(kāo)脽(shuí)：尻、脽皆指人的臀部，此喻峰峦相连。

[7]下风：古皇名。

[8]鸿蒙:宇宙形成前的浑浊状态。

[9]坐:因为。

[10]赤松:指赤松子,传说中的仙人,晋初黄初平牧羊,为一道士携至金华山石室中,服食松脂茯苓成仙,改名为赤松子。世传叱石成羊,即黄初平事。见晋葛洪《神仙传·黄初平》。俦(chóu):伴侣,同类。

[11]泠风:指小风,和风。

[12]煮白石:借指隐居山林。典自晋葛洪《神仙传》:"白石先生者,中黄丈人弟子也。至彭祖时,已二千岁余矣,不肯修升天之道,但取不死而已,不失人间之乐。其所据行者,正以交接之道为主,而金液之药方为上也。初以居贫,不能得药,乃养羊牧猪。十数年间,约衣节用,置货万金,乃大买药服之。常煮白石为粮,因就白石山居,时人号曰白石先生。亦食脯饮酒,亦食谷食,日行三四里,视之色如四十许人。"

泾州严家山[1]

风吹枷锁满城香,满城争看员外郎[2]。弹章凛凛一万字[3],奸回未诛魄已亡[4]。至今二百有余载,山岳耸峙星斗光。严家父子真鬼蜮[5],举朝侧目手可炙[6]。一朝势去冰山颓,子孙谴谪沦远域。进贤自古受上赏,戕忠天报报亦极[7]。严家山房列窗牖,严家遗裔等牛后。严家男儿尘满头,严家妇女倚门首[8]。湘帘金鸭小扬州[9],檀板银筝大垂手[10]。孽蕃遗挂传尚在[11],百人索观见八九。泾原道路西通邮[12],过客发指笑且丑。呜呼!权奸贼贤遂病国,白头乞食天纲漏。当时唾骂由他人[13],岂知千秋地下犹有臭。

【注】

[1]泾(jīng)州:旧县名,即今甘肃省泾川县。严家山:山名,在甘肃省泾州城东。相传严嵩眷属流落于此。作者自注"山在城东,为狭斜处,相传为分宜后人"。按,分宜,地名,指江西分宜。此代明严嵩。

[2]员外郎:此指严嵩,1480—1569年,明江西分宜人,字惟中。弘治十八年进士。因善于谄媚皇帝,累拜英武殿大学士,入直文渊阁。世宗时,官至少傅兼太子师。揽权贪贿,凡直言时政,劾其窃权网利的,皆遭杀害。嵩子世蕃,官至太常寺卿,尤横行不法。御史邹应龙等极论嵩父子不法,遂籍没嵩家,斩世蕃,罢嵩官,嵩后寄食墓舍而死。

[3]弹章:弹劾官吏的奏章。凛凛:犹犀利。

[4]奸回:指奸恶邪僻的人。

[5]鬼蜮(yù):指阴险害人的人。语出《诗·小雅·何人斯》:"为鬼为蜮。"

[6]手可炙:化用唐杜甫《丽人行》:"后来鞍马何逡巡,当轩下马人锦茵。杨花雪落覆白苹,青鸟飞去衔红巾。炙手可热势绝伦,慎莫近前丞相嗔。"后以"炙手可热"形容权贵势焰很盛。

[7]戕忠:残害忠良。

[8]倚门首:指严家妇女沦为娼妓。

[9]湘帘:斑竹编成的帘。金鸭,金属之鸭形香炉。扬州:地名,即今江苏省扬州市。

[10]檀(tán)板:拍板,多用檀木制成。大垂手:乐府杂曲歌辞名。唐吴兢《乐府古题要解》:"右言舞而垂其手,亦有小垂手及独手也。"

[11]蕃:指严嵩子严世蕃。遗挂:死者遗物,指衣服之类。

[12]泾原:旧地名,即今甘肃省泾川县党原。

[13]唾(tuò)骂:鄙弃辱骂。

咸阳道中[1]

金城二月尚严寒[2],路入咸阳客思欢。陇麦青青堤柳绿,春风只肯到长安[3]。

【注】

[1]咸阳:地名,战国时秦孝公建都咸阳,故址在今陕西西安市长安区西之渭城故城。

[2]金城:地名,汉昭帝始元六年置郡,郡治允吾,宋废,故址在今甘肃皋兰县西北黄河北岸。

[3]"春风"句:长安,古都城,本秦离宫,汉高帝七年始都于此。故址在今陕西西安市西北。此句化用唐王之涣《凉州词》中的"羌笛何须怨杨柳?春风不度玉门关"。

过陈希夷坠驴处[1]

莲岳山人大睡起,神京已报受禅书[2]。君王天下龙飞日[3],博得先生一坠驴。

【注】

[1]陈希夷:人名,即陈抟,字图南,五代末宋初人。坠驴:指"陈抟坠驴",宋王偁《东都事略》卷一一八:"(陈抟)尝乘白驴,欲入汴,中途闻太祖登极,太笑坠

驴,曰:‘天下于是定矣。’”后以此典形容太平之世。

[2]神京:帝都。受禅书:王朝更迭,新皇帝接受旧帝让给帝位的一种文书。指宋赵光胤发动“陈桥兵变”一事。

[3]龙飞:喻指帝王兴起或即位。语出《易·乾卦》:“飞龙在天,利见大人。”

登万寿阁,望华山,风沙大作,诗以纪事[1]

名山如灵神,不诚不现丈六身。又如高世士,不屑数见流俗子。华阴高阁高三重,朱棂正对山三峰[2]。周槐商柏不暇辨,我来卓午闻斋钟[3]。开窗错愕语不得[4],但见风沙云气纷空蒙。明星玉女杳何许[5],半天忽失青芙蓉[6]。搔头却忆前年路,长日阑干眺烟树[7]。六月南薰吹我襟,石磴悬崖尽刻露。颇尤良辰煞风景,似闻仿佛山灵怒。来时犹是一书生,刻鹄肖形差类鹜[8]。车轮未歇素衣缁[9],再访仙源源已误[10]。驰烟勒字请莫猜[11],束缩形骸恐非故[12]。我惊此意重徘徊,山灵尔真爱我哉。天生骨相原有定,迂疏潦倒岂是。济世才半年,宦海涉波浪。形疑槁木心如灰,莼鲈不到西粤地[13]。长镵掘火烧芋魁[14],蹇驴襆被桥西来[15]。乘风登阁云应开,题诗百韵报神贶[16]。苍翠尽入玻璃杯,重为山灵约。听我终篇辞,飘蓬无根随□(1)飞[17]。故山虽在人口饥,谋生作吏嗤钝锥。十年还我旧布衣,但得息壤何敢违[18]。即无负郭□(2)[19],半亩我亦归。

【校】

(1)此处空缺一字,疑是“风”。

(2)此处空缺一字,疑是“田”。

【注】

[1]万寿阁:楼阁名,在今陕西省华阴市南。华山:山名,五岳之一,世称西岳。在陕西华阴市南。因其西少有华山,故又名为太华山。有莲花(西峰)、落雁(南峰)、朝阳(东峰)、玉女(中峰)、五云(北峰)等峰。

[2]棂:旧式窗户的窗格子。

[3]卓午:正午。

[4]错愕:惊惧。

[5]空蒙:浑蒙迷茫之状,多形容烟岚。玉女:此指玉女峰。

[6]芙蓉:此指莲花峰。

[7]烟树:云烟缭绕的树木、丛林。

[8]“刻鹄”句:语出汉马援诫兄子严敦书:“学龙伯高不就,犹为谨饬之士,所

谓刻鹄不成，尚类鹜者。”意思是仿效得虽然不太逼真，但还相似。

[9]缁(zī)：黑色。

[10]仙源：神仙居住的地方。唐王维《桃源行》：“春来遍是桃花水，不辨仙源何处寻。”

[11]勒字：刻字。

[12]束缩：犹瑟缩，蜷缩颤抖貌。

[13]莼鲈(chún lú)：莼，植物名；鲈，鱼名。典出《世说新语·识鉴》：“张季鹰辟齐王东曹椽，在洛见秋风起，因思吴中菰菜羹、鲈鱼脍，曰：‘人生贵得适意尔，何能羁宦数千里以要名爵！’遂命驾便归。俄而齐王败，时人皆谓为见机。”后以此典形容人在外思乡归隐。

[14]镵(chán)：古代一种铁制的刨土工具。芋魁：典自《汉书·翟方进传》：“初，汝南归有鸿隙大陂(bēi)，郡以为饶。成帝时，关东数水。陂溢为害。方进为相，与御史大夫孔光共遣椽行视，以为决去陂水，其地肥美，省堤防费而无水忧，遂奏罢之。及翟氏灭，乡里归恶，言方进请陂下良田不得而奏罢陂云。王莽时常枯旱，郡中追怨方进，童谣曰：‘坏陂谁？翟子威。饭我豆食羹芋魁。反乎覆，陂当复。谁云者？两黄鹄。’”后以此典指粗粝的饭食。

[15]襆(pú)被：以包袱裹束衣被。

[16]贶(kuàng)：赐予，加惠。

[17]飘蓬(péng)：形容诗人身世飘零。出自《晏子春秋·内篇杂上》：“鲁昭公弃国走齐，齐公问焉，曰：‘君何年之少，而弃国之蚤(早)？奚道至于此乎？’昭公对曰：‘吾少之时，人多爱我者，吾体不能亲；人多谏我者，吾志不能用；好则内无拂而外无辅，辅拂无一人，谄谀我者甚众。譬之犹秋蓬也，孤其根而美枝叶，秋风一至，根且拔矣。’”

[18]息壤：明朱国祯《息壤辨》谓壤指耕治之地，桑土稻田，可以生息，故曰息壤。

[19]负郭田：靠近城郭。语出《史记·苏秦传》：“且我有雒(luò)阳负郭田二顷，吾岂能佩六国相印田乎？”

咏怀二首

其一

逞巧苦易尽[1]，养拙恒有余[2]。古来高明士，鬼神瞰其庐。抱璞身乃完[3]，寡欲心自舒。贺者方在门,吊者已在闾。

【注】

[1]逞巧:展示技巧。

[2]养拙:犹守拙,指隐退不仕。潘安仁(岳)《闲居赋》:"仰众妙而绝思,终优游以养拙。"

[3]抱璞(pú):指保其本色,不为爵禄所惑。战国齐宣王欲用颜斶(chù),斶辞曰:"夫玉生于山,制则破焉,非弗宝贵矣,然大璞不完;士生乎鄙野,推选则禄焉,非不尊遂也,然而形神不全,斶愿得归……归反璞,则终身不辱。"见《战国策·齐策》。

其二

富贵有定命,圣贤固履贫[1]。求富未得富,反目焚其身。多金亦多累,况本荷锄人[2]。乐道讵可期[3],保此方寸春[4]。

【注】

[1]固:本来。履:经历。

[2]荷(hè)锄人:干农活之人。

[3]讵:岂,怎。

[4]方寸:此指心。

怀元亭

懒拙交游少,投胶第一人[1]。三年悲远客,万里哭严亲[2]。仓猝金台别[3],凄凉桂管春[4]。微官犹道路,忆尔倍酸辛。

【注】

[1]投胶:出自《后汉书·独行列传》:"陈重字景公,豫章宜春人也。少与同郡雷义为友,俱学鲁诗、颜氏春秋。太守张云举重孝廉,重以让义,前后十余通记,云不听。义明年举孝廉,重与俱在郎署。""义归,举茂才,让于陈重,刺史不听,义遂阳狂被发走,不应命,乡里为之语曰:'胶漆自谓坚,不如雷与陈。'三府同时俱辟二人。"此处用典形容友谊真挚牢固。

[2]严亲:单指父亲。作者自注"时元亭闻讣旋里"。

[3]金台:此代京城。

[4]桂管:唐时桂林地区的代称。武德四年,平萧铣,置桂州总管府,管桂象等

九州。后改为都督府。贞观后裁并，置岭南西道，于桂州置桂管经略观察使，管桂蒙等十五州。

鸳鸯

一双红翠映新蒲[1]，暖日轻烟梦不孤。欲向东风问消息，来生修得似渠无[2]。

【注】

[1]蒲(pú)：草名，生于水边。有香气，根可入药。

[2]渠：它们，指鸳鸯鸟。

今年

今年春色又谁家，准备闲愁人鬓华[1]。有恨无情都不解，一生怕见合欢花[2]。

【注】

[1 鬓华：指鬓发花白。

[2]合欢花：花名。象征团圆、恩爱、和睦之意。

山右道中杂咏三首[1]

普救寺[2]

寺坡坡上梵王宫[3]，粉冷香销色已空。惆怅门前数行柳，黄娇绿怨倚东风。

【注】

[1]山右：旧称山西省为山右，因在太行山之右，故云。

[2]标题本列于诗后，今移至诗前；下二首同。普救寺：寺名。在山西省永济市。

[3]梵王宫：即梵宇，本指梵天的宫殿。后泛指佛寺。

曲沃镇[1]

石桥东跨水潆洄[2]，麦陇如枰一望开。行过蒲州三日路[3]，人家大半是楼台。

【注】

[1]作者自注"曲沃镇"。按：曲沃镇，县名。在山西省西南部、汾河支流浍河下游，同蒲铁路纵贯。北魏置县。

[2]潆洄(yíng huí)：水流回旋。

[3]蒲(pú)州：旧府名。地属山西省，古史传舜都。春秋属晋，战国属魏。秦

属河东郡，两汉为蒲反县。北周始置蒲州，唐宋元改为河中府，明为复为州，属平阳府。清升为府，治永济县。1912 年废府。

巢父洗耳处[1]

几湾绿净柳垂阴，望古临风一寄钦。愧我骑驴桥上过，空怀漱石枕流心[2]。

【注】

[1]巢父：传说为唐尧时隐士，在树上筑巢而居，时人号曰巢父。尧以天下让之，不受；又让许由，亦不受。《汉书·古今人表》、晋皇甫谧《高士传》皆谓巢父许由为二人。三国（蜀）谯周《古史考》则云巢父即许由。"巢父洗耳"见于晋皇甫谧《高士传·许由》："尧让天下于许由，……由于是遁耕于中岳颍水之阳，箕山之下，终身无经天下色。尧又召为九州长，又不欲闻之，洗耳于颍水滨。"

[2]漱石枕流心：形容隐居生活。典出《世说新语·排调》："晋孙楚少时欲隐，谓王济曰：'当"枕石漱流"，语误"漱石枕流"'王曰：'流可枕石可漱乎?'孙曰：'所以枕流，欲洗其耳；所以漱石，欲砺其齿。'"

客夜[1]

欹枕听宵柝[2]，忧思不可禁。功名初入梦，儿女渐关心。破壁留纤月，残寒恋素衾。我劳殊未已，惆怅又春深。

【注】

[1]客夜：在外投宿过夜。

[2]欹：通"倚"，斜靠。宵柝（tuò）：此指夜晚的打更声。

寺夜

寒逗衾棱夜一更，帘筛风影月笼明。灯花如豆心如水，听彻蒲牢百八声[1]。

【注】

[1]蒲牢：指钟。原为兽名，汉班孟坚（固）《东都》："于是发鲸鱼，铿华钟。"唐李善注："（三国）薛综《西京赋》注曰：海中有大鱼曰鲸，海边又有兽名蒲牢，蒲牢素畏鲸，鲸击蒲牢，辄大鸣。凡钟欲令声大者，故作蒲牢于上所以撞之者为鲸鱼。"后因以蒲牢为钟的别名。

近得

近得乡关信,前年旱潦频。平时犹作苦,歉岁况相因[1]。筋力怜吾第,饔飧忆老亲[2]。宦游成底事[3],抚臆愧为人。

【注】

[1]歉岁:荒年。相因:相袭,相承。

[2]饔飧(yōng sūn):早餐和晚餐。此指时时。

[3]底事:何事,何以。

家慈诞(1)辰,获鹿道中作[1]

富不如贫非骄人,贵不如贱非肆志。所恶名利牵,真乐遂弃置。我本农桑徒,人口苦勤累。仕亦有为贫,孑然随计吏[2]。岂知青紫场[3],着足原非易。劳劳仍泥涂[4],坐被造化戏[5]。三春奉简书,徂夏弗遑息[6]。抚景恋庭闱[7],惭悔起交逼。却忆两年前,穷空守乡国。风日当清和,柴关荫涩勒[8]。姐妹咸归宁[9],族党或近戚。儿童候远人,欢呼望篱壁。中堂灯青荧,境事共慰析[10]。炊粳割池解[11],猪肩笑鸡肋。高堂有祖母,发白颜尚赤。稚雏粲成行[12],绕膝索肴核。融融一室欢,乐岂三公易[13]? 当境视故常[14],事往始可惜。去年滞燕都[15],怅望南云白。弹指又隔年,皇皇越阡陌[16]。长歌畏途穷,涉想萱堂侧[17]。弟妹坐成围,思儿泪沾臆。家贫门户难,远道不可极。宁无蕺与羹[18],临觞恐不食。远愧负米欢[19],近惭毛生檄[20]。乐事在家庭,贫贱计亦得。

【校】

(1)原为"延"字,今据上下文意改为"诞"字。

【注】

[1]家慈:指母亲。获鹿:县名。属河北省。战国赵石邑地汉置县,属恒山郡,隋分置鹿泉县。唐天宝间以安禄山叛,因图厌胜,改名获鹿。宋开宝间,省石邑入获鹿。金升为镇宁州。元复为获鹿县。明清分别属真定、正定府。

[2]计吏:掌计簿的官吏。

[3]青紫场:官场。

[4]劳劳:兢兢业业之态。泥涂:本指泥泞的道途,比喻卑下的职位。

[5]坐:因为。

[6]徂夏:从夏季开始。遑:闲暇。

[7]庭闱:借指父母。语出晋束广微(皙)《补亡诗·南陔》:“眷恋庭闱,心不遑安。”晋束广微注:“庭闱,亲之所居。”

[8]涩勒:竹之一种。

[9]归宁:回家省亲。

[10]慰析:慰藉。

[11]炊粳(jīng):烧火做饭。

[12]粲(càn):美貌。

[13]三公:指光禄勋之类的高官。

[14]故常:旧则,先例。

[15]燕(yān)都:燕京,地名,今北京市,辽置南京析津府,会同元年升为南京,开泰元年号燕京。

[16]皇皇:天地广大之貌。阡陌:指南北。

[17]萱堂:《诗·卫风·伯兮》:“焉得谖(萱)草?言树之背。”毛传:“背,北堂也。”谓于北堂种萱草。北堂,古为母亲所居处,后因以萱堂为母亲或母亲居处的代称。

[18]胾(zì):大块的肉。

[19]负米:指负米作竭力侍奉父母。典出《孔子家语·致思》:“子路见于孔子,曰:‘……昔者由也事二亲之时,常食藜藿之实,为亲负米百里之外。亲殁之后,南游于楚,从车百乘,积粟万钟,累茵而坐,列鼎而食,顾欲食藜藿为亲负米者不可复得也……’孔子曰:‘由也事亲可谓生事尽力,死事尽思者也。’”

[20]毛生檄:指出仕为官。典自《东观汉记·毛义》:“庐江毛义,性恭俭谦约,少时家贫,以孝行称。为安阳尉。南阳张奉慕名其名,往候之。坐有顷,府檄适志,以义守令。义奉而入白母,喜动色。”

井陉晓发[1]

驰道绕城东,长桥跨正中。河流滹水合[2],山接固关雄[3]。垒石新泥屋,迎人细柳风。三春经宿地,踪迹怅飞鸿[4]。

【注】

[1]井陉:山名,太行山的支脉,有要隘名井陉口,是汉韩信破陈余兵处。《元和郡县志·恒州》:“井陉口今名士门口,(获鹿)县西南十里。”《述征记》曰:“其山

首自河内有八陉，井陉第五，四面高，中央低，故名之。”

[2]滹(hū)水：指滹沱，水名，出山西繁峙县东之泰戏山，穿割太行山，东流入河北平原，在献县和滏阳河汇合为子牙河，至天津，汇北运河入海。《周礼·夏官职方氏》作虖池，亦作滹池。

[3]固关：地名，在河北井陉县和山西平定县之间，旧曰故关，即井陉故关。

[4]“踪迹”句：形容人生四处漂泊。典出宋苏轼《和子由渑池怀旧》诗：“人生到处知何似？应似飞鸿踏雪泥。泥上偶然留指爪，鸿飞那复计东西。老僧已死成新塔，坏壁无由见旧题。往日崎岖还记否？路长人困蹇驴嘶。”

道中戏作

由来苦乐理难齐，春燕依巢只并栖。羡尔罗帏鸳梦稳[1]，一生不解路东西。

【注】

[1]鸳梦：指鸳鸯梦。比喻夫妻相会的梦境。

徐沟途次遇雨[1]

麦苗初长燕初飞，过得徐沟落照微。平野浓云方漠漠，前村细雨已霏霏。行人策马冲泥去，童子呼牛隔陇归。多少绿阴朱户底，新凉轻透薄罗衣。

【注】

[1]徐沟：县名，汉榆次县地，隋置清源县，属并州。金大定二十九年，析平晋榆次清源三县地置徐沟县。清乾隆二十八年又以清源县省入。今为山西清徐县。

刈麦曲三首

其一

朝刈苜蓿尽，暮刈麦满车。麦以供秋租，苜蓿备冬刍[1]。

【注】

[1]冬刍(chú)：指牲口草料。

其二

香污红潮湿，移凉桑树阴。微痕上，知是食桑椹[1]。

【注】

[1]桑椹：桑实。也作“桑葚”。

其三

浅绿三分黛，柔情一寸波。侬家本耕织，不解《采莲歌》[1]。

【注】

[1]《采莲歌》：乐府曲名。梁武帝制江南弄七曲之三，又梁羊侣性豪侈，善音律，有舞人张静婉能掌上舞，尝自制採莲棹歌两曲，乐府称为《张静婉采莲曲》。见《乐府诗集》五十。

由临晋夜趋蒲州[1]

官程无计暂淹留，夜半萧森四月秋。白袷忽惊风露冷[2]，一天明月到蒲州。

【注】

[1]临晋：春秋晋解梁地。汉为解县，属河东郡。隋改桑泉县，属蒲州。唐天宝十二载更名临晋。蒲(pú)州：旧府名。古史传舜都。春秋属晋，战国属魏。秦属河东郡，两汉为蒲反县。北周始置蒲州，唐宋元改为河中府，明复为州，属平阳府。清升为府，治永济县。1912年废府。

[2]白袷(jiá)：白色的夹衣。

华州[1]

绿叶如钱种藕塘，稻田水满恰分秧。眼明十里城东路，风景依稀似故乡。

【注】

[1]华州：地名。禹贡雍州之域。周时为畿(jī)内之国，郑桓公友封于此，亦名咸林。春秋时为晋地，战国时为秦魏分境。秦内史地，东汉魏晋为京兆经农二郡地。后魏太平真君元年置华山郡，西魏庆帝三年改华州。唐后名称迭有变动，至元复华旧名。明清相仍。1913年为华县，属陕西省。

雨中过临潼望骊山[1]

十里平峦接绿芜，云痕木末半模糊。米颠笔意天然似[2]，一幅骊山烟雨图。

【注】

[1]临潼：县名。属陕西省。周骊戎国地。秦为骊邑，汉置新丰县，属京兆尹。唐析置会昌县，后并为昭应县，宋大中祥符八年更名临潼县。明清皆属西安府。骊山：山名。在今陕西省临潼县东南。古代骊戎居之，故名骊山。又名蓝田山。

相传周幽王为犬戎所逐,死于山下。山北有秦始皇墓。山西北麓有温泉。唐时环山建造宫殿,为避暑胜地。唐玄宗天宝元年,改名会昌山,七载,改称昭应山。俗仍谓之骊山。

[2]米颠:宋米芾之别号。米芾太原人,后徙居襄阳,字元章。号鹿门居士,又称海岳外史、襄阳漫士。累官礼部员外郎,知淮阳军,世称米南宫。性好洁,世号水淫;行多违世异俗,人称米颠。书法得王羲之笔意,超妙入神,与苏轼、黄庭坚、蔡襄并称四大家。《宋史·文苑》有传。

季夏,初度日,自平凉返仪州,风雨交作,借宿策底镇,庙中感赋四首[1]

其一

经年手板送迎忙[2],弹指悬弧三十强[3]。短褐骑驴泥滑滑,满天风雨出平凉。

【注】

[1]初度:出生的年时。语出楚辞屈原《离骚》:“皇览揆余初度兮,肇锡余以嘉名。”后称人的生日为初度。平凉:县名。汉朝那县。隋大业二年改为平凉县。公元1958年划入甘肃平凉市。仪州:旧地名,属今甘肃省华亭县。策底镇:镇名,属今甘肃省华亭县。

[2]手板:即笏(hù),古代官吏上朝或谒见上司时所执,备记事用。亦作“手版”。

[3]悬弧:古代风俗,家生男于门左挂弓一张。后因称生男为悬弧,称男子生日为悬弧令旦。

其二

依然落托一迂儒[1],欲寄乡书雁有无。此日高堂应念远,十年返哺愧慈乌[2]。

【注】

[1]落托:寂寞冷落。

[2]“返哺”句:喻赡养父母。语出《初学记谯子法训》:“乌者犹有返哺,况人而无孝心者乎?”慈乌:乌鸦的一种,相传此鸟能反哺其母,故称慈乌。借指慈母。

其三

尽日轻雷飒雨丝,远游翻忆在山时。北窗一枕凉风起,密叶浓阴擘荔枝[1]。

【注】

[1]擘:同“掰”。

其四

笼火冲泥去未能[1],村沽无计试懵腾[2]。乡心宦兴知深浅,风雨三更寺角灯[3]。

【注】

[1]笼火:生火,点火。冲泥:谓踏泥而行,不避雨雪。

[2]村沽:亦作"村酤",村酒。懵(méng)腾:指醉态,朦胧迷糊。

[3]角灯:即羊角灯,用透明角质材料为罩的灯,又称明角灯。

化平道中[1]

香水村边路,篮舆日影偏[2]。门阑借溪石,樵径入萝烟。峡束千寻嶂,人行一线天。崆峒名胜近[3],何处访仙源(1)[4]。

【校】

(1)原为"缘"字,今据上下文意改为"源"字。

【注】

[1]化平:旧县名。今宁夏回族自治区泾源县。

[2]篮舆:指竹轿。

[3]崆峒:山名,在甘肃省平凉市西。

[4]仙源:指仙境、胜景。唐王维《桃源行》诗:"春来遍地是桃花水,不辨仙源何处寻。"

由灵家峡至绝顶[1]

入峡欣探胜,攀跻路屈盘[2]。高危千磴滑,负重百夫难。马首浮云近,罡风白日寒[3]。苍茫秦陇地,独在上方看。

【注】

[1]灵家峡:峡名,在甘肃省华亭县境内。

[2]攀跻:攀登。跻,登。屈盘:曲折盘绕。

[3]罡(gāng)风:高空的风。

山行大雾

秋阴霏细雨,雾海昼濛濛。顾盼千峰失,苍茫万顷同。崩崖忘大险,孤骑落青空。出峡双眸豁,斜阳湿断红[1]。

【注】

[1]断红:比喻飘零的落花。语出宋周邦彦《六丑·落花》:"恐断红、尚有相思字,何由见得。"

自三寨至马峡二首[1]

其一

人家才过又坡陀,马首东瞻去几何。十里平冈秋草路,乱山无数夕阳多。

【注】

[1]三寨:旧地名,即今甘肃省华亭县的山寨镇。马峡:镇名,属甘肃省华亭县。

其二

一天风露正当头,帽影鞭丝怅远游。怪煞寒虫无赖甚,短丛荒径怨清秋。

夜出马峡[1]

笼灯还觅路[2],十里水汀萍。石落空岩应,星飞过峡明。乱流人暗渡,阴火鬼无声。谁识潘怀(1)县[3],迢迢宦客情。

【校】

(1)"怀"疑为"安"之误。

【注】

[1]马峡:镇名,今属甘肃省华亭县。

[2]笼灯:一种防风灯。

[3]潘安县:指晋潘岳,曾任河阳(今河南省孟州市)令。

薄宦[1]

薄宦成何事,忙闲委岁时。夜眠凭酒力,别恨引蚕丝。萧瑟天寒早,艰难竹报迟[2]。故山丛桂老,万里一相思。

【注】

[1]薄宦:卑微的官职。在此为谦辞。

[2]竹报:指家书。典自唐段成式《酉阳杂俎续集·支植》:"卫公(李德裕)言北都童子寺有竹一窠,才长数尺,相传其寺纲维,每日报竹平安。"

高平旅邸柬吕翼之[1]

襆被艰辛记共赏[2],一年宦海阅沧桑[3]。生涯落托悲殊域[4],灯火青荧话故乡[5]。缘木守株成底事[6],买山待隐两相妨[7]。秋风不遂鲈鱼约[8],孤负东篱菊又黄[9]。

【注】

[1]高平:县名,属山西,汉泫置氏县,属上党郡。以位于泫水之侧而名。北魏改曰元氏县,属建兴郡。永安中析置高平县,属长平郡。北齐属高都郡,改县曰高平。五代后周世宗(柴荣)显德元年大败南汉刘崇、契丹杨衮军于高平,即此。清属泽州府。柬:原指字帖、信札,此处作动词用。

[2]襆(pú)被:以包袱裹束衣被。

[3]宦海:指官场。谓仕宦升沉,有如风波不定的海洋。唐颜真卿十八九岁时,有道士对他说:"子有清简之名,……不宜自沉于名宦之海。"见《太平广记·仙传拾遗》。

[4]落托:贫困失意,景况凄凉。殊域:远方,异地。

[5]青荧:青光闪映貌。

[6]缘木:即缘木求鱼,上树找鱼,喻劳而无功。语出《孟子梁惠王》上:"以若所为,求若所欲,犹缘木求鱼而求鱼也。"守株:即守株待兔,比喻不知变通,或妄想不劳而获、坐享其成,此处谓徒劳无功。典出《韩非子·五蠹》:"宋人有耕者,田中有株,兔走触株,折颈而死,因释其耒而守株,冀复得兔。兔不可复得,而身为宋国笑。"底事:何事。

[7]买山:即归隐山林。典出《世说新语·排调》:"支道林(遁)因人就深公买印山。深公答曰:'未闻巢、由买山而隐。'"

[8]"秋风"句:形容诗人在外思乡归隐。出自《世说新语·识鉴》:"张季鹰(张翰)辟齐王东曹椽,在洛见秋风起,因思起吴中菰菜羹,鲈鱼脍,曰:'人生贵得适意尔,何能羁宦数千里以要名爵!'遂命驾便归。俄而齐王败,时人皆谓为见机。"鲈(lú)鱼:鱼名,体侧扁,巨口,细鳞,头大,背苍腹白,古名银鲈、玉花鲈。

[9]东篱:种篱之处。语出晋陶潜《饮酒诗》:"采菊东篱下,悠然见南山。"此指故乡。

翼之以忧南归,值大雪,不能行,治觞话别,因作此赠之[1]

同云漫漫满天雪,饥雀啄树枯枝折。下簾酌酒惨不欢,故乡客子边城别。与君去年出帝都[2],五千长路痡且瘏[3]。东西奔走隔音耗,心肝吐尽容颜殊。田园欲芜归未得,惊心风木悲皋鱼[4]。普天簪绶异笑哭[5],三十人中独向隅[6]。衔哀淹滞咽复咽,宦海炎波炙手热[7]。去来依旧一空囊,至今父老犹能说[8]。谁云廉吏不可为,以此荣亲有余悦。新秋访我仪州署[9],雨砌风簾夜深语。天涯无觅旧亲知,孤宦宁论去与住。感君遭遇增我悲,分携况值隆冬时。敝裘羸马泾原路[10],奴仆惨怛粟生肌[11]。昔贤彭泽老[12],尚赋《归来辞》[13]。峨峨高冠世所羡[14],一丘一壑乃过之[15]。百年仕隐孰安危,君今归去君自知。我亦仓皇为贫起,画地作饼毋乃似[16]。山人骨相不宜官,万里江乡梦烟水。食梅衣葛信者谁[17],青眼相看怪吾子[18]。吁嗟乎!男儿致身应须早,不然拂衣归亦好[19]。勾漏丹砂今有无[20],他日相期拾瑶草[21]。忍饥僵卧思岩巅,兴来访尔羊山道[22]。

【注】

[1]治觞(shāng):举行酒宴。

[2]帝都:京城、京师。

[3]痡(pū)且瘏(tú):谓劳倦。

[4]皋鱼:春秋时人。皋鱼丧母后,悲泣地诉说自己未能尽孝于慈母生前,从而感动了孔子及其门人。典自《韩诗·外传》:"孔子行,闻哭声甚悲。孔子曰:'驱驱,前有贤者。'至,则皋鱼也。……孔子辟车舆与之言,曰:'子非有丧,何哭之悲也?'皋鱼曰:'吾失之三矣。少而学,游诸侯,以后吾亲,失之一也。高尚吾志,间吾事君,失之二也。与友厚而小绝之,失之三也。树欲静而风不止,子欲养而亲不待也……吾请从此辞矣。'立槁万里死。"汉马季常(融)《长笛赋》:"澹台载尸归,皋鱼节其哭。"后因以皋鱼之泣为无以养亲之典。

[5]簪绶:簪指冠簪,绶指丝带。皆为古代官吏的装饰,此代指官吏。

[6]作者自注"去年分发甘省共三十人"。按,甘省即甘肃省。

[7]炙手热:唐杜甫《丽人行》诗:"后来鞍马何逡巡,当轩下马人锦茵。杨花雪落覆白苹,青鸟飞去衔红巾。炙手可热势绝伦,慎莫近前丞相嗔。"形容权贵势焰很盛。

[8]作者自注"时卸署隆德篆"。按,隆德,县名,属宁夏。汉安定郡地。宋为羊牧隆城寨,后改隆德寨,金置县,明清皆属平凉府。

[9]仪州:地名,今甘肃省华亭县城。

[10]泾原:旧地名,即今宁夏回族自治区泾源县。

[11]惨怛:忧伤,悲痛。粟生肌:指肌肤因怯寒而起小颗粒。语出宋吴文英《声声慢·咏桂花》:"人起昭阳,禁寒粉粟生肌。"

[12]彭泽:此指晋陶潜,其曾为彭泽令。

[13]《归来辞》:即《归去来兮辞》,为晋陶潜辞官时所作。

[14]峨峨:高峻,高耸。

[15]一丘一壑:指古代隐士居住的地方。后多引申为退隐在野的意思。典出《世说新语·品藻》:"明帝问谢鲲:'君自谓何如庾亮?'答曰:'端委庙堂,使百官准则,臣不如亮;一丘一壑,自谓过之。"按:庾亮,公元289—340年。东晋颍川鄢陵人,字元规,好老庄,善谈论。历仕东晋元帝、明帝、成帝三朝。

[16]画地作饼:比喻徒有虚名,无补于实用。语出《三国志魏卢毓传》:"选举莫取有名,名如画地作饼,不可啖也。"

[17]衣(yì)葛:穿着粗布衣。

[18]青眼:对人重视。典出《晋书·阮籍传》:"阮籍遭丧,(嵇喜)往吊之,籍能为青白眼,见凡俗之士,以白眼对之。及喜往,籍不哭,见其白眼,喜不怿而退。康闻之,乃赍酒挟琴造焉,籍大悦,乃见青眼。"

[19]拂衣:表示去向决绝之义,指隐居。典出《后汉书杨震传》:"(孔融曰:'孔融鲁国男子,明日便当拂衣而去,不复朝矣!'"

[20]勾漏丹砂:指避世养生。典自《晋书·葛洪传》:"葛洪字稚川……从祖玄,吴时学道得仙,号葛仙公,以其炼丹秘术授弟子郑隐,洪就隐学,悉得其法焉。……洪见天下已乱,欲避地南土……以年老,欲炼丹以祈遐寿,闻交趾出丹,求为勾漏令。帝以洪资高,不许。洪曰:'非欲为荣,以有丹耳。'帝从之。洪遂将子侄俱行。至广州,刺史邓岳不听去,洪乃止罗浮山炼丹。"

[21]瑶草:仙草。也泛指珍异之草。

[22]羊山道:崎岖之山路。

岁暮感怀四首

其一

捧(1)檄西来岁月侵[1],头衔(2)初试信浮沉[2]。宦囊一疋荆州绢[3],衣线三春客子心[4]。雁字南飞乡国远,燕台北望白云深[5]。莱衫菽水何处遂[6],屺岵吟成思不禁[7]。

【校】

(1)原为"棒"字,今据上下文意改。

(2)原为"御"字,今据上下文意改。

【注】

[1]捧檄(xí):拿着官府征召的文书。

[2]头衔:旧时官吏任职时,须存资历,闻奏之时,先具旧官名品于前,次书拟官于后,新旧相衔不断,故称官衔,亦称头衔。

[3]宦囊;做官所得的财物。明汤显祖《还魂记·训女》:“宦囊清苦,也不曾诗书误儒。”疋(pǐ):匹。荆州:地名,在今湖北荆州。

[4]衣线句:形容父母对子女的恩情。化用唐孟郊的《游子吟》:“谁言寸草心,报得三春晖!”

[5]作者自注“家严赴铨入都”。按,铨:选授官职。燕(yān)台:即黄金台,故址在今河北易县东南。燕昭王筑台以接待贤士,故称贤士台,又叫招贤台。此处指京都。

[6]莱衫菽水:莱衫即莱衣,传说春秋楚老莱子奉二亲至孝,行年七十,著五彩衣,弄雏鸡于亲侧。后因以莱衣为年老孝顺不衰的典故。菽水:豆和水。指粗茶淡饭,形容生活清苦。《礼·檀弓》:“子路曰:‘伤哉!贫也!生无以为养,死无以为礼也。’孔子曰:‘啜菽饮水,尽其欢,斯之谓孝。’”后常用以称晚辈对长辈的供养。

[7]屺岵(qǐ hù):谓行役思念父母。语出《诗·魏风·陟岵》:“陟彼岵兮,瞻望父兮。……陟彼屺兮,瞻望母兮。”《诗·序》谓《陟岵》为谓行役思念父母之作。

其二

萧条孤宦寄金城[1],茅屋荆花几度荣。门户支持难作弟,天伦契阔愧为兄[2]。韶华笑我堂堂去,白发亲人故故生[3]。三径未荒松菊在[4],他年与尔事躬耕。

【注】

[1]金城:地名。汉昭帝始元六年置郡。郡治允吾。宋废。故城在甘肃皋兰县西北黄河北岸。

[2]天伦:兄先弟后,天然伦次。故称兄弟为天伦。《谷梁传》:“兄弟,天伦也。”唐李华《祭刘评事兄文》:“羁旅情结,天伦岂殊。”后来泛指父子、兄弟等为天伦。契阔:离散。《诗·邶风·击鼓》:“死生契阔,与子成说。”

[3]“韶华”二句:韶(sháo)华:美好的年华,指人的青春。堂堂:公然,无所顾忌的样子。故故:故意,偏偏。语出唐薛能《春日感赋寓怀》:“青春背我堂堂去,白发欺人故故生。”

[4]“三径”句:形容厌弃仕宦,向往田园佳趣。典自晋陶潜《归去来兮辞》:

"问征夫以前路,恨晨光之熹微。乃瞻衡宇,载欣载奔。僮仆欢迎,稚子候门。三径就荒,松菊犹存。"

其三

年华芳信两参差[1],臂玉鬆痕只自知[2]。药店飞龙怜少妇[3],桃花白雪想娇儿[4]。炉烟欲灭斜阳后,蜡炬成灰割梦时[5]。窗槅画梅圈遍未? 忍寒应不怨春迟。

【注】

[1]芳信:花开的讯息。春日百花盛开,因亦以指春的消息。

[2]臂玉:人年轻时手臂像玉石一样光滑。鬆(sōng)痕:头发凌乱的样子,指人年老时头发已无年轻时整齐黑亮之态了。

[3]药店飞龙:以飞龙的骨出,谐人的骨出,比喻人的瘦损。典自南朝宋乐府民歌《读曲歌》:"自从别郎后,卧宿头不举,飞龙落药店,骨出只为汝。"

[4]桃花白雪:本指从春到冬,泛指一年四季。

[5]"蜡炬"句:化用唐李商隐《李义山诗集·无题》:"春蚕到死丝方尽,蜡炬成灰泪始干。"

其四

散衙鼓吹打残年[1],愁客魂销鄯善天[2]。一载功名过厄闰[3],三冬心迹近枯禅[4]。羊羔白酒西羌俗[5],菱角黄柑上峡船。百感苍茫无着处,官斋如水雪如绵[6]。

【注】

[1]散衙(yá):谓齐集衙门向长官请示公事的吏员已散。

[2]鄯(shàn)善:古西域名。原名楼兰,汉昭帝时称鄯善,魏晋因之。隋置鄯善郡,唐时称纽缚波,后没入沙漠。故址在今新疆若羌县境。

[3]厄闰:时运不济。旧说黄杨木遇闰年不长。因以黄杨厄闰喻人境遇困顿。宋苏轼《分类东坡诗监洞霄宫俞康直郎中所居四咏退园》:"圆中草木春无数,只有黄杨厄闰年。"宋苏东坡注:"俗说黄杨岁长一寸,遇闰年退三寸。"

[4]三冬:孟冬、仲冬、季冬。心迹:此指身心。枯禅:佛教徒称静坐参禅为枯禅。因其长坐不卧,呆若枯木,故又称枯木禅。

[5]西羌:我国少数民族羌族,居住在国之西境。

[6]官斋:犹官舍。

壬寅除夕[1]

仪山雪晴雪未消[2]，东君着力回斗杓[3]。荒斋燃烛且沽酒，纸窗飒飒寒风骄[4]。前年穷冬别乡国，卖痴烧竹浯溪石[5]。美人迢递隔南云[6]，相思泪染湘江碧[7]。去年偶作河湟吏[8]，命宫颠倒如儿戏[9]。囊中留得一钱看[10]，穷途怕见宜春字[11]。驱车人日出东门[12]，仰视明星歌斫地。今秋垂翅仪州署[13]，破壁胡床香半炷。一年将尽未归人，万里伤心肠断句[14]。前宵问讯南来客，读罢家书愁转剧。孑身落拓系边城[15]，全家留滞襄樊隔[16]。宦况艰难骨肉轻，羁怀撑拄腰腹窄。浮生三万六千日[17]，如此消磨良可惜。感时抚事心悠悠，蠡杯潋滟红石榴[18]。仕宦几人为令仆[19]，车前岂必须八驺[20]。纫芳兰兮揽椒桂[21]，靡不足兮何所求。常州狂客髯邹在，吹箫能净纷华秽。铜弦铁板唱江东[22]，一石真堪浇垒块[23]。醉乡无处觅华胥[24]，丁丁玉漏惊鳏鱼[25]。今年人似前年健，明年春色当何如。

【注】

[1]壬寅：乾隆四十七年(1782年)。

[2]仪山：山名，在甘肃省华亭县境内。

[3]东君：司春之神。斗杓(biāo)：指斗柄。《国语·周》："是在析木之津，辰在斗柄。"注："斗柄，斗前也。"《鶡冠子·环流》："斗柄东指，天下皆春；斗柄南指，天下皆夏；斗柄西指，天下皆秋；斗柄北指，天下皆冬。"

[4]飒飒(sà)：形容风声。

[5]卖痴：旧传吴人忌讳痴呆，每岁除夕，小儿绕街呼叫卖痴呆。元高德基《平江纪事》："吴人……每岁除夕，群儿绕街呼叫云：'卖痴呆，千贯卖汝痴，万贯卖汝呆，见卖尽多送，要赊随我来。'"浯溪：水名。在湖南祁阳县，西南五里。唐元结《元次山集·浯溪序》："浯溪在湘水之南，北汇于湘。爱其胜异，遂家溪畔。溪世无名称者也，为自爱之故，命曰浯溪。"

[6]美人：此指湘妃。舜之二妃娥皇女英。传说二妃死后成为湘水之神。唐岑参《岑嘉州集·秋夕听罗山人弹三峡流水》："楚客肠欲断，湘妃泪斑斑。"

[7]湘江：水名。在今湖南省境内。其源于广西兴安县海阳山。

[8]河湟：黄河湟水两流域地。

[9]命宫：星命术士以本人生时加太阳宫，顺数遇卯为命宫。

[10]"囊中"句：形容生活贫困，身边无钱。化用唐杜甫《空囊》诗："翠柏工苦

犹食,明霞朝可餐。世人共卤莽,吾道属艰难。不爨(cuàn)井晨冻,无衣床夜寒。囊中恐羞涩,留得一钱看。”

[11]宜春字:指旧时立春日祝颂新春的帖子上的字。《太平御览·荆楚岁时记》:“立春日,悉剪彩为燕以帜之,帖宜春字。”

[12]人日:指农历正月初七日。语出《北齐书·魏收传》:“魏帝宴百僚,问何故名人日,皆莫能知,收对曰:‘晋议郎董勋《答问礼俗》云:正月一为鸡,二日为狗……七日为人。’”

[13]垂翅:指鸟翅下垂不能高飞,比喻人受挫折。仪州:旧地名,在今甘肃省华亭县城。

[14]肠断:形容诗人思念至极。出自晋干宝《搜神记》卷二十:“临川东兴,有人入山,得猿子,便将归。猿母后自逐至家。此人缚猿子于庭中树上,以示之。其母便搏颊向人,欲乞哀状,直谓不能言耳。此人既不能放,竟击杀之。猿母悲唤,自掷而死。此人破肠视之,寸寸断裂。”

[15]落拓:穷困失意,景况零落。

[16]襄樊:地名,即今湖北襄樊市。

[17]浮生:《庄子·刻意》:“其生若浮,其死若休。”老庄以人生在世,虚浮无定。后来相沿称人生为浮生。

[18]蠡(lí)杯:瓢形的杯子。潋滟:水满貌,泛指盈溢。

[19]令仆:尚书令与仆射的合称。

[20]八驺(zōu):古代贵族高官出行时,前头有八名驺卒喝道,叫八驺。见《南齐书·王融传》。

[21]芳兰:兰花。古人常以喻君子。椒桂:椒与桂,皆香木。常用以比喻贤人。

[22]“铜钱”句:谓文辞豪爽激越。相传宋苏轼尝问歌者曰:“吾词比柳(永)词何如?”对曰:柳郎中词,只好十七八女孩儿执红牙拍板,唱“杨柳外晓风残月”学士词关西大汉抱铜琵琶,执铁绰板,唱“大江东去”。见宋俞文豹《吹剑续录》。

[23]垒块:胸中郁结不平。典出《世说新语·任诞》:“阮籍胸中垒块,故须酒浇之。”

[24]华胥:指理想之地。典出《列子·黄帝》:“(黄帝)昼寝而梦,游于华胥之国……其国无帅长,自然而已;其民无嗜欲,自然而已……故无利害。”

[25]鳏(guān)鱼:鱼目恒不闭,因谓愁悒而张目不寐为鳏鱼。见宋陆游《剑南诗稿·晚登望云》。

春日作鹁鸽房[1]

大造回阳春[2],万物有喜意。簾影射朝暾[3],独坐澹无事[4]。飞飞两鸽雏,联翩去复至。依人良可怜,忍令无所寄。呼童缚荷塘,巡檐相位置。俾尔居而康,羽毛养憔悴。不见城头鸦,啁啾夜不寐[5]。前朝大风雪,冻号蹋两翅。雕梁诚穹窿[6],飞鸣贵人忌。蔀屋幸不拒[7],探巢或为累。惟此东向阳,足以蕃族类[8]。风雨免飘摇,隼鹘不敢肆[9]。况我久忘机[10],出入宁畏避?宇宙何茫茫,遂生万一二[11]。主人作宦拙[12],鸠鹊触内愧。语鸽慎勿嫌,得此亦非易。

【注】

[1]鹁鸽(bó gē):鸽子的一种,身体上面灰黑色,颈总和胸部暗红色。可以饲养。也叫家鸽。

[2]大造:造化。

[3]朝暾:初升的太阳。暾,刚升起的太阳。

[4]澹(dàn):安静。

[5]啁啾(zhōu jiū):象声词,鸟叫声。

[6]穹窿:中间隆起,四周下垂貌。

[7]蔀(bù)屋:茅屋。

[8]蕃(fán):繁殖。

[9]隼鹘(sǔn hú):鸟名,凶猛善飞,能俯击鸠鸽而食之。

[10]机:此指政治上事务。

[11]"遂生"句:语出《老子》:"道生一,一生二,三生万物。"

[12]作宦拙:不善做官。

拟《横江辞》二首[1]

其一

山人一生不近水,自羡舟行乐无比。一朝舟行遇狂澜,舟行不如陆地安。

【注】

[1]横江:唐李白有《横江词》。横江,水名,在今安徽和县东南。也叫横江浦。与南岸采石矶隔江对峙,古为要津。东汉末孙策攻刘繇,隋韩擒虎伐陈,均取渡于此。

其二

楼船万斛何崔嵬[1],浪如连山声如雷。艰难山险有神助,如此风波莫再来。

【注】

[1]万斛:极言容量之多。古代以十斗为一斛,南宋末年改为五斗。崔嵬:高耸貌。

仪州新正杂咏五首[1]

其一

堑山小筑堞参差[2],廨舍无多近圣祠[3]。五日东风浑似客,不堪重谱《竹枝辞》[4]。

【注】

[1]仪州:旧县名,治所在今甘肃省华亭县城。新正(zhēng);新年的正月。

[2]堑(qiàn)山:有深沟的山。堞(dié):城上如齿状的矮墙。

[3]廨(xiè)舍:官吏办事及居住的处所。圣祠:旧时祭祀或有贤德的人的神圣的地方。

[4]竹枝辞:是巴、渝(今重庆市一带)民歌的一种。歌词杂咏当地风物和男女爱情,富有浓厚的生活气息。这一优美的民间文学形式,曾经引起一部分诗人的爱好,顾况、白居易都有仿制。唐刘禹锡任夔州刺史时,听到这个曲调,遂依声作词。见《新唐书·刘禹锡传》。

其二

官街一字迫门阑,葱饼家家费晓餐。酒市青帘三十六[1],可怜真作醉乡看。

【注】

[1]青帘:酒帘。古时酒店挂的幌子。

其三

爆竹无心报上春,门丞冷眼旧年人[1]。黄钱绿蜡朝来贵[2],都出城南接喜神[3]。

【注】

[1]门丞:指门神。《汉书·广川王传》记汉广川王去疾殿门有古勇士成度画像,短衣绔长剑,为门神之始。《荆楚岁时记》称元旦日,给二神贴户左右,披甲持钺(yuè),左为神荼,右为郁垒。《三教源流搜神大全·门神二将军》谓为唐太宗时

秦叔宝胡敬德像。

[2]黄钱:黄钱,祭祀时烧的一种冥币,其仿明代京钱的样式,纸张黄色。

[3]喜神:指吉祥之神。

其四

孤宦年来兴渐悭,街头灯事夜当关。游人错把司阍怪[1],自是官人偶爱闲。

【注】

[1]司阍(hūn):指守门人。

其五

过却元宵便一年,春愁如梦梦如烟。落灯节后晴和未,蜡屐龙门问野仙[1]。

【注】

[1]蜡屐:以蜡涂鞋,此指行动快速。龙门:借指科举会试。会试中式为登龙门。

晚春柬徐敬夫

韶光如逝水[1],花会不赏看(1)。梦数还乡易,家贫作吏难。湿云滋暮色,细雨酿春寒。好约清和月,东邻访牡丹。

【校】

(1)"花会"句:《峤西诗钞》作"花事不曾看"。

【注】

[1]"韶光"句:指时光易逝。语出《论语·子罕》:"子在川上曰:'逝者如斯夫,不舍昼夜!'"

无题

好梦易分明,连珠弄断声。人随南雁杳,恨逐夏云生。香字闲金鸭[1],红囊冷玉笙。落花傍流水,莫道竟无情。

【注】

[1]"香字"句:一种特制的香,燃之,引其烟,可任意作字。金鸭:金属之鸭形香炉。

仿昌谷体[1]

榆钱落尽过重午[2],露湿钩栏草虫语。陌头折赠柳初黄,脉脉丝条几许长。单绢委箧虚团扇,憔悴清歌羞相见。空堂五月欲惊秋,玉骨稜稜一把愁。蜡烛啼红箭沉水,梦向芳洲采莲子[3]。

【注】

[1]昌谷体:李贺(790—816),字长吉,福昌(今河南省宜阳县)人。家居昌谷(在宜阳境内)。其诗尤长乐府。善于熔铸词采,驰骋想象,运用神话传说,创造出奇诡、璀璨多彩的鲜明形象,艺术上有显著的特色。由于他生活孤独,性情冷僻,政治上找不到出路,诗中常有感伤、低沉的情调。后人把他诗称为“昌谷体”。

[2]榆(yú)钱:榆树未生叶前生荚,形似钱而小,连缀成串,像成串古币而得名。可食。重午:农历五月初五日。即端午节,又称重五。

[3]“梦向”句:表达思念。化用《汉乐府民歌·西洲曲》:“采莲南塘秋,莲花过人头。低头弄莲子,莲子清如水。………海水梦悠悠,君愁我亦愁。南风知我意,吹梦到西洲”诗意。

初度[1]

少年初度日,意气多欢娱。壮年逢初度,积虑与岁俱。壮少既悬异,出处况乖殊。中间三十年,忧乐何事无。贵贱等身手,俯仰成隙驹[2]。泥龟甘泄尾[3],祥金从锤炉。见猎偶心喜,吓鼠羞鹓雏[4]。驽马无善步,跛鳖宁超涂?夜寐梦泉石,风雨思菰蒲。譬彼鱼鸟姿,志在山与湖。薄游再裘葛[5],踽踽犹故吾[6]。事曹三间屋[7],蒿艾罗樵苏[8]。难辞邓禹笑[9],且狎高阳徒[10]。政拙赖岁稔,术寡安民愚。马齿日以长[11],岁月弃我徂[12]。旨哉养生论,一溉终后枯。岂有万丈绳,念此千金躯。升沉靡定辙[13],得失原区区。智力未必获,获亦同锱铢[14]。胡令双鬓白[15],凋尔朱颜朱?退懦息群妄,文籍咀芳腴。性情贵自得,宁受形境拘?往者已瓦砾[16],来者真瑶瑜[17]。作诗祝年华,珍重勿自诬。

【注】

[1]初度:参见《季夏,初度日,自平凉返仪州,风雨交作,借宿策底镇,庙中感赋四首(其一)》注1。

[2]隙驹(jū):喻易逝的光阴。典自《庄子知北游》:“人生天地之间,若白驹之过隙。”

[3]“泥龟”句：形容甘于贫贱而隐居避世。典自《庄子·秋水》：“庄子钓于濮水，楚王使大夫二人往先焉，曰：‘愿以境内累矣。’庄子持竿不顾，曰：‘吾闻楚有神龟，死已三千岁矣，王以巾笥而藏之庙堂之上。此龟者，宁其死为留骨而贵乎？宁其生而曳尾涂中。’庄子曰：‘往矣！吾将曳尾于涂中’”。

[4]“吓鼠”句：形容以小人之心度君子之腹，忌妒贤能。典自《庄子·秋水》：“惠子相梁，庄子往见之。或谓惠子曰：‘庄子来，欲代子相。’于是惠子恐，搜于国中三日三夜。庄子往见之，曰：‘南方有鸟，其名曰鹓雏，子积知之乎？夫鹓雏，发于南海而飞于北海，非梧桐不止，非练食不食，非醴泉不饮。于是鸱（chī）：古书上说指一鹰）得腐鼠，鹓雏过之，仰而视之曰：“吓！”今子欲以梁国而吓我邪？’”

[5]薄游：参见《小除》注2。裘葛（qiú gé）：裘，指皮衣，指冬衣。葛指夏衣。此指寒暑的变迁，犹谓一年。

[6]踽踽（jǔ）：形容一个人走路孤零零的样子。

[7]曹；古时分职治事的官署和部门。

[8]樵苏：打柴割草。此指柴草。

[9]邓禹：公元2—58年，东汉新野人。字仲华。幼游学长安，与刘秀（光武）亲善。秀起兵至河北，禹杖策往见，佐秀运筹帷幄。秀称帝拜为大司徒，封酂（cuó）侯，食邑万户。国内既定，论功禹居第一，封高密侯。卒谥元侯。

[10]高阳徒：指好酒者。沛公（刘邦）此兵过陈留，高阳儒生郦食求见。使者入通，沛公曰：“为我谢之，言我方以天下为事，未暇见儒人也。”使者出以告。郦生瞋目案剑叱使者曰：“走！复入言沛公，吾高阳酒徒也，非儒人也。”遂延入。终受用。见《史记·郦生传》。

[11]“马齿”句：马齿颗数随年而增，此喻人的年龄渐老。

[12]徂：往，去。

[13]升沉：指仕宦的升降进退。升谓升进，沉谓黜退。

[14]锱（zī）铢：指很少的钱或很小的事。

[15]胡：为何。

[16]瓦砾：破碎的砖头瓦片，喻没有价值的东西。

[17]瑶瑜：喻珍贵、美好的东西。

晓行马峡口

山势郁嵯峨，三春客再过。日高村市散，雨久岭云多。溪水清萦带，丘麻绿似萝。微吟殊未歇,已度黑鸾坡。

三寨道中遇雨[1]

六月征衫未卸绵[2],乱峰合沓雾笼天[3]。朱颜元发输前度[4],伏雨阑风又去年[5]。讶客儿童知让坐[6],烘衣薪草不论钱。却思茅屋青山下,修竹方塘听溜泉。

【注】

[1]三寨:旧地名,今甘肃省华亭县山寨镇。

[2]卸绵:脱去绵衣。

[3]沓(tà):重叠。

[4]元发:即玄发,黑发。元,当作玄,避乾隆帝玄烨讳改。

[5]作者自注"去岁奉委至此遇雨"。

[6]讶客:迎接宾客。讶,迎接。

画梅

冰魂玉骨写来悭[1],铁干横枝碧藓斑。仿佛华光潇洒意[2],嫩寒清晓到孤山[3]。

【注】

[1]悭:不多,稀少。

[2]华光:春光。

[3]嫩寒:初冬时节的寒气。

题《荷笠持经图》

尘世谁人出世居[1],芒鞋箬笠气萧疏[2]。东林结社嫌多事[3],自向深山读道书。

【注】

[1]尘世:指人间凡人。

[2]芒鞋:草鞋。箬笠:用箬竹叶或篾编成的宽边帽。唐张志和《渔歌子》:"青箬笠,绿蓑衣,斜风细雨不须归。"

[3]东林:此指东林书院,故址在今江苏无锡市。本宋扬时讲学处。元废为僧舍。明顾宪成、高攀龙等于万历间倡议重修,讲学于此,因被目为东林党。明天启五年诏毁。清康熙间又重修。

题《王兆翁小照》

兆翁初过我，摩挲三尺桐[1]。激响鼓流泉，转弦弹塞鸿。清言霏玉屑，山水罗心胸。嗟尔淡荡人[2]，宜置丘壑中[3]。阿谁虎头笔[4]，添颊何其工。白袷称修洁[5]，濯濯双颜童[6]。奚奴囊琴来[7]，草径纷蒙茸[8]。旁有一片石，上有千年松。石含太古色，松作诘曲龙。飞泉三百丈，磊落相撞冲。此时抱膝吟，思与风云通。昔闻孙子荆，枕漱昭群聋[9]。又闻嵇中散，琴酒为谁容[10]。青山坐啸傲，二子将无同。丈夫不得志，胡为自局促。冈头振我衣，涧底濯我足[11]。羡君尚壮年，意趣乃殊俗。缅怀风人诗[12]，白驹在空谷。

【注】

[1]摩挲：抚摸。三尺桐：指弦琴。传说中神农造琴，长三尺六寸六分，上等的琴，都用桐木作琴身。

[2]淡荡：悠闲自在。

[3]丘壑(hè)：深山幽谷。常指隐居的地方。

[4]阿谁：何人。虎头笔：指人书画神妙奇绝。典自唐张彦远《历代名画记》："顾恺之，字长康，小字虎头，晋陵无锡人，多才艺，尤工丹青，传写形势，莫不妙绝。"

[5]白袷(iiá)：参见《由临晋夜趋蒲州》注2。

[6]濯濯：清朗貌。双颜童：此指王兆翁，谓其鹤发童颜。

[7]"奚奴"句：本指女奴，后通称男女奴仆为奚奴。典出《新唐书·李贺传》："从小奚奴背古锦囊，遇所得书投囊中。"

[8]蒙茸：蓬鬆貌。

[9]"昔闻"二句：孙子荆：孙楚，公元？—293年。晋太原中都人。字子荆。富文才，年四十余始参镇东军事，曾为石苞作与吴主孙皓书。后忤苞去职。惠帝初为冯翊太守。元康三年卒。枕漱：即"枕流漱石"，形容隐居生活。典出《世说新语·排调》："晋孙楚少时欲隐，谓王济曰：'当"枕石漱流"，语误"漱石枕流"'王曰：'流可枕石可漱乎？'孙曰：'所以枕流，欲洗其耳；所以漱石，欲砺其齿。'"

[10]"又闻"句：嵇康，公元223—262年。三国魏谯郡人。字叔夜。少孤，为魏宗室婿，仕魏为中散大夫。丰神俊逸，博学多闻，崇尚老庄。工诗文，善鼓琴，精乐理，与阮籍、山涛等人称"竹林七贤"。

[11]"冈头"二句：化用晋左思《咏史》其五："振衣千仞冈，濯足万里流。"

[12]风人:古有采诗官,采四方风俗以观民风,故谓所采诗为风,采诗者为风人。后亦称诗人为风人。三国魏曹植《曹子建集·求通亲表》:“是以雍雍穆穆,风人咏之。”

题《王雪舫罗浮采药图》[1]

我家岭南山水边[2],早岁浮湘上衡岳[3]。朅来作吏西入秦[4],万仞芙蓉天半落[5]。家山名胜未得到,孤负蓬莱好丘壑[6]。王郎雪舫冰雪姿,壮游远极南海湄[7]。越王台畔怀古意[8],珠江游女采珠词[9]。十年饱吃惠州饭[10],三度短策凌高危。罗浮峰头四百三十二[11],长溪七十流瀰瀰[12]。朱明日出耀金碧,三峰云际相撑支。凤凰昼浴文采湿[13],钧天夜半仙风吹[14]。爱君幽癖癖入骨,不羡琥珀珊瑚枝[15]。人生当着几两屐[16],梦作五色蝴蝶嬉。藤萝空翠滴衣袂,岚光爽气呈须眉。石梁横跨苍龙卧,谽谺洞口迎朝曦[17]。菖蒲涧畔人迹绝[18],葛洪高尚相攀追[19]。筠篮朱碧者何物[20],毋乃金光与元芝。世途逐逐少起色[21],安得大药疏心脾。白衣蓑笠成孤往,可是君有仙骨无[22]。谁知昔年我亦盟鸥鹭[23],单袷征尘颜色故[24]。青泥凝石乏前缘[25],三十年华拜枯树。异乡突兀见图画,蓬勃天风生尺素。何当手拄九节筇[26]?四百峰巅伴君住[27]。

【注】

[1]罗浮:山名。在广东省增城、博罗、河县等县间,长达百余公里,峰峦四百峰,风景秀丽,为粤中名山。相传罗山之西有浮山,为蓬莱之一阜,浮海而至,与罗山并体,故曰罗浮。相传晋葛洪于此得仙术。

[2]岭南:泛指五岭以南的地区。

[3]湘:湘江,水名。属湖南省境内,其源于广西兴安县海阳山。衡岳:山名,即衡山,为五岳之一的南岳,在湖南省。

[4]朅(qiè)来:偏义复词,即去来,侧重“去”。秦:即秦陇一带。

[5]芙蓉:山名,即华山之西峰名为莲花山,在今陕西省华阴县南。

[6]蓬莱:山名,古代方士传说为仙人所居。见《史记·封禅书》:“自威、宣、燕昭使人入海求蓬莱、方丈、瀛洲。此三神山者,其传在渤海中。”丘壑(hè):深山幽谷。常指隐居的地方。

[7]南海湄:南海岸边。南海,指我国的南部海域。

[8]越王台:古台名,在今广东省广州市北面的越秀山,汉初南越王赵陀曾建台于此而名。

[9]珠江:水句,又名粤江。上游有西江、北江、东江,三江汇合后称珠江,以广州附近江中有海珠而得名。

[10]惠州:地名。今属广东省。

[11]罗浮峰:即罗浮山,又名东樵山,是中国十大道教名山之一,在广东省增城市东,跨入博罗县境。汉朝史学家司马迁曾把罗浮山比作为“粤岳”。

[12]瀰瀰(mí):水流貌。

[13]凤凰:传说中鸟名。雄曰凤,雌曰凰。

[14]钧天:天的中央。古代神话传说中天帝住的地方。

[15]琥珀(hǔ pò):松柏树脂的化石。色黄褐或红褐,燃烧时有香气。红者曰琥珀,黄而透明者曰蜡珀。入药,亦可制作饰物。《汉书·西域传》作“虎珀”,《后汉书·西南夷传》作“琥魄”晋张华《博物志·神仙传》:“松柏脂入地,千年化为茯苓,茯苓化为琥珀,琥珀一名江珠。”

[16]几两屐:形容人寄情癖好,闲适自得;也用以形容人生短暂,当纵情自适。典出晋·裴启《语林》:“祖约少好财,阮遥集(阮孚)好屐,并常自经营,同是一累,而未判其得失。有诣祖,见料视财物。客至,併当不尽,余两小簏(lù)以置背后,倾自障之,意未能平。或有诣阮,正见自蜡屐,因叹曰:‘未知一生当着几緉屐?’神甚闲畅,于是胜负始分也。”

[17]谽谺(hān xiā):山谷空旷貌。

[18]菖蒲:草名。生于水边。有香气,根入药。亦名白菖、泥菖蒲。

[19]葛洪:公元281?—341年。晋句容人,字稚川,自号抱朴子。家贫好学,始以儒术知名,后好神仙道养之法。洪从祖玄传炼丹之术于郑隐,洪就隐学,著有《抱朴子》。又精医学,有《金匮药方》一百卷。

[20]筠(yún)篮:竹篮。

[21]逐逐:即必须得到的样子。语出《易·颐》:“虎视眈眈,其欲逐逐。”

[22]仙骨:道家指升仙的资质。又指超脱世俗的气质。语自晋葛洪《神仙传·墨子》:“子有仙骨,又聪明,得此便成,不复须师。”

[23]盟鸥鹭:鸥鹭,即鸥鸟。喻脱离尘俗,隐遁避世。典自《列子·黄帝》:“海上之人有好沤者,每日之海上,从沤鸟游,沤鸟之至者住而不止。其父曰:‘吾闻沤鸟皆从汝游,汝取来,吾玩之。’明日之海上,沤鸟舞而不下也。”

[24]袷(iiá):夹衣。

[25]青泥:古时封记器物的青色泥。后用以封记书札。语出晋王嘉《拾遗记·夏禹》:“禹尽力沟血……禹所穿凿之处,皆以青泥封记其所。”

[26]九节筇(qióng):手杖名。筇:古书上说的一种竹子,可以做手杖。

[27]作者自注"雪舫自题有'四百三十二峰巅,一个峰巅住一年'句"。

哀思

寒日下崆峒[1],稜稜短褐风[2]。魂飞湘水北[3],泪尽陇山东[4]。泛(1)梗依良友[5],乡心逐断鸿[6]。三冬足忧怨[7],流荡满虚空。

【校】

(1)原为"宦",今据《三管英灵集》改。

【注】

[1]崆峒:山名。在甘肃省平凉市西。

[2]稜稜(léng):严寒貌。

[3]湘水:参见《题〈王雪舫罗浮采药图〉》注2。

[4]陇山:六盘山南段的别称。又名陇坻,陇坂。在今陕西陇县至甘肃平凉一带。山势险峻,为陕甘要隘。作者自注"时仲弟扶先君子灵柩,由长江归里,予以事羁系,尚淹陇上"。

[5]泛梗:为"泛萍浮梗(gěng)"的省称,意为浮动在水面上的萍草和树梗,喻飘荡无主。作者自注"谓朱参军"。按:参军,官名东汉末有参军之名。即参谋军务。简称参军,位任颇重。晋以后军府和王国始置为官员。有单称,有冠以职名的,如谘议、记室、录事及诸曹参军等。沿至隋唐,兼为郡官。明清称经历为参军。

[6]断鸿:失群孤雁。

[7]三冬:此指季冬。

岁暮高平客邸,述感四首[1]

其一

居忧倏越岁[2],荏苒嗟羁孤[3]。匍匐心仄迫[4],苦为公家拘。人生恋升斗[5],本为庭闱娱[6]。大椿不千年[7],万事徒区区[8]。宦场悔内拙,衰盛况殊途。名谢犹有耻[9],蜗壳难自濡。隐忍阅昏旦,日月忽已徂。终天抱遗憾,泪落如连珠。

【注】

[1]高平:地名。今属甘肃省泾川县高平乡。

[2]居忧:指居父母之丧。

[3]荏苒(rěnrǎn):时光渐进。羁孤:羁旅孤独的人。

[4]匍匐:劳顿、颠沛之苦。

[5]升斗:即"升斗微官",指职位极低的官员。

[6]庭闱:原指亲人所居的地方,后指父母。

[7]大椿(chūn):木名。语出《庄子·逍遥游》:"上古有大椿者,以八千岁为春,八千岁为秋。"后称父为椿,即取大椿高寿之义。

[8]区区:小,少。形容微不足道。

[9]谢:此指晋代的谢安等人。谢安官位显赫。

其二

惊魂落何许,杳杳东南方。素旌仗神灵[1],安稳逾衡湘[2]。心酸忆慈母,宽慰谁在旁。弟妹弱且稚,天寒无衣裳。艰难万里归,骨肉两相望。没者已永诀[3],存者何仓皇。我躬胡不辰[4],仰视天苍苍。

【注】

[1]素旌(jīng):白色的挽旗。

[2]衡湘:衡山和湘水。参见《题〈王雪舫罗浮采药图〉》注2。

[3]没(mò)者:指逝世的人。

[4]我躬:我本身,我自己。《诗·小雅·小弁》:"我躬不阅,遑恤我后。"

其三

寒日匿高城,千里阴霾昏[1]。悲哉羁孤客[2],哀怨谁与论。途穷辙迹断,势去同侪尊[3]。寥落百年志,屡受一饭恩[4]。陇山何高高[5],泾水流冰繁[6]。境逆难自主,俯仰声暗吞。飒飒大风雪[7],天地为烦冤。

【注】

[1]阴霾(mái):天空空气混浊而阴暗。

[2]羁孤:参见《岁暮高平客邸,述感四首(其一)》注3。

[3]同侪(chái):同辈。

[4]一饭恩:指感恩厚报。典自《史记·淮阴侯列传》:"信钓於城下,□正义淮阴城北临淮水,昔信去下乡而钓于此。诸母漂,集解韦昭曰:"以水击絮为漂,故曰漂母。"有一母见信饥,饭信,竟漂数十日。信喜,谓漂母曰:"吾必有以重报母。"母怒曰:"大丈夫不能自食,正义音寺。吾哀王孙而进食,岂望报乎!"

[5]陇山:六盘山南段的别称。又名陇坻,陇坂。在今陕西陇县至甘肃平凉一带。山势险峻,为陕甘要隘。

[6]泾水:水名。北源出平凉,南源出华亭,至泾川汇合,东南流至陕西彬县,再折而东南至高陵南入渭水。

[7]飒飒(sà):指风声。

其四

庭院何凄凄,凄凄伴愁绝。人如枯树寒,心似层冰裂。前冬家书来,远道字不灭[1]。岂知一隔年,捡箧眼流血。悲忧两念并,卒岁益凛冽。中夜强偃息[2],残喘未敢竭。严风鸣破窗,梦魂复幽咽。

【注】

[1]"远道"句:化用梁萧统编的《古诗十九首·孟冬寒气至》:"置之怀袖中,三岁字不灭。"

[2]偃息:睡卧休息。

河阳道中[1]

百结蚕丝斛论愁,又骑羸马上兰州[2]。三年宦海人初老[3],二月溪桥水乱流。漠漠黄沙迷野戍[4],荒荒夕照下平丘[5]。解绦心迹凭谁托[6],却泛湘南一叶舟。

【注】

[1]河阳:县名。春秋晋地。汉置县,属河内郡。历代沿置,明废。故地在今河南孟州市。

[2]羸马:参见《岁暮河湟道中思乡杂咏七首(其一)》注5。

[3]宦海:官场。谓仕宦升沉,有如风波不定的海洋。唐颜真卿十八九岁时,有道士对他说:"子有清简之名……不宜自沉于名宦之海。"见《太平广记·仙传拾遗》。

[4]戍:边防区域的营垒。

[5]荒荒:黯淡无际貌。

[6]解绦(tāo):即解组、解绶,指辞官。

途中遇雪

着帽还粘袖,沿沟更没堤[1]。光摇银海动,冻合墨天低。尽日无人迹,微吟信马蹄。川原同皓质[2],何事却沾泥[3]?

【注】

[1]没(mò):掩没。

[2]川原:河流和原野。皓质:光亮洁白的东西。

[3]沾泥:拘束。

将至金城[1]

落日黄沙三月半,前年轩盖此东驰[2]。无多世事悲欢异,惟有洪河似旧时[3]。

【注】

[1]金城:地名。参见《岁暮感怀四首(其二)》注1。

[2]轩盖:带篷盖的车,通常为显贵者所乘,故借指达官贵人。

[3]洪河:水名。源于宁夏回族自治区六盘山的北麓,流经镇原县。

自阿干镇赴狄道,访朱清彦,夜宿中堡二首[1]

其一

路入阿干石径纡[2],酸风吹面眼模糊[3]。天教三月无芳草,不遣愁人听鹧鸪[4]。

【注】

[1]阿干镇:镇名,在今甘肃省兰州市东南。狄道:县名。汉置,属陇西郡。以地居狄族而名。晋改为武始县。隋复为狄道,属兰州。唐因之,天宝三年置狄郡。故址在今甘肃临洮县。朱清彦:人名,生平不详。

[2]纡(yū):弯曲。

[3]酸风:朔风,刺人的寒风。语出唐李贺《金铜仙人辞汉歌》:"魏官牵车指千里,东关酸风射眸子。"

[4]鹧鸪(zhè gū):鸟名。俗象其命鸣声曰:"行不得也哥哥。"

其二

天涯谁是好同袍[1],旅馆中宵自郁陶[2]。万里难归春欲老,又随新月到临洮[3]。

【注】

[1]同袍:朋友、友人。语出《诗·秦风·无衣》:"岂曰无衣,与子同袍。王于与师,修我戈矛,与子同仇。"后以同袍言友爱。

[2]中宵:中夜,半夜。郁陶:忧思积聚貌。语出《书·五子之歌》:"郁陶乎予心,颜厚有忸怩。"

[3]临洮(táo):县名。今属甘肃省。汉置狄道县,为陇西郡治。晋为狄道治。宋改临洮郡,金改为临洮府,清为狄道州。公元1913年改县,1928年改临洮县。

弃置辞

其一

东风何飘荡,一日三阴晴。亭亭西北云,悠悠东南征。忆昔初见君,白璧方连城。高楼贮红粉,金屋歌银筝[1]。新欢千钧重,旧怨秋叶轻。承恩如梦寐,得罪不分明。昔时连珠弄,今成肠断声[2]。蘼芜不可采[3],歧路心屏营[4]。

【注】

[1]金屋:华美之屋。

[2]肠断:出自晋干宝《搜神记》卷二十:"临川东兴,有人入山,得猿子,便将归。猿母后自逐至家。此人缚猿子于庭中树上,以示之。其母便搏颊向人,欲乞哀状,直谓不能言耳。此人既不能放,竟击杀之。猿母悲唤,自掷而死。此人破肠视之,寸寸断裂。"此处用典,形容人伤心至极。

[3]蘼(mí)芜:香草名。亦名蕲茝,又名江蓠,即芎䓖苗。化用《玉台新咏·古诗》:"上山采蘼芜,下山逢故夫。"

[4]屏(bīng)营:彷徨,徘徊。引申为惶恐的样子。

其二

道旁桃李花,晓露零团团。寒鹊啄其蕊,故故相摧残[1]。由来折花易,掌上惜花难。妾本良家子[2],胡为向长安。空闺一席地,毕命何相悭[5]?泾水流汤汤[4],去去无时还。旧时金缕衣[5],叠摺不忍看。君心何决绝,妾泪徒潺湲[6]。决绝不敢怨,潺湲悲红颜。出门成隔世,幽壤衔辛酸[7]。

【注】

[1]故故:屡屡,常常。

[2]良家子:旧指出身良家的子女。

[3]毕命:良指老死,寿终。

[4]泾水:参见《岁暮高平客邸,述感四首(其三)》注5。汤汤:水流盛大貌。

[5]金缕衣:以金线制成的华丽衣裳。语出唐杜牧《杜秋娘诗》:"秋持玉斝醉,与唱《金缕衣》。"自注:"'劝君莫惜金缕衣,劝君须惜少年时。花开堪折直须折,莫待无花空折枝。'李锜常唱此辞。"

[6]潺湲(chán yuán):形容河水慢慢流的样子,此指泪流貌。

[7]幽壤:指地下。

三年

三年阅历足欷歔[1],世事羊肠险未如[2]。樵客覆隍原是鹿[3],信天终日竟无鱼[4]。可堪云雨供翻复[5],到处刚柔别吐茹[6]。若使孝标真卤莽[7],不应却有《绝交书》。

【注】

[1]欷歔(xī xū):哭泣后不自主地急促呼吸,此指叹息声。

[2]羊肠:喻道路曲折。

[3]"樵客"句:比喻梦幻无凭。典出《列子·周穆王》:"郑人有薪于野者,遇骇鹿,御而击之,毙之,恐人见之,遽嶮藏诸隍中,覆之以蕉,不胜其喜。俄而遗其所藏之处,遂以为梦焉。"

[4]"信天"句:信天,此指信天翁,鸟名。明杨慎《丹铅总录·鸟兽》:"信天翁,鸟名。滇中有之,其鸟食鱼而不能捕,俟鱼鹰所得偶坠者拾食之。"相传此鸟凝立水边,等鱼过啄食,终日不移步,故有此称。

[5]"可堪"句:复即覆,此处是"翻云覆雨"的化用,比喻世事反复无常。

[6]"到处"句:化用成语"吐刚茹柔",即比喻怕硬欺软。语出《诗·大雅·烝民》:"维仲山甫,柔亦不茹,刚亦不吐,不侮矜寡,不畏强御。"

[7]孝标:即刘峻,公元462—521年。南朝梁平原人。字孝标。家贫,好学,人有异书,必往借读,有书淫之称。曾任荆州户曹参军,后居东阳紫岩山,就地讲学。有《广绝交论》。死后门人谥为玄靖先生。曾为《世说新语》作注。

秋思[1]

老树秋归早,空阶落叶平。如何孤客耳,只作断肠声。

【注】

[1]秋思(sī):因凄凉萧瑟的秋景而抒发的忧思情怀。

变歌行

生女载寝地,生男载寝床。由来生男好,此理何彰彰[1]。吾闻木兰女,代父从军赴边鄙[2]。又闻缇萦好儿女,上书讼冤动天子[3]。亦有孝女不字贞[4],洁身奉养要没齿[5]。世风浇薄真性漓[6],戴高履厚忘尊卑[7]。所天化作罔极怨,亲暱(1)便可顶踵縻[8]。羽毛丰隆城府立。隐如大敌不可窥,惟水有源木有枝,惟禽罔觉兽罔知。彼愚蠢,蠢不足责,诵言法古将胡为[9]?古今孝子不常有,未必人父多不慈。吁嗟乎!生女犹得嫁比邻,生男苦累终其身[10]。不见世间诸女儿,衣食尚及严老亲[11],男儿眼前如路人。吁嗟乎!浮生百年若行旅[12],得力不在虎与鼠,何必生男胜生女。

【校】

(1)原为"匿"字,今据上下文意改。

【注】

[1]彰彰:昭著,明显。

[2]"吾闻"二句:引自《乐府诗集》收入的南朝梁《鼓角横吹曲》中的《木兰诗》,诗中历叙女子木兰女扮男装代父从军出征、转战、胜利归来的故事。边鄙:边疆,边远的地方。

[3]"又闻"二句:缇(tí)萦,为汉太仓令淳于意的少女。汉文帝四年,淳于意有罪被逮,缇萦随父入长安,上书请入身为官司婢,以赎父刑,使得自新。帝悲其意,为除肉刑,意得免。见《史记·仓公传》。

[4]字:指出嫁。

[5]没齿:犹言终身。《论语·宪问》:"问管仲,曰:'人也,夺伯氏骈邑三百,饭疏食,没齿无怨言。'"

[6]浇薄:指社会风气浮薄。《后汉书·朱穆传》:"常感时浇薄,慕尚敦笃,乃作《崇厚论》。"漓:薄貌。

[7]戴高履厚:指生存于天地间。典出《左传·僖十五年》:"君履后土而戴皇天,皇天后土实闻君之言。"

[8]亲暱:谓亲近。顶踵(zhǒng):比喻全身。

[9]诵:通"讼",公开。

[10]"生女"二句:化用唐杜甫《兵车行》:"信知生男恶,反是生女好,生女犹得嫁比邻,生男埋没随百草。"

[11]严老亲:指父母。

[12]浮生:《庄子·刻意》:"其生若浮,其死若休。"老庄以人生在世,虚浮无定。后来相沿称人生为浮生。

杨柳枝词[1]

惜别伤离折赠频，一生旖旎住浓春[2]。如何青眼嫌疏冷，到得清秋不看人。

【注】

[1]杨柳枝词：汉横吹曲辞。本作《折杨柳》。至隋时始为宫词。唐白居易依旧曲翻为新歌。《长庆集·杨柳枝词》："古歌旧曲君休听，听取新翻杨柳枝。"白居易有妓樊素，善唱杨柳枝，人以曲名名之。当时诗人继和此曲，多以咏柳抒怀，七言四句，与《竹枝词》相似。

[2]旖旎(yǐ nǐ)：轻盈柔顺貌。

闻雁

西风瑟瑟动簾帷，落尽杨枝与柳枝。孤馆灯昏人静后，荒庭霜冷雁来时。三年乍息衔芦警[1]，万里空怀反哺悲[2]。归计可怜输小物，避寒节候不曾迟。

【注】

[1]芦警：一种食物名。

[2]反哺："反"通"返"，鸟雏长成，衔食哺母鸟。比喻子女报答亲恩。语出《初学记·鸟赋》："雏既壮而能飞兮，乃衔食而反哺。"

新月四首

其一

惊心八月过初三，秋思离愁两不堪[1]。独立黄昏闲怅望，一钩寒玉近西南。

【注】

[1]秋思(sī)：因凄凉萧瑟的秋景而抒发的忧思情怀。

其二

风露尖寒净碧天[1]，清光些子已娟娟[2]。东邻醉眼殷勤看，莫误弯弯认下弦。

【注】

[1]尖寒：严寒。

[2]些子：一点儿。娟娟：明媚美好的样子。

其三

长蛾依约画来匀[1],图向修眉谱更新。魂断下阶年少女[2],风吹裙带悄无人。

【注】

[1]长娥:即嫦娥,月神名。即嫦娥,月神名。初见于《山海经·大荒西经》,作常羲,谓为帝俊之妻。《诗·大雅·生民》"时维后稷"谓为帝喾下妃訾之女。《礼·檀弓》"周公盖"作"常宜"。《淮南子·览冥》《太平御览·灵宪》作"姮娥"谓为后羿之妻,窃不死之药惟奔月。《搜神记》作"嫦娥"。

[2]下阶:佛教语,即世间。

其四

萧肃凉飔惨不欢[1],纤纤欲落尚凭阑。也知到得团圆好,只我团圆又怕看。

【注】

[1]凉飔(sī):凉风。

中秋二首

其一

去年泪尽古仪州[1],病眼还看八月秋。两度月圆归未得,不堪重问大刀头[2]。

【注】

[1]去年:清乾隆四十六年(1781 年)。仪州:旧地名,在今甘肃省华亭县。

[2]大刀头:指盼望归乡。典自《汉书·李广苏建传》:"昭帝立,大将军霍光、左将军上官桀辅政,素与(李)陵善,遣陵故人陇西任立政等三人俱至匈奴招陵。立政等至,单于置酒赐汉使者,李陵、卫律皆侍坐。立政等见陵,未得私语,即目视陵,而数数自循其刀环,握其足,阴喻之,言可还归汉也。"环、还音近,后来就用刀头作为还的隐语。

其二

粤岭萧关路几千[1],思乡望远共潸然[2]。心酸只判酕醄醉[3],消受姮娥一夜圆[4]。

【注】

[1]粤岭:岭南一带。萧关:关塞名。一名郭关。在宁夏固原市东南。汉文帝十四年匈奴单于入朝那萧关,烧回中宫,武帝元封四年帝北出萧关,猎新秦中,即

此。隋置他楼县,唐神龙元年置萧关县。

[2]潸(shān)然:泪流的样子。

[3]酕醄(máo táo):大醉态。唐姚合《姚少监集·闲居遣怀》:"遇酒酕醄饮,逢花烂漫看。"

[4]姮娥(héng é):神话中的月中女神,此处借指月亮。

题《邹砚山并肩图小照》二首

其一

黛蛾星的柳腰肢[1],小立齐肩软语时[2]。郎是树枝侬是影,一生常傍不相离。

【注】

[1]黛蛾:指黛眉。

[2]软语:柔和而委婉的话语。

其二

鬓影衣香尚记无[1],风流跌宕想髯苏[2]。天涯我亦多情客,摇落清秋看画图[3]。

【注】

[1]鬓影衣香:北周庾信《春赋》:"屋里衣香不如花。"唐代李贺《咏怀》诗:"弹琴看文君,春风吹鬓影。"衣香、鬓影:借指妇女,后连用作形容妇女仪态之辞。此形容邹砚山外形美。

[2]跌宕(diē dàng):谓行为无检束。此指山高险陡不平。髯(rán)苏:指宋苏轼。因其多髯而称。

[3]"摇落"句:摇落谓凋谢,零落。语出曹丕《燕歌行》:"秋风萧瑟天气凉,草木摇落露为霜,群燕辞归雁南翔。"

秋夜

风声淅淅虫唧唧[1],霜魂射簾月梭织[2]。落叶欲留留不得,寒到水沉慳气力。相思在眉镜在壁,不照芙蓉照头白[3]。离怀归梦两茫然,灯花烂漫无人惜。

【注】

[1]淅淅(xī):风声。唧唧:象声词。虫鸣声。

[2]梭织:谓穿梭往来。

[3]芙蓉:镜名,以形似莲花而称。

落叶二首

其一

银床侧畔画堂东[1],雨打霜欺泣故丛。情重惜花兼惜叶,倚阑不敢怨西风[2]。

【注】

[1]银床:银饰的井栏,也指辘轳架。《晋书·乐志·淮南王篇》:"后园凿井银作床,金瓶素绠汲寒浆。"

[2]西风:指秋风。

其二

傍砌依簾伴索居[1],三秋好梦隔华胥[2]。人间恐有相思字,为语儿童莫扫渠[3]。

【注】

[1]索居:参见《春日寄元亭》注1。

[2]三秋:此指季秋。华胥:形容睡眠之沉。典出《列子·黄帝》:"(黄帝)昼寝而梦,游于华胥氏之国……其国无师长,自然而已;其民无嗜欲,自然而已……故无利害。"

[3]渠:它,指落花。

闻雁二首

其一

万里衔芦路是非[1],孤高争得稻粱肥[2]。如何就暖无消息,风雪漫天独自飞。

【注】

[1]衔芦:口含芦草,雁用以自卫的一种本能。

[2]稻粱肥:即稻粱谋,指人谋求衣食。典自《文选·广绝交论》:"分雁鹜之稻粱,沾玉余沥。"注引《韩诗外传》:"田饶谓鲁哀公曰:'黄鹄止君园池,啄君稻粱。'"

其二

远响流哀欲问渠[1],酸风冻雾意何如[2]。天涯应有怀人妇,目断寒云不寄书。

【注】

[1]渠:它,指雁。

[2]酸风:参见《自阿干镇赴狄道,访朱清彦,夜宿中堡二首(其一)》注3。

题曹午亭斋壁

怅望乡国路几千,弄晴作雪小阳天。身如大壑随流叶[1],心似枯桐欲断弦[2]。剩有百忧堆两鬓,谁能一笑住三年。等闲莫讶黄粱熟[3],梦里生涯也是仙[4]。

【注】

[1]大壑:指大海。

[2]枯桐:指弦琴。传说中神农造琴,都用桐木作琴身。

[3]讶:惊奇,奇怪。

[4]"等闲"二句:《文苑英华·枕中记》记载:卢生于邯郸客店中遇道者吕翁。生自叹穷困,翁乃授之枕,使入梦。生梦中历尽富贵荣华。及醒,主人炊黄粱尚未熟。后因以喻富贵终归虚幻,或欲望破灭。

鼓吹曲[1]

顽云黯淡夜不开[2],明灯历落东西台。小吹连珠大如雷,狂夫叫跳劳人哀。高山何迤逦[3],不长杞与梓[4]。流水何弥弥[5],不生鲂与鲤[6]。大风蓬勃沙石飞,羊肠通术无是非。赤日行天百草痿,涓滴朝露奚由肥。人生咄咄多相违[7],汉阴奇语知者稀[8]。不羡双朱轮[9],宁骑小黄犊[10]。愿餐苦柏枝,不带于阗玉[11]。劝君累十觞[12],莫听鼓吹曲。愔愔声断续[13],一家欢乐百家哭。

【注】

[1]鼓吹曲:乐名。主要乐器有鼓钲箫笳,出自北方民族,本为军中之乐。汉有朱鹭等十八曲,列于殿庭,宴群臣及上食用之。大驾出游用短箫铙歌,军中行部用横吹,泛言之,亦统称鼓吹,如大驾祀甘泉汾阴,有黄门前后部鼓吹。其初用于卤簿,又或以赐有功之臣。东汉边将及万人将军始得有鼓吹,不及此者仅得假鼓吹。魏晋以后鼓吹甚轻,牙门督将五校皆得具鼓吹。

[2]顽云:密布不散的乌云。

[3]迤逦(yǐ lǐ):曲折连绵。

[4]"不长"句:杞(qǐ)、梓(zǐ),木名,二者均为优质木材。

[5]弥弥(mí):水深满貌。出自《诗·邶风·新台》:"新台有泚,河水弥弥。"

[6]“不生”句:鲂、鲤,鱼名。二者均为鱼之美者。

[7]咄咄(duō):叹词,表示惊讶或感叹。

[8]汉阴:县名,属陕西省汉阴县。

[9]朱轮:古代王侯显贵所乘的车子,因用朱红漆轮,故称朱轮。

[10]黄犊:小牛。

[11]于阗(tián):汉代西域城国。又名于寘(tián)。故址在今新疆和田县一带。

[12]觞(shāng):古代称酒杯。

[13]愔愔(yīn):和悦貌。

书怀三首

其一

落托孤忧客[1],艰虞万里身[2]。风尘催白发[3],景物自青春[4]。噩梦醒犹畏,人情阅后真。半生足愁怨,拟欲问前因。

【注】

[1]落托:寂寞冷落。

[2]艰虞:艰难忧患。

[3]风尘:谓行旅艰辛。

[4]青春:此指春天。

其二

平地亦波澜,冯谁托胆肝[1]。已拼甘蓼苦[2],未敢信齑寒[3]。多口真销骨[4],妨人欲毁冠[5]。倚栏一长啸,吾道本艰难。

【注】

[1]胆肝:喻真心诚意。此指心里话。

[2]甘蓼:甘于困苦,不易操守。语出《楚辞·东方朔〈七谏·怨世〉》:“桂蠹不知所淹留兮,蓼虫不知徙乎葵菜。”王逸注:“言蓼虫处辛烈,食苦恶,不能知徙於葵菜,食甘美,终以困苦而癯瘦也。以喻己修洁白,不能变志易行以求禄位,亦将终身贫贱而困穷也。”

[3]齑(jī)寒:切成细末的腌菜,调味的姜、葱、蒜、韭菜等碎末。

[4]“多口”句:“众口铄金,积毁销骨。”的省称。极言谗言为害之烈。语出

《史记·张仪传》。

[5]毁冠:古代官员帽子有等级,“毁冠”即下降帽子等级。此指降职。

其三

两度沧桑变,三年歌哭余。因思过江客,未必为鲈鱼[1]。腐鼠何劳吓[2],寒灰可更嘘。故山有茅屋,好约伴樵渔。

【注】

[1]“未必”句:形容思乡。典自《世说新语识鉴》:“张翰辟齐王东曹掾,在洛,见秋风起,因思吴中菰菜羹、鲈鱼脍曰:‘人生贵得适意尔,何能羁宦数千里以要名爵!’遂命驾便归。”

[2]“腐鼠”句:劳即劳驾。腐鼠,比喻世俗人所看重的极轻贱卑微之物;典自《庄子·秋水》:“惠子相梁,庄子往见之。或谓惠子曰:‘庄子来,欲代子相。’于是惠子恐,搜于国中三日三夜。庄子往见之,曰:‘南方有鸟,其名曰鹓雏,子积知之乎?夫鹓雏,发于南海而飞于北海,非梧桐不止,非练食不食,非醴泉不饮。于是鸱(chī:古书上说指一鹰)得腐鼠,鹓雏过之,仰而视之曰:“吓!”今子欲以梁国而吓我邪?’”后以此典形容以小人之心度君子之腹,忌妒贤能。

旅夜

萧条庭院晚凉天,回首悲歌一惘然。不敢举头看明月[1],因循归计已三年。

【注】

[1]“不敢”句:化用了唐李白的《静夜思》:“举头望明月,低头思故乡”诗句。

少年行[1]

旭日耀两厢,剑珮纷锵锵。彼美谁家子,门第霍与张[2]。十五佩金印,十六侍长杨[3]。婀娜好身手,眉宇婉清杨[4]。宗悫抱大志[5],弃繻犹仓皇[6]。班超拜定远[7],垂白多悲凉[8]。功勋崇阀阅,顾盼生辉光。宝贵复少好,背项空相望。山木宁无枝,蘅芜自有香[9]。方舟不可即,徘徊积中肠[10]。噫吁嘻人生穷达,迟速妍丑真有数,眼前便是三生路[11]。莫惊哀乐聚中年,二十封侯已迟暮。

【注】

[1]少年行:乐府杂曲歌辞。本出于《结客少年场行》,多咏少年轻生重义、任侠游乐之事。

[2]“门第”句:霍即霍去病,公元前140—前117年。汉河东平阳人,卫青姊子。为人少言不泄,果敢任气。年十八为侍中,善骑射。曾六次出击匈奴,涉沙漠,远至狼居胥山。封冠军侯,为骠骑将军。汉武帝为之建府第,去病辞谢曰:“匈奴未灭,无以家为。”见《史记》《汉书》。张即张骞,公元前? —前114年。汉汉成固人。建元二年以郎应募出使月支,经匈奴,被拘留十多年,后逃回;又以校尉从大将军卫青击匈奴,因骞知沙漠中水草所在,使军队不致困乏,有功封博望侯。元鼎二年又以中郎将出使乌孙,分遣副使使大宛康居月支等国,乌孙报谢,西北诸国始通于汉,使中原铁器、丝织品等传入西域,西域的音乐、葡萄等传入中原。见《汉书》。

[3]长杨:此指长杨宫。汉行宫名,因宫有长杨树而名。故址在今陕西周至东南。《三辅黄图·宫》:“长杨宫,在今周至县东南三十里,本秦旧宫,至汉修饰之,以备行幸,宫中有垂杨数亩,因为宫名。”

[4]清扬:指眉目之间。清,指目;扬,指眉。《诗·郑风·野有蔓草》:“有美一人,清扬婉兮。”后引申为对人容颜的颂扬,犹言丰采。

[5]宗悫(què):人名。公元? —465年。南朝宋南阳涅阳人。字元干。少时,叔父炳问其志愿,悫答曰:“愿乘长风破万里浪。”文帝时,为振武将军。后随武陵王刘骏(孝武帝)平定杀父自立的刘劭,封为左卫将军。大明三年,参加平定据广陵抗命的竟陵王刘诞之乱。官至豫州刺史,封洮阳侯。《宋书》《南史》有传。

[6]弃繻:语出《汉书·终军传》:“初,军从济南当诣博士,步入关,关吏予军繻。军问:‘以此何为?’吏曰:‘为复传,还当以合符。’军曰:‘大丈夫西游,终不复传还。’弃繻而去。”繻,古时用帛制成的出入关卡的凭证。书帛裂而分之,合为符信,作为出入关卡的凭证。“弃繻”,表示决心在关中创立事业,后因用为年少立大志之典。

[7]班超:人名,参见《京邸送罗松崖同年南归》注12。定远:城名,东汉班超封侯地,故城在今陕西镇巴县。

[8]垂白:白发下垂,谓年老。

[9]蘅(héng)芜:蘅即杜衡,多年生草本植物,野生在山地里,开紫色小花。根茎可入药。蘅芜,指蘅长在丛生的草堆里。

[10]中肠:指内心。

[11]三生:佛教语,即前生、今生、来生。唐牟融《送僧》诗:“三生尘梦醒,一锡衲衣轻。”

得咨后出金城，口号二首[1]

其一

五年磨折或前因，宵小何曾解噬人[2]。招手行云成一笑，如今真个是闲身。

【注】

[1]咨：即咨文，旧时指用于平行机关的公文。金城：地名，汉昭帝始元六年置郡。郡治允吾。宋废。故城在今甘肃皋兰县西北黄河北岸。口号：古体诗的题名。表示随口吟成，和口占相似。

[2]宵小：旧称盗匪坏人。清黄六鸿《福惠全书·城厢防守》："更有州县近城垣之处，内有高阜小山外有旷僻无人之地，恐宵小从此出入。"

其二

十里长城缓辔过[1]，归程天气恰晴和。东罔坡上重回首，白塔山前落照多[2]。

【注】

[1]缓辔：放松缰绳，骑马缓行。

[2]白塔山：在甘肃省兰州市黄河北岸，因山头白塔得名。

蓝田[1]

西南二水接城隅，雨后蓝山抹画图。若问当年种玉处[2]，寒烟秋草满平芜[3]。

【注】

[1]蓝田：县名。属陕西省。秦孝公置，故城在县治西，北周徙今治。《周礼》汉郑玄注曰：玉之美者曰球，次美者曰蓝，以县出美玉故名。历代相因，明清皆属西安府。

[2]种玉：晋干宝《搜神记》载有杨伯雍居终南山，常汲水于岭上以供行人饮。三年，有一人饮后与之石子一斗，谓选好地种之可生玉，并可得好妇。杨种石果得玉。右北平徐公有好女，人求之多不许。杨往求，徐言如得白璧一双即听婚。杨于种玉处得白璧五双，遂聘徐女。后遂称两家通婚为种玉之缘。

[3]平芜：草木丛生的平旷原野。南朝梁江淹《去故乡赋》："穷阴匝海，平芜带天。"

蓝桥[1]

初日蓝桥路，丹枫耐客鞭。人声出深箐[2]，鸟语入寒烟。户籍多襄楚，秋耕杂豆绵。溪山嫌俗吏,无处访仙缘[3]。

【注】

[1]蓝桥:桥名。在陕西蓝田县东南蓝溪之上。

[2]深箐(qìng):在树木丛生的山谷深处。

[3]仙缘:蓝桥有"蓝桥遇仙"与"蓝桥仙窟"之典。均出自《太平广记·裴航》:"(裴航)遂饰装归辇下,经蓝桥驿侧近。因渴甚,遂下道求浆而饮。见茅屋三四间,低而复隘,有老妪缉麻苎。航揖之,求浆。妪咄曰:'云英,擎一瓯浆来,郎君要饮。'航讶之,忆樊夫人诗有云英之句,深不自会。俄于苇箔之下,出双玉手捧瓷,航接饮之,真玉液也。但觉异香氤郁,透于户外。因还瓯,遽揭箔,睹一女子,露(yè)琼英,春融雪彩,脸欺腻玉,鬓若浓云,娇而掩面蔽身。……(航)良久,谓妪曰:'向睹小娘子艳丽惊人,姿容擢世,所以踌蹰而不能适。愿纳厚礼而娶之,可乎?'妪曰:'渠已许嫁一人,但时未就耳。我今老病,只有此女孙。昨有神仙遗灵丹一刀圭,但须玉杵臼捣之百日方可就吞,当得后天而老。君约取此女者,得玉杵臼,吾当与之也,其余金帛,吾无用耳。'航拜谢曰:'愿以百日为期,必携杵臼而至,更无他许人。'妪曰:'然。'航恨恨而去。……数月余日,或遇一货玉老翁,曰:'近得虢州药铺卞老书,云有玉杵臼货之。郎君恳求如此,此君吾当为书导达。'航愧荷珍重,果获杵臼。卞老曰:'非二百缗不可得。'航乃泻囊,兼货仆货马,方及其数,遂步骤独挈而抵蓝桥。昔日妪大笑曰:'有如是信士乎?吾岂爱惜女子,而不酬其劳哉?'女亦微笑曰:'虽然,更为吾捣药百日,方议姻好。'……仙童侍女,引航入帐就礼讫。"此处典,形容相会处所或意中人住处。

自蓝桥至牧护关[1]

插云苍翠净高秋,天放新晴慰客愁。石径萝阴三十里,沿山听水到关头。

【注】

[1]蓝桥:桥名。在陕西蓝田县东南蓝溪之上。牧护关:关名,在陕西蓝田县境内。

荆紫关放舟[1]

菊老枫丹九月天,喜看双桨破寒烟。白沙翠竹汀洲路,不见江郎已五年。

【注】

[1]荆紫关:关名。即荆子关。在河南淅川县西北,为河南、湖北、陕西交通要

冲。金正八年,金将武仙由荆子口会邓州军,以御蒙古之师,即此。

夜行至老河口[1]

榜人夜放棹[2],月黑江风生。不见上水船[3],但闻破浪声。

【注】

[1]老河口:港口名,在今河南省信阳县。

[2]榜人:船工。

[3]上水船:指船只逆流而上。

舟夜

五载微名未送穷[1],囊书襆被伴枯桐[2]。壮年始觉韶光疾,好境谁参色相空[3]。绝塞关河双鬓白,大江风雨一灯红。人生利钝前缘定[4],莫向天涯叹转蓬[5]。

【注】

[1]送穷:指送走穷神。出自唐韩愈《送穷文》所云,穷有五鬼,即智穷、学穷、文穷、命穷、交穷,凡此五鬼,为人五患。据李翘注《送穷文》引《文宗备问》云:"颛顼高辛氏,宫中生一子,不着完衣,宫中号为穷子,其后正月晦死,宫中葬之。相谓曰:'今日送却穷子,自尔相承送。'"

[2]枯桐:指弦琴。传说中神农造琴,都用桐木作琴身。

[3]色相:佛教主万物皆空,以无相为归。人或物之一时呈现于外的形式。

[4]利钝:锋利与不锋利,喻指成败、吉凶。

[5]转蓬(péng):比喻身世飘零。出自《晏子春秋·内篇杂上》:"鲁昭公弃国走齐,齐公问焉,曰:'君何年之少,而弃国之蚤(早)? 奚道至于此乎?'昭公对曰:'吾少之时,人多爱我者,吾体不能亲;人多谏我者,吾志不能用;好则内无拂而外无辅,辅拂无一人,谄谀我者甚众。譬之犹秋蓬也,孤其根而美枝叶,秋风一至,根且拔矣。'"

史载,赵清献公以一琴一鹤自随古贤,高致可想。余作宦五年,囊无长物,止得古琴一张,归舟无聊,日三摩挲诗以志兴[1]

宦迹襟期愧向禽[2],十年世事人清吟。行粮有数难笼鹤,俸绢无存为买琴[3]。浦树隔江烟漠漠,篷窗遥夜雨愔愔。岳阳楼上湖光好[4],欲谱潇湘云水音[5]。

【注】

[1]赵清献公：即赵抃(biàn)(1008—1084)，人名。宋衢州西安人，字阅道。少孤，景祐元年进士。官殿中侍御史，弹劾不避权贵。京师号"铁面御史"。历知杭州、青州，知成都以一琴一鹤自随，匹马入蜀。神宗立，擢参知政事，与王安石议政不合，再出知成都。卒谥清献。《宋史》有传。后以"一琴一鹤"喻为官清廉。长(zhàng)物：剩余之物。出自《世说新语·德行》："王恭从会稽还，王大看之。见其坐六尺簟(diàn)，因语恭：'卿东来，故应有此物，可以一领及我。'恭无言。大去后，即举所坐者送之。既无余席，便坐荐上。后闻之甚惊，曰：'吾本谓卿多，故求耳。'对曰'文人不悉恭，恭作人无长物。'"

[2]襟期：襟怀、志趣。

[3]俸绢：作为俸禄支付的绢。

[4]岳阳楼：在湖南省岳阳县城西门上，三层，始建于唐。相传三国吴鲁肃于此建阅兵楼。唐天宝以后其名渐著。李白等著名诗人都有岳阳楼诗。宋庆历五年巴陵守滕宗谅重修，其后历代迭有兴废。全国解放后，重行修葺，焕然一新。

[5]作者自注"时舟泊城陵矶"。按，城陵矶，地名。在湖南岳阳县东北，位于洞庭湖出口与长江合流处。

过洞庭湖夜泊鹿角三首[1]

其一

晴霞千里映斜曛[2]，爆竹鸣金一路闻。昨日南风今日北，行人合赛洞庭君。

【注】

[1]鹿角：地名，在湖南省洞庭湖滨。

[2]斜曛：指黄昏，傍晚。曛，落日的余光。

其二

欲问传书事杳然，鱼罾沙浦夕阳天[1]。倦游悟到舟师语，不是湾头不泊船。

【注】

[1]罾(zēng)：指渔网。

其三

秋高天色蔚晴蓝，云水空濛一气涵[1]。此夜乡园应计日，扁舟已过洞庭南。

【注】

[1]空濛:浑蒙迷茫之状,多形容烟岚、雨雾。

浯溪[1]

舟行淹旬朔[2],愁病日瑱委[3]。落帆寻浯溪。著屐色已喜。仄径穿枫林,秋声清入耳。飞梁龙骨断,浅濑漾清泚[4]。亭砌荒苔痕,高台半倾圯[5]。回首十八年,溪山又如此。呼童拭镜石,光莹过棐几[6]。岸树纷朦,行舟若尺咫。何年煞风景[7],夜半隳石髓[8]。冤哉斧凿痕,千载混沌死[9]。却读磨崖碑,斑驳乱亥豕[10]。正气守鬼神,照耀湘江沚[11]。留题积新旧,列石如雁齿[12]。愧非康乐才[13],未敢妄訾拟[14]。林深久徘徊,佳树屡徒倚。但闻桂花香,不辨杞与梓。振衣上平台,长风来万里。荒冢何崔巍[15],穹碑圪山趾[16]。林泉无古今,人事有泰否[17]。抚景心悠悠,斜阳满烟水。

【注】

[1]浯(wú)溪:溪名。在湖南祁阳县,西南五里。唐元结《元次山集·浯溪铭序》:"浯溪在湘水之南,北汇于湘。爱其胜异,遂家溪畔。溪世无名称者也,为自爱之故,命曰浯溪。"结又筑台曰峿台,亭曰吾亭,称三吾。

[2]旬朔:十天或一个月,泛指不长的时日。

[3]瑱委:加重。瑱,古通"填",填充;委,积聚。

[4]濑(lài):从沙石上流过的急水。清泚:清澈。泚,清。

[5]圯(yí):指桥。

[6]棐(fěi)几:用榧(fěi)木做的几。

[7]煞风景:喻败人清兴。

[8]隳(huī):毁坏。石髓:指石钟乳。

[9]混沌:传说中的恶兽名。汉东方朔《神异经·西荒经》:"昆仑西有兽焉,其状如犬,长毛四足,两目不见,两耳而不闻,有腹而无脏,有肠直而不旋,食物经过。人有德行而往牴触之,人凶德而往依凭之,天使其然,名为混沌。"作者自注"旧传镜石光照十里,因某凿献后,复还原处光莹顿减"。

[10]亥豕(shì):指字形近似的错误。语自《吕氏春秋·察传》:"子夏之晋,过卫,有读史记者曰:'晋师三豕涉河。'子夏曰:'非也,是己亥也。夫己与三相近,豕与亥相似。'至于晋而问之,则曰晋师己亥涉河也。"

[11]沚(zhǐ):水中的小块陆地。

[12]雁齿:喻排列整齐。

[13]康乐:谢灵运(385—433),南朝宋阳夏人,谢玄孙,袭封康乐公。博览群书,工书画,初为武帝太尉参军,后迁太子左卫率。少帝时贬为永嘉太守。好山水,既不得意,便肆意遨游,各处题咏。不久辞官移居会稽。文帝徵为秘书监,迁侍中,常称病不朝。后请假东归,免官。寻为临川内史,以行放纵,为有司所纠,流徙广州,不久以谋反罪被杀。灵运之诗,以咏山水者居多。有诗文集传世。

[14]訾(zǐ)拟:此指评价。

[15]崔巍(cuī wéi):高峻貌。

[16]穹碑:圆顶高大的石碑。作者自注"溪上有大冢,为祁阳陈制军先茔"。

[17]否(pǐ):坏,恶。

泊高旗司[1]

江驿维舟稳,斜阳带远岑[2]。一湾波绿净,两岸树阴森。山色连湘口。人家渐粤音。戍楼催暮角,凄断故园心。

【注】

[1]高旗司:地名,属湖南省。

[2]远岑:远处的山。南唐李中《献徐舍人》诗:"下直无他事,开门对远岑。"

梧江[1]

绝域秋风忆钓矶[2],系龙烟水未全非[3]。紫云远别苏娘嫁[4],短发关山万里归。

【注】

[1]梧江:水名,西江流经广西梧州市境内的一段。

[2]钓矶:钓鱼时坐的岩石。北周明帝《贻韦居士诗》:"坐石窥仙洞,乘槎下钓矶。"

[3]全非:作者自注"龙洲名"。

[4]紫云:紫色云,古以为祥瑞之兆。

《素轩诗集》卷三

归来

远随春信赋归来，门长蓬蒿径满苔。拟畜鱼苗频较雨[1]，欲营茅屋预栽梅。依稀梦幻同樵客，捡点韶华入酒杯。此日息游聊闭户，小园莺燕莫相猜。

【注】

[1]雨(yù)：下雨。

咏苔

连夜空阶雨，春苔长旧痕。分红依芍药[1]，净绿映兰荪[2]。似锦初缘槛，为衣未被垣。好同芳草色，簾外伴黄昏。

【注】

[1]芍药：植物名。花大而美，名色繁多，供观赏，根入药。《诗·郑风·溱洧》："维士与女，伊其桐谑，赠之以勺药。"

[2]兰荪：香草名，即菖蒲，生于水边。有香气，根入药。亦名白菖、泥菖蒲。

冬夜读书

赖有牙签伴索居[1]，寒风窣窣夜窗虚[2]。何因净把尘心洗，读破人间万能卷书。

【注】

[1]牙签：指一种图书标签。

[2]窣窣(sù sù)：象声词。指风声。

墙角老梅一株，春来作花殊少，诗以赠之

东墙老梅树，小蕊弄晴和。有分同明月，无心傍翠蛾[1]。关河愁折赠，岁序重摩娑[2]。一样孤山种，池边春意多。

【注】

[1]翠蛾：妇女细而长曲的黛眉，借指美女。

[2]作者自注"梅自手植，已十五年矣"。

丙午重阳[1]

蜂闹檐牙耳欲聋[2]，一年秋事付梧桐[3]。几枝瘦皱迎霜菊，满院萧骚落帽风[4]。客路情踪怜鄠杜[5]，幽栖生计注鱼虫[6]。底须辛苦题糕字[7]，且拟愁颜借酒红。纵遣如泥未解忧，关情身世两悠悠。齐谐漫志长房术[8]，陶令翻悲宋玉秋[9]。上帝岂能真雨粟[10]，生民可使竟无鸠。惊心不敢登高望，万井萧条落日愁[11]。

【注】

[1]丙午：乾隆五十一年(1786年)。

[2]檐牙：檐际翘出如牙的部分。

[3]梧桐：木名。落叶木。

[4]“满院”句：萧骚指象声词。指风吹树木的声音。落帽风：此指秋风。典自《晋书·孟嘉传》：“(孟嘉)后为征西桓温参军，温甚重之。九月九日，温燕龙山，僚左毕集。时佐吏并着戎服。有风至，吹嘉帽坠落，嘉之不觉。温使左右勿言，欲观其举止。嘉良久如厕，温令取还之。命孙盛作文工嘲嘉，著嘉坐处。嘉还见，即答之。其文甚美，四座嗟叹。”

[5]鄠(hù)杜：地名。鄠县杜陵。属陕西省。杜陵为汉宣帝之陵墓。《汉书·地理志》下：“故秦地……有鄠杜竹林。”

[6]幽栖：指隐居。南朝宋谢灵运《邻里相送方山》：“资此永幽栖，岂伊年岁别。”鱼虫：犹言鱼鸟，此指以鱼虫为生的隐居生活。语自《隋书·隐逸传序》：“狎玩鱼鸟，左右琴书。”

[7]题糕字：即题饧。典自宋王谠《唐语林·文学》：“刘禹锡曰：‘为诗用僻字，须有来处。宋考公云：“马上逢寒食，春来不见饧。”尝疑之。因读《毛诗》郑笺说吹箫处，注云：“即今卖饧者所吹。”六经唯此中有“饧”字。吾缘明日重阳，押一糕字，续寻思六经竟未见有“糕”字，不敢为之。’”后以“题饧”指生僻字。

[8]“齐谐”句：人名。《庄子·逍遥游》：“齐谐者，志怪也。”长房术：形容思念故乡或异地亲朋。出自晋葛洪《神仙传·壶公》：“(费长)房有神术，能缩地脉，千里存在，目前宛然，放之复舒如旧也。”

[9]“陶令”句：晋陶潜(365—427)，晋寻阳人，一名渊明，字符亮。大司马陶侃曾孙。曾为州祭酒，复为镇军、建威参军，后为彭泽令。因不能“为五斗米折腰”弃官归隐，以诗酒自娱。征著作郎，不就。南朝宋元嘉初年卒。世称靖节先生。

宋玉:战国楚鄢人。或说是屈原弟子。曾为楚顷襄王大夫。“悲宋玉秋”即“宋玉悲秋”,形容秋色悲凉。出自《楚辞·九辩》:“悲哉秋之为气也!萧瑟兮草木摇落而变衰。憭栗兮若在远行,登山临水兮送将归。泬(xuè)寥兮天高而气清,寂寥兮收潦而水清”、“皇天平分四时兮,窃独悲此廪秋。白露既下百草兮,奄离披此梧楸。”

[10]雨粟:谓天降粟。出自《淮南子·本经》:“昔者,仓颉作书,而天雨粟,鬼夜哭。”汉高诱《注》:“仓颉始视鸟迹之文造书契,则诈伪萌生。诈伪萌生,则去本趋末,弃耕作之业而务锥刀之利,天知其将饿,故为雨粟,鬼恐为书文所劾,故夜哭也。”

[11]作者自注“时方苦旱”。

丁未初度[1]

世味迎霜橘,时光下水船[2]。满头半白发,三度两荒年。造化初无意,穷通亦偶然。束书佐尊酒[3],苦乐且随缘。

【注】

[1]丁未:乾隆五十二年(1787年)。初度:参见《季夏,初度日,自平凉返仪州,风雨交作,借宿策底镇,庙中感赋四首(其一)》注1。

[2]下水船:顺流而下的船。船速较快,此喻时光流逝。

[3]佐:劝,饮。尊:尊通“樽”,盛酒器。

旱热

积愁成内热,况乏六铢衣[1]。旱潦生涯薄[2],琴书素愿违。青蝇甘汗肉[3],小雨助炎威。何处清凉地,科头暂息机[4]。

【注】

[1]六铢衣:佛经称忉利天衣重六铢,谓其轻而薄衣。

[2]旱潦(lào):偏义复词,此强调“旱”。

[3]青蝇:苍蝇,蝇色黑,故称青蝇。

[4]科头:本指战士不戴头盔,后来泛指不戴帽子。语自《史记·张仪列传》:“秦带甲百余万,车千乘,骑万匹,虎贲之士,跿跔科头,贯颐奋戟者,至不可胜计。”裴骃集解:“跿跔:音徒俱,跳跃也。……科头谓不着兜鍪入敌。”机:重要的事务。

短歌[1]

烦忧织心(1)如网密,穷山吹破邹衍律[2]。劳生自计百不堪,鬓上银丝昼夜出。功名坐愧等身书[3],子孙绝少千头橘[4]。一月开口能几回[5]?百年已过一万日。天道甚远命理微,举杯聊且(2)齐得失。

【校】

(1)原为“组织”,今据《峤西诗钞》改。

(2)原为“聊以”,今据《峤西诗钞》改。

【注】

[1]短歌:即短歌行,为乐府相和歌辞《平调曲》名。短歌,言其歌声之短。汉末曹操等人皆有此作。晋崔豹《古今注·音乐》:“长歌,短歌,言人生寿命长短分定,不可妄求。”南朝陈智匠《古今乐录》:“王僧虔《技录云》:‘《短歌行·仰瞻》一曲,魏氏遗令,使节朔奏乐,魏文制此辞,自抚筝而歌。’”

[2]邹衍律:邹衍,战国齐临淄人。深观阴阳消息,作怪迂之变。“邹衍吹律”出自《北堂书钞》卷一一二引汉刘向《别录》:“《方士传》言,邹子在燕,燕有黍谷,地美天寒,不出五谷。邹子居之,吹律而温气至,今名黍谷地。”《论衡·寒温篇》:“燕有寒谷,不生五谷;邹衍吹律,寒谷可种,燕人种黍其中,号曰黍谷。”此处用典形容他人的关怀、温暖。

[3]等身书:形容读书或著书之多。典出《宋史·贾黄中传》:“黄中幼聪悟,方五岁,(父)玭每旦令正立,展书卷比之,谓之‘等身书’,课其诵读。”

[4]千头橘:此处用“甘橘为奴”的典故。《三国志·吴志·孙休传》:“丹阳太守李衡。”裴注引《襄阳记》:“衡每欲治家,妻辄不听。后密遣客十人,于武陵龙阳汜洲上作宅,种甘橘千株。临死,敕儿曰:‘汝母恶吾治家,故穷如是。然吾州里有千头木奴,不责汝衣食。岁上一匹绢,亦可足用耳。’衡亡后二十余日,儿以白母。母曰:‘此当是种甘橘也。’”后用为典,多谓植果树可增加收入。

[5]开口:形容人为忧患缠扰,难得开怀欢笑。典自《庄子·盗跖》:“人上寿百岁,中寿八十,下寿六十,除病瘦死丧忧患,其中开口而笑者,一月之中,不过四五日而已。”

喜雨

天地和,雨泽至。旱干,虽曰天意,亦人事。剪爪侵肌知者谁?竿旙击鼓真儿戏[1]。朝来杲日升扶桑[2],亭午微风起西北。肤寸触石张云旗[3],雨师龙公齐着力。蜚(1)廉收威雷鼓静[4],檐牙银竹如绳直[5]。料应滂沛一万里,偏为苍黎洗菜色。山人穷空忘内顾,凭阑大笑作长句。但愿贫者勿惰富勿妒,旱干未可委之数。

【校】(1)原为“非”,今据上下文意改。

【注】

[1]旛(fān):长幅下垂的旗。

[2]杲(gǎo):日出明亮。扶桑:神木名。传说日出其下。《楚辞·离骚》:“饮余马于咸池兮,总余辔乎扶桑。”《淮南子·天文》:“日出于旸谷,浴于咸池,拂于扶桑,是谓晨明。”按,旸:念 yáng,晴之意。

[3]触石:谓山中云为气与峰峦相碰击,吐出来。《文选·蜀都赋》:“冈峦纠纷,触石云。”李善注:“《春秋元命苞》:‘山有含精藏云,故触石而出也’。”

[4]蜚廉:也作“飞廉”是神话传说中的风神,后以指风。《楚辞·离骚》:“前望舒先驱兮,后飞廉使奔属。”汉王逸注:“飞廉,风伯也。”

[5]银竹:喻雨水。

先严忌辰,怆然赋此

四载痛犹新,萧条值此辰。天高不可问,牖下是何人[1]?多病忧王母,长贫累老亲。子孙谁负荷,家政竟因循。叹息疑当几,艰难誓立身。百年无限事,呵护仗慈仁。

【注】

[1]牖(yǒu):窗户。

夏夜

却烛避烦暑,招风驱醉魔。新苔双屐滑,深竹一萤过[1]。心静闻香远,庭虚得月多。未嫌衣露重,花影共婆娑。

【注】

[1]萤:虫名。腹部有末端有发光器,夜间闪烁发光。

读任轩叔近体诗赋呈

僻处患寡闻,独弹伤古调。六义本性情[1],吁喁鼓万窍[2]。吾叔纷内美[3],天机复清妙。拔帜登诗坛[4],《骚》选恣游徼[5]。池边得月亭[6],风云供吟眺。初阳上青山,斜照入远烧。花柳与鸟鱼,一一比兴料。会心即文章,学岂在老少。所患无根源,皮毛竞攻剽。落笔贵绝尘,体物不但肖[7]。至味遗咸酸,雄豪谢呶叫。如彼连城姿,温缜含光耀。自惭久颓唐,病俗未易疗。近数梁屈陈[8],风诗振岭峤[9]。声气喜不孤,粗用举其要。穷空发狂言,下士闻大笑。

【注】

[1]六义:《诗·大序》说诗有六义。指风、雅、颂、赋、比、兴。风是各国的民歌;雅是周王朝王都的歌;颂是庙堂祭祀的乐章,是诗歌的三种体制。赋是铺叙其事;比是指物譬喻;兴是借物以起兴,是诗歌的三种艺术表现手法。

[2]吁喁(xū yú):象声词,表示应和的声音。万窍:指人的各种感觉器官。窍,人的耳目口鼻等器官之孔。

[3]内美:指内在的美德。语出《楚辞·离骚》:"纷吾既有此内美兮,又重之以修能。"

[4]拔帜:典出《史记·淮阴侯传》。汉将韩信与张耳击赵,背水陈兵以诱赵兵,另选轻骑二千,各持一赤旗,从间道隐蔽山后以待。赵出营与战,汉军佯败,弃鼓旗而走,赵空营往追;汉轻骑疾入赵营,拔赵帜,立汉帜。赵军不胜,还,见皆已汉帜,兵惊乱,遂为汉所破。后来以拔帜喻战胜,以拔帜易帜喻取而代之。此指任轩在历次的科举应试中脱颖而出。诗坛:谓诗家为人所宗,如筑坛坫以主盟会。

[5]骚:即《离骚》,此代诗歌。徼(jiào):求。

[6]作者自注"池上亭名"。

[7]体物:描述事物,摹状事物。语出晋陆机《文赋》:"诗缘情而绮靡,赋体物而浏亮。"

[8]梁屈陈:即梁佩兰、屈大均和陈恭尹,三人皆为清初广东诗人,合称"岭南三大家"或"岭南三君"。梁佩兰(1629—1705),字芝五,号药亭、柴翁、二楞居士,晚号郁洲,广东南海人。著有《六莹堂前后集》。《清史列传》记载:"是时岭海文社数百人,推梁佩兰执牛耳。"他的诗歌意境开阔,功力雄健俊逸,被尊为"岭南三大家"与"岭南七子"之一。屈大均(1630—1696),初名邵龙,又名邵隆,号非池、菜圃,字骚余、翁山、介子,广东番禺人。有"广东徐霞客"的美称。后人辑有《翁山诗外》《翁山文外》《翁山易外》《广东新语》及《四朝成仁录》,合称"屈沱五书"。陈恭尹(1631—1700),字元孝,初号半峰,晚号独漉子,又号罗浮布衣,广东顺德县龙山乡人。陈邦彦之子。工书法,时称清初广东第一隶书高手。有《独漉堂全集》。

[9]风诗:此代诗歌。岭峤:岭南和峤西,此指峤西。

斗米谣

荒年穷氓无托处,眼前生计在儿女。春来即有半亩田,争如瓮乏升斗贮。卖儿买斗米,女子一斗余。深知死不免,且复救须臾。但愿儿女活,宁计老贱躯?富人粟红腐[1],中人无完裤[2]。大官一夕宴,所费千儿具。吁嗟乎!卖儿买米不满提[2],人命贱比犬与鸡。吁嗟!何以为蒸黎[3]。

【注】

[1]粟红腐:粟变质霉烂。形容谷物之丰饶。《汉书·贾捐之传》:"太仓之粟,红腐而不可食;都内之钱,贯朽而不可校。"

[2]指常人,普通人。《论语·雍也》:"中人以上,可以语上也;中人以下,不可以语上也。"

[3]提:此指提篮或手提之袋类。

[4]蒸黎:同"烝黎",指庶民,百姓。语出《晋书·元帝纪·劝进表》:"知天地不可以乏餐,故屈其身以奉之;知蒸黎不可以无主,故不得已而临之。"

所愿行

山人少年头白早,人讶多愁容易老。即看解组归青溪[1],六百余日何时好。去冬贫病真仓皇,亲属凋落增悲伤。扁舟初无一片石,计拙宁复谋仓箱[2]?龙公贵雨等珠贝,数百手指半月粮。独持长镵出门立[3],白日惨淡天苍茫。自春徂夏地犹赤,百里溪壑可斗量。黄童皓首尔奚罪[4]?饥馑接踏何由当[5]?枯蕨甘脆苦蓼香。壮者为盗老弱亡。颇传官长议赈恤,敛资投册胥吏狂[6]。我思荒政法救死[7],如救焚钱便与米。便以实而不以文,九重阊阖不可叩[8]。原隰哀鸿那忍闻[9],山人何所愿?愿得手挽天河往下注,秧针泼泼泥没路[10],五月早毕公家赋。老病苏息壮力田[11],我亦含哺鼓腹歌尧天[12]。

【注】

[1]解组:组,指印绶。解组即解下印绶。谓辞去官职。青溪:古水名。发源于江苏南京钟山西南,入秦淮,逶迤九曲。三国吴孙权凿东渠通北堑,以泄玄武湖水。南接于秦淮,逶迤十五里,名曰青溪。

[2]仓箱:喻丰收。语出《诗·小雅·甫田》:"乃求千斯仓,乃求万斯箱。"

[3]镵(chán):古代铁制的刨土工具。

[4]黄童:幼童。晋葛洪《抱朴子·杂应》:"金楼玉堂,白银为阶,五色云为衣,重叠之冠,锋鋋之剑,从黄童百二十人。"皓首:白头,白发,指老人。旧题汉李陵《答苏武书》:"丁年奉使,皓首而归。老母终堂,生妻去帷。"

[5]饥馑:荒年。谷不熟为饥,蔬不熟为馑。接踏:连续。当:此指应付,面对。

[6]投册:"册"通"策",投策,措以策书授官、记功。

[7]荒政:救济饥荒的法令制度。

[8]阊阖(chāng hé):指天门。

[9]原隰(xí):指广平低湿之地。

[10]秧针:谓稻秧初苗,颖细如针。泼泼:旺盛貌。

[11]苏息:休养生息。

[12]鼓腹:形容太平盛世,百姓安乐,也形容饱食无事或饱食嬉游。典自《庄子·马蹄》:"夫赫胥氏之时,民居不知所为,行不知之,含哺而熙,鼓腹而游。"尧天:《论语·泰伯》:"唯天为大,唯尧则之。"谓尧能法天以推行教化。后因以"尧天"、"尧天舜日"称颂帝王盛德和太平盛世。

秋夜新霁[1]步月

乍霁初弦上,弯环湿未干[2]。星霜散寥廓,水竹净高寒。人影空堤静,花纵坠露繁。潜夫犹恋葛,着意惜齐纨[3]。

【注】

[1]新霁:雨雪后初晴。战国楚宋玉《高唐赋》:"遇天雨之新霁兮,观百谷之俱集。"

[2]弯环:此指初弦。

[3]齐纨:齐地出产的白细绢,后亦泛指名贵的丝织品。《列子·周穆王》:"衣阿锡,曳齐纨。"张湛注:"齐,名纨所出也。"

拟古

种树反苦荫,酿密乃得辛。物情有如此,揣测伤心神。熏莸畏共器[1],朱紫易乱真。浮生恩怨地[2],岂必在路人?此理良反复,欲语重逡巡[3]。

【注】

[1]"熏莸"句:薰莸(xūn yóu):薰,香草;莸,臭草;喻善人同恶人不可共处。典出《孔子家语·致思》:"熏莸不同器而藏,尧桀不共国而治,以其类异也。"

[2]浮生:参见《变歌行》注12。

[3]逡巡(qūn xún):有所顾虑而徘徊或不敢前进。

月夜

揽衣下庭际,皓月一轮高。良夜不易得,吾生何太劳。轻风筛竹影[1],清露净兰膏(1)[2]。珍重嫦娥意[3],多情鉴二毛[4]。

【校】

(1)“兰膏”,《峤西诗钞》为“兰皋”。今据上下文意,觉“兰皋”较胜。

【注】

[1]筛:指来回抖动。

[2]兰皋:指有兰草之岸。《楚辞·离骚》:“步余马于兰皋兮,驰椒丘且焉且息。”

[3]嫦娥:月神名。参见《新月四首(其三)》注1。

[4]二毛:指老年人头发花白。典自《文选·潘岳〈秋兴赋〉序》:“晋十有四年,余春秋三十有二,始见二毛。以太尉掾兼虎贲中郎将,寓直于散骑之省。”杜预曰:“二毛,头白有二色也。”后以此典感慨身心渐老。

秋荷

琼枝作骨雪凝肤,便脱罗衣着六铢[1]。惜玉缘悭香梦在,弄珠人去水痕枯。房空已办心甘苦,秋老还怜藕有无。记得吴娃相倚傍[2],月明风细出南湖。

【注】

[1]六铢:言极轻而薄之衣。

[2]吴娃:吴地美女。《文选·枚乘〈七发〉》:“使先施、徵舒、阳文、段干、吴娃、闾娵、傅予之徒……嬿服而御。”李善注:“皆美女也。”

习苦

习苦畏言乐,长贫先众忧。中年百感集,忽忽春徂秋。朝看赤日上,暮叹明星稠。积荒民玩死,天意宁虔刘[1]? 腐儒粗粝计[2],福命如封侯。对酒惜肝胆,当歌搔白头。羊肠幻方轨[3],枳风伤其俦[4]。若触钩拒刃[5],忍痛不可抽。西风吹落叶,万斛人间愁。身世固所遇,吾生将何修。

【注】

[1]虔刘:劫掠,杀害。

[2]粗粝:糙米,泛指粗劣的食物。

[3]羊肠:指狭窄曲折的小路。方轨:指平坦的大道。

[4]枳(zhǐ):木名,木如橘而小,高五七尺,叶多刺,春生白花,至秋成实。果小味酸,不能食,可入药。俦(chóu):同类。

[5]触钩:钩之一种。

翻远别离曲七首

其一

朝闻干鹊声[1],暮报行人至。喜极翻成悲,避人偷揾泪[2]。

【注】

[1]干鹊:鸟名。指喜鹊。

[1]揾(wèn):拭。

其二

征夫入中堂,楚楚仪容光[1]。便欲相存问[2],堂上有姑嫜[3]。

【注】

[1]楚楚:整洁鲜明的样子。

[2]存问:慰问,问候。

[3]姑嫜:古时妻称丈夫的父母为姑嫜。也作“姑章”。唐杜甫《杜工部草堂诗笺·新婚别》:“妾身未分明,何以拜姑嫜?”

其三

乍解心头结,欢情欲上眉。矜持减言笑,此意怕人知。

其四

空庭霏夕阴,冉冉斜阳入。久别乍相看,对面成羞涩。

其五

宝镜双盘龙,冷落修眉谱。不肯改残妆,要识相思苦。

其六

往事摧[1]肺肝,痛定还追忆。红日出当心,险化山头石。

【注】

[1]摧:伤痛。

其七

绣佛续心香[1],悲欢夜短长。朦胧惊晓梦,栖燕语雕梁。

【注】

[1]心香:佛教语。比喻虔诚的心意,如供佛之焚香。

己酉春日放笔[1]

回首难追赴壑蛇,暖风微雨养梅花。谋生渐解占云物[2],壮志无因反鬓华。指上可怜刚百炼,眼前谁识路三义[3]。陶公旧有斜川约[4],与客提壶兴未赊。

【注】

[1]己酉:乾隆五十四年(1789年)。放笔:纵笔,指抒写情怀。

[2]占云物:指望云气等物以测吉凶。《周礼·春官·保章氏》:"以五云之物,辨吉凶、水旱降丰荒之祲象。"

[3]三义:路的三岔口处。

[4]陶公:晋陶潜,人名,参见《丙午重阳》注9。斜川:地名。在今江西星子县境。

对花

荼蘼风信久阑珊[1],问讯朝寒与晚寒。碧玉芳年窥翠幙[2],西施沉醉倚栏干[3]。前生有分相怜惜,尽日无人独自看。莫讶多情抛不得,住春容易别春难。

【注】

[1]荼蘼(tú mí):即酴醾。古书上指重酿的酒。风信:应时而至之风。语出唐司空图《司空表圣诗集·江行》:"初程风信好,回望失津楼。"阑珊:衰落,将尽。

[2]碧玉:女婢。翠幙(mù):翠羽为饰的帏账。

[3]西施:春秋越苎萝人。一作先施。又称西子。传说越人败于会稽,命范蠡求得美女西施,进于吴王夫差,吴王许和。越王生聚教训,终得灭吴,西施归范蠡,从游五湖而去。见《吴越春秋·勾践阴谋外传》。此指绝色美女。

春晚书怀

生涯春事共茫然，元发相依记岁年。悔少读书惭已晚，未能免俗强随缘[1]。忍饥独鹤十分静，得意丛花一例妍。我自壮怀无着处，柳绵芳草不曾怜。

【注】

[1]未能免俗：形容家贫。出自《世说新语·任诞》："阮仲容、步兵居道南，诸阮居道北。北阮皆富，南阮贫。七月七日，北阮盛晒衣，皆纱罗锦绮。仲容以竿挂大布犊鼻裈(kūn)于中庭。人或怪之，答曰：'未能免俗，聊复尔耳！'

看花

浓淡共争妍，相看总可怜。相看不相识，愁绝艳阳天。

石榴[1]

含丹心自束，倚醉艳朝曛。何时得榴子，想象绉红裙。

【注】

[1]石榴：植物名。以汉武帝时张骞自西域城国安国传入内地，故名安石榴。夏月开花，果实形如球，熟则色红而开裂。根皮入药。又有丹若、涂林等名。

梦中作送春诗醒后感赋

半载枯吟自厌烦[1]，星星呓语此宁论[2]。莺愁燕喜谁消得？白发伤春到梦魂。

【注】

[1]枯吟：指苦吟。

[2]呓语：梦中说话。

桃花

种乞瑶池贵[1]，花名薄命冤。风流谁得似，桃叶复桃根[2]。

【注】

[1]瑶池：昆仑山上的池名，古代传说中穆天子在这里向西王母敬酒。晋郭璞注《穆天子传》三："乙丑天子觞西王母于瑶池之上，西王母为天子谣。"

[2]"桃叶"句:形容桃花之美。典自《乐府诗集》卷四十五引《古今乐录》曰:"桃叶歌者,晋王子敬(献之)所作也。桃叶,子敬妾名,缘于笃爱,所以歌之。"晋王献之《桃叶歌》:"桃叶映红花,无风自婀娜。春花映何限,感郎独采我。桃叶复桃叶,桃根连桃根。相怜两乐事,独使我殷勤。桃叶复桃叶,渡江不用楫。但渡无所苦,我自迎接汝。"

合欢花[1]

不信能蠲忿,偏宜号断肠[2]。花飞如堕水,片片化鸳鸯。

【注】

[1]合欢:植物名。叶似槐叶至晚则合,故也叫合昏,又写作合棔俗称夜合花、马缨花、榕花。夏季开花,花淡红色。古代常以合欢送人,说可以消怨合好。《文选·养生论》:"合欢蠲忿,萱草忘忧。"按:蠲忿(juān fèn):消除愤怒。

[2]断肠:形容人哀伤至极。出自晋干宝《搜神记》卷二十:"临川东兴,有人入山,得猿子,便将归。猿母后自逐至家。此人缚猿子于庭中树上,以示之。其母便搏颊向人,欲乞哀状,直谓不能言耳。此人既不能放,竟击杀之。猿母悲唤,自掷而死。此人破肠视之,寸寸断裂。"

兰花[1]

爱花爱叶日摩娑,旧箭新芽长更多。满汲铜瓶怜不折,幽香和露太亏佗[2]。

【注】

[1]兰花:多年生草本植物。俗称草兰,又名春兰。一茎一花,花清香。一茎数花者为蕙,俗名蕙兰。又一种开于秋季,亦一茎数花,以产于福建,故称建兰。

[2]佗(tuó):彼,通"它"。

柳二首

其一

尺六腰围肯学谁,碧于螺黛软于丝[1]。春风多少相怜意,雨态烟情未必知。

【注】

[1]螺黛:螺子黛的简称。指画眉的墨。旧题唐颜师古《隋遗录》上:"(吴)绛仙善画长蛾眉……由是殿脚女争效为长蛾眉,司空吏日给螺子黛五斛,号为蛾绿螺子黛,出波斯国,每颗直十金。"

其二

晓风残月镇关心[1],细眼长眉看到今。我困三眠差似尔[2],一条丝缕一沉吟。

【注】

[1]晓风残月:谓早晚。语出宋柳永《雨霖铃·寒蝉凄切》:“杨柳崖、晓风残月。”

[2]三眠:指柳的柔弱枝条在风中时起伏貌。典出清张澍辑《三辅旧事》:“汉苑中有柳状如人形,号曰人柳,一日三眠三起。”

倚栏

倚栏寒气乍萧森,忽忆龙山落帽吟[1]。浑似客中忘节序,未能高处快登临。百千笑口凭杯酒,六一秋声写素琴[2]。肯愧黄花孤好约[3],饥驱出入即游寻。

【注】

[1]龙山:山名。在今湖北江陵县西北。落帽:即“落帽风”,指重九登高。典自《晋书·孟嘉传》:“(孟嘉)后为征西桓温参军,温甚重之。九月九日,温燕龙山,僚左毕集。时佐史并着戎服。有风至,吹嘉帽坠落,嘉之不觉。温使左右勿言,欲观其举止。嘉良久如厕,温令取还之。命孙盛作文工嘲嘉,著嘉坐处。嘉还见,即答之。其文甚美,四座嗟叹。”后以“落帽”作为重九登高的典故。

[2]六一:即六一居士。欧阳修晚年的自号。修作《六一居士传》:“吾家藏书一万卷,集录三代以来的金石遗文一千卷,有琴一张,有棋一局,而常置酒一壶,……以吾翁,老于五物之间,是岂不为‘六一’乎?”写(xiè):宣泄,此引申为弹。素琴:不加装饰的琴。《晋书陶潜传》:“性不解音,而畜素琴一张。”

[3]孤:有负,辜负。

冬霁二首

其一

十日愁霖凛冽风,芳斋岑寂与谁同[1]。天心往复非难见,人事推迁未易穷。直把炎凉还世界[2],更无冰炭在胸中[3]。澄怀试取瑶琴理[4],应有阳和一气通[5]。

【注】

[1]岑寂:寂静、冷清。

[2]炎凉:比喻人情势力,亲热攀附,或冷漠疏远,反复无常。

[3]冰炭:冰块和炭火。比喻性质相反,不能相容,或以喻矛盾冲突。

[4]澄怀:清心,静心。《南史·隐逸传上·宗少文》:"老疾俱至,名山恐难遍睹,唯澄怀观道,卧以游之。"瑶琴:用玉装饰的琴。南朝宋鲍照《拟古》诗之七:"明镜尘匣中,瑶琴生网罗。"

[5]阳和:春天的暖气。

其二

檐鹊翻飞噪晚群,轻飚宿雾厂晴曛[1]。长松白日挂明月,万里青天无片云[2]。忍冻呵笔秃欲折[3],号霜怪鸟时一闻。关情烂熳双梅树,阅历清寒到十分。

【注】

[1]轻飚(biāo):轻风。厂:露舍,棚屋。晴曛:日光照射。

[2]片云:极少的云。南朝梁简文帝《浮云诗》:"可怜片云生,暂重复还轻。"

[3]呵笔:冬天写字,嘘气使笔解冻。

冬夜坐雨

凝云低薄暮,入夜雨已霏。乍随松风断,倏闻滴茅茨[1]。暄晴逾月月[2],雨旸理亦齐[3]。樵苏苦筋力,诘旦愁晨炊[4]。事至恒在猝[5],绸缪当及时。峥嵘惊卒岁,汲汲寒与饥[6]。三余古所贵[7],萧瑟永清思。风人诵如晦[8],喔喔听鸣鸡。

【注】

[1]茅茨:茅草屋顶。

[2]暄(xuān):温暖。月月:此指两个月。

[3]雨旸:雨天和晴天。

[4]诘旦:明朝,明早。

[5]猝(cù):突然。

[6]汲汲:急切貌。

[7]三余:指冬夜雨时。语出《三国志·魏略》:"(董)遇言'当以三余'。或问三余之意。遇言'冬者岁之余,夜者日之余,阴雨者时之余也。'"

[8]风人:古有采诗官,采四方风俗以观民风,故谓所采诗为风,采诗者为风人。后亦称诗人为风人。如晦:本指《诗经·郑风·风雨》"风雨如晦,鸡鸣不已"一句,此代《诗经》。

咏史

至人公好恶[1],后世急恩怨。私意生机心[2],恩仇终屡变。报复宁足论?酬恩此义贱。道傍成甘瓜,园中得苦李。翻复作雨云[3],岂必在生死?君不见李卫[4]。公一朝辞宰,执挤井下石[5]。白敏中上书[6],讼冤丁柔立[7]。

【注】

[1]至人:道家指超凡脱俗、达到无我境界的人。《庄子·齐物论》:"至人神矣!大泽焚而不能热,河汉沍而不能寒,疾雷破山、风振海而不能惊。"

[2]机心:智巧变诈的心计。语出《庄子·天地》:"有机械者必有机事,有机事者必有机心,机心存于胸中则纯白不备。"

[3]"翻复"句:即翻云覆雨,比喻反复无常。

[4]李卫:人名,字又玠,江南铜山人。入赀为员外郎,补兵部。康熙五十八年,迁户部郎中。世宗即位,授直隶驿传道,未赴,改云南盐驿道。雍正二年,就迁布政使,命仍管盐务。三年,擢浙江巡抚。

[5]井下石:为"落井下石"的简称。谓乘人之危,加以陷害。出自唐韩愈《昌黎集·柳子厚子墓志铭》:"一旦临小利害,仅如毛发比,反眼若不相识;落陷阱,不以一手救,反挤之,又下石焉者,皆是也。"

[6]白敏中:人名,字用晦。唐长庆中第进士,擢累侍御史、左司员外郎。

[7]丁柔立:人名,生平不详。此句指丁柔立为李德裕申冤一事。见《新唐书》。

庚戌元旦[1]

三万六千日,何年最好春?轻阴原不碍,生意自无垠。半拙存吾道,长贫畏古人。壮心将鬓雪,相与岁华新。

【注】

[1]庚戌:乾隆五十五年(1790 年)。

春日感赋

寂寥心迹寄弦徽[1],佳节清和胜事违。风外柳丝无那软,雨余梅豆十分肥[2]。人生随处成真妄,天远凭谁问是非。欲奏《离骚》怜调急[3],《阳春》一曲太音稀[4]。

【注】

[1]弦徽:琴弦与琴徽,借指丝弦乐器。

[2]梅豆:梅花苞蕾。

[3]《离骚》:楚辞篇名。战国时,屈原(平)仕楚怀王为左徒,得王信任。后靳尚谗之,王乃疏屈原。因作《离骚》以见(xiàn)志。见《楚辞·离骚序》。

[4]《阳春》:古乐曲名。《文选·对楚王问》:"客有歌于郢中者,其始曰下里巴人,国中属和者数千人,其为《阳春白雪》,国中属和者不过数十人。"

将进酒[1]

愁城何所似?积铁高且坚。蚕丛嶪岌青摩天[2],五丁束手心茫然[3],夜来驱愁饮一斗,寒灯熠熠松风吼。酒亦不得醉,愁亦不可去。中宵倚户数繁星,碧海神山杳何处[4]?壶倾缥粉鲸吞波[5],四更月出颜微酡[6]。荒鸡角角奈尔那[7],红日依旧白发多。

【注】

[1]将进酒:汉乐府铙歌名。内容大多写游乐饮宴。唐李白《将进酒》诗最有名。

[2]蚕丛:喻指蜀地。唐李白《李太白诗·送友人入蜀》:"且说蚕丛路,崎岖不易行。"嶪岌(yè jí):高峻貌。

[3]五丁:形容力士。出自《史记·秦惠王本纪》曰:"秦惠王欲伐蜀,乃刻五石牛,置金其后。蜀人见之,以为牛能生大便金牛下,有养卒以为此天牛也,能便金。蜀王以为然,即发卒千人,使五丁力士拖牛成道,致三枚于成都。秦道得通,石牛之力也。后遣丞相张仪等,随石牛道伐蜀焉。"

[4]碧海神山:指传说中的"蓬莱先岛",指海中仙境或人间胜境。典自《列子·汤问》:"渤海之东不知几亿万里,有大壑焉,实惟无底之谷,其中无底,名曰归墟。八弦九野之水,天汉之流,莫不注之,而无增无减焉。其中有五山焉:一曰岱屿、二曰员峤、三曰方壶、四曰瀛洲,五曰蓬莱。其中山高下周旋三万里,其顶平处九千里。山之中间相去七万里,以为邻居焉。其中台观皆金玉,其上禽兽皆纯缟。珠玕之树皆从生,华实皆有滋味,食之皆不老不死。所居之人皆仙圣之种,一日一夕飞相往来者,不可数焉。"

[5]鲸吞波:喻豪饮,放量饮酒。

[6]酡(tuó):喝了酒脸色发红。

[7]荒鸡:古以夜三鼓前鸣的鸡为荒鸡。角角(gǔ gǔ):象声词。鸡叫声。

四禽言

其一

啄木啄木[1],终日碌碌。不饱尔腹,雀在笼,鹰在鞲[2]。雀得粟,鹰食肉。得粟食肉,□□(1)啄木。

【校】

(1)此处空缺二字,《峤西诗钞》作"不如",疑是。

【注】

[1]啄木:即啄木鸟。鸟名。脚短,趾端有锐利的爪,善于攀缘树木,嘴尖而直,以啄木头,用细长而尖端有钩的舌头捕食树洞里的虫,尾羽粗硬,啄木时支撑身体。是益鸟,也叫裂。

[2]鞲(gōu):革制臂衣,打猎时用以停立猎鹰。

其二

压油压油[1],不尽不休。汝则自炫,于人何尤[2]。

【注】

[1]压油:鸟名。因叫声似"压油"而名。

[2]尤:罪过,过失。

其三

姑恶姑恶[1],妇善姑虐。不闻妇恶,汝则嚄嚄[2],妇恶姑恶。

【注】

[1]姑恶:鸟名。因叫声似"姑恶"得名。宋苏轼《分类东坡集·五禽言·咏姑恶》自注:"姑恶,水鸟也。俗云妇以姑虐死,故其声云。"

[2]嚄嚄(huò huò):象声词。鸟鸣声。

其四

布谷布谷[1],农夫在野,布谷在木。布谷,岁荒不熟,谷贵人哭,谷贱人哭。

【注】

[1]布谷:鸟名。又名勃姑、拨谷、郭公、戴胜、戴纴。以鸣声似"布谷",鸣又

在当播种时，故相传布谷为劝耕之鸟。

咏怀[1]

夜长渴眠眠不成，茶铛活火烧膨脝[2]。阴沉浓云借春意，萧飒松籁争泉鸣[3]。陶公爱酒乏稻秫[4]，东篱忍饥玩余英[5]。无衣聊复幸冬暖[6]，贫薄暂喜徭役轻。两富相遇易为义，侈谈任侠多虚名[7]。谋生嫩拙用自笑，世态岂得烦讥评。诘朝晨炊且莫问[8]，窗鸡咿喔非恶声[9]。

【注】

[1]咏怀：抒发情怀抱负。其源本诸《离骚》，或谓出于《小雅》。南朝梁钟嵘《诗品》："晋步兵阮籍诗，其源出于《小雅》……而咏怀之作，可以陶性灵，发幽思，言在耳目之内，情寄八荒之表。"唐杜甫有《自京赴奉先咏怀五百字》。

[2]铛(chēng)：釜属，温器。汉服虔《通俗文》："鬴有足曰铛。"膨脝(péng hēng)：腹膨大貌。引申作饱食。

[3]萧飒(xiāo sà)：此指秋风声。松籁(lài)：指松涛声。

[4]陶公：秫(shù)：高粱。

[5]"东篱"句：指隐士的田园生活。化用晋陶潜《陶渊明集·饮酒诗》："采菊东篱下，悠然见南山。"余英：残花。

[6]聊复：姑且。

[7]任侠：指能见义勇为的人。宋王安石《郭解》："平日五陵多任侠，可能推刃报王孙。"

[8]诘(jié)朝：明朝，明早。

[9]咿喔(yī wò)：象声词。此指鸡鸣声。

重阳前三日偶题

穷年匿迹傍林丘，取次偷闲当卧游[1]。雨意乍苏连日醉，风声已作十分秋。劳生有分偿儿女[2]，阅世无心任马牛。却喜重阳佳节近，可能高处一销忧。

【注】

[1]取次：任意，随便。卧游：谓欣赏山水画以代游览。六朝时宗少文好山水，爱远游，西涉荆巫，南登衡岳，但后来以老疾还乡，乃叹曰：还不如"澄怀观道，卧以游之"，于是把游过的地方都画成图挂在屋里，并且谓人曰：抚琴动操，欲令众山皆响。此之谓卧游。见《宋书·宋炳传》。

[2]劳生:辛劳的生活。

秋夕

佳节忽已过,秋风日夕声。乍寒人欲瘦,独夜月偏明。冷淡醒尘梦,萧森见物情。静闻山鹤警[1],依约过三更。

【注】

[1]山鹤警:鹤,鸟名。鹤警,指相传白鹤性警,八月白露降,流于草叶,滴滴有声,即高鸣相警,徙所宿处。

独酌

平生淡荡人[1],忽忽遭缠绠。穷空颇好书[2],掩卷复不省[3]。斗室耿寒灯,清愁人形影。床头有浊醪[4],斟酌忘夜丙[5]。哀梨称消渴[6],龙目擘甘莹[7]。中垒虽暂浇[8],未醉已愁醒。忧从扶桑来,环转无止境[9]。才非阮步兵[10],聊复托酩酊[11]。

【注】

[1]淡荡:悠闲自在。

[2]穷空:贫穷,穷乏。

[3]省(xǐng):指省悟。

[4]浊醪(láo):指醇酒。

[5]夜丙:即丙夜,三更时。

[6]哀梨:即哀家梨。化用《世说新语·轻诋》:"桓南郡(玄)每见人不快,辄嗔曰:'君得哀家梨,当复不烝食不?"梁刘孝标注:"秣陵哀家产好梨,大如升,入口消释。"

[7]龙目:此指龙眼果。擘(pò):用手把东西分开。

[8]中垒:指胸中有垒块。

[9]环转:循环,旋转。北齐颜之推《颜氏家训·归心》:"日月星辰,若皆是气,气体轻浮,当与天合,往来环转,不得错违。"

[10]阮步兵:阮籍,公元210—263年。三国魏尉氏人,字嗣宗,曾为步扶校尉,世称阮步兵。能长啸,善弹琴。博览群书,尤好老庄。或闭门视书,累月不出;或登临山水,经日忘归。以生活于魏晋升易代之际,不满现实,因此纵酒谈玄,不评论时事,不臧否人物,以求自全。每至穷途,辄恸哭。尝与嵇康等七人作竹林之

游，时人称竹林七贤。见《晋书·阮籍传》。

[11]酩酊(mǐng dǐng)：大醉貌。

醉后戏成

枯肠耽苦吟，傍晚如渴骥[1]。病酒复恋酒[2]，夫我岂得已。粗粝腐儒餐[3]，未到乏盐豉[4]。秋韭间晚菘[5]，清绝山中味。平头工数钱[6]，升斗谙主意。新月淡窥帘，急步惊犬吠。浓薄未暇较，醉乡无恶地。却羡彭泽陶[7]，蛮榼谁送似[8]。烂漫对黄花，红滴珍珠腻。漉巾虽云劳[9]，差胜往返易。十觞芒角平[10]，庄语杂游戏[11]。散发松下行，微霜上衣袂。

【注】

[1]渴骥：即"渴骥奔泉"，形容气势急切。

[2]病酒：谓饮酒沉醉如病。

[3]粗粝：糙米，泛指粗劣的食物。

[4]盐豉(chǐ)：豆豉，以盐和豆制成，古用为调味品。

[5]韭(jiǔ)：多年生草本植物，叶子细长而扁，花白色。是普通蔬菜。菘(sōng)：蔬菜名。柄厚而色青者为青菜，柄薄而色薄者为白菜，别称黄芽菜。

[6]平头工：平头，指十、百、千、万等到不带零头的整数。唐白居易《长庆集·登龙尾道南望忆庐山旧题隐》："青山举眼三千里，白发平头五十人。"俗称六十岁为平头甲子。故平头工即六十岁之人。

[7]彭泽陶：晋陶潜，人名，参见《丙午重阳》注9。

[8]蛮榼(kē)：古时南方少数民族盛酒的器具。

[9]漉(lù)巾：为"漉乌巾"之简称。形容人爱酒、嗜酒。典自《宋书·陶潜传》："潜不解音声而畜素琴一张，无弦。每有酒适，辄抚弄以寄其意。贵贱造之者，有酒辄设，潜若先醉，便语客：'我醉欲眠，卿可去。'其直率如此，郡将候潜，值其酒热，取头上葛巾漉酒毕，还复著之。"

[10]芒角：一种量酒器。

[11]庄语：正言。《庄子·天下》："以天下为沉浊，不可与庄语。"后多以正容相语为庄语。

西清旧居感赋

院宇萧条病后看，无多炎热又秋寒。食贫剩有三间屋[1]，抱洁空滋九畹兰[2]。

此日子孙宜孝谨,当年家业太艰难。一身俯仰知何似[3]？半鬓霜风独倚栏。

【注】

[1]食贫:居贫。生活贫困。语出《诗·卫风·氓》:"自我徂尔,三岁居贫。"

[2]九畹兰:指种兰。出自《楚辞·离骚》:"余既滋兰之九畹兮,又树蕙之百亩。"

[3]俯仰:比喻时间短。

山居中秋四首

其一

病后全凭药力扶,良宵佳兴未应孤。荒山月到无人到,玉界乾坤一酒徒[1]。

【注】

[1]玉界:佛语指下界,即人间。

其二

故国三看八月圆,一番对月一凄然。嫦娥依旧团圞好[1],自觉今年逊去年。

【注】

[1]嫦娥:月神名。参见《新月四首(其三)》注1。团圞(luán):圆貌。

其三

风战长松谡谡声[1],更阑叆叇渐笼明[2]。人心最是难淘洗,争欲微云秽太清。

【注】

[1]谡谡(sù):象声词。此指风声。

[2]叆叇(ài dài):形容浓云蔽日。

其四

明明虚幌意如何,寥落尘缘隔素娥[1]。夜半正中风露重,幽兰披倚泪痕多[2]。

【注】

[1]尘缘:佛教认为色、声、香、味、触、法为六尘,是污染人心、使生嗜欲的根缘。唐韦应物《韦江州集·春月观省属城始憩东西林精舍》:"佳士亦栖息,善身绝尘缘。"素娥:嫦娥,月神名。参见《新月四首(其三)》注1。

[2]作者自注"时方悼殇"。

十六夜

襟上犹余宿酒香[1],平分秋色去堂堂。眼前世事争圆缺,昨夜清辉试较量[2]。

人比落灯心未懒[3],诗吟老杜气犹张[4]。莫辞一例殷勤看,待得如钩菊又黄。

【注】

[1]宿酒:隔夜的酒。

[2]作者自注"是夜,月色胜于前夕"。

[3]落灯:一种防风灯。

[4]老杜:指杜甫(712—770),字子美。原籍湖北襄阳,生于河南巩县(今巩义市)。因居杜曲,在少陵原之东,自称杜陵布衣少陵野老。有杜工部集。作者自注"工部有《十六夜月诗》"。

贫

君子贫非病[1],心安志益坚。小儿知惜玉,劣获薄佣钱[2]。贳酒他时月[3],添衣何处绵。尚余求富意,腹笥乞便便[4]。

【注】

[1]贫非病:这是孔子学生原宪回答子贡的话,意为贫困算不了什么,重要的是要坚持自己的操守。语出《史记·仲尼弟子列传》:"孔子卒,原宪遂亡在草泽中。子贡相卫,而结驷连骑,排藜藿入穷阎,过谢原宪。宪摄蔽衣冠见子贡。子贡耻之,曰:'夫子岂病乎?'原宪曰:'吾闻之,无财者谓之贫;学道而不能行者谓之病。若宪,贫也,非病也。'子贡惭,不怿而去。"

[2]劣:稍、刚。《梁书·钟嵘传》:"学谢朓劣得'黄鸟度青枝'。"薄:少数。佣钱:为人劳役而得到的酬金。

[3]贳(shì)酒:赊酒。

[4]腹笥(sì):笥,藏书之器,以腹比笥,言学识丰富。语出《后汉书·边韶传》:"腹便便,五经笥。"

病疥

病魔方驱遣,毒乃侵及肤。已惭好身手,禁此相乘除。动止增束缩,浃旬荒琴书[1]。尻脽坐失职[2],四体嗟向隅[3]。去疾亦有道,身心无殊途。涤以瞑眩药,以涩平沮洳[4]。以苦胜汶汮[5],辛以穷根株。济以坚忍力,爬搔斥近娱。计功非阔远,完此千金躯[6]。因循易滋蔓,岂必在痈疽[7]。勿轻癣疥小[8],能乱方寸区[9]。

【注】

[1]浃旬:一旬,十天。《资治通鉴·后汉隐帝乾祐三年》:"比皇帝到阙,动涉

浃旬,请太后临朝听政。"胡三省注:"十日为浃旬。"

[2]尻脽(kāo suī):指臀部。

[3]向隅:不乐。

[4]沮洳(jù rù):原指地低湿,此指皮肤上痛疮。

[5]汶汤(mén mì):污浊。

[6]金:古代计算货币单位,一斤为一金。

[7]痈疽(yōng):恶疮名。中医称大而浅者为痈,属阳证;深者为疽,属阴证。《灵枢经·痈疽》:"痈疽之发于节而相应者,不可治也。"

[8]癣疥:一种皮肤病,癣与疥。隋巢元方《诸病源候论·诸癞候》:"令人多疮,犹如癣疥。"

[9]方寸区:此指心。

庚戌重五[1]

五月流光真隙驹[2],清明过后一诗无。谁人解蓄三年艾,大药难凭九节蒲[3]。贫喜荐新云子白[4],醉怜出渍荔支粗。冷肠懒问行藏计[5],且向鳌洲狎钓徒[6]。

【注】

[1]庚戌:乾隆五十五年(1790 年)。

[2]隙驹:为"白驹过隙"之省称,形容时光流逝迅速。典出《庄子·知北游》:"人生天地间,若白驹之过郄。忽忽而已。"

[3]九节蒲:草药名,菖蒲的一种。

[4]荐新:用新熟的五谷或别的时新食物祭祀祖考。语出《礼·檀弓》:"有荐新,如朔奠。"云子白:云子传说为神仙服食之物。典出唐杜甫《杜工部草堂诗笺·与鄠县源大少府宴渼坡得寒字》:"饭抄云子白,瓜嚼精水寒。"后世则以饭为云子白。

[5]行藏:《指出仕和行止。论语·述而》:"子谓颜渊曰:用之则行,舍之则藏。唯吾与尔有是夫!"谓出仕即行其所学之道,否则退隐藏道以待时机。

[6]作者自注"鳌洲地名"。钓徒:本指钓鱼的人。泛指隐逸的人。语出《新唐书·隐逸传》:张志和"居江湖,自称烟波钓徒。著《玄真子》,亦以自号。……每垂钓不设饵,志不在鱼也。"

夏夜

晚凉归树早,独坐淡忘言[1]。生计书千卷,降愁酒一樽。松风劳鹤梦,月露醒花魂。真趣随缘在,谁能虱处裈[2]。

【注】

[1]忘言:指心领神会,无须用言语来表达。语出晋陶潜《陶渊明集饮酒》:“此中有真意,欲辩已忘言。”

[2]虱(shī)处裈(kūn):即虱处裈中,比喻识见狭隘。典自《晋书·阮籍传·大人先生传》:“独不见群虱之处裈中,逃乎深缝,匿乎坏絮,自以为吉宅也。行不敢离缝际,动不敢出裈裆,自以为得绳墨也。然炎丘火流,焦邑灭都,群虱处于裈中而不能出也。君子之处域内,何异夫虱之处裈中乎!”

独夜感赋

断肠客住奈何天,伫苦停辛又一年[1]。每验从违惭未学,略参真妄懒逃禅[2]。狸奴吓鼠工翻鼎[3],豹脚甘人不畏烟[4]。物类大都循理少,松风竹枕且高眠。

【注】

[1]伫苦停辛:长期处于辛苦之中。

[2]略参:差点。逃禅:逃避世事,归依佛法。

[3]狸(lí)奴:指猫。

[4]豹脚:即豹脚蚊,脚有花纹,故名。

山斋夜雨

分龙传旧谚[1],山舍昼溟蒙[2]。半夜抽秧雨[3],三更笑竹风。悲欢双鬓白,梦觉一灯红。羲驭无停轨[4],来朝又复东。

【注】

[1]分龙:夏季降雨的现象。两地相隔很近,一晴一雨,迷信说是龙造成的。语出宋陆佃《埤雅释天》:“今俗五月谓之分龙雨,曰隔辙,言夏雨多暴至,龙各有分域,雨旸往往一辙而异也。”

[2]溟蒙:模糊不清。

[3]秧雨:繁密的小雨。

[4]“羲驭”句:羲即羲和,神话中太阳的御者。语出《楚辞·离骚》:“吾令羲和弭节兮,望崦嵫而勿迫。”汉王逸《注》:“羲和,日御也。”。

大雨示长儿君弼[1]

其一

南云如墨上晴空[2],不住雷声万木风。银竹森梢群籁息[3],却于静处识元功。

【注】

[1]君弼:黎君弼,作者长子,字槐门。嘉庆三年举人,曾任广西隆安县县学教官。见《平南县志》光绪九年(1883 年)。

[2]南云:南飞之云。常以寄托思亲、怀乡之情。晋陆云《感逝》诗:"眷南云以兴悲,蒙东雨而涕零。"

[3]银竹:喻雨。

其二

面面溪流急,方塘欲到门。不知沧海里,可有浅深痕。

夜起二首

其一

坐看缺月映坡陀[1],篱眼流萤点缘莎。独客十年滋味在,较量心迹不争多[2]。

【注】

[1]坡陀:山势起伏貌。陀:山冈。

[2]心迹:存心与行事。

其二

谁能荷锸学刘伶[1],不分摧颓过百龄。我欲营巢万松顶,天风吹恨散沧溟。

【注】

[1]锸(hè chā):扛挖土的工具。刘伶:晋沛国人。字伯伦。与阮籍、嵇康等友好,称竹林七贤。纵酒放达,乘鹿车,携一壶酒,使人荷锸相随,说"死便进埋我。"尝著《酒德颂》,自称"惟酒是务,焉知其余。"仕晋为建威参军。后世常以刘伶为蔑视礼法、纵情饮酒、逃避现实的典型。见《晋书》。

答杨厚村赠茶

上月得佳种,埋云趁晴燠[1]。色味羡此君,择地青沙麓。昨日得封题[2],旗枪郁新绿[3]。取多似伤廉[4],雅事不厌复。颇学桑苎翁[5],风炉试寒玉。初如苍蝇声,倏耳戛鸣竹[6]。水厄陋王蒙[7],七碗殊负腹[8]。吟肠久枯直,愁病苦瑟缩。素涛芬齿牙,尘渴涤斗斛[9]。茅檐上朝暾,爽气彻心目。持谢麝山人[10],十载需树木。年年雨水前,寄我春一掬。

【注】

[1]燠(yù):暖、热。

[2]封题:茶之一种。

[3]旗枪:绿茶的一种。由带顶芽的小叶制成。因叶展如旗,芽尖似枪,故称旗枪。唐齐己《白莲集·闻道林诸友尝茶因有寄》:"旗枪冉冉绿丛园,谷雨初晴叫杜鹃。"

[4]伤廉:损害廉洁。《文选·陆机〈文赋〉》:"苟伤廉而衍义,亦虽爱而必捐。"李善注:"言他人言,我虽爱之,必须去之也。王逸《楚辞注》曰:'不受曰廉。'"

[5]桑苎(zhù)翁:陆羽,公元733—804年。唐复州竟陵人,字鸿渐,或名疾,一字季疵。上元初隐于苕溪,自称桑苎翁。闭门着书。诏拜太子文学,不就。以嗜茶出名,着《茶经》三篇,为我国关于茶的最早著作,后世民间祀为茶神。《新唐书》有传。

[6]戛(jiá),指敲打。鸣竹:竹枝干因风吹产生摩擦而发出声响。

[7]水厄:三国魏晋以后,渐行饮茶,其前不习饮者,戏称为"水厄",后指嗜茶。王蒙(1308—1385),元湖州人,字叔明。能文善画。

[8]七碗:即七碗茶。谓饮茶的妙用。典自唐卢仝《玉川子集·走笔谢孟谏议新茶》:"一碗喉吻润。两碗破孤闷。三碗搜枯肠,唯有文字五千卷。四碗发轻汗,平生不平事,尽向毛孔散。五碗肌骨清。六碗通仙灵。七碗吃不得也,唯觉两腋习习清风生。"

[9]斛(hú):量器。

[10]麝(shè):兽名。又名射父、香麝。似鹿而小,无角,灰褐色。腹部有香腺,分泌香气。香腺名麝香,入药。

二月将尽,天气殊少晴霁,挑灯夜坐赋此

山舍笼灯[1]夜气清,课余乍觉袷衣轻[2]。关心身事兼春事[3],到耳风声又雨声。莫以阴阳疑造物[4],却于冷暖悟人情。荒鸡唱里奔雷过,应喜来朝看晓晴。

【注】

[1]笼灯:一种防风灯。

[2]袷(jiá)衣:夹衣。

[3]春事:指春耕之事。

[4]阴阳:此指阴晴。

山居写怀

年华生计两参差,林下诛茅寄一枝[1]。阅世情怀听格磔[2],倚松身手称支离[3]。忧如可解非关酒,穷始能工不但诗。若使衡门待招隐[4],福淫祸善古今疑[5]。

【注】

[1]诛茅:剪茅为屋。

[2]格磔(gé zhé):象声词。鸟叫声。

[3]支离:衰弱。

[4]衡门:横木为门,喻简陋的房屋。借指隐居之所。语出《诗陈风衡门》:"衡门之下,可以栖迟。"

[5]福淫祸善:即福善祸淫。指行善者得福,作恶者受祸。语出《书汤诰》:"天道福善祸淫,降灾于夏,以彰厥罪。"

自遣

往事已如此,蹉跎又一年。自惭好身手,有恨费镵镌[1]。远暴难于鬼,长贫懒欲仙。古来忧患士,柔道得安全[2]。

【注】

[1]镵镌(chán juān):錾凿。宋王安石《估玉》:"秦人挟斤上其巅,视气所出深镵镌。"镵,刺、凿。

[2]柔道:温和谦让的处世之道。《易・姤》:"象曰:'繫于金柅,柔道牵也。'"孔颖疏:"阴柔之道,必须有所牵繫也。"

初夏,过卢妹丈山庄感赋二首

其一

萧疏竹树荫方塘[1],花过三春冷淡香。隔岁竟成生死别[2],何人不任去来忙。

依然从桂森华屋，只有棠梨傍夕阳[3]。信宿仍烦鸡黍饷[4]，伤心存没几回肠[5]。

【注】

[1]三春：此指季春。

[2]作者自注"时妹丈已去世"。

[3]棠梨：木名。一名甘棠，俗称野梨。树似而小，春初开小花，结实如小楝子大，可食。

[4]信宿：连宿两夜。

[5]存没：偏义复词，此强调"没"字，即逝世之人。

其二

梁鸿庑下案犹存[1]，燕语乌啼总断魂。十载齑盐差不恶[2]，百年苦乐更何言。生前逼仄缘儿女[3]，此日提携仗弟昆[4]。我自刚肠悭泪眼，临岐无计忍双痕。

【注】

[1]梁鸿：东汉扶风平陵人。字伯鸾。家贫好学，不求仕进。娶同县孟光。后夫妇同入霸陵山中，以耕织为业。鸿因事过京师，作《五噫歌》。后避祸去吴，为人舂米，既归来，孟光为之备食，举案齐眉。庑(wǔ)：廊屋。

[2]齑(jī)盐：素食。指清苦的生活。

[3]逼仄：穷迫。

[4]弟昆：弟兄。唐杜甫《彭衙行》："誓将与夫子，永结为弟昆。"

《素轩诗集》卷四

马滩[1]

昭山崒嵂矗剑铓[2],上峡下峡流堂堂。下马上练戒舟航[3],练滩高高马滩长。我来冬月嗟凛霜,朔风吹衣手指僵。浪头乍接船低昂,轻舠重比万斛装[4]。石龙逆踞江中央,盘涡喷沫鬐鬣张[5]。工(1)腰竹索同犬羊,攀藤抱磴缘回肠。一篙失势不可当,崩波鹢退百丈强[6]。龙牙磨砺相中伤,行人悚息长年忙,船头决决鸣方塘[7]。补苴罅漏真仓皇[8],蹶跌何必不康庄。风涛信慎成周行,日时孤虚诚荒唐[9]。一笑遥谢苏家娘[10],布帆无恙发浩倡。孤城萧瑟落照黄,上下云水同苍茫。

【校】

(1)“工”,疑为“弓”之误。

【注】

[1]马滩:作者自注“在昭平县”。按,昭平,县名,今广西昭平县。

[2]崒嵂(zú lǜ):山高貌。剑铓(máng):剑的尖端。此喻山高陡、山顶尖。

[3]马:即“马滩”。练:即下文的“练滩”。

[4]舠(dāo):指刀形小船。

[5]鬐(qí):马鬃。鬣(liè):某些兽类颈上的长毛。

[6]鹢(yì):船。古画鹢首于船头,故亦称船为鹢或鹢首。

[7]决决:象声词。船只行进之声。

[8]苴(jū):衬垫。罅(xià)漏:缝隙。

[9]孤虚:古时占卜推算日时之法。天干为日,地支为辰,日辰不全为孤虚。又称空亡。占卜时得孤虚,主事不成。语出《史记·龟策传》:“日辰不全,故有孤虚。”

[10]作者自注“时有以忌日不利下峡舟行语”。

泊画山

谁人擅山水,画得此山无?鬼斧平如削,云屏厂不孤[1]。我来新雨后,墨汁半糊模。暮舸依沙渚,天然又画图。

【注】

[1]厂:露舍,棚屋。

大墟[1]

墟落万檐齐,双桥暝色西。扁舟一夜雨,孤驿五更鸡。地接龙门阔,山连象鼻低。离家千里近,归梦不曾迷。

【注】

[1]大墟:墟名。今属广西贵港市。

登独秀峰[1]

独占群峰秀,先春到上方。江山归指顾,云树接微茫。绝顶平偏好,凭高稳不妨。凌晨更孤往,东首望扶桑[2]。

【注】

[1]独秀峰:峰名。在今桂林市中心。

[2]扶桑:神木名。传说日出其下。语出《淮南子·天文》:"日出于旸谷,浴于咸池,拂于扶桑,是谓晨明。"此指东方。

大榕江行[1]

伏波山下水粼粼[2],箫鼓江楼送远人。急雨颠风三日路,量寒较暖一分春。平安音信无嫌赘[3],久客生涯未厌贫。梦到梅花相问讯,自家料理苦吟身。

【注】

[1]大榕江:水名。在桂林市区内。

[2]伏波山:山名。在桂林市区东伏波门外漓江边。

[3]赘(zhuì):多余。

上元舟夜

扁舟忽忽又佳辰[1],灯火谁家最好春?独倚篷窗过夜半,马头山下月如银[2]。

【注】

[1]忽忽:倏忽。形容船行很快。

[2]马头山:山名,在桂林市境内。

十六夜泊画眉塘[1]

计程千里远,此夜画眉塘。水束横波急,山描翠黛长。月怜前夜好,风妒落灯狂。隔浦笙歌歇,谁家尚晚妆?

【注】

[1]画眉塘:地名,在广西阳朔县。

灵渠飞来石[1]

何处飞来石,苍苔太古斑。万松青合沓,两水绿弯环。大有峰峦势,居然邱壑间。清狂输内史[2],一拜未应悭。

【注】

[1]灵渠飞来石:又称灵渠石。在今广西兴安县城东北秦代古运河灵渠旁,丈寻高崖,耸立迎人。又名"飞来石"。传说开渠时,有猪婆在江中作怪,堤坝刚成,即为拱倒,屡筑屡崩。受命筑堤者为石匠出身的刘、张、李将军,刘、张因筑堤失败相继被斩,李接任冒死筑堤不止,感动天神,遂自四川峨眉,飞来巨石,将猪婆龙压住,坝始筑成。

[2]"清狂"二句:高迈不羁。内史:官名。此代宋米芾(1051—1107),宋太原人,后徙居襄阳,字元章。性好洁,世号水淫;行多违世异俗,人称米颠。与苏轼、黄庭坚、蔡襄并称书法四大家。喜蓄金石古器,尤嗜奇石,世有元章拜石之语。见《宋史·文苑》。

分水塘[1]

一分北去一东流,东望乡关北去舟。欲寄愁心东畔水,得无相送到梧州[2]。

【注】

[1]分水塘:水名。在广西兴安县。

[2]得无:该不会。梧州:地名。属广西。在西江及其支流桂江汇合处。

舟夜

经旬苦微雨,沙际江痕长。日暮暝烟深,孤舟落苍莽。更阑雨微(1)作[1],倾耳劳像想(2)。风柁戛鸣竹[2],篷溜泫清响[3]。独夜怯早眠,息虑通象罔[4]。琴罢悄无声,淡然惬幽赏。

【校】

(1)"雨微",《峤西诗钞》作"微雨"。

(2)"想像",《峤西诗钞》作"像想"。

【注】

[1]阑(lán):晚。

[2]戛(jiá),象声词,物相击声。鸣竹:风吹使竹相摩擦发出声响。

[3]篷溜(liù):船篷檐的滴水处。泫(xuàn):水滴下垂。

[4]象罔:虚拟人物,意为似有象而实无,盖无心之谓。以无心,故能独得玄珠。典出《庄子·天地》:"黄帝游乎赤水之北,登乎昆仑之丘,而南望还归,遗其玄珠。使知索之不得,使离朱索之而不得,使吃诟索之而不得也。乃使象罔,象罔得之。"

过洞庭湖即事七首

其一

五更岳麓昼湾河[1],斜日湖边听棹歌。一字门阑成小市,家家鱼雁晚来多[2]。

【注】

[1]岳麓:山名。在湖南长沙市西郊。即南岳衡山的北麓。又名麓山灵麓峰,为衡山七十二峰之一。

[2]鱼雁:食鱼之鸟,人们常用它们来捕鱼。

其二

晨光烟水半迷漫,天许行人放眼看。万顷晴波明似拭[1],一轮红日上如盘。

【注】

[1]拭:擦拭。此指擦拭过的镜子。

其三

去住舟航事不平,由来南北费讥评[1]。长年浪乞风帆利,我爱安澜自在行[2]。

【注】

[1]讥评:过问与评价。

[2]安澜:水波不兴貌。

其四

沙渚拖痕湾复湾,无惊真羡白鸥闲。眼光乍被湖光眩,错认君山作扁山[1]。

【注】

[1]君山、编山:皆山名,均在湖南洞庭湖中。君山又名湘山。见《水经注·湘水》:"(洞庭)湖中有君山编山……是山湘君之所游处,故曰君山矣。"

其五

粤舸吴樯问讯频[1],远山眉黛对含颦[2]。洞庭湖似西湖好[3],一棹春风送美人。

【注】

[1]粤舸吴樯:即舸樯。樯:桅杆。

[2]含颦:谓皱眉,形容哀愁。唐刘禹锡《春去也》词:"丛兰裛露似沾巾,独坐亦含嚬。"

[3]西湖:杭州市西湖。

其六

荡我胸怀入太清[1],鱼龙昼静浪无声[2]。舟师遥指湖西路,天际云帆一叶明。

【注】

[1]太清:道家认为人天两界之外,别有所谓玉清、太清、上清之境,为神仙所居的仙境。语出晋葛洪《抱朴子·杂应》:"上升四十里,名为太清。太清之中,其气甚刚,能用胜人也。"

[2]鱼龙:鱼。

其七

天光湖影共悠悠[1],廿载经过第一游。月下水云应更好,携琴重上岳阳楼[2]。

【注】

[1]"天光"句:化用唐王维《滕王阁诗》:"闲云潭影日悠悠,物换星移几度秋。"

[2]作者自注"前过此,有'岳阳楼上湖光好,欲谱潇湘云水音'之句"。

丹水道中三首[1]

其一

山市晨光一半遮，马蹄窣窣踏团沙[2]。尖黄嫩绿溪边柳，浅白深红陌上花。

【注】

[1]丹水：河名。发源于陕西商县冢岭山，东入河南省境，经内乡淅川二县，东注均水。

[2]窣窣(sù)：象声词。此指马蹄声。

其二

连朝阴雨殢人愁[1]，带水拖泥过岭头。却喜新晴兼小暖，一湾丛竹听鸣鸠[2]。

【注】

[1]殢(tì)：指纠缠，引逗。

[2]鸣鸠：斑鸠。鸟名。身体灰褐色，颈后有白色或黄褐色斑点，嘴短，脚淡红色。

其三

秧苗泼泼鹧鸪啼[1]，蛙鼓声喧水并堤。正是江乡好风景，敝裘羸马邓州西[2]。

【注】

[1]泼泼：旺盛貌。鹧鸪(zhè gū)：鸟名。背部和腹部黑白两色相杂，头顶棕色，脚黄色。吃昆虫、蚯蚓、植物的种等。

[2]邓州：州名。春秋时邓侯国地。秦穰邑，汉置穰县，属南阳郡。隋改为邓州，历代因之。明清皆属南阳府。公元1913年，改邓县，属河南省。

柳

鹦鹉洲边别小蛮[1]，大堤花艳斗双湾。长条牵引相思梦[2]，又逐东风入武关[3]。

【注】

[1]鹦鹉洲：洲名。在湖北汉阳县西南江中。后汉末，黄祖为江夏太守，祖长子射，大会宾客，有人献鹦鹉，祢衡作赋，洲因以为名。明季为江水冲没。小蛮：古时盛酒的器具即酒榼。

[2]长条:指柳条。

[3]东风:指春风。武关:地名。在陕西商南县西北。战国时秦之南关。为湖北进入陕西的便道。

四皓墓二首[1]

其一

四冢何崔巍[2],昔贤埋玉地。为问石隐流,谁了天下事[3]?

【注】

[1]四皓:即商山四皓。汉初商山四个隐士,名东园公、绮里季、夏黄公、用里先生。四人须眉皆白,故称四皓。高祖召,不应。后高祖欲废太子,吕后用留侯计,迎四皓,使辅太子。一日四皓侍太子见高祖。高祖曰:"羽翼成矣。"遂辍废太子之议。后指高士或称年高望重才识过人的隐士。事见《史记·留侯世家》。

[2]崔巍:高峻,高大雄伟。《楚辞·东方朔〈七谏·初放〉》:"高山崔巍兮,水流汤汤。"王逸注:"崔巍,高貌。"

[3]了:了断。

其二

千古商山色[1],长留高隐名。山灵太爱惜,不遣紫芝生[2]。

【注】

[1]商山:山名。在今陕西商县东。亦名商岭、商坂。相传秦末汉初四皓曾在此山隐居。

[2]紫芝:菌名。木耳的一种。可作菜食,入药。《乐府诗集·琴曲歌辞·采芝操》:"晔晔紫芝,可以疗饥。"《采芝操》相传为四皓所作。见《乐府诗集》。

蓝桥道中[1]

藤梢石角柳嵯岈[2],牧护关前日未斜。山势周围森积铁[3],溪流曲折漱晴沙。诗缘好景难成句,地近仙源到处花[4]。七载经过劳记省,碧天洞口是人家。

【注】

[1]蓝桥:桥名。在陕西蓝田县东南蓝溪之上。传说其地有仙窟。即唐裴航遇仙女云英处。见《太平广记·裴航》。

[2]嵯岈(cuó yá):高俊貌。

[3]积铁:谓聚铁以作屏蔽。

[4]仙源：蓝桥有“蓝桥遇仙”与“蓝桥仙窟”之典故，均出自《太平广记·裴航》：“（裴航）遂饰装归辇下，经蓝桥驿侧近。因渴甚，遂下道求浆而饮。见茅屋三四间，低而复隘。有老妪缉麻苎。航揖之，求浆。妪咄曰：‘云英，擎一瓯浆来，郎君要饮。’航讶之，忆樊夫人诗有云英之句，深不自会。俄于苇箔之下，出双玉手捧瓷，航接饮之，真玉液也。但觉异香氤郁，透于户外。因还瓯，遽揭箔，睹一女子，露（yè）琼英，春融雪彩，脸欺腻玉，鬓若浓云，娇而掩面蔽身。……（航）良久，谓妪曰：‘向睹小娘子艳丽惊人，姿容擢世，所以踌蹰而不能适。愿纳厚礼而娶之，可乎？’妪曰：‘渠已许嫁一人，但时未就耳。我今老病，只有此女孙。昨有神仙遗灵丹一刀圭，但须玉杵臼捣之百日方可就吞，当得后天而老。君约取此女者，得玉杵臼”，吾当与之也，其余金帛，吾无用耳。’航拜谢曰：‘愿以百日为期，必携杵臼”而至，更无他许人。’妪曰：‘然。’航恨恨而去。……数月余日，或遇一货玉老翁，曰：‘近得虢州药铺卞老书，云有玉杵臼货之。郎君恳求如此，此君吾当为书导达。’航愧荷珍重，果获杵臼。卞老曰：‘非二百缗不可得。’航乃泻囊，兼货仆货马，方及其数，遂步骤独挈而抵蓝桥。昔日妪大笑曰：‘有如是信士乎？吾岂爱惜女子，而不酬其劳哉？’女亦微笑曰：‘虽然，更为吾捣药百日，方议姻好。’……仙童侍女，引航入帐就礼讫。”此处典形容佳景。

长安二首[1]

其一

十载艰难阅世情，无多客气渐能平。故人不到阳关少[2]，莫更匆匆唱《渭城》[3]。

【注】

[1]长安：古都城。在今陕西西安市西北。

[2]“故人”句：阳关，在甘肃敦煌市西南。以居玉门关之南而名。汉置，为古代通西域的要隘。化用唐王维《王右丞集·送元二使安西》：“劝君更尽一杯酒，西出阳关无故人。”

[3]《渭城》：乐曲名。本唐王维《送人使安西》：“渭城朝雨浥轻尘”后入乐府，因以名曲。为故人分别之曲。

其二

一肩幞被趁朝寒[1]，飞絮多情去住难。惟有春风似相识，殷勤送客出长安。

【注】

[1]幞(pú)被：以包袱裹束衣被。

游邠州大佛寺[1]

山为寺，石为佛，中央趺坐何突兀[2]。髻螺直与远山齐[3]，一指大于专车骨[4]。我闻佛法尚虚无，色空粉碎况其躯[5]。泥塑不已石为之[6]，不朽色相毋乃愚[7]。中国圣人十尺，九尺耳神明[8]，至今真不死，浩然气塞天地间[9]。丈六金身何足比？世间大佛不止此，金石土木均多事。姑以彼法证彼义，诵经拜像非佛意。

【注】

[1]邠(bīn)州：地名。故地在今陕西彬县。本作豳。周先人所建。唐开元十三年以"豳"字类"幽"改为邠。

[2]趺(fū)坐：指双足交迭而坐。

[3]髻螺：盘旋如螺状的发髻。

[4]专车骨：指异闻奇物。引自《国语·鲁语下》："吴伐越，堕会稽，获骨焉，节专车。吴子使来好聘，且问之仲尼，曰：'无以吾命。'宾发币于大友，及仲尼，仲尼爵之。既彻俎而宴，客执骨而问曰：'敢问骨何为大?'仲尼曰：'丘闻之，昔禹致群神于会稽之山，防风氏后至，禹杀而戮之，其节骨专车。此为大矣。'……客曰：'防风何守也?'仲尼曰：'汪芒氏之君也，守封、嵎之山者也，为漆姓。在虞、夏、商为汪芒氏，于周为长狄，今为大人。'"

[5]色空："色即空"的省语。佛教谓有形之万物为色，而万物为因缘所生，本非实有，故云。

[6]已：通"以"，即用。

[7]色相：佛教主万物皆空，以无相为归。人或物之一时呈现于外的形式，称为色相。

[8]耳：通"仍"。神明：形象逼真。

[9]浩然气：正大刚直之气。语出《孟子·公孙丑》上："我善养吾浩然之气。"

驿马关催征作[1]

地僻偏难理，劳劳枉岁时。何心扰鸡犬，无计屏鞭笞[2]。本以贫而仕，翻志拙见嗤。有怀期屡稔，天下共恬熙[3]。

【注】

[1]驿马关:关名,在今甘肃省庆阳市北的驿马镇。

[2]鞭笞(chī):鞭挞。

[3]恬(tián)熙:安乐。

冬夜

白纸窗楞借雪明,炉灰渐厚漏无声。侵寻别绪兼愁绪[1],捡校诗情与宦情。一饷欢娱都是福[2],百年康健即长生。行藏勋业寻常事,孤负朱颜只利名[3]。

【注】

[1]侵寻:渐进,渐次发展。《史记·孝武本纪》:"是岁,天子始巡郡县,侵寻於泰山矣。"裴骃《集解》引晋灼曰:"遂往之意也。"司马贞索隐:"小颜云:'浸淫渐染之义。'盖寻淫声相近,假借用耳。"

[2]一饷(xiǎng):同"一晌",指一会儿。

[3]朱颜:红润美好的容颜,代指青春。

十六夜对月

节数中秋好,人思昨夜圆。还将幽赏意,再与问婵娟[1]。故国有丛桂,清吟记去年。楼高应懒上,凭暖画栏边。

【注】

[1]婵娟:此指月。

卧牛(zhǎng)宿土窑

土窑停车晚,殊方倍怆神。蓼虫甘习苦[1],蛄蟪不知春[2]。山密疑无地,星低欲近人。十年筋力贱,未信是官身。

【注】

[1]"蓼虫"句:参见《书怀三首》注2。

[2]"蛄蟪(gū huì)"句:即蟪蛄。蝉的一种,身体短,黄绿色,有黑色条纹,翅膀有黑斑。雄虫腹部有发音器,夏末自早至暮鸣声不息。典自《庄子·逍遥游》:"小知不及大知,小年不及大年。奚以知其然也?朝菌不知晦朔,蟪蛄不知春秋。此小年也。"后以此典形容寿命短暂。

再至环县途次偶成[1]

深冬驱马复经过,饮水看山唤奈何[2]。亦有平原都瘠土,更无行旅只私鹾[3]。木波城圮遗民少[4],灵武台荒夕照多[5]。环庆由来形胜地,即今边檄入包罗。

【注】

[1]环县:县名。属甘肃省。五代周广顺地二年置环州,显德四年降通远军,宋淳化五年复为环州,明降为县。明清皆属庆阳府。

[2]作者自注"时饮水多苦"。

[3]行旅:来往的旅客。私鹾(cuó):私行贩卖咸盐之人。

[4]木波城:作者自注"木波城范文正公帅环庆时筑"。按,范文正公:即宋范仲淹。苏州吴县人。宋仁宗时与韩琦率兵同拒西夏。圮(pǐ):毁坏、倒塌。

[5]灵武台:作者自注"有灵武台相传为肃宗即位处"。按,肃宗即唐肃宗李亨。

南乡催征感赋[1]

南陌东畴会斗升[2],一春晓冷昼还晴。天家又见宽常赋[3],造物何曾忘好生。椎鲁有知惟罪岁,催科无术敢沽名[4]。迂疏愧覆黄紬被,双鬓朝来白几茎。

【注】

[1]南乡:镇名,属甘肃省白银市平川区。

[2]会(kuài):总计。

[3]天家:帝王之家。

[4]催科:催租,租税有法令科律,故称。

闰四月十六夜

小院人初静,南窗月正当。仍圆疑昨夜,数闰怪黄杨[1]。帘影横琴细,瓶花落砚香。簿书幽赏意[2],可是不相妨。

【注】

[1]"数闰"句:黄杨,是一种常绿小灌木。质坚。惟生长极缓,非二三十年后不得为用材。多作观赏用。叶入药。旧说黄杨木遇闰年不长。因以黄杨厄闰喻人境遇困顿。语出宋苏轼《分类东坡诗监洞霄宫俞康直郎中所居四咏退园》:"圆中草木春无数,只有黄杨厄闰年。"苏东坡注:"俗说黄杨岁长一寸,遇闰年退

三寸。”

[2]簿书:记录财物出纳的官员,此指作者自己。

泾平道中二首[1]

其一

泾原城北暂停车[2],商略征衫欲到纱[3]。孤宦似忘春已过,辛盘五月试黄瓜[4]。

【注】

[1]泾平:地名。属甘肃省泾川县。

[2]泾原:地名。属甘肃省泾川县。

[3]商略:指放任不羁。征衫:旅人之衣,借指旅人。

[4]辛盘:旧时元旦迎春,以葱、韭、蒜、薤等辛菜作食品。此处泛指一般菜类。

其二

午风扑面枣花香,拂拂秧苗映水长[1]。忽忆故园梅雨后[2],饭抄云子荐新忙[3]。

【注】

[1]拂拂:风吹动貌。

[2]梅雨:江南梅子黄熟时,常阴雨连绵,称梅雨。《初学记·纂要》:“梅熟而雨曰梅雨。”

[3]云子:即云子白。云子传说为神仙服食之物。典出唐杜甫《杜工部草堂诗笺·与鄠县源大少府宴渼坡得寒字》:“饭抄云子白,瓜嚼精水寒。”后世则以饭为云子白。荐新:用新熟的五谷或别的时新食物祭祀祖考。语出《礼·檀弓》:“有荐新,如朔奠。”

酒吸戏咏

为惜春开瓮,谁将巧制传。象形抽曲直,深入称匀圆。翕攝依人力,逡巡渐自然。黄流香拂拂,轻溜泄涓涓。不假机关利[1],全胜挹注便[2]。理原通引拾,气似妙连牵。封识珍清圣[3],锤炉伴谪仙[4]。碧筒留客醉[5],真拟酒如泉。

【注】

[1]机关:此指倒酒时用的酒漏斗。利:导引。

[2]挹(yì)注:从有余的地方取些出来以补不足地方。

[3]识(zhì):标志,标记。清圣:清酒。

[4]谪(zhé)仙:谪居世间的仙人。古人往往称誉才行高迈的人为谪仙,言非人间所有。此为作者自谓。

[5]碧筒:指酒筒。

大雪初霁,夜宿邱家寨

烧残冻蜡退痕迟,支枕当窗乙夜时[1]。皎洁偏宜明月照,清寒不遣福人知。半生儿女真怜我,十载功名得似谁。羞涩布衾无计暖,客愁乡思两迷离。

【注】

[1]乙夜:晚上二更时候。

初春,自兰泉东旋[1]

往事伤心易怆神,柳悭草稚可怜春。书生磨蝎知皆命[2],愁茧缠丝不任人。愿乞无情同槁木,却疑多病得闲身。天涯底是供淘洗[3],一卷《南华》且目亲[4]。

【注】

[1]兰泉:旧县名,即今甘肃省皋兰县。

[2]磨蝎:星名。十二宫之一。又作“磨羯”。谓生平遇事多折磨不利者为遭逢磨蝎。语出宋苏轼《东坡志林退之平生多得谤誉》:“退之诗云:‘我生之辰,月宿(南)斗。’乃知退之磨蝎为身官,而仆乃以磨蝎为命。平生多得谤誉,殆是同病也。”按韩愈此诗,题为《三星行》。三星指斗、牛、箕。身官,谓生日干支。命,谓立命之官。迷信星象者,因谓生平遇事多折磨不利者为遭逢磨蝎。元廷高《玉山樵唱·挽尹晓山》:“清苦一生磨蝎命,凄苦千古耒阳坟。”

[3]淘洗:洗濯,引申为保留好的,除掉坏的。

[4]《南华》:唐贾岛《长江集·病起》:“灯下南华卷,祛愁当酒杯。”此指《庄子》一书。别名为《南华真经》。魏晋是只叫《庄子》。《隋书·经籍志》有梁旷《南华论》《南华论音》二书。唐陆德明《经典释文》还没有《南华》一名。至唐天宝元年二月号庄子为南华真人,始称他所著书为《南华真经》。目亲:看着感觉亲切。

途次感赋

二月韶光暖尚赊,征衫日日染黄沙。春风有恨应怜我,儿女伤心怕忆家。无计百年游汗漫[1],何人一世住秾华[2]。劳生欣戚知前定[3],敢怨东皇位置差[4]。

【注】

[1]汗漫:广大,漫无边际。

[2]秾华:即华秾,指华丽的房子。

[3]劳生:辛劳的生活。欣戚:亦作“欣慼”,喜乐和忧戚。《魏书·孙绍传》:“奉国四世,欣戚是同。”

[4]东皇:司春之神。

身世

身世有定命,吾生宁自由?如何方寸地[1],宛转百千忧。万古此红日,三公亦白头[2]。看花兼对酒,谁信即瀛洲[3]。

【注】

[1]方寸地:指心。语出《列子·仲尼》:“吾见子之心矣,方寸之地虚矣。”

[2]三公:此指“拜光禄勋、司空”之类的高官。

[3]瀛(yíng)洲:传说中仙人所居山名。

悼次儿君良八首

其一

一夜西风客思孤[1],弱兰移植竟成枯。人间有恨偏敦我[2],穹昊苍苍问得无[3]。

【注】

[1]西风:指秋风。

[2]敦(dūn):迫逼。

[3]穹昊:苍天。

其二

旧恨销魂只畏秋,五年儿女泪才收。同来万里成何事,一错真难铸六州[1]。

【注】

[1]铸六州:即“铁铸六州”,指造成重大错误。典自宋孙光宪《北梦琐言》卷十四:“中和中,魏博帅罗弘信,初为本军步射小校……累加至太尉,封临淮王。弘信卒,子绍威继之,与梁祖通欢结亲,情分甚至。先是,本府有牙军八千人,丰其衣

粮,动要姑息,时人云:'长安天子,魏府牙军。'主使频遭斥逐,由此益骄。绍威不平,有意翦灭。因与汴人计会,诈令役夫肩笼内藏器甲,扬言汴葬罗氏之女。绍威密令人于兵仗库断弓弦并甲襻,夜会汴人,擐甲持戈,攻杀牙军。牙军觉之,排闼入库,而弓甲无所施勇也。全营杀尽,仍破其家。人谓牙军久盛,宜其死矣。绍威虽豁素心,而纪纲无有,渐为梁祖陵制,竭其帑藏以奉之。忽患脚疮,痛不可忍,意为牙军祟,乃谓亲吏曰:'聚六州四十三县铁,打一错不成也。'"

其三

读书了了竟何成[1],六尺灰钉便一生[2]。草萎兰摧都是命,夜台莫更怨参苓[3]。

【注】

[1]了了:聪明伶俐。

[2]六尺:尚未长大成人。灰钉:钉棺的铁钉和棺中的石灰的合称。皆为敛尸封棺所用之物。

[3]夜台:指坟墓。参苓(shēn líng):中药名,即人参与茯苓。

其四

年华十五疾如梭,幼小伶俜病折磨[1]。不为彭殇惜修短[2],离乡背母太亏佗[3]。

【注】

[1]伶俜:形容孤单。语出《玉台新咏·古诗为焦仲卿妻作》:"昼夜勤作息,伶俜萦苦辛。"

[2]彭殇(shāng):犹言寿夭。彭,彭祖,古之长寿者。殇,未成年而死。引自《庄子·齐物论》:"莫寿于殇子,而彭祖为夭。"

[3]佗(tuó):他,指作者之次子黎君良。

其五

奄奄旬月剧堪哀[1],旅梦柔肠日几回。应是精魂犹恋我,一丝不断待归来。

【注】

[1]奄奄:气息微弱貌。

其六

两载生离成永诀[1],家书前月报平安。可怜愁病荆钗妇[2],犹作娇儿远别看。

【注】

[1]生离:是生别离的简称,指生时与亲人长别离。语出《文选古诗十九首》:“行行重行行,与君生别离。”

[2]荆钗(chāi)妇:以荆枝当髻钗之妇,喻贫穷。

其七

中年郁郁愧多男,白发红颜两不堪。魂魄有灵归故国,随风一路向东南。

其八

谁能太上怎忘情,身世艰难总不平。从此便当随分过[1],奈何天里学长生[2]。

【注】

[1]随分:犹随便。

[2]奈何天:无可排遣的意思。

东院

昔日读书处,三秋竟闭门[1]。菊移新雨泪[2],苔死旧钱痕。浪说西天乐[3],难招北地魂。可怜三五月[4],分照给孤圆[5]。

【注】

[1]三秋:此指季秋。竟:自始至终。

[2]作者自注“院中菊十余,本皆次儿手栽”。

[3]浪说:妄说,乱说。

[4]三五:即农历十五。

[5]孤圆:作者自注“时儿柩停钟楼寺”。

王学博见示中秋无月诗,辄以己意作此奉酬二首[1]

其一

露冷花黄八月天,抚时感事一凄然。红灯绿酒怜孤影,苦雨酸风忆去年[2]。此夜关山劳怅望,谁家人月共团圆。阴晴理数应难测,遮莫清狂费管弦[3]。

【注】

[1]王学博:人名,生平不详。见(xiàn)示:展示给人看。

[3]酸风:刺眼的寒风。

[3]遮莫:不要。清狂:高迈不羁。

其二

举头谁更不低头[1],可是嫦娥慰客愁[2]。但使有诗能对酒,不妨无月也中秋。宾朋旧雨兼新雨,歌拍秦讴杂楚讴[3]。住在下方原寂寞[4],凌风欲上度寒游[5]。

【注】

[1]“举头”句:化用唐李白《静夜思》:“举头望明月,低头思故乡。”

[2]嫦娥:月神名。参见《新月四首(其三)》注1。

[3]讴:歌曲,谣曲。

[4]下方:人间,下界。对天而言。

[5]凌风:乘风。

泾州登王母山[1]

周汉传遗迹,琳宫最上头[2]。仙人不可见,泾水自东流[3]。枕石槐根古,沿墙竹色幽。年来厌羁鞅[4],到处拟沧洲[5]。

【注】

[1]泾州:州名。今属甘肃省泾川县。王母山:山名,在今甘肃省泾川县西,上有王母宫石窟而名。

[2]琳宫:仙人所居之所。

[3]泾水:参见《岁暮高平客邸,述感四首(其三)》注5。

[4]羁鞅:羁,马络头;鞅,牛缰绳。羁鞅,泛指驾驭牲口的用具,喻束缚。唐白居易《读史》诗之二:“山林少羁鞅,世路多艰阻。”

[5]沧洲:滨水的地方。古称隐者所居。引自《文选·之宣城出新林浦向板桥》:“既欢怀禄情,复协沧洲趣。”

自警

行年四十三,回首如昨日。作吏十年强,所谓多其疾。贫拙百不能,言行愧疏率[1]。烦忧纷缠牵,忿窦费塞室[2]。积虑招妄缘,外重生内栗。清夜忽闻钟,自重匪一一。半生粗读书,矫枉岂无术?治身先治心,志为气之帅。平易庶近人,亦不尚徒质。坦荡心自夷,执持怒遂溢。事会顺推迁,局缩取胶桼。因循趋颓波,流弊难数述。作伪嗟徒劳,悔尤反迭出。物引役愈多,虚灵益汶汭[3]。穷达无戏成,贤哲责名实。为己与为人,损益相伯什[4]。不有定慧珠,中外养交失。所贵湛然清,加以卓然立。温缜颐天和,磨砺勉始卒。前迷不可追[5],补牢犹幸及[6]。守分而听天,庶几迩元吉[7]。身世修良难,持此作戒律。

【注】

[1]疏率:粗疏轻率。

[2]忿窦:愤怒和怨恨的孔道。

[3]虚灵:空虚的心灵。汶汭(mén mì):污浊。

[4]伯什:即什伯,指十倍百倍。

[5]"前迷"句:化用晋陶潜《陶渊明集·归去来兮辞》:"悟已往之不谏,知来者之可追。寔迷途其未远,觉今是而昨非。"

[6]补牢:即亡羊补牢。比喻出了差错要及时补救。典出《战国策·楚》:"臣闻鄙语曰:'见兔而顾犬,未为晚也;亡羊而补牢,未为迟也。'"

[7]元吉:大吉,洪福。《易·坤》:"黄裳元吉。"孔颖达疏:"元,大也。以其德能如此,故得大吉也。"

暮渡泾河,遇雨,夜半至太昌驿[1]

经旬于役厌征衣,陇麦青黄雀渐肥。急潦乍移芳草步,临流忽忆钓鱼矶。深更细雨愁歧路,到处居人静掩闺。荒署羁栖孤驿梦[2],多情一样损腰围。

【注】

[1]泾河:即泾水。水名,参见《岁暮高平客邸,述感四首(其三)》注5。太昌:地名。在今甘肃省宁县西南。

[2]荒署:对所在衙署的谦称。

端阳[1]

三年孤宦意,万里故乡思。绿净怜瓜瓠[2],红皴试荔支[3]。远游轻节序,畏热断杯卮[4]。往事镌心曲[5],愁看续命丝[6]。

【注】

[1]端阳:农历的五月初五。

[2]瓜瓠(hù):瓜类的一种。也叫调扁蒲、葫芦。

[3]皴(cūn):裂开。

[4]卮(zhī):古代盛酒的器皿。

[5]心曲:指内心深处。语出《诗·秦风·小戎》:"言念君子,温如其玉。在其板屋,乱我心曲。"

[6]续命丝:旧俗于端午节以彩丝系臂,谓可以避灾延寿,故名续命丝。《宋史·礼志十五》:"〔降圣节〕前一日,以金缕延寿带、金涂银结续命缕、绯綵罗延寿带、綵丝续命缕分赐百官,节日戴以入。"亦作"续命缕"。

望夜对月[1]

节过黄梅三日雨[2],单衣纨扇恰相宜[3]。空青天宇新晴后,凉净花阶独立时。半载月无今夜好,多情人似去年痴。江南茉莉香成掬[4],匀碧纱幮梦到谁[5]。

【注】

[1]望夜:农历每月十五日。

[2]黄梅:梅子。熟时呈黄色,故称黄梅。

[3]纨扇:细绢制成的团扇。

[4]茉莉:花名。花白色,芳香,夏季盛开。

[5]纱幮(chú):形状像橱柜的长方形的帐子。

夏日

俗吏何由适性真,簿书偶尔得闲身。颠狂伏雨愁颓壁[1],料峭尖寒似暮春。尽日焚香韦刺史[2],一簾清梦竹夫人[3]。阶前不少忘忧草[4],绿软黄深次第新。

【注】

[1]伏雨:指连绵不断的雨。唐杜甫《秋雨叹》诗之二:"阑风伏雨秋纷纷,四海八荒同一云。"仇兆鳌注引赵子栎曰:"阑珊之风,沉伏之雨,言其风雨之不已也。"

[2]韦刺史:韦应物,公元737—?年。唐京兆人。少年时以三卫郎事玄宗,乱后失官,更折节读书。后历官滁州、江州、苏州刺史。性行高洁,诗如其人,世称陶韦。韦应物任苏州刺史时,日常生活是焚香、扫地而坐,与皎然唱和为友。见《唐书》。

[3]竹夫人:古消暑之具,即竹几。编青竹为长笼,或取整段竹中间通空,四周

开洞以通风,暑时置床间。唐时名竹夹膝,至宋始称竹夫人,又称竹姬。宋苏轼《分类东坡诗·送竹几谢秀才》:“留我同行木上座,赠君无语竹夫人。”

[4]忘忧草:即萱草。多年生草本植物,叶子条状披针形,花橙红色或黄红色。供观赏。古人认为萱草可以使人忘却忧愁烦闷。引自《诗·卫风·伯兮》:“焉得谖草?言树之背。”《外传》:“谖草令人忘忧。”《释文》:“谖,本作萱。”

太昌驿途次作[1]

孤骑带朝暾,宿露秋苗长。地势连邠宁[2],川原入苍莽。停车问荒驿,隐几暂偃仰[3]。逆旅主已更[4],窗户罥蛛网[5]。辘轳下瓶罋[6],声如铜鼓响。臧获习趋走[7],奉食列盘盎[8]。颇及官人事,微辞含讥奖。此辈何足云,操治慎吾党。仆夫报亭午[9],匆遽理尘鞅[10]。烛烛蒸四野,汗土满颈颡[11]。触热成底事[12],忍苦究勉强。利名如求仙,浪费铜人掌[13]。盛福无近欢,寡营有余畅。天际夕阳明,白云自来往。

【注】

[1]太昌:地名,在今甘肃省宁县西南。

[2]邠(bīn)宁:地名,属甘肃省宁县。

[3]隐几:靠着几案。偃仰:安居。

[4]逆旅:客舍。

[5]罥(juàn):挂。

[6]辘轳:井上汲水的起重装置。瓶罋(jù):汲水之器。

[7]臧获:奴婢的贱称。

[8]盎(àng):古代一种腹大口小的器皿。

[9]仆夫:驾驭车马之人。《诗·小雅·出车》:“召彼僕夫,谓之载矣。”毛传:“僕夫,御夫也。”亭午:正午。晋孙绰《游天台山赋》:“尔乃羲和亭午,游气高褰。”

[10]尘鞅:世俗事务的束缚。鞅,套在马颈上的皮带。唐牟融《寄羽士》诗:“使我浮生尘鞅脱,相从应得一盘桓。”

[11]颡(sǎng):指额。

[12]底事:何事。

[13]铜人掌:语出《汉书·郊祀志》:“(武帝)其后作柏梁铜柱,承露仙人掌之属矣。”唐颜师古注引《三辅故事》云:“建章宫承露盘高二十丈,大七围,以铜为之,上有仙人掌露,和玉屑饮之。”

中秋,宿太昌驿[1]

前年中秋雨,去年中秋雪,今年中秋晴。今复佳夜回,无云天皎洁,乾坤节序尚难齐,人世何当论圆缺?太昌城边人语静,旅客低头看孤影。短砌虫吟草露明,寒鸦梦绕疏枝冷。谁家高楼卷珠箔[2],泥客飞觞逗弦索[3]。谁家人月共团圞[4]?月上月斜永夜乐。谁人红颜嗟命簿,雾湿云鬟双泪落[5]。谁人茹苦复停辛,美景良宵心越恶。何年中秋月最好?失意人多得意少。一年一度盼中秋,一度中秋一年老。忆昔少年时,看月看到下。中岁气尚豪,恋赏犹半夜。如今渐老心事多。中秋明月奈尔那,壶中有酒且酩酊[6]。诗成掷笔还高歌,短歌促节长歌肆[7]。四十三年真憔悴,他日不羞白发对,但愿不为名利累。更遣无病无雨风,乞我年年中秋醉。

【注】

[1]太昌:地名,在今甘肃省宁县西南。

[2]珠箔:即珠帘。唐李白《陌上赠美人》诗:“美人一笑褰珠箔,遥指红楼是妾家。”

[3]泥客:醉酒之客。弦索:弦乐器的弦。此代弦琴声。

[4]团圞(luán):圆貌。

[5]云鬟(huán):言妇人发鬟如云。

[6]酩酊:太醉貌。

[7]促节:乐调高而急促。

过青岚山,见旅壁间有胡息斋吴海晏题诗次韵和之[1]

停车成小憩,面壁得清吟。好句不厌读,村沽还自斟。千崖秋气肃,万里塞云深。日月易行迈[2],栖栖道路心[3]。

【注】

[1]青岚山:山名,在今甘肃省定西市东北。胡息斋:书房名。次韵:和人的诗并依原诗用韵的次序。

[2]行迈:走路。

[3]栖栖(xī):指忙碌不安貌。

重九日，城西观黄河二首

其一

兰泉登眺约难成[1]，来听风声与水声。一曲河山雄紫塞，三秋波浪撼长城。洪涛终古流无极，白塔斜阳淡有情。闻道崑崙西去近[2]，乘槎真拟豁平生[3]。

【注】

[1]兰泉：县名，即今甘肃省皋兰县。作者自注“时约赴兰泉登高不果”。

[2]崑崙：也作昆仑。山名。在今甘肃省酒泉市西南。

[3]槎（chá）：木筏。豁（huò）：排遣。

其二

山色波光上丽谯[1]，龙宫临水郁岧峣[2]。人生能俟几何寿？天下应无第二桥[3]。板阁人家依岸出[4]，沙滩浦树隔烟遥[5]。乡愁满目归来晚。不买黄花买酒浇。

【注】

[1]丽谯（qiáo）：指壮美的高楼。

[2]岧峣（tiáo yáo）：形容山高。作者自注“地有龙王庙”。

[3]作者自注“有黄河第一桥额”。

[4]板阁：用木板来搭建的小楼阁。

[5]作者自注“隔河板屋，西浦人烟，大有江乡风景”。

于役泾州，值初度日[1]

泾原成小住[2]，览揆记支干[3]。岁月中年易，功名退步难。暂闲耽枕簟[4]，逆旅省杯盘[5]。白发近多少，薰风独倚栏[6]。

【注】

[1]泾州：旧县名。即今甘肃省泾川县。初度：参见《季夏，初度日，自平凉返仪州，风雨交作，借宿策底镇，庙中感赋四首（其一）》注1。

[2]泾原：地名。在甘肃省泾川县。

[3]览揆：鉴度。《楚辞·离骚》：“皇览揆余初度兮，肇锡余以嘉名。”后以览揆为生辰的代称。

[4]枕簟（diàn）：枕席，泛指卧具。簟，竹席。《礼记·内则》：“敛枕簟，洒扫

室堂及庭,布席,各从其事。”

[5]逆旅:客舍。

[6]薰风:和暖的风。指初夏时的东南风。唐白居易《首夏南池独酌》诗:“薰风自南至,吹我池上林。”

新正十日,大雪,过六盘山[1]

原州人日酒痕香[2],聊骑浑忘客路长[3]。筋力渐疑前岁健,轮蹄笑比早春忙。却登天上琉璃界,一洗胸中冰炭肠。莫为试灯愁冷落[4],新正瑞雪兆丰穰[5]。

【注】

[1]新正(zhēng):谓新年之正月。六盘山:山名。在今宁夏固原市西南,是陇山山脉的主峰。山路险狭曲折,经盘道六重才到顶峰而名。

[2]原州:地名。汉为安定郡高平县。北魏正光五年改为原州,取高平曰原为名。宋置镇戎军于此。元改为镇原州。明初改为县。今为甘肃省镇原县地。人日:农历正月初七日。

[3]作者自注“时与龚海峰同行”。

[4]试灯:旧俗元宵节张灯结彩,以祈丰收。正月十四日为试灯日。

[5]穰(rǎng):丰收。

上元前一日,至会宁三首[1]

其一

晓雪初晴酿晚寒,彩棚灯影簇春盘[2]。薪平米贱丰年乐[3],莫作河东一例看[4]。

【注】

[1]会宁:县名。属甘肃省。金为西宁县,元移会州治北。明改今名,清仍之属巩昌府。

[2]春盘:古俗于立春日,取生菜、果品、饼、糖等,置于盘中为食,取迎新之意,皇帝于立春前一日,以春盘并酒赐近臣,民间也互相馈赠。

[3]薪平米贱:指五谷丰登而物价低廉。此为“米珠薪桂”典故的反用。原指物价腾贵,难以接受。出自《战国策·楚》:“苏秦之楚,三日乃得见乎王。谈卒,辞而行。楚王曰:‘寡人闻先生,若闻古人。今先生乃不远千里而临寡人,曾不肯留,愿闻其说。’对曰:‘楚国之食贵于玉,薪贵于桂。谒者难得见如鬼,王难得见如天

帝。今令臣食玉炊桂,因鬼见帝。'王曰:'先生就舍,寡人闻命矣。'"

[4]河东:黄河流经山西省境,自北而南,故称山西省境内黄河以东的地区为河东。此句谓河东一带曾发生饥荒。

其二

弦索嘈嘈小院东[1],谯楼鼓打第三通[2]。桃花山上春归早,夜半桃花满岭红[3]。

【注】

[1]弦索:弦乐器上的弦,指弦乐器。唐元稹《连昌宫词》:"夜半月高弦索鸣,贺老琵琶定场屋。"

[2]谯(qiáo):高楼。

[3]作者自注"县有桃花山,夜半,山门林木高下悉缀红灯灿烂炫目"。

其三

十四年前忆旧游,猜灯看舞不曾休。而今回首浑如梦,官职依然人白头。

上元夜宿安定县[1]

重关灯事晚,佳节减羁愁。羯鼓催三叠[2],儿童唱《九州》[3]。月明残雪夜,春上美人头。闻说西凉好[4],长河杳胜游。

【注】

[1]安定县:县名。本汉天水郡勇士县地。金置定西县。元时以地震更名安定州,明洪武初改县,属巩昌府。清沿置,今为甘肃定西市安定区。

[2]羯(jié)鼓:古羯族乐器。其音主太蔟一均。唐代诸乐龟兹部、高昌部、疏勒部、天竺部皆用羯鼓。形如漆桶,下以小牙床承之。击用二杖,音声急促高烈。三叠:古歌曲反复咏唱某句之方式。

[3]《九州》:曲名。出自宋《吴歌·京本通俗说》"月儿弯弯照九州,几家欢乐几家愁"。

[4]西凉:府名。宋初以凉州为西凉府,后为西夏所据。元初复为西凉府。即今甘肃武威县地。

志慎

序:由青家驿至翟家所二十里道路,折狭,旁瞰高崖。来时过此,马忽惊,逸辕

服,狂奔约三

四里许。濒崖仅分寸者,屡矣！车门扃自外开,皇遽无可为计,委之于命而已。适前有来者,而马惊乃止不,坠危崖。谓非幸乎？赋此以志慎云[1]

愁记青家道,魂消泛驾时[2]。生全偶然遂,神力至今疑。轻脱前车鉴[3],颠危后事师。宦途尤百险,揽辔慎驱驰。

【注】

[1]青家、翟家:均地名,二者均属甘肃省会宁县。辕服:垫在马背上之物。第一个"者"代地方。屡:几次。扃(jiōng):自外关闭门户用的门闩、门环等。皇遽(jù):慌乱。

[2]泛驾:喻不受控御。

[3]前车鉴:形容汲取前人的经验教训,引为鉴戒,可使自己避免错误。出自《汉书·贾谊传》:"鄙语曰:'不习为吏,视已成事。'又曰:'前车覆,后车诫。'夫三代之所以长久者,其事可知也。"

兴岭关[1]

秋阳散陌净高雯[2],石角藤梢刺眼新。老树折腰如揖客,文禽对面不惊人[3]。天连朔漠风烟阔[4],地皱培塿俎豆陈[5]。立马峰头一长啸,四仙峪下雨如尘[6]。

【注】

[1]兴岭关:关名。在今甘肃省宁县境内。

[2]高雯:天上的云彩。

[3]文禽:羽毛有文彩的鸟。鸳鸯、紫鸳鸯、锦鸡、孔雀皆可称为文禽。《文选·应璩〈与满公琰书〉》:"高树翳朝云,文禽蔽绿水。"李周翰注:"文彩之鸟也。"

[4]朔漠:北方沙漠地带。

[5]培塿(lōu):小土丘。俎(zǔ)豆:俎,为置肉的几,豆,为盛干肉一类食物的器皿。都是古代宴客、朝聘、祭祀用礼器。语出《论语·卫灵公》:"俎豆之事,则尝闻之矣。"

[6]四仙峪(yù):山谷名。在甘肃省宁县境内。

四仙峪即事五首[1]

其一

四仙谷口讶佳名[2],两界居民解送迎[3]。我亦岭南老农圃[4],短袍席帽不须惊。

【注】

[1]四仙峪(yù):山谷名。属甘肃省宁县。

[2]讶(yà):迎接。

[3]送迎:偏义复词,强调“迎”,即欢迎。

[4]岭南:五岭以南地区。

其二

东西向背自成村,下岭牛羊带夕曛。住近青山饶树木,人家个个是柴门。

其三

萧条村落两州官[1],蒭豆无多买亦难[2]。即此便同鸡犬扰,敢烦蔀屋费盘餐[3]。

【注】

[1]州官:一州之长。

[2]蒭(chú)豆:豆类之一种。

[3]蔀(bù)屋:茅屋。

其四

山高露重晚寒生,犬吠前村作豹声。共说夜来须警虎,支门热火到天明。

其五

板屋低檐烛穗微,无眠攲枕听荒鸡[1]。遥情却忆家山好,竹绕池塘水满溪。

【注】

[1]攲(qī):斜,倾侧。荒鸡:古以夜三鼓前鸣的鸡为荒鸡。

端阳后五日,枣社道中遇雨

三农殷望泽[1],五月始闻雷。雨势穹庐阔,风声大漠来。黄低云(bà)稏[2],绿重柳摧颓。万里思乡国,时光近送梅[3]。

【注】

[1]三农:居住在平地、山、泽这三个地区的农民。

[2](bà)稏(yà):稻名。

[3]送梅:即送梅雨。江南梅子时节多连阴雨,谓之梅雨。三月梅初成,谓之迎梅雨,五月梅欲黄落,谓之送梅雨。见陆佃《埤雅·释木梅》。

仲夏游南山寺二首[1]

其一

选胜城南好,何年布地金[2]。绿垂千缕软,碧湛一泓深。有客挥谈尘[3],临风拂素琴。不须愁触热,咫尺涤烦襟[4]。

【注】

[1]南山寺:作者自注"在宁州"。按,宁州即甘肃省宁县。

[2]地金:埋在地下的黄金。典出孝子郭巨掘地埋儿得金事。《太平御览》卷四一一引汉刘向《孝子图》:"〔郭巨〕妻产男,虑举之则妨供养(其母),乃令妻抱儿,欲掘地埋之。于土中得金一釜,上有铁券云'赐孝子郭巨'……遂得兼养儿。"

[3]谈尘:谈讲时所执的尘尾。

[4]烦襟:胸怀愁闷。

其二

笑我因贫仕,幽情愧向禽。故山青入梦,宦兴静依琴。大暑思循吏,寒泉鉴素心[1]。习池归路晚[2],倒着接篱吟[3]。

【注】

[1]素心:指本心。

[2]习池:即"习家池",在今湖北襄阳市。

[3]接篱:即接䍦(lí),帽名。接吟:指豪饮醉酒,不拘礼仪。典自《晋书·山简传》:"山简镇襄阳,优游卒岁,唯酒是耽。诸习氏,荆土豪族,有佳园池,简每出嬉游,多之池上,置酒辄醉,名之曰高阳池。时有童儿歌曰:'山公出何许?往至高阳池。日夕倒载归,茗艼无所知。时时能骑马,倒着白接篱,举鞭问葛强,何如并州儿?'强家在并州,简爱将也。"

李紫巢见和《游南山寺》诗,作此奉酬[1]

时序讶推迁,薄宦如远客。长夏偶余闲,结伴问泉石。虽非名山游,聊用净心迹。疏散惭嵇琴[2],清狂希阮屐[3]。昨夜读新诗,入手不忍释。孤抱莹元冰,欲据王孟席[4]。作吏孰如君,苦海能自适?衙斋四五间,直拟三径辟[5]。小篆阅金经[6],云蓝洒飞白[7]。习静道味恬,食贫俗事隔[8]。高志抗鸿冥[9],旷怀泯鸥吓[10]。谁带黄金羁,不受相促迫?我本丘壑人,一再劳形役[11]。去年假头衔,低首苦烦剧。息心退懦期,触境仍踌躇[12]。故乡足山水,彼此孤一掷[13]。小赏惬素情,几日俗尘积。所喜臭味同,唱酬慰晨夕。

【注】

[1]李紫巢:人名。生平不详。南山寺:寺名,在今甘肃省宁县。

[2]嵇:嵇康(223—262),三国魏谯郡人,字叔夜,少孤,为魏宗室婿,仕魏为中散大夫。丰神俊逸,博学多闻,崇尚老庄。工诗文,善鼓琴,精乐理,与阮籍、山涛等人称“竹林七贤”。景元中遭钟会诬陷,为司马昭所杀,年四十。

[3]清狂:高迈不羁。阮屐:即“阮孚屐”。晋裴启《语林》:“祖约少好财,阮遥集(阮孚)好屐,并常自经营,同是一累,而未判其得失。有诣祖,见料视财物。客至,屏当不尽,余两小簏(lù)以置背后,倾自障之,意未能平。或有诣阮,正见自蜡屐,因叹曰:‘未知一生当着几緉屐?’神甚闲畅,于是胜负始分也。”后以此典形容人寄情癖好,闲适自得;也用以形容人生短暂,当纵情自适。

[4]王孟席:王,指王维(701—761),唐太原祁人,字摩诘,开元九年进士,天宝末为给事中。以受安禄山伪职,列三等,特原责授太子中允,晚官至尚书右丞,世称“王右丞”。以诗画名盛开元天宝间。山水画以水墨渲染,萧疏清淡,人称其诗中有画,画中有诗。维笃信佛,晚年长斋;孟:指孟浩然(689—740),唐襄阳人,少隐居鹿门山,四十岁时游京师,应进士举,不第。以诗著称。多以山水景物旅途风光为题材,抒发个人怀抱。尤长于五言诗,为李白张九龄王维所赞赏。张九龄出镇荆州,任为从事。开元末,病疽背卒。席:席位。

[5]三径:西汉末,王莽专权,兖州刺史蒋诩告病辞官,隐居乡里,于院中辟三径,唯与求仲、羊仲(二仲皆隐士)来往。后常用三径指家园。

[6]“小篆”句:指览阅经书。化用了宋周敦颐《陋室铭》“可以调素琴,阅金经。”

[7]飞白:汉字书体的一种,笔画露白,似枯笔所写。相传后汉蔡邕所制。灵帝熹平时,诏邕作《圣皇篇》成,诣鸿都门,时方修饰,见役人以垩帚成字,甚悦,归而作飞白书。汉末魏初宫阙题署,多用其体。

[8]食贫:犹居贫。生活贫困。语出《诗·卫风·氓》:“自我徂尔,三岁食贫。”

[9]鸿冥:即鸿飞冥冥的省称。汉扬雄《法言·问明》:“治则见,乱则隐。鸿

飞冥冥，弋人何篡焉？"鸿飞入于远空，距离形微，矰（念 zēng：古代射鸟用的拴着丝绳的箭）缴不及，因以喻脱羁远害。

[10]鸱（chī）吓：鸱，古书上指鹞鹰；用惠子相梁，恐庄子夺其位而猜忌之的典故。典自《庄子·秋水篇》："曰：'南方有鸟，其名为鹓雏，子知之乎？夫鹓雏发于南海，而飞于北海，非梧桐不止……不饮。于是鸱得腐鼠，鹓雏过之，仰而视之曰吓！'"

[11]形役：为形骸所拘束、役使，多指为功名利禄所束缚。语出晋陶潜《陶渊明集·归去来兮辞》："既自以心为形役，奚惆怅而独悲。"

[12]跼：跼，弯腰。蹐：小步行路。皆形容行动小心戒惊之貌。

[13]孤一掷：即孤注一掷。赌徒倾其所有作赌注，以决最后胜负。常用以比喻在危急时竭尽全力作最后一次的冒险。典自《宋史·寇准传》。

学书

行年逾四十，始解学执笔。涂抹三十秋，浪费窗几日。渐老指手僵，搦管乖虚实[1]。收发意志违，纵横病蚓出[2]。十旬筋力绌，端倪殊杳汐[3]。稍辨前人工，自顾多其疾。腕臂绝凭依，中正以为质。习写日有程，临摹贵无失。规矩遗筌蹄[4]，刚健含宕逸。古今人相远，未易望堂室[5]。况复作辍功，重以无师术。万事须用敬，学书理其一。

【注】

[1]搦（nuò）管：执笔。

[2]蚓：蚯蚓，虫名。环节动物，身体柔软，圆而长，环节有则毛，生活于土地壤中，能使土壤疏松，它的粪便能使土壤肥沃，是益虫。通称曲蟮。

[3]杳汐（mì）：模糊。

[4]筌（quán）蹄：喻为到某种子目的的手段或工具。荃，本作"筌"。语出《庄子·外物》："荃者所以在鱼，得鱼而忘荃；蹄者所以在兔，得兔而忘蹄。"

[5]望堂室：指向有博大精深技艺的人学习。

自庄浪返陇干[1]

三月叨烦剧[2]，虚名笑此身。非才犹故我，不虐已劳民。日昃何关政[3]，官难岂但贫。险夷具全力，披籍愧前人[4]。

【注】

[1]庄浪:县名。今属甘肃省。秦属北地郡,汉晋属安定郡,隋唐属平凉郡。元初置庄浪路,后改为州。明置县。清并入隆德县,1913年复析置庄浪县。见《寰宇通志·平凉府·静宁州》。陇干:旧州名。即今甘肃省静宁州。

[2]烦剧:指事务繁杂。

[3]日昃(zè):太阳开始偏西。关政:参与政事。《资治通鉴·汉章帝建初二年》:"若阴阳调和,边境清静,然后行子之志;吾但当含饴弄孙,不能复关政矣。"

[4]披籍:指读书。

清明节前五日感赋二首

其一

匆匆岁序真弹指[1],捡点春光二月迟[2]。又是清明时节近,满天寒雨细如丝。

【注】

[1]弹指:一弹指的省略语,言极短的时间。

[2]捡点:算一算。迟:晚期。

其二

万里离愁入鬓丝,隔年旧恨剩余悲。浪萍自愧为人父,一陌黄钱尚后期[1]。

【注】

[1]陌:钱一百文。黄钱:明制钱有京省之别。京钱称黄钱,每文约重一钱六分,七十文值银一钱。外省钱称皮钱,每文约重一钱,百文值一钱。

隆德县阻雨[1]

新秋风雨伴人忙,客馆萧条对女墙[2]。暂得读书知病痛,偶困小住悟行藏[3]。劳生已分随轮弹,委运何烦数角张[4]。宦迹偷闲都不易,莫辞清夜听浪浪[5]。

【注】

[1]隆德县:县名。今属宁夏。汉安定郡地。宋为羊牧隆城寨,后改为隆德寨,金置县,明清皆属甘肃平凉府。

[2]女墙:城墙上面呈凹凸形的小墙。唐杜甫《杜工部草堂诗笺·上白帝城》:"城峻随天壁,楼高望女墙。"

[3]行藏:行迹。

[4]委运:运气不佳。角张:即五角六张。比喻遇事不顺遂。出自宋马永卿《懒真子·五角六张》:"五角六张,谓五日遇角宿,六日遇张宿,此两日作事多不成。"其中"角"、"张",皆为星宿名。

[5]浪浪(láng láng):象声词。形容雨水倾注。

九日,安定道中[1]

策马青岚顶[2],登高节序同。年抛官职里,秋老道途中。云送催诗雨,鹰呼落帽风[3]。西堂亲种菊,计日问寒丛。

【注】

[1]九日:指农历重阳节。安定:县名。本汉天水郡勇士县地。金置定西县。元时以地震更名安定州,明洪武初改县,属巩昌府。清沿置,今为甘肃定西市安定区。

[2]青岚(lán):山名。在今甘肃省定西市东北。

[3]落帽风:指重九登高。典自《晋书·孟嘉传》:"(孟嘉)后为征西桓温参军,温甚重之。九月九日,温燕龙山,僚左毕集。时佐史并着戎服。有风至,吹嘉帽坠落,嘉之不觉。温使左右勿言,欲观其举止。嘉良久如厕,温令取还之。命孙盛作文工嘲嘉,著嘉坐处。嘉还见,即答之。其文甚美,四座嗟叹。"

和鄂虚谷观察《游崆峒山》原韵二首[1]

其一

驻节寻遗迹,红归霜叶稠。人同甘雨至[2],天遣使星留[3]。神往三皇世[4],吟成五凤楼[5]。六年游兴在,杖履阴前驺[6]。

【注】

[1]观察:清代省以下、府以上一级官员的俗称。崆峒山:山名,在甘肃省平凉市西。

[2]作者自注"时观察以督赈按临高平"。

[3]使星:出自《后汉书·李郃传》:"和帝即位,分遣使者,皆微服单行,至各州县观采风谣。使者二人当到益部,投郃候舍。时夏夕露坐……郃指星示云:'有二使星向益州分野,故知之耳。'"后便把朝廷派出的使者称作使星。

[4]三皇:伏羲、神农、黄帝。

[5]五凤楼:楼名。唐和后梁在洛阳皆有五凤楼。借喻能文的人为造五凤楼

手。出自宋曾慥(zào)《类说·(国老)谈苑》:“韩浦韩洎咸有词学,洎尝轻浦,语人曰:‘吾兄为文,譬如绳枢草舍,聊庇风雨。予之为文,如造五凤楼手。’”

[6]杖履:扶杖漫步。前驺:指古代官吏出行时在前边开路的侍役。宋徐铉《奉和宫傅相公怀旧见寄四十韵》:“不遣前驺妨野逸,别寻逋客互招延。”

其二

探胜穷晨夕,招提曲径分[1]。高峰迟上日,幽壑占寒云。绝顶传钟信,遥空辨雁群。洞前元鹤唳,想像夜深闻。

【注】

[1]招提:梵语拓斗提者,义为四方。后省为拓提,误为招提。四方之僧称招提僧。四方僧之住处称招提僧房。北魏太武造伽蓝,创招提之名,后遂为寺院的别称。见唐玄应《一切经音义·大比丘威仪》上。

惜琴

半载摩挲剧,携将伴苦吟。宁知杀风景,无复寄徽音[1]。中道失良友,清宵孤素心[2]。凭谁问胶漆[3],端不惜兼金[4]?

【注】

[1]徽音:指美好的乐声。

[2]素心:本心,夙愿。

[3]胶漆:形容友谊真挚牢固。出自《后汉书·独行列传》:“陈重字景公,豫章宜春人也。少与同郡雷义为友,俱学鲁诗、颜氏春秋。太守张云举重孝廉,重以让义,前后十余通记,云不听。义明年举孝廉,重与俱在郎署。”“义归,举茂才,让于陈重,刺史不听,义遂阳狂被发走,不应命,乡里为之语曰:‘胶漆自谓坚,不如雷与陈。’三府同时俱辟二人。”

[4]兼金:价值倍于寻常的精金。

碌碌吟

碌碌复碌碌,一年道路相驱逐。朝过桃花山[1],夜半(1)定西宿(2)[2]。老牛龁草铎铃语[3],泛梗情怀无着处[4]。荒鸡唤起五更寒[5],风雪漫天骑马去。

【校】

(1)“夜半”:《三管英灵集》作“暮向”。

(2)原为“宦”,此据《三管英灵集》改。

【注】

[1]桃花山:山名。在今甘肃省会宁县境内。

[2]定西:县名。今为甘肃省定西市。

[3]龁(hé):咬。

[4]泛梗:为“泛萍浮梗”的省称,意为浮动在水面上的萍草和树梗,喻飘荡无主。唐徐夤《钓矶文集·别》:“酒尽欲终问后期,泛萍浮梗不胜悲。”

[5]荒鸡:古以夜三鼓前鸣的鸡为荒鸡。

安定途中大雪[1]

五更风静雪飞花,漾絮拖绵密又斜[2]。野合冻云浮大漠,人疑银海泛仙槎[3]。模糊乌帽骑驴客[4],惨淡青帘卖酒家。翠袖红炉滋味别,较量清旷可争差。

【注】

[1]安定:县名。本汉天水郡勇士县地。金置定西县。元时以地震更名安定州,明洪武初改县,属巩昌府。清沿置,今为甘肃定西市定西区。

[2]漾絮:喻飘飞的雪花。

[3]仙槎:神话中能来往于海上和天河之间的竹木筏。典出晋张华《博物志》卷三:“旧说云天河与海通,近世有人居海渚者,年年八月有浮槎去来不失期,人有奇志,立飞阁于查上,多赍粮,乘槎而去。十余日中,犹观星月日辰,自后芒芒忽忽,亦不觉昼夜,去十餘日,奄至一处,有城郭状,屋舍甚严,遥望宫中多织妇,见一丈夫牵牛渚次饮之。牵牛人乃惊问曰:‘何由至此?’此人见说来意,并问此是何处。答曰:‘君还至蜀郡访严君平则知之。’竟不上岸,因还如期。后至蜀问君平,曰:‘某年月日有客星犯牵牛宿。’计年月,正是此人到天河时也。”后亦借称行人所乘之舟。此句化用宋张孝祥《蝶恋花·送姚主管横州》词:“君泛仙槎银海去。后日相思,地角天涯路。”

[4]乌帽:黑帽,古代贵者常服,隋唐后多为庶民、隐者之帽。

仲春,南乡勾校户口澄溪叔遣使送鲫鱼[1]数十尾,赋此以谢四首

其一

池畔春冰几日开,经旬村落饱尘埃。素餐自笑劳无补,鲜鲫殷勤远送来。

【注】

[1]鲫(jì)鱼:体侧扁,头部尖,中部高,尾部较窄,生活在淡水中,是常见的食用鱼。

其二

罂瓶百里费担持[1],尾数如干特地题[2]。此辈宁知鱼笋味,不烦重虑校人欺[3]。

【注】

[1]罂(yīng):指盛流质的陶制容器,大肚小口。

[2]如干:指若干。

[3]校人:官名。管理池沼的小官。

其三

紫苏盐豉隔殊方[1],小试春盘入馔香[2]。擘蟹更添羹滑腻,居然晚食似江乡。

【注】

[1]紫苏:草名。又名桂荏、山苏,叶呈紫红色,茎叶及果皆入药。常作香菜配料。盐豉(chǐ):豆豉,以盐和豉制成,古用为调味品。

[2]春盘:古代风俗,立春日以韭黄、果品、饼饵等簇盘为食,或馈赠亲友,故称春盘。帝王亦于立春前一天,以春盘并酒赐近臣。唐沉佺期《岁夜安乐公主满月侍宴》诗:"岁炬常然桂,春盘预折梅。"馔(zhuàn):饭食。

其四

加饭非关恋箸匙,故园风物触遐思。武林步口乌江渡[1],正是鱼苗水长时。

【注】

[1]作者自注"武林、乌江皆粤地名"。

州属治平川[1]

百里殊风气[2],乡犹号治平[3]。幸恩三窟狡[4],触法一身轻。教化将无缺,人心自习成。惓言诸父老,莫负此川名。

【注】

[1]州属:州署的属官。平川:地名,今甘肃省白银市平川区。

[2]作者自注“南乡十八里，惟此川民习狡悍异于他里”。

[3]号(háo)：呼吁。

[4]幸恩：侥幸得益于。三窟狡：即“狡兔三窟”，喻藏身之处多，便于避祸。出自《战国策·齐》：“冯谖曰：‘狡兔有三窟，仅得免其死耳。君今有一窟，未得高枕而卧也，请为君复凿二窟。’”

晓发水洛城[1]

沙石城南路，晨光豁杳冥。阴崖犹积素[2]，陇麦渐抽青[3]。叆叇春云懒[4]，尖横柳眼醒。龙泉东首望[5]，孤寺远亭亭。

【注】

[1]水洛城：镇名。在今甘肃省庄浪县水洛城镇。

[2]积素：喻积雪。

[3]抽青：指长出青苗。

[4]叆叇(aìdài)：形容浓云蔽日。

[5]龙泉：地名。在今甘肃省庄浪县。

定远驿道中，即事二首[1]

其一

两载羁縻俗吏身，不曾开口不能嗔[2]。九沟十八坡前路[3]，一日风尘老却人。

【注】

[1]定远：县名。宋定远军城地，旧名顾诺平。金大定二十二年改为定远县，属金州。元废。故址在今甘肃省榆中县北。

[2]开口：形容人为忧患缠扰，难得开怀欢笑。典自《庄子·盗跖》：“人上寿百岁，中寿八十，下寿六十，除病瘐死丧忧患，其中开口而笑者，一月之中，不过四五日而已。”

[3]作者自注“自定远至东岗坡，凡三十余里。土山崭岩，迂曲倾险，忽如登高，忽疑坠谷，车辙坎窞，头足颠眩，黄尘溷人，困苦特甚”。

其二

百里深惭襪线才[1]，形难槁木志宁灰[2]。等闲蛮触烦参悟[3]，无数浮云入眼来。

【注】

[1]襪(wà)线:谓艺多而无一精者。语出宋孙光宪《北梦琐言·高测启事》:“韩昭仕蜀,……粗有文章,至于琴、棋、画、算、射法悉皆涉猎,以此承恩于后主。时有朝士李台嘏:‘韩八座事艺如拆襪线,无一条长。’”

[2]宁(nìng):竟。

[3]蛮触:蜗牛角上相争,比喻所争者甚小。典出《庄子·则阳》:“有国于蜗之左角者,曰触氏,有国于蜗之右角者,曰蛮氏。时相与争地而战,伏尸数万,逐北,旬有五日而后反。”晋郭象注:“诚知所争者若此之细者,则天下无争者。”

夏六观剧[1]

绣衣玉貌碧琅玕[2],城府森严六月寒。一样场中提傀儡[3],莫将冠履认真看[4]。

【注】

[1]夏六:农历六月。

[2]琅玕:似玉的美石。

[3]傀儡:原指木偶戏里的木头人。比喻受人操纵的人。

[4]冠履:帽与鞋。头戴帽,脚穿鞋,因以喻上下、尊卑。

瓦亭弹筝峡[1]

新秋仍道路,不寐戒晨征。胡此虚岁月,因之感世情。劳生真大梦,误我是微名。莫听弹筝水,潺湲万古声[2]。

【注】

[1]瓦亭:关隘名。在今甘肃秦安县东。弹筝峡:峡名,在今甘肃秦安县的葫芦河上,因水声如筝声而名。

[2]潺湲:水流貌。

原州旅邸,夜雨[1]

仆仆风尘改鬓丝,秋霖凄响挟凉飔[2]。如何一样三更雨,不似山窗卧听时。

【注】

[1]原州:地名。今为甘肃省镇原县地。雨(yù):下雨。

[2]飔(sī):疾风。

和李紫巢见寄元韵二首

其一

忆别裘三易,浇愁酒十千。空炊难巧妇[1],寡过幸丰年。人在清泾北[2],诗来白雁前。长吟何所似,微雪菊花天。

【注】

[1]空炊难巧妇:典出宋陆游《老学庵笔记》卷三:"晏景初尚书,请僧住院,僧辞以穷陋不可为。景初曰:'高才固易耳。'僧曰:'巧妇安能作无面汤饼乎?'"后世用"巧妇难为无米之炊"指没有条件办的事。

[2]泾:泾水。水名。参见《岁暮高平客邸,述感四首(其三)》注5。

其二

昔年欣共事,相过俨居停。道味书成癖,禅心水在瓶[1]。故人头欲白,知己眼长青[2]。敢拟河阳宰[3],栽花满县庭[4]。

【注】

[1]禅心:谓寂定之心。

[2]"知己"句:眼长青,指青眼,对人重视。参见《翼之以忧南归,值大雪,不能行,治觞话别,因作此赠之》注18。

[3]河阳:县名。春秋晋地。汉置县,属河内郡。历代沿置,明废。故地在今河南孟州市。宰:县令。河阳宰:此指晋潘岳,曾为河阳令。

[4]"栽花"句:典出"河阳花县",指地方官吏治理有政绩。典出《晋书·潘岳传》:"潘岳为河阳令,满县皆栽桃花。"

由北地郡,遣次儿旅榇南归[1]

汝生于南,而殇于西。予德抑薄,人命难齐。高天苍苍,故乡万里。言归汝骨,青山之址。生汝之人,幸或未死。汝尚有妹,亦儿之比。有知无知?予痛至此。

【注】

[1]北地郡:古郡名。春秋是赤义渠戎国之地,秦置北地郡。汉、三国魏、隋均有北地郡。地域各郡治有变迁,在今甘肃东南部和宁夏南部一带。旅榇(chèn):在旅居之地停放灵柩。

雨后自红城至庄浪[1]

旧游成昨梦,驱马趁新晴。雨脚曳云脚,溪声喧瀑声。平畴青似掌[2],夹道缘连城。此地资长驭,清时勿厌兵。

【注】

[1]红城:地名,属甘肃省庄浪县。庄浪:县名。属甘肃省。秦属北地郡,汉晋属安定郡,隋唐属平凉郡。元初置庄浪路,后改为州。明置县。清并入隆德县。1913 年复析置庄浪县。

[2]平畴:平坦的田野。晋陶潜《癸卯岁始春怀古田舍》诗之二:“平畴交远风,良苗亦怀新。”

重午日,河桥驿道中

天涯节序镇无聊,日日尖寒午不消。客侣多情分角黍[1],人家随意插长条[2]。溪添宿潦波声壮,峡束回风雨气骄。小别未应疏问讯,一川烟树过河桥。

【注】

[1]角黍:粽子。因以菰芦叶裹成角状,故名。

[2]长条:指柳条。

碾伯县渡河[1]

群山瞰孤城,河流淡明灭。五月乍清和,垂杨绿如结。平头舣沙步[2],形制讶狭劣。长绳大于拳,隔水亘飞掣。挽送臂指劳,多事柁桨捩[3]。涉险贵凭依,稳慎乃在拙。扣舷发浩倡[4],夕景颇清绝。中流突兀见,白云山顶雪。

【注】

[1]碾伯:地名。今属青海省乐都县人民政府所在地。汉神爵二年置破羌县,属金城郡。东晋末南凉吕光置乐都郡。南凉秃发乌孤尝都此。北魏为鄯州治,宋曰邈川城明初置碾伯县,属甘肃省。公元 1928 年改乐都县,划归青海省。

[2]舣(yǐ):指船拢岸。

[3]捩(liè):扭转。

[4]浩倡:指放声歌唱。

平戎驿作[1]

三日空淹使者车,宦萍心迹欲愁予。边城风雨人千里,客馆楼台月一梳[2]。短鬓有霜朝看镜,小窗无梦夜抄书。烟罗茅屋菰蒲艇[3],管领韶光总不如[4]。

【注】

[1]平戎:地名。距西宁五十里。作者自注“时代姜观察护送藏差”。

[2]梳:此喻弦月。

[3]菰:植物名,长于水边,其叶可供编织。蒲:草名,其叶可供编织。

[4]管领:管辖统领。唐李群玉《赠人》诗:“云雨无情难管领,任他别嫁楚襄王。”

湟中[1]

曾是栽花地[2],重来白发生。笑予官职耐[3],愧尔吏民迎[4]。歌舞清时事,琴樽旧雨情[5]。甘霖知应节,中外乐深耕[6]。

【注】

[1]湟中:即湟中城。在今青海省西宁市湟中县。

[2]栽花地:指作者曾任西宁知县。化用“河阳花县”一典,出自《晋书·潘岳传》:“潘岳为河阳令,满县皆栽桃花。”

[3]官职耐:即耐官。指人有气度,宠辱不动于心。语出《宋史·向敏中传》:“(敏中)进右仆射兼门下侍郎,监修国史。是日,翰林学士李宗谔当对,帝曰:‘朕自即位,未尝除仆射,今命敏中,此殊命也,敏中应甚喜。’又曰:‘敏中今日贺客必多,卿往观之,勿言朕意也。’宗谔既至。敏中谢客,门阑寂然。……使人问庖中,今日有宾客饮宴否,亦无一人。明日,具以所见对。帝曰:‘向敏中大耐官职!’”

[4]作者自注“予自摄篆西宁,计今十七年矣”。

[5]作者自注“时西司马署郡篆旧好也”。

[6]作者自注“湟中方望雨连日沾足”。

于役定西,途次喜雨[1]

幸泽非人力,神功荷太清[2]。青岚一夜雨[3],秋色定西城。乍可苏禾黍[4],何时洗甲兵[5]。微官频道路,身世远含情。

【注】

[1]定西:县名。今属甘肃省定西市。汉天水郡勇士县地。东汉以后为道县。唐属渭州。宋筑定西安西二城,元并为安定州。明清为安定县,故城在今县南。

[2]太清:天空。古人认为天系清而轻的气所构成,故称太清。

[3]青岚:山名,在今甘肃省定西市东北。

[4]禾黍:禾与黍。在此泛指黍稷稻麦等粮食作物。

[5]甲兵:铠甲和兵械。在此泛指兵器。作者自注"南路教匪出没,时有警报"。

戏题《红楼梦后传》三首[1]

其一

仙草埋香事可怜[2],却从挫折说姻缘。笔花不让娲皇石[3],辛苦人间补恨天。

【注】

[1]《红楼梦后传》:书名,著者不明。自《红楼梦》流行以来,不少人仿照其故事情节后续载。

[2]埋香:指悼念少年有才华而去世的女子。

[3]"笔花"句:娲皇石即女娲石。引自《淮南子·览冥》女娲我炼五色石补天的传说。

其二

霜时萧条花雨春,不妨怜惜不嫌嗔。千秋一掬情痴泪,欢喜生中总未真。

其三

好风明月镇难论,三峡清秋五夜猿。烂熳客愁清不得,满庭寒雨近黄昏。

重阳前一日,发金城途次作[1]

大漠三千里,黄河第一桥[2]。云山关塞阔,风雨美人遥。夕照明沙井,秋光瘦柳条。壮游殊不恶,惆怅菊花朝。

【注】

[1]金城:地名。汉昭帝始元六年置郡。郡治允吾。宋废。故城在甘肃皋兰县西北黄河北岸。

[2]黄河第一桥:桥名,在甘肃省兰州市白塔山下,旧名镇远桥,始建于明洪武十八年(1358 年),初为浮桥,是当时“控扼冲要,道通西域”的唯一桥梁。

平番道中二首[1]

其一

八载游踪西渡河,秦山陇水意如何。岐阳渡口斜阳晚[2],一曲红桥映绿波。

【注】

[1]平番:地名。即今甘肃省永登县城。

[2]岐阳:旧县名。本汉杜阳县地,唐贞观七年割扶风、岐山二县置岐阳县,因地在岐山之南,故名。元和三年废。旧治在今陕西扶风县西北。

其二

峰含黛色互弯环,大有人家木石间。想像漓江秋水路,淡烟微雨斗鸡山[1]。

【注】

[1]鸡山:在今广西桂林市境内。

大雪初止,过乌(1)稍岭[1]

镇羌一夜西北风[2],乌稍岭上同云同。天明出门半尺雪,人马一一琼瑶中[3]。上岭下岭三十里,奴仆惨栗无欢容[4]。西行地势称最高,众山辐辏当其冲[5]。黄河东注千百丈,如缘倚盖谁能穷。西下更无陇坂阻[6],以理度之说亦通。往往六月飞霰雪,盛夏凛冽如寒冬。我辞金城霜正浓,一再易服裘蒙茸。长鲸破浪银海立,拨地欲走千玉龙。更闻关外天气别,雪花如掌堆巃嵸[7]。十年作吏行万里,对此亦足开心胸。美人搔首隔关塞,青天日出云蓬蓬[8]。

【校】

(1)本为“乌”,疑为“乌”之误。

【注】

[1]乌稍岭:岭名。在今甘肃省天祝藏族自治县。

[2]镇羌:地名。在今甘肃省天祝藏族自治县。

[3]琼瑶:喻雪。唐白居易《西楼喜雪命宴》诗:“四郊铺缟素,万室甃琼瑶。”

[4]惨栗:极寒貌。《素问·至真要大论》:“岁太阳在泉,寒淫所胜,则凝肃惨慄。”王冰注:“惨慄,寒甚也。”

[5]辐辏:亦作"辐凑",意为集中、聚集。

[6]陇坂:高坡。

[7]巃嵸(lóng zōng):高耸貌。

[8]蓬蓬(péng):繁盛貌。

古张掖郡[1]

形势西凉控上游[2],黑河如带绕甘州[3]。天山绵亘自终古[4],草泽英雄说故侯[5]。千树鸦声双塔晓(1)[6],半城陂水万家秋[7]。酒泉咫尺春风度[8],未信班生易白头[9]。

【校】

(1)"晓",《三管英灵集》为"晚",觉"晚"较好,当据改。

【注】

[1]张掖(yè)郡:郡名。属今甘肃省张掖市。汉元鼎六年置。《汉官仪》谓取"张国臂掖"为名。

[2]西凉:府名。宋初以凉州为西凉府,后为西夏所据。元初复为西凉府。即今甘肃武威县地。

[3]黑河:即黑水。今甘肃省甘州河。也名张掖河、黑河、合黎水。"合黎"即黑之意。源出甘青边境的祁连山麓,经武掖县北流,合于弱水。甘州:地名。汉张掖郡地,北魏始置甘州,以州东有甘峻山而名。元置甘州路总管府,明置陕西行都指挥使司于此。清改为甘州府,属甘肃省,治张掖县。公元 1913 年裁府留县,今为张掖市。

[4]天山:山名,即祁连山。匈奴称天为祁连。

[5]作者自注"张侯出身草莽,以州功封侯"。按:张侯,指汉张骞,公元前?—前 114 年,汉汉中成固人,建元二年以郎应募出使月支,经匈奴,被拘留十多年,后逃回;又以校尉从大将军卫青击匈奴,因骞知沙漠中水草所在,使军队不致困乏,有功封博望侯。《汉书》有传。

[6]作者自注"城有两塔"。

[7]陂(bēi):水岸。作者自注"城中巨浸甚多,居人背面临水"。

[8]酒泉:郡名。汉置,以城有金泉,味如酒,故名。隋开皇初,郡废,仁寿二年,分置肃州。唐天宝初,复称酒泉郡。清为肃州直隶州。1913 年废州,改为酒泉县,属甘肃省。

[9]班生:班超,人名,参见《京邸送罗松崖同年南归》注12。

自(1)布隆吉赴芨芨,曹督视铅务。计程千余里,阅二旬而始达,途次杂咏十三首[1]

其一

飞楼雉堞古雄关[2],北顾风沙远近山。一笑那知边吏贵,旌旗鼓吹出桥湾[3]。

【校】

(1)原为"白",此据《三管英灵集》改。

【注】

[1]布隆吉:地名,在今甘肃省瓜州县东。芨芨(jī):地名,未详。曹:古时分职治事的官署或部门。西汉置尚书五人,其一人为仆射,四人分为四曹。郡县之属官亦曰曹。

[2]雉堞(zhì):城墙长三丈广一丈为雉,堞,城上端凹凸叠起之墙,泛指城墙。关:此指嘉峪关。关名,在甘肃省酒泉市西嘉峪山麓。

[3]桥湾:作者自注"桥湾,地名。予摄篆安西,兵卫迎送仪注,迥异内地"。

其二

西风烈烈送鸣驼[1],天盖穹庐敕勒歌[2]。白草黄沙三日路,只疑塞外夕阳多。

【注】

[1]烈烈:象声词,此指风声。

[2]天盖:即天空。天形如盖,故名。古代天文学家有盖天说。《淮南子·原道》:"以天为盖,以地为舆。"敕(chì)勒歌:北朝乐府歌名。东魏高欢攻西魏玉壁城,不克,恚愤成疾。时西魏传说高欢中弩,欢乃勉强坐见诸贵,使斛律金唱《敕勒歌》,欢自和之,以安军心。其歌本鲜卑语,译为齐语,故其句长短不齐。

其三

夜静铎铃悲自语,天低星斗灿如棋。酒酣隔帐闻喧笑,错认连樯夜泊时[1]。

【注】

[1]作者自注"经行地皆戈壁,绝无水草。人马所需一切以车裹带,夜宿帐房。大异内地征行景况矣"。

其四

红柳编柴野戍新，高冈累石引行人。可怜秋草千年恨，不见江南二月春[1]。

【注】

[1]作者自注“塞外五六月间草始作色。甫七月，秋气萧森，草又衰矣”。

其五

山骨嶙峋积铁同[1]，矮檐土壁各西东。白烟初试青烟起[2]，十里官炉彻夜红。

【注】

[1]嶙峋：形容山峰重叠高耸。

[2]初试：开始，首先出现。

其六

黄皮缚袴凿嵯岈[1]，都挈豚蹄祝满车[2]。试问营营冠履客[3]，无声锤炼可争差。

【注】

[1]袴(kù)：裤子。嵯岈(cuó yá)：山高峻貌。

[2]挈：提起。豚 tún：小猪，泛指猪。祝：以言告神祈福。语出《史记·淳于髡传》：“见道旁有禳田者，操一豚蹄，酒一盂，祝曰：‘瓯窭满篝，污邪满车，五谷蕃熟，穰穰满车。’”

[3]营营：往来盘旋貌。《诗·小雅·青蝇》：“营营青蝇，止于樊。”

其七

到处金砂到处银，可怜椎鲁可怜贫。无多灵气归黄白[1]，错认天心富远人[2]。

【注】

[1]黄白：此指沙漠。

[2]作者自注“边地悉产金铁，淘挖者无虚日，绝少赢获”。

其八

飞沙簸土倏成堆，日夜颠风听怒雷。只有扫除方寸地，不妨静眼看尘埃。

【注】

[1]方寸地：一寸见方之地，极言地小。在此喻指心。

其九

草棚索补太离披[1],无数星光落被池[2]。露宿楼居都一觉,拥衾也到日高时。

【注】

[1]离披:散乱貌。

[2]被池:被的缘饰,俗称被头。

其十

曲曲初三塞月新[1],星河乍冻白如银。清光满处寻常爱,解惜娥眉有几人[2]。

【注】

[1]曲曲:弯曲貌。

[2]娥眉:此指嫦娥。月神名。参见《新月四首(其三)》注1。

其十一

由来萍梗理难齐[1],未信相思路不迷。都道安西关外远[2],马鬃山北望安西[3]。

【注】

[1]萍梗:为"泛萍浮梗"的省称,意为浮动在水面上的萍草和树梗,喻漂泊之生活。语出唐徐夤《钓矶文集·别》:"酒尽欲终问后期,泛萍浮梗不胜悲。"

[2]安西:县名,今甘肃省瓜州县。

[3]鬃:马、猪等兽类颈上长毛。

其十二

自笑浮沉度半生,宦场最误是虚名。一官十载何长物[1],白到髭须第几茎[2]。

【注】

[1]长(zhàng)物:剩余之物质。出自《世说新语·德行》:"王恭从会稽还,王大看之。见其坐六尺簟(diàn),因语恭:'卿东来,故应有此物,可以一领及我。'恭无言。大去后,即举所坐者送之。既无余席,便坐荐上。后闻之甚惊,曰:'吾本谓卿多,故求耳。'对曰'文人不悉恭,恭作人无长物。'"

[2]髭(zī)须:嘴上边的胡子。

其十三

槁木星星只自煎,险夷穷达信由天。瓣香只乞消愁药[1],不作真人作散仙[2]。

【注】

[1]瓣(bàn)香:即焚香敬礼有所祈求。

[2]散仙:道教称未授职务的人为散仙。

冬夜吟

日日离愁酒共酣,三冬三看月初三[1]。梦魂连夜相思苦,才到金城又岭南[2]。

【注】

[1]三冬:此指孟冬、仲冬、季冬。

[2]金城:地名。汉昭帝始元六年置郡。郡治允吾。宋废。故城在甘肃皋兰县西北黄河北岸。岭南:五岭以南地区。

赤斤峡除夕[1]

四十八年非,黑头白如雪。阅历贵识迷,保身在明哲[2]。

【注】

[1]赤斤峡:作者自注"在玉门县"。

[2]"保身"句:"明哲保身"之化用:指明哲的人,能择安去危,以保全其身。语出《诗大雅烝民》:"既明且哲,以保其身。"

《素轩诗集》卷五

己未元旦[1]

元朝警行客[2],早起炷炉香。不为穷通计,慈闱祝寿康[3]。

【注】

[1]己未:嘉庆四年(1799年)。

[2]元朝(zhāo):一年的第一个早上。

[3]慈闱:慈母。

仲春,行次坌口驿,遇雪感赋[1]

隔岁驱驰旅梦新,东风又送出关人。经行恰数三番雪,孤宦浑忘万里春。未到仙才难作令,敢云廉吏不忧贫。艰虞便是销魔劫[2],百尺楼头好置身。

【注】

[1]坌(bèn)口:地名,在今甘肃省肃北蒙古族自治县。

[2]魔劫:谓命中注定的灾难。

瓮玉行

序:于阗贡大玉三,大者重二万三千余斤,小者亦数千斤。役人畜挽拽,率以千计。至哈密,有期矣。圣天子即位,下诏弃之。回汉欢呼,兵民额祝,载之史册。万世取法焉。嘉庆四年,奉诏免贡,诗以纪事。[1]

圣朝至治隆熙皞,坤祇(1)效顺不爱宝[2]。五丁擘山巨玉出[3],元精耿耿干穹昊。于阗得之不敢私,已识边守在四夷[4]。遣使入贡报京都,大车小车呈御图。轴长三丈五尺咫,堑山导水埋泥涂。小玉已疲百马力,次玉百马十有余。就中瓮玉大第一,千蹄万靮行踟躇[5]。日行五里多八里,四轮生角千人扶[6]。马嘶人哭不可辨,饱莽沙碛真须臾[7]。十里有委百里积,所费宁第粟与刍。渊泉编户千七百[8],锻金纫革秣其驹[9]。于时为春俶东作[10],壶箪岂得耒耜俱[11]?玉关燕台万余里[12],妨民害稼事岂无?前星重光临九区[13],受终交际追唐虞。奸回脱距泯声色[14],雍梁慓帅惊援枹[15]。诏书宝善不宝玉,嵯峨巨璞轻锱铢[16]。所到之处即弃置,母重百姓罹无辜[17]。圣人一语回元气,顷刻布濩弥海隅[18]。吾闻在昔格天事[19],荧惑徒舍祥桑枯。弄兵小丑尔何物?嗟汝一一行头颅[20]。皇王继述宏远模,三年水火遗黎苏[21]。磨崖纪功蝌蚪粗,东铭剑阁西伊吾[22]。大玉砻琢镌小玉[23],铲凿为龟趺大书[24]。已未衈民□□(2)诏[25],金寒石泐玉不渝[26]。

【校】

(1)"祇"疑为"祗"之误。

(2)此处空缺二字,疑为"乃下"。

【注】

[1]瓮玉:指玉石大如瓮。于阗(tián):汉代西域城区。又名于寘(tián)。今新疆和田县一带。哈(hā)密:地名,今新疆哈密市。

[2]坤祇(qí):指地神。

[3]五丁:形容力士。出自《史记·秦惠王本纪》曰:"秦惠王欲伐蜀,乃刻五石牛,置金其后。蜀人见之,以为牛能生大便金牛下,有养卒以为此天牛也,能便金。蜀王以为然,即发卒千人,使五丁力士拖牛成道,致三枚于成都。秦道得通,石牛之力也。后遣丞相张仪等,随石牛道伐蜀焉。"

[4]识(zhì):做标记。

[5]靷(yǐn):引车前行的皮带。

[6]四轮生角:轮生角:车轮不能转动。典自唐陆龟蒙《古意》诗:"君心莫淡薄,妾意正栖托。愿得双车轮,一夜生四角。"

[7]须臾:从容、苟延。

[8]渊泉:地名。属新疆和田县。

[9]锻金:炼铁、磨刀。

[10]春俶(chù):初春。

[11]耒耜(lěi sì):古代一种像农犁的农具。

[12]玉关:即玉门关,关名,参见《京邸送罗松崖同年南归》注14。燕台:地址在京城。

[13]前星:此指乾隆帝。

[14]奸回:滋事的回教徒。

[15]"雍梁"句:雍梁,春秋郑邑,鞌之战发生地。在今河南省禹县。懦帅:郤克。典出《左传》的"鞌(ān)之战"成二年:"(张侯)左并辔,右援枹而鼓。"

[16]嵯(cuó)峨:山高峻貌。锱(zī)铢:喻轻微、细小。

[17]母:通"毋",不要。罹(lí):遭受。

[18]布濩(huò):散布。

[19]格天;古代统治者自称受命于天,凡所作为,感通于天,故名。语出《书·

君奭》："成汤既受命，时则有若伊尹，格于皇天。"

[20]行头颅：即"万里行头颅"之省称，出自《汉书·袁绍传》："（袁）有勇力，先与（袁）熙谋曰：'今到辽东，（公孙）康必见我，我独为兄手击之，且据其郡，犹可以自广也。'康亦心规取尚以为功，乃先置精勇于厩中，然后请尚、熙，熙疑不欲进，尚强之，遂与俱入。未及坐，康叱伏兵禽之，坐于冻地。尚谓康曰：'未死之间，寒不可忍，可相与席。'康曰：'卿头颅方行万里，何席之为！'遂斩首送之。"后以此典形容人被杀头颅远送。

[21]水火：水与火，喻生活中的必需品。

[22]剑阁：栈道名。在今四川剑阁县东北大剑山小剑山之间，相传为诸葛亮所修筑，是川陕间的主要通道，军事戍守的要地。伊吾：郡名。汉伊吾卢地。东汉置宜禾都尉。隋大业六年置伊吾郡。治所在今新疆哈密市。

[23]砻（lóng）：磨物。

[24]龟趺（fū）：刻作龟形的碑座。

[25]已未：嘉庆四年（1799 年）。

[26]石泐（lè）：石刻。

石坂屯得史康斋书，述某甲事，索烛草此[1]

险哉名利关，镇古谁能破？人有不爱名，未闻不好货。市井诚鄙卑，儒冠甘自涴[2]。义辨岂易精，垄断嗤太过。恋炙馋太涎，逐臭蝇吻饿。如何口圣贤，觍面拾涕唾[3]。当其志昏时，敢取无勇懦[4]。充此穿窬心[5]，何事不可作？贪刻理弗永，贿成祸乃大。世态漫讥评，书以自责课。

【注】

[1]某甲：此指对方即史康。

[2]涴：弄脏。

[3]觍（tiǎn）面：厚着脸皮。

[4]勇懦：此用为偏义复词，强调"懦"。

[5]窬（yú）：空。

暮春，马莲并作二首[1]

其一

三春日日总风沙，浪数荼蘼与楝花[2]。也省画栏问开落，可能无意谢韶华[3]。

【注】

[1]马莲：地名，在今甘肃省宁县的马莲河上。

[2]荼蘼（tú mí）：落叶小灌木，攀缘茎，茎上有钩的刺，羽状复叶，小叶椭圆形，花白色有，有香气，供观赏。也作酴醾。楝（liàn）：木名。宋罗显《尔雅翼·释木·楝》："楝木高丈余，叶密如槐而尖，三四月开花，红紫色，芬香满庭，其实如小玲，至熟则黄，俗谓之苦楝子，亦曰金玲子，可以练，故名楝。"

[3]韶华：指春光。作者自注"安西无风之日绝少，谚云：小宛蘑菰大宛风，大宛即安西"。

其二

红柳婆娑太苦辛，玉关三月不知春[1]。草花荡漾无情白[2]，解学杨花乱扑人。

【注】

[1]玉关：玉门关，关名，参见《京邸送罗松崖同年南归》注14。

[2]白：表达。

得长儿计偕北上信[1]

十载干微禄，穷愁两地知。凭人嗤宦拙，喜尔得名迟。北道难为客，南云有所思。壮年随遇合，且拟慰天涯。

【注】

[1]长儿：指黎君弼，字槐门。嘉庆三年（1798年）举人，时任隆安县县学教官。见（清）谢启昆《广西通志·选举表》。

四月五日，家寿辰时。在普城山督理铅务，距州署五百里，未及称觞，怅然有作[1]

塞垣迟日郁轻阴，瞻望南云思不禁。十载尚虚将母愿[2]，三春差慰抱孙心[3]。高松静对青山健，扶杖欣看翠竹森。此日宦萍正行役，天涯屺岵发长吟[4]。

【注】

[1]普城山：山名。在甘肃省泾川县境内。称觞：举杯祝酒。

[2]将母：奉养其母。《诗·小雅·四牡》："王事靡盬，不遑将母。"

[3]三春：此指三年。作者自注"去秋长儿幸预乡荐，或当藉慰慈怀"。

[4]屺岵（qǐ hù）：指思念父母。语出《诗·魏风·陟岵》："陟彼岵兮，瞻望父

兮。……陟彼屺兮，瞻望母兮。”汉毛亨、毛苌《诗·序》：“谓为行役思念父母之作。”

野宿瓦剌峡，大风竟夕[1]

沙碛月笼明，狂飙绝塞生[2]。涛头翻大壑，帐角拨孤撑。独客耿无寐，从人夜有声。年来增阅历，劳累渐能轻[3]。

【注】

[1]瓦剌峡：在今内蒙古西部。竟：自始至终。

[2]狂飙(biāo)：暴风。

[3]轻：看得轻。

重午，西草湖即事[1]

久判诗囊与酒筒[2]，车声马足又隆隆。新芦出水满湖绿，丛柳埋沙连路红。往岁记吟孤驿雨[3]，隔年来听大荒风。金城更阴三千里[4]，莫讶良辰叹转蓬[5]。

【注】

[1]西草湖：草原名，在今新疆哈密市的巴里坤湖东畔，是美丽而辽阔的草原，当地人叫西草湖。

[2]诗囊：装诗稿的袋子。典自唐李商隐《李贺小传》：李贺“每旦日出与诸公游，以尝得题然后为诗，如他人思量牵合，以及程限为意。恒从小奚奴，骑疲驴，背一破锦囊，遇有所得，即书投囊中。及暮归，太夫人使婢受囊出之，见所书多，辄曰：‘是儿要当呕出心始已耳。’上灯与食，长吉从婢取所书，研墨叠纸足成之，投他囊中。非大醉及吊丧日，率如此，过亦复省。”

[3]作者自注“去年于役，是日次河桥驿”。

[4]金城：地名。参见《冬夜吟》注2。

[5]转蓬(péng)：指飘零。参见《舟夜》注5。

云

霭霭三春云[1]，亭亭日当午。霄汉多飘风，去来难自主。出岫意自闲[2]，青天缺可补。捧日依光华，轮囷(1)快先睹[3]。肤寸触泰岱[4]，崇朝溯海宇[5]。八方仰云龙，苍生作霖雨。

【校】

(1)原为“困”,今据上下文意改。

【注】

[1]霭霭(ǎi):云盛貌。三春:此指季春。

[2]出岫:出山,从山中出来。化用晋陶潜《归去来兮辞》:“云无心以出岫,鸟倦飞而知还。”

[3]轮囷(qūn):高大之意。

[4]肤寸:古长度单位。一指宽为寸,四指宽为肤。在此借指下雨前逐渐集合的云气。泰岱:原东岳泰山,此指山。

[5]崇朝:从天亮至早饭之间。喻时间短促。

松

长松峙岭峤[1],杰气凌太清。白日耀鳞甲[2],青天雷雨鸣[3]。群卉徒景仰,磨炼知几经?突兀阅霜雪,孤高忘世情。芳华岂不艳?时去失生平。凡百贵坚忍,君子能苦贞。

【注】

[1]岭峤:指大庾、骑田、都庞、萌渚、越城共五岭。

[2]鳞甲:喻指松树皮。

[3]雷雨鸣:此指松涛。

梅

东君私秾冶[1],李白夭桃红[2]。岂知冲寒梅,不藉骀荡风[3]。华实历春夏,凡卉难秋冬。后众乃独先,出处羞雷同。万类迭荣谢,四序何从容。委运乐顺逆[4],区区穷与通。

【注】

[1]东君:司春之神。秾冶(nóng yě):形容盛美艳丽。

[2]夭桃红:形容艳丽。化用《诗·周南·桃夭》:“桃之夭夭,灼灼其华。”

[3]骀荡(dài dàng):指舒畅。语出南朝谢玄晖(朓)《直中书省诗》:“朋情以郁陶,春物方骀荡。”

[4]委运:时运不济。顺逆:偏义复词,强调“逆”,指逆境。

送姜次轩观察赴金城廉访任,途遇大雪[1]

五更鼓吹人语喧,驱车踏雪原州门[2]。趋程祖送虽礼意[3],为报知己非感恩。开城旧县寻遗趾[4],馆驿秋霖半倾圮[5]。传餐仆从不闻声,约束通邮自兹始。前旌迢迢指林麓,我亦回车行辘辘。玉龙麟甲银作堆,冰棱啮轮轮生角[6]。役夫惨栗欲堕指,马毛瑟缩如猬似[7]。征人莫叹苦寒行,南望雍梁正多垒[8]。剑关汉水冻血腥,铁衣穿肘皮肉死。何当大将奋庙谟[9],鹅鸭声中擒元济[10]。旄头百尺朔风骄[11],雪里椎牛酬战士。

【注】

[1]姜次轩:人名,生平不详。金城:地名。参见《冬夜吟》注2。

[2]原州:地名。汉为安定郡高平县。北魏正光五年改为原州,取高平曰原为名。宋置镇戎军于此。元改为镇原州。明初改为县。今为甘肃省镇原县地。

[3]祖送:饯行。

[4]开城:旧城名,今属甘肃省镇原县城关镇。

[5]圮(pǐ):毁坏,倒塌。

[6]轮生角:指车轮不前进。典自唐陆龟蒙《古意》诗:"君心莫淡薄,妾意正栖托。愿得双车轮,一夜生四角。"

[7]猬:即刺猬。动物名,哺乳动物,体多毛,毛发坚硬。遇敌则团缩。

[8]雍梁:春秋郑邑,在今河南省禹县。

[9]庙谟:即庙谋,指朝廷对国事的计谋。

[10]"鹅鸭"句:元济,人名,指唐吴元济。此句用来咏战功。典自《新唐书·李愬传》:"始发,吏请所问,愬曰:'入蔡州取吴元济!'士失色,……行七十里,夜半至悬瓠城,雪甚,城旁皆鹅鹜池,愬令击之,以乱军声。"

[11]旄(máo):竿顶用旄牛尾饰的旗。

安西官舍[1]

边城戍鼓不堪听,静掩空堂六幅屏。残醉半消红蜡尽,自看明月下窗棂。

【注】

[1]安西:唐代六都护府之一。贞观十四年置于交河城,属陇右道。显庆三年移治龟兹。龙朔元年,统辖龟兹、于阗、焉耆(旧称碎叶)、疏勒四镇,及月氏等九十六州。至德以后,改称镇西都护府。今属甘肃省瓜州县。

红柳六首

其一

绝域莺花有梦知,漫夸都护尚能诗。时人浪费清吟苦,不是杨枝与柳枝。

其二

白草黄沙碛漠遥,更无莺燕与招邀。明妃远嫁千年恨[1],懒向风前斗舞腰。

【注】

[1]明妃:汉元帝宫人王嫱字昭君,晋人避文帝司马昭讳,改称明君,后人又称明妃。时元帝后宫既多,不得常见,使毛延寿等画工图形,按图召幸。诸宫人皆赂画工,独王嫱(昭君)不肯,遂不得见。竟宁元年,匈奴呼韩邪单于入朝,求美人为阏氏,帝予昭君,以结和亲。临行召见,貌为后宫第一,元帝甚恨。昭君戎服乘马,提琵琶出塞。入匈奴,号宁胡阏氏。阏氏死后,子立复妻昭君。后卒葬于匈奴。现内蒙古呼和浩特市南有昭君墓,世称青冢。见《汉书·元帝纪》。

其三

青疑柏叶弄鬖髿[1],红玉搓条作意斜。谁种宛湖三百树,塞垣六月看桃花[2]。

【注】

[1]鬖髿(sān shā):发乱貌。

[2]作者自注“安西湖多红柳”。桃花:此指柳絮。

其四

分得江南一束愁,碧宜春雨淡宜秋。红绵只在枝头结,笑煞杨花不自由[1]。

【注】

[1]笑煞:大笑。

其五

无多婀娜也娉婷(1)[1],占尽边城第一青。魂断胭脂山下路[2],夕阳红处影亭亭。

【校】

(1)原为“俜停”,今据《三管英灵集》改。

【注】

[1]娉婷(pīng tíng):形容姿态美好。语出《玉台新咏·羽林郎》:"不意金吾子,娉婷过我庐。"

[2]胭脂:山名。属甘肃省瓜州县境内。

其六

胡笳吹月落稍(1)头[1],底处长桥与画楼。万里玉关秋欲老[2],绿杨城郭梦杨州(2)。

【校】

(1)"稍",疑为"梢"之误。

(2)"杨州",《三管英灵集》为"扬州"。疑是。

【注】

[1]胡笳:我国古代北方民族的管乐器。传说由汉张骞从西域传入。其音悲凉。武帝时李延年因其曲造新声二十八解,以为武乐。历代因此相沿。

[2]玉关:即玉门关。参见《京邸送罗松崖同年南归》注14。

七月,自安西入关三首[1]

其一

初冬弹指又惊秋,八载萍踪任去留[2]。只数征途堪白首,极东头处极西头[3]。

【注】

[1]安西:县名。今甘肃省瓜州县。关:此指嘉峪关,在今甘肃省嘉峪关市嘉峪山麓。

[2]去留:偏义复词,强调"留"。

[3]作者自注"予自安化、宁州复署,安西、庆阳为甘省之东,安西为极西。兹复东署海城,计程五千余里"。按,安化:县名。汉北地郡郁郅县地,隋为合水县地,唐神龙元年称安化,清为甘肃省庆阳府治。1913年裁府留县,又因与他省县重复,改为庆阳县。宁州:西魏废帝三年改豳州为宁州。治所在安定(今甘肃宁县),隋唐沿置,但屡有变易。明清属甘肃庆阳府,1918年改为宁县。庆阳:县名,属甘肃省,汉为郁郅县,属北地郡,隋唐改为庆州,宋又改为庆阳府,辖安化、合水、彭原三县,明清因之,1913年废府,改安化为庆阳。海城:今宁夏回族自治区海原县。

其二

诗情牢落酒情浓[1],冷热销磨腰膝慵。好为宦场添善谑[2],一年辛苦作官佣。

【注】

[1]牢落:指寥落。

[2]谑(xuè):开玩笑。

其三

都护当年羡壮游[1],归装依旧旧羊裘。风寒未识巢居乐,谁惜辛勤问鹁鸠[2]。

【注】

[1]壮游:怀抱壮志而远游。

[2]鹁鸠:又名鹁鸪。鸟名,羽毛黑褐色,天要下雨或刚晴的时候,常在树上咕咕地叫。也叫水鸪鸪。作者自注“予自元年调仙堤,已阅四年,未得抵任。往来数过,吏民相视似甚新”。按:仙堤,山丹的别称。

海城奉檄调省,途次复有移署,姑藏之信[1]

关外秋风送急装[2],三冬陇坂马元黄[3]。在山泉水终难浊,出岫闲云亦觉忙[4]。久阅宦情怜赋芧[5],惯居人后笑鞭羊。热中夙是经淘洗,得失牛毛学两忘。

【注】

[1]海城:旧县名。今宁夏回族自治区海原县。

[2]关:此指玉门关,参见《京邸送罗松崖同年南归》注14。

[3]三冬:此指季冬。元黄:即玄黄,黑色与黄色。

[4]“出岫”句:化用晋陶潜《归去来兮辞》:“云无心以出岫,鸟倦飞而知还。”

[5]赋芧(xù):指分配,分给,此指俸禄。

夜度青岚山[1]

夜行迷远近,山势倏西东。云海冻不合,戍楼灯乍红。石梯防(1)马足,人语落天风。习苦安尘鞅(2)[2],清(3)吟慰转蓬[3]。

【校】

(1)原为“星辰森”,今据《三管英灵集》改。

(2)“习苦”句:《三管英灵集》作“未敢言辛苦”。

(3)“清”:《三管英灵集》作“孤”。

【注】

[1]青岚山:山名,在今甘肃省定西市东北。

[2]尘鞅:参见《太昌驿途次作》注10。

[3]转蓬:指飘零。参见《舟夜》注5。

咏怀

举世无鲍叔,宁知管子贫[1]? 菉葹杂蘅杜[2],谁复识其真? 群品区以类,君子德与邻。慎已循理分,祸福求自人。黾勉恒素修[3],为善天所亲。受恩亦有尽,受生亦有辰。得力在忧患,吾道原辛勤。赵孟能贵贱[4],穷达安足论。

【注】

[1]"举世"二句:即鲍(bào)叔牙,春秋时齐人。管子:即管仲。? —公元前645年。春秋齐颍上人。名夷吾,字管仲。鲍叔与管仲交,知管仲贤。鲍叔牙事公子小白,管仲事公子纠,及小白立,为桓公,鲍叔遂进管仲,相桓公九合诸侯而成霸业。管仲尝曰:"生我父母,知我者鲍子也。"故后世言人之相知,必称管鲍。

[2]"菉葹"句:菉葹(lù shī):即王刍和枲(xí)耳,皆恶草名。蘅杜:即杜衡,香草名,似葵而香,俗名马蹄香。

[3]黾(mǐn)勉:努力。

[4]赵孟:指春秋时期晋臣赵盾及其后代赵武、赵鞅、赵无恤,赵氏世代执掌晋国朝政,贵显无比。语出《孟子·告子上》:"赵孟之所贵,赵孟能贱之。"

川楚二首[1]

其一

幺麽叫跳触坤维[2],川楚三秦鼓角悲[3]。赤子弄兵谁任咎[4],大军失险虏能知? 朝廷未惜封椿库[5],郡县争团义勇师。五省捷书多岁月,元戎都报戮鲸鲵[6]。

【注】

[1]川楚:此指嘉庆元年至嘉庆九年(1796—1804),爆发于四川、湖北交界处,后波及陕甘肃一带的白莲教乱是清朝嘉庆帝统治时期一次大规模的民变。

[2]幺麽(yāo):微小。多指微不足道的人。语出《三国志·吴·孙权传》:"而睿幺麽,寻丕凶迹。"坤维:西南方。

[3]三秦:地名。故地在今陕西省一带。

[4]任咎:承担罪过或罪责。语出《北史·王昕传》:"昕曰:'商辛沉湎,其亡

也忽诸。府主自忽傲,僚佐敢任其咎。'"

[5]封椿(chūn)库:国库名,始设于宋赵匡胤,当时把平定割据势力的所得的金帛收存库中,每年剥削劳动人民的资财,"用度之余"也存于库中以备急需。

[6]元戎:大军。《汉书·董贤传》:"统辟元戎,折衝绥远。"颜师古注:"元戎,大众也。"鲸鲵(ní):本指鲸鱼,雄曰鲸,雌曰鲵,此喻极凶恶之人。

其二

圣主恢宏自有真,蠲施肆赦大弥纶[1]。庙廊屡下忧时诏[2],草莽宁无拨乱臣[3]?远道飞书征募卒,深恩旧帅得闲身。国家兵食烦供亿[4],欲问当年专阃人[5]。

【注】

[1]蠲(jūan):除去,减免。肆赦:缓刑,赦免。《书·舜典》:"眚灾肆赦,怙终贼刑。"孔传:"眚,过;灾,害;肆,缓;贼,杀也。过而有害,当缓赦之。"弥纶:统摄,治理。

[2]庙廊:指朝廷。

[3]草莽:指民间。与朝廷、廊庙相对。

[4]供亿:按需要而供给,此指供给的东西。

[5]专阃(kǔn):指将帅在外统兵。语出《史记·冯唐传》:"阃以内者,寡人制之;阃以外者,将军制之。"

河阳驿馆二首[1]

其一

新晴良夜脱征衔[2],月匣犹悭玉半函。独立空庭听戍鼓,榆钱小影满春衫。

【注】

[1]河阳:县名。春秋晋地,汉置县,属河内郡,历代沿置,明废。故地在今河南孟州市。

[2]征衔:古人骑马旅行时为防马嘶而套在马嘴上的器物。

其二

陂塘阁阁讶蛙鸣[1],回首春风故国情。一部《鼓吹》满池月[2],纸窗茅屋读书声。

【注】

[1]阁阁:象声词。指蛙鸣声。

[2]《鼓吹》:乐名。主要乐器有鼓钲箫笳,出自北方民族,本为军中之乐。汉有朱鹭等十八曲,列于殿庭,宴群臣及上食用之。大驾出游用短箫铙歌,军中行部用横吹,泛言之,亦统称鼓吹,如大驾祀甘泉汾阴,有黄门前后部鼓吹。其初用于卤簿,又或以赐有功之臣。东汉边将及万人将军始得有鼓吹,不及此者仅得假鼓吹。魏晋以后鼓吹甚轻,牙门督将五校皆得具鼓吹。

上元后一日偶题

公趋碌碌负朝昏[1],五一年华过上元[2]。壮不如人头漫白,事难行处舌常扪。迂疏未敢求知已,阅历深惭说感恩。补我蹉跎书万卷,升沉欲问已忘言[3]。

【注】

[1]公趋:为公事前后奔走。

[2]五一:51 岁。

[3]忘言:指心领神会,无须用言语来表达。语出晋陶潜《陶渊明集·饮酒》:"此中有真意,欲辩已忘言。"

车道岭[1]

河东行路难[2],熟经能意想。六盘岑嵚称最高[3],青岚高道如缘掌。一年首季贫且忙,三春于役重尘鞅[4]。蜿蜒自道安不危,高下袤亘相逶迤。青天穹窿关塞阔,白日西顾浮云驰。旋风卷土矗立而,疾走避人却折疑。噫,聚散亦恒理,鬼魄附丽嫌支离[5]。夕阳人影乌帽欹[6],苍然暝色自远来。道旁行旅数问讯[7],新旧辙迹殊曩时。或言旧辙苦泞淖[8],或言新辙纡而迟。我马元黄仆夫饥[9],惨澹且复立须斯。古人所以嗟多歧,十年世路足岖崎。宦途懵惘将何之[10],安得愚公移陵谷[11],履道坦坦平无坡?

【注】

[1]车道岭:在今甘肃省榆中县东南与定西市交界处。今属榆中县东南。作者自注"在安定县"。按,安定:在今甘肃定西市安定区。

[2]河东:黄河流经山西省境,自北而南,故称山西省境内黄河以东的地区为河东。

[3]六盘:此指六盘山。位于宁夏、甘肃、陕西交界地带。山路险狭曲折,经盘

六重才到顶峰故名。岑嵚:高而陡之山。

[4]三春:此指季春。

[5]附丽:依附。

[6]乌帽:隋唐贵者多服乌纱帽,其后上下通用,又渐废为折上巾,乌纱成为闲居的常服,省称为乌帽。攲(qī):倾斜。

[7]行旅:来往的旅客。

[8]泞淖:泥泞,泥淖。唐韩愈《答柳柳州食虾蟆》诗:"跳掷虽云高,意不离泞淖。"

[9]元黄:即玄黄,黑色与黄色。仆夫:驾驭车马之人。

[10]懵惘(měng wǎng):糊涂。

[11]愚公移陵谷:即愚公移山,为古代寓言,北山愚公,年近九十,因屋前有太行、王屋两座大山阻碍出入,决心把山铲平。智叟笑他愚蠢,愚公曰:我死有子,子又有孙,孙又生子,而山不加增,何苦而不平?每天挖山不止,上帝为之感动,派夸蛾氏二子把山背走。见《列子·汤问》。

遣怀[1]

暂辞烦剧似闲身,往事差池掷去尘[2]。誉毁无凭何预己[3],才华犹幸不如人。雨知应节偏宜夜,花为经寒得久春。千古英雄受羁鞅[4],莫疑龙性竟能驯[5]。

【注】

[1]作者自注"时卸皋兰事"。

[2]差池:不齐。语出《诗·邶风·燕燕》:"燕燕于飞,差池其羽。"

[3]预:关,涉。

[4]羁鞅:喻束缚。羁,马络头。鞅,牛缰绳。唐白居易《读史》诗之二:"山林少羁鞅,世路多艰阻。"

[5]龙性:谓像龙的倔强的性格。语出《宋书·颜延之传》;"出为永嘉太守,延之甚怨愤。乃作《五君咏》,以述竹林七贤,山涛、王戎以贵显被黜。咏嵇康云:'鸾翮有时锻,龙性谁能驯?'"

雨中自新河至峡口驿[1]

仙堤一月悬征鞍[2],去住刺促行路难。浓云乍裂迸斜照,积铁周遭森暮寒。戍楼沉沉鼓声湿,明月皎皎客衣单。宦途龌龊勿复道[3],古来达者能自宽。

【注】

[1]新河:水名,在今甘肃省山丹县。

[2]仙堤:山丹的别称,今为甘肃省山丹县。

[3]龌龊(wò chuò):恶浊,不干净。

七夕夜雨三首

其一

经年碧落订欢盟[1],密雨浓云隔太清。怕遣人间妒离别,不教下界看分明[2]。

【注】

[1]碧落:天空。订欢盟:此指民间传说天上的牛郎织女在农历七月七日这天鹊桥相会之故事。

[2]下界:佛语,指人间。

其二

半生情绪半销磨,待乞无情不奈何。记得年时新月上,一双人影望银河。

其三

料峭轻寒入帐纱[1],针楼赐巧到谁家[2]。更阑风雨颠狂甚,起护窗前并蒂花[3]。

【注】

[1]料峭:风寒着肌战栗貌。

[2]针楼:南朝齐武帝(萧赜)起层城观,七月七日夜令宫人登楼以穿针,因名穿针楼。后以针楼指妇女所居之楼。见宋王象之《与地纪胜·建康府》。

[3]并蒂花:花名,两花共一蒂。

游永昌城北寺[1]

一鉴双堤绕,垂杨更白杨。楼台摇倒影,风水绉斜阳[2]。人静知鱼乐[3],心清警佛香。明朝归路近,有梦到濠梁[4]。

【注】

[1]永昌:县名,在今甘肃省金昌市永昌县。

[2]绉:细葛布,在此意为笼罩。

[3]鱼乐：典出《庄子·秋水》："庄子与惠子游于濠梁之上。庄子曰：'倏鱼出游从容，是鱼乐也。'惠子曰：'子非鱼，安知鱼之乐？'庄子曰：'子非我，安知我不知鱼之乐？'"本谓鱼游水中，悠然自得。后亦以喻纵情山水，逍遥游乐。

[4]濠(háo)梁：犹濠上。典出《庄子·秋水》记庄子与惠施游于濠梁之上，见倏鱼出游从容，辩论鱼之知乐与否，参见注3。后因以濠上指逍遥闲游之所，寄情玄言为濠上之风。

仲夏，得长儿东来信即事书怀

春深劳北望，书到出西京[1]。正自厌羁勒，无为撄世情。荃茅伤数化，璞腊笑同声[2]。宦海仙人见[3]，波澜总不平。

【注】

[1]西京：市名，今陕西西安市。西汉都长安，东汉都洛阳，因长安在西，称西京，洛阳在东，称东京。

[2]璞腊：喻好人与小人。

[3]宦海：指官场。谓仕宦升沉，有如风波不定的海洋。唐颜真卿十八九岁时，有道士对他说："子有清简之名，……不宜自沉于名宦之海。"见《太平广记·仙传拾遗》此处化用。仙人：此指品质高尚而不肯落俗之人。见(xiàn)：出现。

季夏，东轩漫兴三首[1]

其一

半亩栽花地，轩窗近水开。朅来忧旱潦[2]，未敢问亭台。补屋依前构，规池认劫灰[3]。官闲偶乘兴，远愧士(1)龙才[4]。

【校】

(1)原为"土"，今据上下文意改。

【注】

[1]漫兴：谓率意赋诗，并不刻意求工。

[2]朅(qiè)来：近来。旱潦(lào)：偏义复词，强调"潦"，涝水。

[3]劫灰：劫火的余灰。形容世事变迁。典出南朝梁慧皎《高僧传·竺法兰》："又昔汉武穿昆明湖底，得黑灰，以问东方朔。朔云：'不委，可问西域人。'后法兰既至，众人追以问之，兰云：'世界终尽，劫火洞烧，此灰是也。'"

[4]士龙：人名，即西晋陆云，字士龙，以文才名重一时。

其二

绕郭分流小,亭虚面曲池[1]。赤栏低映水,老树绿交枝。息意亲鱼鸟,浮名阅鬓丝。十年此棲托[2],巧拙寸心知[3]。

【注】

[1]作者自注“弱水自城东入县廨,引水潴为小池”。

[2]作者自注“予由都郅调仙堤,屈指十年矣”。

[3]寸心:心。心位于胸中方寸之地而称。

其三

节序催长夏,园林暑气徂。短蒲新涨出,轻絮暖风扶。上国来良友[1],欢情到老夫[2]。他乡共晨夕,好句未应无。

【注】

[1]上国:指京师,即首都。

[2]作者自注“时儿子偕蒋平川来署”。

晚行,马上口占[1]

披风沐雨戒晨征,秣马笼灯逐晚晴[2]。新月乍明东北岭,远钟时辨两三声。天山积雪何曾夏[3],秦水流西总不平[4]。厎向行藏问消息,乘轩策蹇共劳生[5]。

【注】

[1]口占:不用起草而随口成文。

[2]笼灯:一种防风灯。

[3]天山:即祁连山,匈奴称天山为祁连。

[4]秦水:水名,即甘肃清水县的清水。

[5]策蹇:为“策蹇驴”之省。乘跛足驴,喻工具不利、行动迟慢。语出晋葛洪《抱朴子·金丹》:“何异策蹇驴而追迅风,棹蓝舟而济大川乎?”

阻雨,宿沙河驿[1]

尽日苦愁霖,望门谋息驾。仆御单夹衣,触手水如泻。蔀屋桂作薪[2],百钱索倍价。萧肃荒驿风,戚戚复愁夜。昏黑云入城,声如建瓴下[3]。古壁缒惊泥,败纸泣窗罅[4]。村醪不成醉[5],闵闷谁能谢[6]。敢辞行路难,所忧在禾稼。

【注】

[1]沙河:县名,今河北省沙河市。汉襄国县地,隋开皇十六年分龙罔地置沙河县,以县南沙河为名。故城在今县东。五代移今治。

[2]蔀屋:草席盖顶之屋,泛指贫家幽暗简陋之屋。宋王安石《寄道光大师》诗:"秋雨漫漫夜復朝,可嗟蔀屋望重霄。"桂作薪:即"薪桂"。指物价腾贵,难以接受。出自《战国策·楚》:"苏秦之楚,三日乃得见乎王。谈卒,辞而行。楚王曰:'寡人闻先生,若闻古人。今先生乃不远千里而临寡人,曾不肯留,愿闻其说。'对曰:'楚国之食贵于玉,薪贵于桂。谒者难得见如鬼,王难得见如天帝。今令臣食玉炊桂,因鬼见帝。'王曰:'先生就舍,寡人闻命矣。'"

[3]建瓴(líng):"高屋建瓴"之略语,喻居高临下,势不可遏,发展迅速。

[4]罅(xià):缝隙。

[5]醪(lào):指浊酒。

[6]闵:古同"悯",忧虑。

朵兰道中[1]

平野湿云低,无因惜马蹄。清秋正萧瑟,风雨五凉西[2]。

【注】

[1]朵兰:地名。在今甘肃省武威市东。

[2]五凉:唐时称甘肃之地为五凉。清时因之。

凉州旅次放怀[1]

连宵风雨送轻寒,旅思关心怯素纨[2]。半世自惭初学易,廿年不解苦为官。井蛙篱鷃痴人梦[3],玉面罗裙醒眼看[4]。万里秋容正高洁,欲登百尺一凭栏。

【注】

[1]凉州:府名。宋以凉州武威郡为西凉府,元为西凉州。明初改为凉州卫,清为凉州府,治所在今甘肃省武威县。1913年裁撤。

[2]素纨:白色细绢,可用以制衣、书写。在此指书信。

[3]井蛙:井底蛙,喻见识狭隘之人。语出《庄子·秋水》:"井蛙不可以语于海者,拘于虚也。"篱鷃(yàn):篱间的小鸟。喻见识狭隘之人。《文选·对楚王问》:"夫蕃篱之鷃,岂能与之料天地之高哉。"痴人梦:即痴人说梦。《五灯会元·道行禅师》:"佛说三乘十二分顿渐偏圆,痴人前不得说梦。"本指不能对痴人说梦,

恐其信以为真。后因以痴人说梦指妄谈荒诞不实际之事。

[4]作者自注"是日友人招饮,座有侑酒者"。按:侑(yòu)酒,指劝人饮酒。

壬戌重阳[1]

寂寞中秋桂子觞,却留诗句到重阳。塞垣红叶先辞树,老圃黄花只傲霜。官冷事逢开口少[2],心闲人比去年强。城西亦有龙山好[3],未拟登临似故乡。

【注】

[1]壬戌:清嘉庆七年(1802 年)。

[2]开口:形容人忧患缠扰,难得开怀欢笑。典自《庄子·盗跖》:"人上寿百岁,中寿八十,下寿六十,除病瘐死丧忧患,其中开口而笑者,一月之中,不过四五日而已。"

[3]作者自注"县西有龙头山"。

淮阴侯[1]

藏弓烹狗叹奇冤[2],长揖田庐古有言。大将见机输老母,不因望报饭王孙[3]。

【注】

[1]淮阴侯:汉韩信的封号,韩信,公元前?—公元前 196 年,秦末淮阴人,韩信原封楚王,有人告其谋反,汉高祖用陈平计,伪游云梦,执信,降为淮阴侯。

[2]藏弓烹狗:典出《史记·淮阴侯列传》:"上令武士缚信,载后车。信曰:'果若人言"狡兔死,良狗烹;高鸟尽,良弓藏;敌国破,谋臣亡。天下已定,我固当烹!"'上曰:'人告公反。'遂械系信。至雒阳,赦信罪,以为淮阴侯。"后以此典表示帝王建业成功后,功臣反而受到猜忌或杀害。

[3]"大将"二句:指知恩必报。典出《史记·淮阴侯列传》:"信钓于城下,诸母漂,有一母见信饥,饭信,竟漂数十日。信喜,谓漂母曰:"'吾必有以重报母。'母怒曰:'大丈夫不能自食,吾哀王孙而进食,岂望报乎?'"

咏雪[1]

朔风吹大漠,千里同云昏。晓窗莹虚白,庭绝鸟雀喧。开簾寒转失,在目皓已繁。龙战三百万,鳞甲何纷屯。美人垂手舞,委宛还腾骞。贞士因物心,随象默无言。洛阳僵卧客[2],剥啄不到门[3]。惨淡东郭履[4],窣窣靡完痕[5]。瓶罂试活火,冷洌超泉源。拥炉足诗兴,颇胜驴背烦。岭南风景异,和燠思故园[6]。持此天山吟，招我梅花魂。

【注】

[1]作者自注“仿禁体”。按：禁体，诗体的一种，指明某某字不得入诗。

[2]洛阳：地名，属河南省。

[3]剥啄：象声词，叩门声。

[4]东郭履：《史记·滑稽传》记有汉武帝时齐方士东郭先生，家贫，履有上无下，行走在雪中，足尽践地。后因用以形容人穷困潦倒。

[5]窣窣(sù)：象声词，指脚步声。

[6]和燠(yù)：指和暖。

冰灯[1]

淋漓几费五更风，冷热还参造化功。光砑云屏银合匝[2]，尖抽檐箸玉巃嵸[3]。霜楞静夜涵虚白，冻骨生花缬软红[4]。太璞含辉绝雕琢[5]，玻璃海蚌未应同。

【注】

[1]作者自注“以五更时煎水，从上下浇，以质成，形随人意造。中有人、物、草、木，红翠的烁，亦奇观也”。

[2]光砑(yà)：即研光，用石碾磨纸、皮、布、帛等物，使之密实光泽。合匝：周绕，笼罩。南朝宋鲍照《代白纻舞歌词》之二：“象床瑶席镇犀渠，雕屏合匝组帷舒。”

[3]巃嵸(lóng zóng)：聚集貌。

[4]缬(xié)：染花的丝织品。

[5]太璞：未经雕琢的玉。晋葛洪《抱朴子·论仙》：“执太璞於至醇之中，遗末务於流俗之外。”

途次偶成

盐车难骥足，长路阻先鞭[1]。壮志风尘老，卑官礼数便。永怀平子赋[2]，不待买山钱[3]。吾道无加损，谁参造物权。

【注】

[1]先鞭：占先一著。典出《世说新语·赏誉·晋阳秋》：“刘琨与新旧书曰：‘吾枕戈待旦，志枭逆虏，常恐祖生先吾著鞭耳。’”

[2]平子赋：张衡字平子，善属文，曾模仿班固《两都赋》，写《二京赋》，其对国

运之忧愁,表现得淋漓尽致。后人以“平子诗”为典代指对国家的一片忧思之情。

[3]买山:指归隐。典出《世说新语排调》:“支道林(遁)因人就深公买印山。深公答曰:‘未闻巢由买山而隐。’”

仙堤上元夜[1]

尽日官衙箫鼓喧,鱼龙火树耀庭轩。春风消息来前夜,璧月繁华数上元。胡舞犹传声嚄唶[2],鸦鬟未厌唱更番[3]。衢歌巷酒丰年兆,童叟看灯满县门。

【注】

[1]仙堤:山丹县的别称,即今甘肃省山丹县。

[2]嚄唶(huò yīn):大笑声。作者自注“谓回子舞,皮搭护尖项冠。三四为队,牵臂折腰,皮靴鞠踢之声,橐橐相应”。

[3]鸦鬟:指婢女。更番:轮班调换。

季春,望祭龙山龙神祠

龙首灵祠古,农时望祭虔。冈峦环索泽[2],栋宇对祁连[3]。帝座通呼吸[4],神功伏节宣[5]。瓣香惭守土[6],甘雨乞丰年。

【注】

[1]望祭:祭山川。

[2]索泽:泽名,即今甘肃省红寺湖。

[3]祁连:山名。又名白山、雪山。古祁连山有南北之分,南祁连在新疆南部,北祁连在即今新疆之天山。此处的祁连山指南祁连包括的今在甘肃省南部的部分。

[4]帝座:星名,属武仙座。

[5]节宣:指或裁制或布散以调适之,使气不散漫,不壅闭。语出《左传·昭公元年》:“君子有四时:朝以听政,昼以访问,夕以修令,夜以安身。於是乎节宣其气,勿使有所壅闭湫底,以露其体。”杜预注:“宣,散也。”

[6]瓣香:即焚香敬礼有所祈求。

廿年

廿年牛马走,素抱几曾开[1]。膴仕无穷骨[2],能员具别才。送迎负腰膝,攫索任舆台[3]。官累何当了,长歌《归去来》[4]。

【注】

[1]素抱:平素的志趣、抱负。语出晋陶潜《饮酒》诗之十五:“若不委穷达,素抱深可惜。”

[2]膴(wǔ)仕:高官厚禄。

[3]舆台:古代分人为十等,舆为第六等,台为第十等,舆台指地位低微之人。

[4]“长歌”句:陶公:陶潜(365—427),晋寻阳人,一名渊明,字符亮。大司马陶侃曾孙。曾为州祭酒,复为镇军、建威参军,后为彭泽令。因不能“为五斗米折腰”弃官归隐,以诗酒自娱。征著作郎,不就。南朝宋元嘉初年卒。世称靖节先生。有《归去来兮辞》诗。

武胜道中[1]

日夕戴星月,行行犹未已。饭我辕下驹,道左暂棲憩。圩落四五家,盘盎列饼饵。应客不解劳[2],所愿易微利。板屋田舍翁,驱牛牵童稚。妇女习勤动,少壮有所事。闾阎安贱贫[3],宁识青与紫[4]?出入顺作息,即此遂生理[5]。人生亦有营,劳逸各有情。而我胡为者,栖栖道路情[6]。

【注】

[1]武胜:地名,今属甘肃省永登县北偏西。

[2]解(xiè):通“懈”。松懈之意。

[3]闾阎(lǘ yán):指老百姓。

[4]“宁识”句:青、紫:此指衣服的颜色,青衣为卑贱者之服,紫衣为贵官公服,二者相连,指社会地位的高低。

[5]生理:生计。唐杜甫《春日江村》诗之一:“艰难昧生理,飘泊到如今。”

[6]栖栖(xī):忙碌不安貌。

黄河冰桥[1]

泽腹初坚候,冰桥一夜成。白虹横紫塞[2],玉带抱金城[3]。造化涵虚实,行人委死生。世途还更险,回首可无惊[4]。

【注】

[1]黄河冰桥:清道光《兰州府志》记载:黄河经皋兰城北,在白塔山下,严冬黄河结冰,厚数尺,河流水面冻结,冰层下水尚缓流,车马通行其上,看似桥梁,俗称“冰桥”。

[2]紫塞:北方的边塞。南朝宋鲍照《鲍氏集·芜城赋》:“南驰苍梧涨海,北走紫塞雁门。”

[3]金城:地名。参见《冬夜吟》注2。

[4]作者自注“腊月十五日祭桥。予以十六日西行,冰棱嵯峨白练在地,如行大野积雪中,任载大车轣辘不绝,若忘其巨浸在下也”。

夏杪,甘泉塔寺夜坐[1]

暂闲弛负担,初地问楼台。薄宦输鸡肋[2],新秋近酒杯。树喧归鸟乐,铃语好风来。便拟羲皇侣[3],谁将热客猜。

【注】

[1]甘泉塔寺:寺名,在今甘肃省天水市北道区南。作者自注“时卸仙堤事”。按:仙堤,为山丹的别称。

[2]鸡肋:喻乏味又不忍舍弃之物。典出《三国志魏武帝纪》:“曹操攻汉中,不能胜,意欲还军。时来请令,即出令曰:“鸡肋”。杨修便自严装,人问之,修曰:“夫鸡肋,弃之如可惜,食之无所得,以比汉中,知王欲还也。”

[3]羲皇侣:指睡眠。典自晋陶潜《陶渊明集(八)》与子俨等疏:“常言五、六月中,北窗下卧,遇凉风暂至,自谓是羲皇上人。”

壮岁

壮岁不知命,贸勉思显扬。大椿不千年[1],弃屣何仓皇[2]。中年为贫仕,再绾时世妆。远希捧檄志,窃禄供酒浆。衔茹十五年,荼蘖蓼芥姜[3]。去年循计吏,贱名叨荐章[4]。雌伏黦文采[5],山鸡充凤凰。虚名画饼不可啖,寒啼稚子饴餦餭[6]。新秋正萧瑟,刺促趋五凉[7]。蓬垢涉妒津[8],不免风雨狂。维南箕有神,向我簸秕糠[9]。市虎幻多口[10],蕙蘭疑前芳。善恶将何为?愸然昧行藏[11]。百年知己不一观,大地莽莽天茫茫。半生荣亲虚好爵,万里喜惧交衷肠。人间无可诉,处心积虑吁上苍,愿鉴寸草诚,五六不遇角与张[12]。完身守素何所望[13]?余龄报答春晖长[14]。

【注】

[1]大椿(chūn):椿,香椿。古时传说椿树长寿。后多以此代指人之高龄,或用作祝寿之辞。典出《庄子·逍遥游》:“楚之南有冥灵者,以五百岁为春,五百岁

为秋;上古有大椿者,以八千岁为春,八千岁为秋,此大年也。"

[2]屣(xǐ):鞋。

[3]蘖:树木砍去后从残存茎根上长出的新芽,泛指植物近根处长出的分枝。蓼:一年生草本植物,叶披针形,花小,白色或浅红色,果实卵形、扁平,生长在水边或水中。茎叶味辛辣,可用以调味。全草入药。亦称"水蓼"。

[4]荐章:推荐人才的奏章。宋欧阳修《文忠集送杨君之任永康》:"况子多才兼美行,荐章期即达承明。"

[5]雌伏:汉人以雌伏比喻屈居人下。《后汉书·赵温传》:"温字子柔,初为京兆丞,叹曰:'大丈夫当雄飞,安能雌伏!'遂弃官去。"黦(yuè):作动词用,染污。

[6]餦餭:干的饴糖。

[7]五凉:唐时称甘肃之地为五凉。清因之。

[8]妒津:即妒妇津,为传说故事,晋刘伯玉尝诵《洛神赋》,对他的妻子说:"娶妇如此,吾无憾矣!"妻气忿,自投于津而死。后来妇人渡此津,必坏衣毁妆,否则风波暴发,因称妒妇津。见唐段成式《酉阳杂俎·诺皋记》上。

[9]秕糠:秕子和糠,均属糟粕。比喻没有价值的东西。晋道恒《释驳论》:"名位财色,世情之所重,而沙门视之如秕糠。"

[10]市虎:即市中虎。市本无虎,此喻以无为有的流言蜚语。

[11]惄(nì)然:忧思貌。行藏:此为偏义词,强调"藏"字,指归隐一事。

[12]"五六"句:即五角六张。比喻遇事不顺遂。出自宋马永卿《懒真子·五角六张》:"五角六张,谓五日遇角宿,六日遇张宿,此两日作事多不成。"其中"角"、"张",皆星宿名。

[13]守素:保持素志。唐卢纶《纶与吉侍郎中孚》诗:"百年甘守素,一顾乃拾青。"

[14]"余龄"句:春晖:春光。此比喻父母对子女的恩情。语出唐孟郊《孟东野·集游子吟》:"谁言寸草心,报得三春晖。"

中秋,风雨,夜半,月复出

清秋风雨妒金盘,绝塞良宵强作欢。毕竟苍天不忍负,更深仍放八方看。

《素轩诗集》卷六

乙丑春日仙堤寓邸作三首[1]

其一

十载逢春不当春,今朝春到更酸辛。毛生赍恨皋鱼痛[2],万里难归一窭人[3]。

【注】

[1]乙丑:嘉庆十年(1805年)。仙堤:地名,山丹的别称。

[2]"毛生"句:毛生即"毛生檄",典自《东观汉记·毛义》:"庐江毛义,性恭俭谦约,少时家贫,以孝行称。为安阳尉。南阳张奉慕名其名,往候之。坐有顷,府檄适志,以义守令。义奉而入白母,喜动色。"后以此典表示出仕为官。赍(jī)恨:抱恨。皋鱼:春秋时人。皋鱼丧母后,悲泣地诉说自己未能尽孝于慈母生前,从而感动了孔子及其门人。"皋鱼之泣"指无以养亲。典自《韩诗·外传》:"孔子行,闻哭声甚悲。孔子曰:'驱驱,前有贤者。'至,则皋鱼也。……孔子辟车舆与之言,曰:'子非有丧,何哭之悲也?'皋鱼曰:'吾失之三矣。少而学,游诸侯,以后吾亲,失之一也。高尚吾志,间吾事君,失之二也。与友厚而小绝之,失之三也。树欲静而风不止,子欲养而亲不待也,……吾请从此辞矣。'立槁万里死。"汉马季常(融)《长笛赋》:"澹台载尸归,皋鱼节其哭。"

[3]窭(jù):贫穷,贫寒。

其二

回首功名总惘(1)然,书生命薄不由天。身宫磨蝎遭逢旧[1],哭煞黄杨厄闰年[2]。

【校】

(1)原为"纲",今据上下文意改。

【注】

[1]磨蝎:星名。十二宫之一。又作"磨羯"。宋苏轼《东坡志林退之平生多得谤誉》:"退之诗云:'我生之辰,月宿(南)斗。'乃知退之磨蝎为身官,而仆乃以磨蝎为命。平生多得谤誉,殆是同病也。"按韩愈此诗,题为《三星行》。三星指斗、牛、箕。身官,谓生日干支。命,谓立命之官。迷信星象者,因谓生平遇事多折磨不利者为遭逢磨蝎。元廷高《玉山樵唱·挽尹晓山》:"清苦一生磨蝎命,凄凉千古

耒阳坟。”按:耒(lěi)阳:县名。属湖南省。秦置耒县,汉改耒阳县,以在耒水之阳而名,属桂阳郡。隋改名。唐复故名,宋因之,元改州。明仍为县,明清皆属湖南衡州府。唐杜甫大历五年避乱往郴州依舅氏崔伟,行至耒阳卒,即此。

[2]黄杨:旧说黄杨树遇到闰月不但不能生长,反而要缩短。因以比喻人遭遇困厄。出自宋苏轼《监洞霄宫俞康直郎中所居四咏》:“园中草木春无数,只有黄杨厄闰年。”作者自注“去冬报迁泾州牧,未奉部,覆而先孺人凶,问已至”。

其三

两地春晖泪眼枯,芒鞋作计尚艰虞[1]。《南陔》兰叶空颜色[2],寸草东风吹不苏[3]。

【注】

[1]芒鞋:用芒茎外皮编织成的鞋。亦泛指草鞋。唐张祜《题灵隐寺师一上人十韵》:“朗吟挥竹拂,高揖曳芒鞋。”艰虞:艰难忧患。唐杜甫《北征》诗:“维时遭艰虞,朝野少暇日。”

[2]南陔:古时笙诗篇名。《诗·小序》:“南陔孝子相戒以养也,……有其义而无其辞。”《文选·补亡诗》:“循彼南陔,言采其兰。”后引用为人侍养父母的意思。

[3]“寸草”句:语自唐孟郊《游子吟》:“谁言寸草心,报得三春晖。”作者自注“去秋有余年报答春晖句”。

久热喜雨[1]

朱火赫堂堂[2],南风雨势张。不缘经酷烈,未解爱清凉。尘梦仙堤隔[3],乡心客路长。记将潇洒意,净洗利名肠。

【注】

[1]作者自注“是寓金城”。

[2]朱火:指夏天,暑气。唐元稹《有鸟》诗之十五:“五月炎光朱火盛,阳焰烧阴幽响绝。”堂堂:光耀,明亮。

[3]仙堤:山丹的别称。

寄家书

三度乡关信,经年羁旅情。云山遮泪眼,风雨坐愁城。书去犹为客,官辞尚厌名。雁鸿消息近，相约共南征。

秋日，书怀二首

其一

十载牛羊牧，三秋梦觉禅[1]。卖痴成后悔[2]，负我或前缘。叶令难飞舄[3]，江郎剩半氈[4]。平原真欲绣，无觅买丝钱。

【注】

[1]三秋：此指季秋。

[2]卖痴：旧传吴人忌讳痴呆，每岁除夕，小儿绕街呼叫卖痴呆。元高德基《平江纪事》："吴人……每岁除夕，群儿绕街呼叫云：'卖痴呆，千贯卖汝痴，万贯卖汝呆，见卖尽多送，要赊随我来。'"

[3]叶令：即王乔，东汉明帝河东人，传说他当叶县县令时，住地离京师洛阳很远，但每逢初一、十五，却能亲自来上朝，明帝感到奇怪，叫人看个究竟。每次王乔来临时，总有一对野鸭子从东南方向飞来。于是设下罗网，捕到的却是一只木鞋。见《后汉书·王乔传》。

[4]"江郎"句：江郎即江革。"剩半氈"，指顾惜寒士。典自《南史·江革传》："(谢)朓尝行还过候革，时大寒雪，见革弊絮单席，而耽学不倦，嗟叹久之，乃脱其所著襦，并手割半氈与革充卧具而去。"

其二

树老秋容早，愁和发線长。西风一夜雨，大地倏炎凉[1]。阅世销芒角[2]，逢人惜肺肠[3]。固穷吾分内，天道可苍茫。

【注】

[1]炎凉：此为偏义词，强调"凉"。

[2]芒角：棱角。指人的锋芒或锐气。宋范仲淹《与朱校理书》："石先生芒角太高，常宜宽之。"

[3]肺肠：喻心思。语出《诗大雅桑柔》："自有肺肠，俾民卒狂。"汉郑玄《笺》："自有肺肠，行其心中之所欲，乃使民尽迷惑如狂。"

梁紫函见示和章，即用前韵奉酬二首[1]

其一

困笑笼鞲鸟[2]，痴耽文字禅[3]。骛形甘自刻[4]，鼠技只能缘[5]。萧瑟听今雨，横陈惜旧氈[6]。天涯披褐客，谁乞辨装钱。

【注】

[1]梁紫函：人名。生平不详。见(xiàn)示：展示。

[2]鞲(gōu)：革制的臂衣，打猎时用以停立猎鹰。

[3]文字禅：指以诗文参悟禅理。语出宋戴复古《石屏诗集·寄报恩长老恭率翁》："好留一室馆狂客，早晚来参文字禅。"

[4]骛(wù)形：指追求之情形。

[5]鼠技：即五技鼠。喻多能而不精一技。语出汉蔡邕《劝学篇》："鼫鼠五能，不成一技。五技者，能飞不能上屋，能缘不能穷木，能泅不能渡，能走不能绝人，能藏不能覆身是也。"

[6]氈(zhān)：用兽毛碾合成都市片状物。

其二

悲歌空斫地，促节不能长[1]。雨叶纷凄响，风簾赠晚凉。功名几麟角[2]，世路百羊肠。且共据心迹，归期尚杳茫。

【注】

[1]促节：乐调高而急促。

[2]麟角：喻珍贵稀少。语出《抱朴子·极言》："若无观财色而心不战，闻俗言而志不沮者，万无之中有一人为多矣。故为者如牛毛，获者如麟角。"

放笔[1]

史传游侠未全诬，意气何曾限智愚。十载交游成噩梦，只今青眼看屠沽[2]。

【注】

[1]放笔：指纵笔，指纵情抒写情怀。

[2]青眼：眼睛正视，黑眼珠在中间，表示对人尊敬或喜欢。参见《翼之以忧南归，值大雪，不能行，治觞话别，因作此赠之》注 18。

无题三首

其一

旧是芙蓉得好名，断肠根叶不分明。杨花争识前因果，化到浮萍又隔生。

其二

鉴影花枝本是虚，粘泥红雨竟何如。春风也自怜开落[1]，薄命桃花不奈渠[2]。

【注】

[1]开落：此为偏义词，强调“落”。

[2]渠：它，指春风。

其三

丝竹中年素愿违[1]，尊前冷落《缕金衣》[2]。底须白骨劳参悟，尔错归家我自归[3]。

【注】

[1]丝竹：指弦乐器和竹管乐器。

[2]《缕金衣》：即《金缕衣》，一种曲调。

[3]错：指停止，不。《史记・张仪传》：“王何不少委焉以为（公孙）衍功，则秦魏之交可错矣。”

紫函再示叠和，秋怀前韵，作此奉答[1]

传来好句晚晴时，怜我颓唐药我痴。已是折腰还乞米[2]，未妨对酒更题诗。三秋乡梦随宾雁[3]，一夜霜华入鬓丝。将相恩仇真不屑，与君汗漫且相期[4]。

【注】

[1]叠和（hè）：依照原来的形式再次应和。

[2]“已是”句：晋代陶潜在做彭泽令时，表示不愿为微薄的俸禄卑躬屈膝地奉迎上司，慨然有归隐之志，因而这样说。后成为不愿做官或弃官去职的典故。典出《晋书・陶潜传》：“郡遣督邮至县，吏白：‘应束带见之。’潜叹曰：‘吾不能为五斗米折腰，拳拳事乡里小人邪！’”

[3]三秋：此指季秋。

[4]汗漫：渺茫不可知。《淮南子・道应训》：“吾与汗漫期於九垓之外。”高诱

注:“汗漫,不可知之也。”作者自注“梁诗中有荣华恩怨语”。

中秋夕

檀槽落索断么弦[1],回首杨枝一笑缘[2]。头白风情愁对月,输他今夜十分圆。

【注】

[1]檀槽:檀木做的琵琶、琴等弦乐器上架弦的格子。么弦:即幺(yāo)弦,指琵琶的第四根弦,因其最细而称。

[2]杨枝:白居易的侍妾樊素,因善唱杨柳歌而名。此泛指歌女。

西巩驿途次感成[1]

黄花开后别皋兰[2],异域飘蓬一瞬看[3]。车道岭头秋色回[4],王公桥下雪光寒[5]。云山人手身犹健,官职抛人梦渐安。七载冲邮怜旧剧[6],似闻时事更艰难。

【注】

[1]西巩:地名,在今甘肃省榆中县境内。

[2]皋兰:县名,属甘肃省。

[3]飘蓬(péng):形容飘零。出自《晏子春秋·内篇杂上》:“鲁昭公弃国走齐,齐公问焉,曰:‘君何年之少,而弃国之蚤(早)?奚道至于此乎?’昭公对曰:‘吾少之时,人多爱我者,吾体不能亲;人多谏我者,吾志不能用;好则内无拂而外无辅,辅拂无一人,谄谀我者甚众。譬之犹秋蓬也,孤其根而美枝叶,秋风一至,根且拔矣。’”

[4]车道岭:在甘肃省榆中县东南与定西市交界处。今榆中县东南。

[5]王公桥:桥名,在今甘肃榆中县。

[6]作者自注“余曾署静宁三年”。

六盘山遇雪[1]

满天飞雪下巉岩[2],履险安危指顾间。争似鳌洲结茅屋[3],卧听流水坐看山。

【注】

[1]六盘山:山名。在今宁夏固原市西南,是陇山山脉的主峰。山高路险而曲折,经盘道六重才到顶峰,故名。

[2]巉岩:险峻的山岩。唐李白《北上行》:“磴道盘且峻,巉巖凌穹苍。”

[3]鳌洲:地名。在今广西平南县境内。作者自注“予家鳌洲,旧曾建草阁,颇

有扼揽山水之趣”。

龙驹寨江二首[1]

其一

山通一线水湾环[2]，船号弓鞋一叶悭[3]。三十横桥三百里，石头崂峪浪潺湲[4]。

【注】

[1]龙驹寨江：水名，在青海西宁市西。《水经注·河水》：“湟水又东，龙驹川水注之。”

[2]湾环：水流回旋汇集处。

[3]弓鞋：旧时缠脚妇女所穿的鞋子。宋黄庭坚《满庭芳·妓女》词：“直待朱幡去后，从伊便窄袜弓鞋。”

[4]崂峪(què)：石头嶙峋貌。

其二

竹柏人家总画图，峰峦好手费描摹。凭谁叱尽江心石，拟买扁舟泛五湖[1]。

【注】

[1]“拟买”句：化用“范蠡扁舟”之典。五湖，后代指隐遁之地。典自《国语·越语下》：“反至五湖，范蠡辞于王曰：‘君王勉之，臣不复入越国矣。’……遂乘舟以浮于五湖，莫知其所终极。”后以此典形容及时隐退，不恋官位。

襄阳舟中[1]

形胜东南接上流[2]，白蘋作意送归舟[3]。三年兵火怜生聚[4]，万里江山愧壮游[5]。岘首西风人代杳[6]，石门斜日药苗秋。奔波渐驶(1)秦关远，高挂云帆指岳州[7]。

【校】

(1)原为“数”，今据《三管英灵集》改。

【注】

[1]襄阳：县名。属湖北省。

[2]形胜：风景秀丽之地。

[3]白蘋：水中浮草。蘋，多年生水生蕨类植物，茎横卧在浅水的泥中，叶柄

长,顶端集生四片小叶,全草可入药,亦作猪饲料。亦称“大萍”、“田字草”。

[4]生聚:繁殖人口,积蓄物资。《左传》哀元物:“(伍员)退而告人曰:‘越十年月日生聚,而十年教训,二十年之外,吴其为沼乎?’”作者自注“樊城数遭教匪焚掠,颇受残惨。村落市集至今未复旧观”。

[5]壮游:怀抱壮志而远游。

[6]岘首:山名。又叫岘山,在湖北省。

[7]“高挂”句:岳州:本巴丘地,南朝宋元嘉十六年于此立巴陵郡。隋开皇九年改为岳州,治所在今巴陵(今湖南岳阳县),宋为岳州巴陵郡。元改为岳州路,明为府。清因之。1913 年废府,改为岳阳县。此处化用唐李白《行路难》:“长风破浪会有时,直挂云帆济沧海。”

泊旧口[1]

暝色满江津,连樯问讯频。芦簾沽酒店,灯火卖饧人[2]。市远传疏柝[3],波平煦细鳞。推篷对空阔,沙净月华新。

【注】

[1]旧口:地名,在今湖北省钟祥市。

[2]饧(xíng):饴糖之类食物名。用麦芽或谷芽之类熬成。作者自注“夜灯卖饧多于他市”。

[3]柝(tuó):打更的梆子。

自岳州至祁阳已将匝月,阴雨连绵绝少晴霁。沿湘溯流水浅滩急,日行数十里。屈指抵家尚无定日,客思乡愁,百端交集不无诗[1]

湖光岳色楚江滨,孤宦萍踪足苦辛。五九隆冬一月雨[2],八千长路两年春[3]。漫嫌湘水能仇客[4],未必悟溪不笑人[5]。他日山窗听萧瑟,焚香应记过来身。

【注】

[1]岳州:地名,即今湖南岳阳。祁阳:县名,属湖南省。

[2]五九隆冬:从冬至次日算起,每九天为一九,至九九止共八十一天,称数九寒天,冬至后第五个九。见明田汝成《西湖游览志余·委巷丛谈》。

[3]作者自注“新正立春后,自山丹趋兰州,今值腊尽,春光又见矣”。

[4]湘水:水名,即湘江;属湖南省。其源于广西兴安县海阳山。

[5]浯溪:水名。在湖南祁阳县,西南五里。语出唐元结《元次山集·浯溪

序》:"浯溪在湘水之南,北汇于湘。爱其胜异,遂家溪畔。溪世无名称者也,为自爱之故,命曰浯溪。"

上元前二日舟泊桂林,时值积雨,颇形郁闷。夜半忽云开月出,与雨脚互辉映。诗以纪事

河桥灯火水盈盈,箫鼓阑珊远客情。人自含酸春共冷,月如出险雨中明。翻思绝域孤佳节,只合还家住太平。世事由来异歌哭,白头凄绝对江城[1]。

【注】

[1]江城:即桂林市。

夜泊

四十应官去,无成竟白头。九千风雪路,明日到梧州[1]。

【注】

[1]梧州:地名,属广西梧州市,在西江及其支流桂江汇合处。

丙寅初度二首[1]

其一

五十六年我,时光奈尔何? 畏人谈少壮,放眼数平颇。积雪边城梦,荒园种豆歌[2]。漫劳杯酒劝,老影愧婆娑。

【注】

[1]丙寅:即嘉庆十一年(1806年)。

[2]"荒园"句:指对田园生活的向往。语自晋陶潜《陶渊明集·归园田居·种豆南山下》:"种豆南山下,草盛豆苗稀。"

其二

问世心如水,藏身屋是螺[1]。他年霜发短,此日泪痕多[2]。习苦欢难敌,微官退亦魔。羲皇闲岁月[3],迟我补蹉跎。

【注】

[1]屋是螺:即螺屋,指形似螺壳,形容屋狭窄。

[2]作者自注"时尚读《礼》"。

[3]羲皇:指午睡。参见《松涛和玉于圃原韵》注2。

咏怀五首

其一

儒生何树立,志学垂圣言。文章浩烟海[1],六籍潴其源[2]。品汇综群囿[3],理窟探天根[4]。业崇行弥裕,身贱道自尊。嗟予当少壮,烛日笑扊扪[5]。篱鷃抢枋莽[6],未识鹏与鲲[7]。《尔雅》苦不熟[8],声偶徒啾喧[9]。望洋惊灏渺,衣汗流惭痕。白头始发愤,心塞两眼昏。居积恨弗早,负此岁月恩。尚思破万卷[10],云梦八九吞[11]。近以淑吾身,因之窥圣门[12]。跛鳖致千里[13],适越期南辕[14]。好修无穷达,晚节古所敦。

【注】

[1]“文章”句:典出隋·释真观《梦赋》:“若夫正法宏深,妙理难寻,非生非灭,非色非心,浩如沧海,郁如邓林。”后世用“浩如烟海”一词形容文献、资料等非常丰富。

[2]六籍:即六经,《诗》《书》《礼》《乐》《易》《春秋》。

[3]品汇:事物的品种类别。唐韩愈《感春》诗之二:“幸逢尧舜明四目,条理品汇皆得宜。”囿(yòu):事物的萃聚之处。

[4]理窟:义理的渊薮。谓富于才学。唐陆龟蒙《麈尾赋》:“理窟未穷,词源渐吐。”天根:指氐宿星的别名。

[5]“烛日”句:“扣盘扪烛”之省称。喻不经实践,不能得到真知。典自宋苏轼《经进东城文集事略·日喻说》:“生而眇者不识日,问之有目者。或告之曰:‘日之状如铜盘。’扣盘而得其声。他日闻钟,以为日也。或告之曰:‘日之光如烛。’扪烛而得其形。他日揣籥,以为日也。”

[6]篱鷃(yàn):篱间的小鸟。喻见识狭隘之人。

[7]鹏:传说中最大的鸟,由鲲变化而成。语见《庄子·逍遥游》:“北冥有鱼,其名曰鲲。鲲之大不知其几千里也。化而为鸟,其名为鹏。”

[8]《尔雅》:书名,古来相传周公所撰,或谓孔子门徒解释六艺之作。盖系秦汉间经师缀辑旧文,递相增益而,不出于一时一人手,有多人作注,今唯行晋郭璞作注。

[9]声偶:指诗文中字词音节的对偶。宋欧阳修《〈苏氏文集〉序》:“见时学者务以言语声偶摘裂,号为时文,以相夸尚。”啾喧:犹喧嚣。宋朱熹《承事卓丈置酒》诗:“物外祇今成跌荡,人间何处不啾喧。”

[10]破万卷:为“读书破万卷”的缩写。出自唐杜甫《奉赠韦左丞丈二十二韵》:“读书破万卷,下笔如有神。”后世用“读书破万卷”形容读书很多,学识渊博。

[11]“云梦”句:化用唐孟浩然《临洞庭湖赠张丞相》:“气蒸云梦泽,波撼岳阳城。”

[12]窥圣门:谓向有博大精深德行的人学习。

[13]“跛鳖”句:喻人努力学习,即使天资愚钝,亦能有所成就。出自《荀子·修身》:“故蹞(kuǐ)步不休,跛鳖千里;累土不辍,丘山崇成。厌其源,开其渎,江河可竭;一进一退,一左一右,六骥不致。彼人之才性之相县(xuán)也,岂若跛鳖之与六骥足哉?然而跛鳖致之,六骥不致,是无他故焉,或为之或不为尔!”

[14]南辕:即“南辕北辙”,形容行动与目的相反。出自《战国策·魏策四》:“魏王欲攻邯郸,季梁闻之……往见王曰:‘今者臣来,见于大(太)行,方北面而持其驾,告臣曰:“我欲之楚。”臣曰:“君之楚,将奚为北面?”曰:“吾马良。”臣曰:“马虽良,此非楚之路也。”曰:“吾用多。”臣曰:“用虽多,此非楚之路也。”曰:“吾御者善”此数者愈善,而离楚愈远耳。’”

其二

秋檐诵诗什[1],风撼庭树鸣。《蓼莪》与《南陔》[2],哀乐难同声。早岁伤见背[3],报称蝉翼轻。中年歌《陟岵》[4],铩羽迟南征[5]。悠悠三十载,出处忝所生。天高空跼蹐[6],梦寐达精诚。祭丰嗟何及?五鼎虚前楹[7]。显扬岂云赎,矧兹一命荣[8]。凉飚感霜露,今昔增屏营[9]。三复泷冈表[10],惭悔无令名[11]。

【注】

[1]诗什(shí):篇什,《诗》中《大雅》《小雅》《周颂》以十篇为一卷,叫作什,如《鹿鸣之什》《谷风之什》等。后来用以泛指诗篇或文卷。

[2]《蓼莪》(liǎo é):《诗·小雅》篇名,《诗小序》谓此诗为孝子追念父母而作。后因以蓼莪指对亡亲的悼念。《南陔》(gāi):古时笙诗篇名,《诗·小序》:“《南陔》,孝子相戒以养也,……有其义而亡其辞。”后人用作为人子侍养父母的意思。

[3]见背:谓父母或长辈去世。

[4]《陟岵》:《诗经》篇名,为思父之作。《诗·魏风·陟岵》:“陟彼岵兮,瞻望父兮。”汉郑玄笺:“孝子行役,思其父之戒,乃登彼岵兮,以遥望其父所在之处。”

[5]铩(shā)羽:羽毛摧落,此喻失意。

[6]跼蹐(jú jí):形容行动小心戒惧之貌。

[7]五鼎:古祭礼,大夫用五鼎盛羊、猪、肤、鱼、腊。语出《孟子梁惠王》:“前以三鼎,而后以五鼎与?”后用五鼎形容贵族官僚生活的奢侈。前楹:庙堂的前柱。《春秋》庄二三年:“秋,丹桓宫楹。”杜预注:“楹,柱也。”

[8]矧(shěn):况。

[9]屏(bīng)营:惶恐貌。语出《国语·吴》:“其民不忍饥劳之殃,三军叛王于干谿。王亲独行,屏营彷徨于山林之中。”

[10]泷(shuāng)冈:地名,在江西永丰县南。宋欧阳修葬其父于此,并作《泷冈阡表》文。阡表,犹言墓表。

[11]令名:指美名。

其三

不作执金吾[1],当作抱关吏。不贵复不贱,嗟哉何位置?天地有消息[2],仕隐各有义。胡挟乖钝材,孟浪轻屡试[3]?遗大兮投艰,心殚兮力瘁[4]。如在谷在木,惴惴兮恐坠。推挽笑蜣螂[5],揄揶厌鬼魅。伯乐世岂无?自顾非骐骥。鸢肩速腾上[6],风便布帆利。猕猴乘土牛,谐语虽近戏。名场骋崩波[7],强弱各自媚。蹇驴蒙龙骏[8],毛质在衣被。即今二十年,得失恍交臂。久甘同瓦砾,未敢信爱忌。远惭经国猷[9],卑负称职易。落托仍一身[10],鸡肋真可弃[11]。

【注】

[1]执金吾:官名。掌管京师治安的长官。

[2]消息:谓一消一长,互为更替。

[3]孟浪:鲁莽。

[4]殚(dān):通“瘅”。病名。

[5]蜣螂:虫名,全身黑色,胸部和脚有黑褐色的长毛,吃动物的尸体和粪尿等,常把粪滚成球形。有的地区叫屎壳郎。

[6]鸢(yuān)肩:双肩上耸如鸢。

[7]崩波:奔腾的波浪。比喻日趋败坏的风气。《文选·鲍照〈还都道中作〉诗》:“客行惜日月,崩波不可留。”吕向注:“崩波,犹奔波也。”李善注:“言客行既惜日月,兼崩波之上,不可少留。”唐杜甫《别唐十五诫因寄礼部贾侍郎》诗:“飘飘适东周,来往若崩波。”

[8]蹇驴:跛蹇驽弱的驴子。龙骏:骏马。喻指俊才。晋葛洪《抱朴子·刺骄》:“所论荐则蹇驴蒙龙骏之价,所中伤则孝己受商臣之谈。”

[9]国猷:国道,国计。《南齐书·乐志》:“国猷远蔼,昌图聿宣。”

[10]落托:亦作“落拓”,意为贫困失意、景况凄凉。唐李郢《即目》诗:“落拓无生计,伶俜恋酒乡。”

[11]鸡肋:喻乏味又不忍舍弃之物。典出《三国志魏武帝纪》:“曹操攻汉中,不能胜,意欲还军。时来请令,即出令曰:“鸡肋”。杨修便自严装,人问之,修曰:“夫鸡肋,弃之如可惜,食之无所得,以比汉中,知王欲还也。”

其四

万里戢倦翼[1],悄然良寡欢。旱潦先众忧,时事增永叹。悍民始一二,岁久因为奸。杂处更五方[2],蠢煽成妄顽[3]。攘臂入都市[4],白刃环中单。椎埋巧依托,弱贱多伤瘢[5]。兔窟错犬牙[6],乌合还蜂团。青天邀商旅,月黑走长官。胥徒利共恶[7],守令政在宽。得无阻闻见,岂畏为其难?山人阅世早,粗识利害端。清勤事乃理,锄暴民始安。涓涓将不塞,浩浩成狂澜。石阙衔口中[8],愤懑摧肺肝。

【注】

[1]戢(jí):收敛,收藏。

[2]五方:东、西、南、北、中,此指各方。

[3]蠢煽:火势渐大,喻势力渐扩大。

[4]攘臂:指激奋时捋起袖子,伸出胳膊。

[5]瘢(bān):指疤痕。

[6]错:通“措”,安置。

[7]胥徒:古代官府中的小吏及步行供使役的人。一般有胥有徒,也有的有徒无胥,后来泛指官府衙役。利:作动词用,指获利。

[8]石阙:石筑的阙。多立于宫庙陵墓之前,用作铭记官爵、功绩或装饰。

其五

四序何参差,推迁如转毂。放眼太始还,天地亦局束。浮生嗟大难,扰我非一族。齐之以不齐,庶远物外毒。九有区以别[1],高陵深者谷。风马乘气轮[2],谁能揭其轴?祥金讵踊跃[3],幽忧徒抵触。遐哉带索吟[4],痴绝穷途哭[5]。境遇随所遭,平坡迭往复。古来贤哲士,未肯薄流俗。委运非任心,远祸不迩福。无劳蓍与龟[6],素位万里足[7]。

【注】

[1]九有:全国。

[2]风马:神马,神车。

[3]祥金：钟一类的金属乐器。讵：如果。

[4]带索：喻清苦之生活。

[5]“痴绝”句：原指因车无路可走而悲伤、哭泣。后指因处境困难而悲伤。语出《晋书·阮籍传》：“时率意独驾，不由经路。车迹所穷，辄恸哭而反。”

[6]蓍(shī)：草名，多年生草本植物，一本多茎，入药。我国古代常用以占卜。龟：此指占卜用的龟甲。

[7]素位：谓现在所处之地位。语出《礼记·中庸》：“君子素其位而行，不愿乎其外。”孔颖达疏：“素，乡也。乡其所居之位而行其所行之事，不愿行在位外之事。”

通济桥下坐石听涛[1]

积铁累累箭溜通，长桥百尺跨当中。殷雷昼挟千峰雨，夹岸晴喧万木风。归路招邀人语小，惊心行步马蹄工[2]。枕流漱石清谈好[3]，尽日矶头伴钓翁[4]。

【注】

[1]通济桥：桥名，在兰州市黄河上。

[2]作者自注“桥为四达，其广止容两骑行人挥鞭而过，旁观者为之动魄”。

[3]枕(zhèn)流漱石：即枕石漱流，比喻隐居山林。出自《世说新语·排调》：“孙子荆(孙楚)年少时欲隐，语王武子(济)‘当枕石漱流，’误曰‘漱石枕流’。王曰：‘流可枕，石可漱乎?’孙曰：‘所以枕流，欲洗其耳；所以漱石，欲砺其齿。’”清谈：指玄谈，即谈一些与时事无关的归隐之话题。

[4]尽日：犹终日，整天。矶头：矶上，亦指矶的前头一部分。唐常建《戏题湖上》诗：“湖上老人坐矶头，湖里桃花水却流。”

自题书屋

数椽小筑傍西林，好景真销触热心。风定花香清午梦，雨余云影阁高阴。步兵老去犹耽酒[1]，陶令归来只素琴[2]。未减少年飞动意，读书声里坐更深。

【注】

[1]步兵：即阮籍，参见《独酌》注10。

[2]陶令：即晋陶潜，参见《廿年》注4。

盘兰抽花数箭，偶成小律，示孙士华[1]

雅称黄磁斗[2]，丛开隐谷心。幽宜骚客佩，清尽美人簪。蜜腻尝乌蒂[3]，弦香问素琴[4]。露茎怜不折，留伴过秋深。

【注】

[1]小律：绝句的别称。士华：即黎士华，人名，举人，君弼子，曾任河南汝阳知县。见光绪九年的《平南县志》。

[2]黄磁斗：即兰花。

[3]乌蒂：作者自注"乌蒂，茶名。蜜养兰花，啜茶颇佳"。

[4]作者自注"《猗兰操》，旧已上手，今十忘三四矣"。按，《猗兰操》，琴曲名。见《乐府歌辞·猗兰操》。

红叶

西风青女怨[1]，吹泪渍林间。客爱停车晚[2]，书怜作纸悭。晴烘黄叶渡，冷艳夕阳山。摇落悲凡植，霜天独驻颜。

【注】

[1]青女：神话中霜雪之神。亦作霜之代称。语出《淮南子·天文》："至秋三月，……青女乃出，以降霜雪。"高诱《注》："青女，天神，青霄玉女，主霜雪也。"

[2]"客爱"句：化用唐杜牧《山行》："停车坐爱枫林晚，霜叶红于二月花。"

迟菊

莫讶黄花太后期[1]，山翁九日也无诗[2]。重搔短发人空瘦，记否东篱酒送谁[3]？阅尽凛秋还悄悄，爱他晚节更迟迟。逋仙彭令同高隐[4]，留伴冲寒第一枝。

【注】

[1]莫讶：不要惊叹。

[2]山翁：指晋山简，字季伦。永嘉三年出为征南将军，镇襄阳，常饮宴烂醉。见《晋书·山简传》。九日：农历九月九日。

[3]"记否"句：化用宋李清照的《醉花阴·薄雾浓云悉永昼》："东篱把酒黄昏后，有暗香盈袖。"

[4]逋仙：北宋时林逋。彭令：指晋陶潜。参见《廿年》注4。

对菊

摇落嗟众芳，晚节爱篱菊。延伫数秋茎，黄白非一族。数丛亚烟钉[1]，团露泫可掬[2]。霜意净须眉，寒馨上巾幅。繁葩互纷倚，离立自清肃。如对萧散姿，闲旷绝拘束。亭亭疏以直,温缜灿朝旭。如对淡荡人,静气有余馥。落英咏骚客,欲采未忍触。位置夷惠间[3],厌心非悦目。轻飔日暮来,悄然慰幽独。良觌得陶公[4],庶几两不俗[5]。

【注】

[1]亚烟钉:菊花的别称。“钉”,作者自注“去声”。

[2]泫(xuàn):水珠下滴。

[3]夷惠:指伯夷和柳下惠。皆为古代高洁之士。

[4]良觌(dí):指欢聚。

[5]庶几:也许可以。

梅韵

潇洒谢蜂媒,琼枝巧剪裁。寒天倚修竹,缟袂舞瑶台。月魄三更梦,冰魂一笑开。逋仙消受惯[1],香色费寻猜。

【注】

[1]逋仙:本指北宋时林逋(967—1028),钱塘人,字君复。隐居西湖孤山,二十年不入城市。工行书,喜为诗。林逋有“梅妻鹤子”之典。后人常以他代指高洁之士。此为作者自指。

老鹤

沧桑小劫水云汀[1],回首鸥波梦易醒。旧住孤山曾报客[2],真同羽士解延龄[3]。龙鳞惨淡风烟古,珠顶殷红骨相灵。羞比白凫空五尺[4],终看老翮上青冥。

【注】

[1]小劫:佛教语,劫为时间单位,谓人寿从十岁增至八万岁,又从八万岁减至十岁,经二十往返为一小劫,此指二十个来回。汀:水平,引申为水边平地。

[2]孤山:山名,在杭州西湖。报客:化用“梅妻鹤子”之典。出自宋沈括《梦溪笔谈·人事二》:“林逋隐居杭州孤山,常畜两鹤,纵之则飞入云霄,盘旋久之,复入笼中。逋常泛小艇,游西湖诸寺,有客至逋所居,则一童子出应门,延客坐,为开笼纵鹤,良久,逋必棹小船而归,盖尝以鹤飞为验也。”又清吴之振辑《宋诗钞·和靖诗钞序》:“林逋,字君复,杭之钱塘人,少孤,力学,刻志不仕,结庐西湖孤山。……时人高其志识,赐谥和靖先生。逋不娶,无子,所居多植梅畜鹤。泛舟湖中,客至,则放鹤致之,因谓梅妻鹤子云。”

[3]羽士:指道士。延龄:长生,延长寿命。

[4]白凫:白色的野水鸟。唐杜甫《白凫行》:"君不见黄鹄高于五尺童,化为白凫似老翁。"

六出花二首[1]

其一

天花缕刻未须疑,一六生成肖偶奇[2]。记得青袍驴背路[3],忍寒亲数玉参差。

【注】

[1]六出:雪花的结晶成六角形,称为六出。语出《太平御览·韩诗外传》:"凡草木花多五出,雪花独六出。"后把六出作为雪的代称。

[2]偶奇:偏义复词,强调"偶",偶数。

[3]青袍:清末官职卑微者的着装。

其二

锋棱三两白褵褷[1],小样轻团缀酒旗。绝塞穷冬浑不辨,天山如掌扑人时[2]。

【注】

[1]褵褷(lí shī):羽毛濡湿黏合貌。

[2]天山:即祁连山,匈奴称天山为祁连。

仲冬六日,先严冥寿时,寓客邸怅然有作

廿年歌噩委前尘,海国沧波笑困鳞。入梦庐仙应恨晚[1],未归陶令本居贫[2]。毕生罔极天难补,百遇乖违斗不神[3]。尚待买山非得已[4],乾坤容我冷肠人。

【注】

[1]庐仙:寄居天涯之人,此为诗人自指。

[2]陶令:指晋陶潜。参见《廿年》注4。

[3]乖违:分离。

[4]买山:指归隐。典出《世说新语排调》:"支道林(遁)因人就深公买印山。深公答曰:'未闻巢由买山而隐。'"

丁卯除夕[1]

人口同千里,年华拙送迎。行藏新岁月,阅历老心情。残腊催春雨,疏钟入爆声。挑灯闲展卷,白发旧儒生。

【注】

[1]丁卯:嘉庆十二年(1807 年)。

人日夜雨[1]

朝云暮雨暗高城,人与东风共瘦生。未厌浪浪听到晓[2],梦魂渐比去年清。

【注】

[1]人日:农历正月初七日。语出《北齐书·魏收传》:"魏帝宴百僚,问何故名人日,皆莫能知,收对曰:'晋议郎董勋《答问礼俗》云:正月一为鸡,二日为狗,……七日为人。'"

[2]浪浪:象声词,指落雨声。

夏夜偶感

葵扇蕉衫六月天,搔头出处意萧然。三传苜蓿香中客[1],一束经书病后缘[2]。老眼自青嫌作白,解嘲无字敢夸元。浮生依属难真相,待勘虚空是钝禅。

【注】

[1]三传:作者自注"先严由教授铨南宫令,旋即弃养;予缘例,降拟就教职;而长儿亦大挑二等"。苜蓿(mù xū):植物名。又称木粟、牧宿、怀风、光风草、连枝草。也作"目宿"。原产西域,汉武帝时自大宛传入中土。为马牛等等饲料及绿肥作物,也可入药,其嫩茎叶可当蔬菜。

[2]作者自注"今年得病,半岁近始把卷"。

闻鸡

客贫就僻近东城,夜夜鸡声代漏声[1]。响越远邻风有力,梦才入破月犹明。未缘天上相随去,留住人间报不平。愁病鳏眠(1)多到晓[2],廿年身事淡含情。

【校】

(1)原为“鲩”,今据上下文意改。

【注】

[1]漏声:铜壶滴漏之声。唐杜甫《奉和贾至舍人早朝大明宫》:“五夜漏声催晓箭,九重春色醉仙桃。”

[2]鳏(guān)眠:鳏鱼目恒不闭。后因谓愁悒而张目不寐为鳏鱼。语出宋陆游《剑南诗稿·晚登望云》:“衰如蠹叶秋先觉,愁似鳏鱼夜不眠。”

桂林旅次口占[1]

八桂穷秋雨岁缘[2],古琹今日荐新弦[3]。布衣放眼官如客,久病回头佛也仙。大好江山随去住,若为恩怨入缠绵。阳春着意怜衰健[4],岭上寒梅得信先。

【注】

[1]口占:不用起草而随口成文。

[2]作者自注“去夏改职后,需次省垣。今又秋杪冬初矣”。

[3]琹(qín):琴。荐:换。

[4]衰健:偏义复词,强调“衰”。

题《豫章康春亭罗浮控蝶图小照》[1]

磨蝎迁官愁病身[2],缚魔救苦悟前因。才华江右谁先识[3],薪火长沙派最真[4]。碧落珠篮花近手[5],罗浮凤子扇如轮[6]。刀圭书卷仙凡别[7],我认端人更达人[8]。

【注】

[1]豫章:地名,战国时,其地在淮南江北之界,汉移其名于江南,置郡,属扬州。隋平陈,改为县,属洪州。故治在今江西南昌市。康春亭:人名,生平不详。罗浮:山名,在今广东省境内。

[2]磨蝎:星名。十二宫之一。又作“磨羯”。谓生平遇事多折磨不利者为遭逢磨蝎。语出宋苏轼《东坡志林退之平生多得谤誉》:“退之诗云:‘我生之辰,月宿(南)斗。’乃知退之磨蝎为身官,而仆乃以磨蝎为命。平生多得谤誉,殆是同病也。”

[3]江右:指长江下游以西的地区,后来称江西省为江右。

[4]薪火:佛家比喻业性相煎。派(pāi):水的支流。

[5]碧落:天空。

[6]凤子:大蛱蝶。语出晋崔豹《古今注·鱼虫》:"蛱蝶,……其大如蝙蝠者,或黑色,或青斑,名为凤子,一名凤车。"

[7]刀圭:古时量取药物的用具。

[8]作者自注"春亭善医"。

己巳人日作[1]

微名掉臂岂为名,家住鳌洲山水清[2]。秀笔高寒悭病足,梦魂安稳数鸡声。儿童渐习随饥暖,竹报犹烦问缩赢[3]。香到梅花真透骨,年华近六好心情[4]。

【注】

[1]己巳:即嘉庆十四年(1809年)。

[2]鳌(áo)洲:地名,在今广西平南县境内。

[3]竹报:指家书。语出唐段成式《酉阳杂俎》续集十支植下:"卫公(李德裕)言北都惟童子寺有竹一窠,才长数尺,相传其寺纲维,每日报竹平安。"后称家书为竹报,本此。缩赢:赢通"羸",有余之意,缩赢此指健康状况。作者自注:"时接家函。"

[4]六:六十。

附:《素轩词剩》

八宝妆[1]

大堤观灯

霜滑江泥,风低帽影,良夜人家箫鼓。火树交枝庭院好,无数红娇翠舞。背地看承几番,游客增遥,妒又故闲,招女伴凭肩偷语。天然长就苗条,茜裙漫曳,腰肢春透如许。猜人把、鞋踪趁定,匆匆里、欲行还住。刚盻到[2]、星眸厮注,恰生生惊鸿飞去[3]。空惹得余香,满堤明月无寻处。

【注】

[1]《八宝妆》:词调名,又名八宝玉高枝。双调。

[2]盻(xì):怒视。

[3]生生:形容词词尾或句末语气词,无实义。

满江红[1]

仪州署作

乍可秋来,怪直恁萧条庭院[2]。伤怀处,秦关粤峤,伯劳飞燕[3]。久客易惊颜面改,多愁更觉飘蓬贱。便等闲瘦尽沈郎腰[4]。谁人见!尽乐事,消除遍;甚美景,如何遣?算连环只有乡心一片。梦里漫寻欢顷刻,眼前都是人亲眷。听城头落日响哀笳,无肠转。

【注】

[1]《满江红》:词调名。有仄韵、平韵二体,双调。

[2]直恁(nèn):竟然这样。

[3]伯劳:鸟名,属鸣禽类。语出《玉台新咏·东飞伯劳歌》:"东飞伯劳西飞燕,黄姑(牵牛)织女时相见。"也叫博劳、伯赵。后称人别离为劳燕分飞。

[4]沈郎腰:沈郎即沈约(441—513),南朝宋武康人,字休文。博通群书,能为文。入梁时官至尚书令,卒谥隐。《梁书·沈约传》:"百日数旬,革带常应移孔;以手握臂,率计月小半分。以此推算,岂能支久?"言以多病而腰围减损。后因以沈腰作身体瘦损的通称。

浣溪沙[1]

旅思

漠索轻尘日欲斜，连宵幽梦少还家，量愁数闷是生涯。来处金城方积雪，归时灞柳又飞花[2]，谁知迁就度年华。

【注】

[1]《浣(huàn)溪沙》：词调名，本唐教坊曲名，后用为词调，也作浣沙溪或浣溪沙。

[2]灞(bà)：水名。本作霸水，今灞河，为渭河支流，关中八川之一，在陕西省中部。

谒金门[1]

春怀

春欲半，依旧尖寒庭院。不是东君妆点慢[2]，怕人肠易断。孤另强捱乍惯，酒病离情厮绊，愁似春云无片叚[3]，东风吹不散。

【注】

[1]《谒(yè)金门》：谒，念(yè)；词调名。本唐玄宗时教坊曲名(崔令钦《教坊记》曲名表中尚有《儒士谒金门》一曲)，后用为词调。别名甚多，为双调。

[2]东君：司春之神。宋辛弃疾《满江红·暮春》词："可恨东君，把春去，春来无迹。"

[3]叚(jiǎ)：通"假"，指凭借。

卜算子[1]

偶意

相见不知欢，暂隔成萧索。几度惊春惜落英，只恐东风恶。独坐看灯花，却数前朝约。我亦多情尽怕愁，无奈思量着。

【注】

[1]《卜算子》：词牌名。唐骆宾王作诗喜用数字，人称"卜算子"，词家遂用为词调名。双调四十四字，仄韵，又名"缺月挂"、"疏桐"、"百尺楼"、"眉峰碧"、"楚天遥"、"王白石"等。

念奴娇[1]

有所思

旧欢如梦,又恹恹、耽过菖蒲时节。好约殷勤,应未假、几遍思量还怯。锦字红笺[2],菱花粉面[3],不忍重开揭。凉蟾何意[4],照人偏在离别!料峭连日轻寒,湘帘慵卷,药碗供愁绝。试把相思,滋味较、苦比莲心更彻。莫学嫦娥,无多三五[5],一例随圆缺。此情知否?为谁甘受磨折。

【注】

[1]《念奴娇》:词调名。念奴,唐天宝间著名歌者,因取调名。

[2]锦字:前秦秦州刺史窦滔被徙流沙,其妻苏氏思之,织锦为回文旋图诗以寄滔,可婉转循环以读之,词甚凄婉,共三百四十字。后称妻寄夫之信为锦字。红笺:一种精美的小幅红纸,多作题诗词用。

[3]菱花:古铜镜中,六角形的或镜背刻有菱花的,叫菱花镜。后诗文中常以菱花为镜的代称。

[4]凉蟾:古代神话月中有蟾蜍,故称月为蟾。

[5]三五:指农历十五日。

钗头凤[1]

别怨

疏钟扣,寒更逗,相思人比琴弦瘦。桃花弄,亲相送,两行红泪,一声珍重。痛痛痛!情如旧,何时又。夜深只把灯花咒。衾棱冻,和谁共。并头生折,合欢难种[2]。梦,梦,梦!

【注】

[1]《钗头凤》:词调名。本名撷芳词,因北宋徽宗政和间宫中有撷芳园而名。南宋陆游因无名氏《撷芳词》有"可怜孤似钗头凤"句,改题钗头凤。

[2]合欢:植物名。叶似槐叶,至晚则合,故也叫合昏,又写作合楿俗称夜合花、马缨花、榕花。夏季开花,花淡红色。古代常以合欢送人,说可以消怨合好。

沁园春[1]

代徐敬夫作

旧事分明,幽窗寥寂,离愁暗添。记醉看歌扇,酒痕在袖;困偎鸳被[2],日影当帘。罗幌深沉,荔奴手擘[3],比火枣交梨别样甜[4]。嫦娥妒,恰团圞三五[5],梦断鹣鹣[6]。来时斜照重檐,听软语惺鬆分外尖[7]。更关心瘦病,承他情重;寄人红纸,催我亲拈,相见无多,将离偏速,月下花前事事嫌。从今后,有阿谁怜惜,独抱恹恹?

【注】

[1]《沁园春》:词调名。取名于汉沁水公主园林。又名寿星明。双调。

[2]儇(xuān):此指因醉酒而身体有轻飘态。

[3]荔奴:即荔枝奴,是龙眼的别名。语出晋嵇含《南方草木状》:"龙眼树,如荔枝,但枝叶稍小,谷青黄色,形圆如弹丸,核如木槵而不坚,肉白而带浆,其甘如蜜。一朵五六十颗,作穗如蒲萄然。荔枝过即龙眼熟,故谓之荔枝奴,言常随其后也。"

[4]火枣交梨:皆为传说中的仙果,食之能羽化飞行。语出南朝梁陶弘景《真诰》二:"玉醴金浆,交梨火枣,此则能飞之药,不比于金丹也。"

[5]团圞:圆貌。借指月宫。

[6]鹣鹣(jiān):即鹣。比翼鸟,似凫(fū),青赤色。相得乃飞。见《尔雅·释地》及晋郭璞的《注》

[7]惺鬆(sōng):清醒。

夺锦标[1]

咏镜

璧月规形,红绫护影,留得个人丰韵。指点斑斓深处,海马斜飞,葡萄双衬。问清光今古,有多少、眉尖幽恨。算团圞、照胆曾夸,不照断肠成寸。犹记闲朝轻困,爱好天然,脸上芙蓉平印。不忿菱铜妒美[2],颤影花枝,风流转瞬。更几番三五。盼刀环、上天无信[3]。枉多情、一样清辉,独对潘郎霜鬓[4]。

【注】

[1]《夺锦标》:词调名。此调不知起于何时,世所传者,惟僧仲殊一篇而已。此据元白朴之言(夏承焘、张璋著的《金元明清词选》,人民文学出版社出版。)

[2]菱铜:即菱花镜,因其呈六角形或镜背刻有菱花而名。

[3]刀环:刀头的环。环、还同音,故以"环"暗示"还"。语出成果《汉书·李陵传》:"(任)立政等见陵未得私语,即目视陵,而数数自循其刀环,握其足,阴谕之,言可还归汉也。"

[4]潘郎霜鬓:潘郎即晋潘岳公元47—300年,晋荥阳中牟人,字安仁。累官

至给事黄门侍郎,工诗赋。《悼亡》诗三首最著名。“潘郎霜鬓”指感慨身心渐老。典自《文选·潘岳〈秋兴赋〉序》:“晋十有四年,余春秋三十有二,始见二毛。以太尉掾兼虎贲中郎将,寓直于散骑之省。”杜预曰:“二毛,头白有二色也。”

忆汉月[1]

有忆

记得青钱犹小。露浥海棠春晓[2]。秋江栽藕不成莲,孤负断丝多少。芳丛谁是主,空赢得、蝶魂飞舞。娥眉应比旧时娇,一寸相思人老。

【注】

[1]《忆汉月》:唐教坊曲名,又句望汉月。双调。

[2]浥(yì):湿润。

玉楼春[1]

抄夜郎,搜绎书后

深秋尽日迷离雨,一部新词香一炷。半生心迹断肠多,到眼只寻肠断句[2]。青春有脚留难住,白发欺人辞不去。繁华天与奈何天,觅遍生涯无着处。

【注】

[1]《玉楼春》:词调名。《花间集》卷六五代后蜀顾琼词起句为“月照玉楼春漏促”,因取为调名。也作《惜春容》《西湖曲》《玉楼春梦》《归朝欢令》《木兰花令》。

[2]肠断:形容人哀伤至极。出自晋干宝《搜神记》卷二十:“临川东兴,有人入山,得猿子,便将归。猿母后自逐至家。此人缚猿子于庭中树上,以示之。其母便搏颊向人,欲乞哀状,直谓不能言耳。此人既不能放,竟击杀之。猿母悲唤,自掷而死。此人破肠视之,寸寸断裂。”

点绛唇[1]

春晓

生错多情,今年又被东风误。尖风丝雨,日日和愁住。簾幙垂垂,曾是周郎顾[2]。人何处?离魂春暮,一样难吩咐。

【注】

[1]《点绛唇》:词调名。《玉台新咏》中有南朝梁江淹《咏美人春游》诗有:

"白雪凝琼貌,明珠点绛唇。"

[2]周郎顾:周郎即周瑜(175—210),三国庐江舒人。字公瑾。少时吴中呼为周郎。为孙策、孙权事。建安十三年,瑜与刘备合兵,大败曹操于赤壁。拜南郡太守。后进军取蜀,至巴丘病死。精音律,即使三杯下肚,仍能听出乐曲演奏中的错误,并总是回头一顾。故当时有"曲有误,周郎顾"之语。见《三国志·吴志·周瑜传》。

沁园春[1]

代人答寄瓜仁

别隔中秋,书传重九,离怀鬓霜。忆小窗听雨,笑看题句;疏帘印月,倦倚浓妆。珍重红绡,尖圆碎玉,认银甲轻痕未忍尝。多应是,有泪珠偷滴,小晕微黄。旧欢欲拚难忘,正箭漏迢迢特地长。怅画栏落叶,人兼病酒;金猊(1)卸火[2],梦也回肠,剥处情深,数来心醉,分得樱桃一点香。凭谁寄,把莲仁栀子,报与韦娘[3]?

【校】

(1)原为"貌",今据上下文意改。

【注】

[1]《沁园春》:词调名。取名于汉沁水公主园林。又名寿星明。双调。

[2]金猊:指香炉,涂金为狻猊形状,燃香于其腹中,香烟自口出。相传猊性好烟火,故用之。《全唐诗·宫词》:"夜色楼台月数层,金猊烟穗绕觚棱。"卸火:熄火。

[3]韦娘:杜韦娘为唐时著史歌妓,善歌咏。又唐教坊有曲名杜韦娘。后遂用为典,泛指歌女。见唐崔令钦《教坊记》。

柳梢青[1]

写怀

半世摧颓,闲愁病骨,百计安排。仙药无凭,醉乡难住,萱草空栽[2]。蓬门悄掩蒿莱[3]!怕华发、秋声暗催。夜雨萧骚,孤灯明灭,如此情怀。

【注】

[1]《柳梢青》:词调名,此调有两体,或押平韵,或押仄韵。

[2]萱(xuān)草:草名,又名鹿葱、忘忧、宜男、金针花。古有种萱草能忘忧之言。语出《文选·养生论》:"合欢蠲忿,萱草忘忧。"

[3]蒿莱:野草,杂草。唐杜甫《夏日叹》诗:"万人尚流冗,举目惟蒿莱。"

浣溪沙[1]

春夜

远影烘云月乍生，瑶琴丝润调难成，一春晴雨不分明。小燕将雏新垒隐，疏梅着子晚阴轻，幽兰和露太多情。

【注】

[1]《浣(huàn)溪沙》：词调名，本唐教坊曲名，后用为词调，也作浣沙溪或浣溪沙。

虞美人[1]

初夏小雨连日，薄寒不减凉秋八九月时，书斋愁坐，偶成此阕

多情暖日欢怀浅，雨更难消遣！欲将春恨寄平芜，亭外雨丝风片两模糊。主人知我愁无那，不长芭蕉大。尖寒清昼尽消魂，听彻阶前点滴又黄昏。

【注】

[1]《虞美人》：词调名。本唐教坊曲名。后用为词调。《乐府诗集》卷五十八《琴曲歌辞·力拔山操》序："按《琴集》有《力拔山操》，项羽所作也。近世又有，《虞美人》曲，亦出于此。"可见此调源出古琴，本意咏虞姬事。按：虞姬即秦末人，项羽的姬妾，名虞，常随军中。

前调[1]

戏占[2]

秋莲欲老莲心苦，丝藕凭谁主。篱边梨子叶成窠[3]，争似门前梧子绿阴多。比花经雨胭脂透，比柳微嫌瘦。云波淡荡接横波，摇曳罗裙归去奈侬何。

【注】

[1]《前调》：用前一首词的调子。

[2]戏占(zhàn)：随意戏作的作品。

[3]窠(kē)：通"棵"。植物一株谓一窠。

荷叶杯[1]

拟艳

重把佳期絮问，须准，细语半含颦。柳梢头上月如银。真幺真，真幺真？

【注】

[1]荷叶杯:词调名,本教坊名,有单调、双调。

如梦令[1]

古琴一张,摩娑廿载。消他白日伴我,清眠平生[2],嗜好如斯而已。偶成小令,聊遣秋怀

不信多情是我,不信多愁似我。孤馆独眠时,无赖秋风欺我,知我,知我,三尺瑶琴怜我。

【注】

[1]《如梦令》:词牌名。相传为后唐庄宗(李存勖)制,初名忆仙姿,嫌其名不雅,改为如梦令,以词中有"如梦,如梦"句而名。

[2]清眠:谓躺卧在床休息而未入睡。

满江红[1]

旅思[2]

残腊阴沉,又捱过几番寥寂。听萧寺,蒲牢吼遍[3],鸣鼍着力[4]。揽镜预愁他日瘦,搔头已让来时黑。更连旬晓雨晚风寒,难将息!青鸾信[5],凭谁觅;瑶琴弄,无人识。倩东君调护梅花颜色。攲枕自看红烛短[6],屏山静忆眉峰碧。尽安排硬作不思量,如何得?

【注】

[1]《满江红》:词调名。有仄韵、平韵二体。

[2]旅思(sì):旅途中的心绪。

[3]蒲(pú)牢:兽名,汉班孟坚(固)《东都》:"于是发鲸鱼,铿华钟。"唐李善注:"(三国)薛综《西京赋》注曰:海中有大鱼曰鲸,海边又有兽名蒲牢,蒲牢素畏鲸,鲸击蒲牢,辄大鸣。凡钟欲令声大者,故作蒲牢于上所以撞之者为鲸鱼。"后因以蒲牢为钟的别名。唐皮日休《寺钟暝》:"重击蒲牢山日,冥冥烟树睹栖禽。"

[4]鼍(tuó):动物名。爬行类,力大,性贪睡,穴居江河岸边。也叫鼍龙或扬子鳄,通称猪婆龙。

[5]青鸾:传说中的神鸟。

[6]攲(qī):斜靠。

柳梢青[1]

舟次

客路春迟，东君作意，硬派相思。并棹呼风，连樯听雨，隔个篷儿。有时轻蹙双眉[2]！看人处、芳心自持。无赖闲情，难抛愁绪，江水应知。

【注】

[1]《柳梢青》：词调名，此调有两体，或押平韵，或押仄韵。

[2]蹙(cù)：皱缩。

木兰花[1]

春晚

惜春泥酒愁还住，畏酒情怀春又去。倚栏脉脉几多愁，一把柳丝犹有数。好花到眼难吩咐，有意花枝华发妒。为欢不解趁朱颜[2]，对酒看花无是处。

【注】

[1]《木兰花》：词调名。唐玄宗时教坊曲名，后用为词调。有三七言长短句和七言八句的仄韵体。至宋时《木兰花》已成为《玉楼春》的别称。

[2]解(xiè)：通“懈”，松懈之意。

采桑子[1]

对雪

相思比似帘前雪，婉转萦回，无了歇。到夜风清，独伴梅花诉月明。相思不似帘前雪，五九隆冬[2]，心内热，积恨条条，不到东风不肯消。

【注】

[1]《采桑子》：词牌名。唐教坊曲有《杨下采桑》，调名本此。始见于五代人词。

[2]五九隆冬：从冬至次日算起，每九天为一九，至九九止共八十一天，称数九寒天，冬至后第五个九。见明田汝成《西湖游览志余·委巷丛谈》。

浣溪沙[1]

闺艳

初日新妆倚镜台，欢情欲答故迟回，会心双靥自然开[2]。倦拥绣衾听漏永，小留兰焰待郎回[3]，阿侬醒睡倩郎猜。

【注】

[1]《浣溪沙》：浣溪沙，词调名，本唐教坊曲名，后用为词调，也作浣沙溪或浣溪沙。

[2]醽(yè)：指酒窝。

[3]兰焰：指烛花。唐刘禹锡《浙西李大夫述梦四十韵并浙东元相公酬和斐然继声》："兰锬凝芳泽，芝泥莹玉膏。"

满庭芳[1]

晚春久雨，新菊初萌，感赋

烟锁余香，雨肥零艳，浅绿才傍疏篱。朝丝暮片，幽意费矜持。乍识东君面目[2]，漫随例、别样风吹。难吩咐，阴晴莫问，冷暖自家知。芳菲，算过了，楝花开后，只有荼蘼[3]。剩几许韶光，蝶懒蜂痴。陶令归来未老[4]。浑无觅、柳叶桃枝。安排定，春兰秋菊，不是化工迟[12]。

【注】

[1]《满庭芳》：词调名。有平韵、仄韵二体。

[2]东君：司春之神。

[3]荼蘼：即酴醾(tú mí)。花名。以色似酴醾酒而名。

[4]陶令：晋陶潜，其曾为彭泽令。参见《廿年》注4。

苏幕遮[1]

客思[2]

齿加长，腰尽折。二十年来，滋味年年别。八百心钟敲不歇[3]，数甚欢娱，博得头如雪。旧情牵，新恨结。明镜天涯，独自看圆缺。已拚穷愁生计拙[4]，月地云窗，受个真疼热。

【注】

[1]《苏幕遮》：本唐代教坊曲名，后用作词牌名。梵语。亦作"飒磨遮"，幕，也作"莫"、"摩"。《苏幕遮》是西域传入的乐曲。唐代自西域龟兹传入。唐张说《张燕公集·苏幕遮》："摩遮本出海西胡，琉璃宝服紫髯须，闻道皇恩遍宇宙，来将歌舞助欢娱。"

[2]客思(sì)：客居异乡的心绪、情思。

[3]八百：虚数，形容其多。心钟：此喻心脏。

[4]拚:同"拼"。

菩萨蛮[1]

偶感

素餐每食惭兼味,羊裘窣地狐裘腻[2]。何止免饥寒,当思退步看。雍梁犹战垒[3],三载征夫泪。幸作太平人,浮生休认真。

【注】

[1]《菩萨蛮》:词调名。本唐教坊名,起于唐末,最先有李白所作词,疑为伪托。其后著者渐多,更易新名。

[2]窣(sù)地:拂地。

[3]雍梁:春秋郑邑,在今河南省禹县。鞌(ān)之战的战役地。见《左传》。

南柯子[1]

别怨

缓缓归来约,殷勤倩去鸿。多磨好事怨东风。看过楝花开到、石榴红。干鹊他时语[2],银釭作穗重。深情欲问待相逢。别后梦魂相见、几回同。

【注】

[1]《南柯子》:词调名。又名春宵曲、南歌子、望秦川等。双调。

[2]干鹊:喜鹊。《淮南子·氾论》:"干鹊,知来而不知往。"汉高诱注:"干鹊,鹊也。"银釭(gāng):指银灯。

东风第一枝[1]

有忆

贮闷停酸,消寒数夏,天涯独伴春瘦。中年怕对莺花,偏向睡情迤逗[2]。熏风无赖,做不热不寒晴昼。想绿窗午梦娇慵,映玉越罗红绉。怅锦字[3]、难寻句读,怪喜鹊、欺人僝愁。佳期孤负梅黄,又早填桥前后[4]。芳心一寸,尽宁耐愁锋镵镂。倚银屏恰话新凉,同听渐长清漏。

【注】

[1]《东风第一枝》:词牌名。双调一百字,仄韵。

[2]迤(tuō)逗:勾引,挑动。

[3]锦字:前秦秦州刺史窦滔被徙流沙,其妻苏氏思之,织锦为回文旋图诗以寄滔,可宛转循环以读之,词甚凄婉,共三百四十字。后称妻寄夫之信为锦字。

[4]填桥:指每年农历的七月七日晚,牛郎织女相会,群鹊衔接为桥以渡银河的民间传说。见唐韩鄂《岁华纪丽·风俗通》。

眼儿媚[1]

客感

三春踪迹笑杨花[2],孤负好韶华。更声搅睡,鸡声促起,月正横斜。遥怜小玉熏香伴,细语诵楞伽[3]。云鬟低拥,兰灯半灺[4],寒逗窗纱。

【注】

[1]《眼儿媚》:词调名。双调。

[2]三春:此指春季。

[3]楞伽:佛经名。全称《楞伽阿跋多罗宝经》或译《大乘入楞伽经》。

[4]灺(xiè):蜡烛的余烬。

眉峰碧[1]

别怨

别意心香拜[2]。别绪心头碍。一分将息一分愁,百计自、家宁耐。梦隔长城外。人瘦连枝带。簾垂清昼满庭花,情怀只是无聊赖。

【注】

[1]《眉峰碧》:词调名,因起句"蹙损眉峰碧"故名。《古今词话·词辨上》:"宋无名氏'眉峰碧'词云:'蹙损眉峰碧,纤手还重执。'宋徽宗手书此词以问曹组,组亦未详,徽宗曰:'朕粘于屏以悟作法。'真州柳永少读时,遂以此词题壁,后悟作词章法。"

[2]心香:即心字香,香名。

虞美人[1]

歌儿玉贵,年甫十三,色艺双绝,时过寓邸,戏作此赠之

双螺覆额横波媚[2],尺六蛮腰细[3]。春葱人手尽摩娑[4],捉近臂弯香暖笑声多。舞衫未着重罗腻,裙带花垂地。莲勾一握软搓绵,解似怕人恣意不教怜。

【注】

[1]《虞美人》:词调名。本唐教坊曲名。后用为词调。《乐府诗集》卷五十八《琴曲歌辞·力拔山操》序:"按《琴集》有《力拔山操》,项羽所作也。近世又有,

《虞美人》曲，亦出于此。”可见此调源出古琴，本意咏虞姬事。按：虞姬即秦末人，项羽的姬妾，名虞，常随军中。

[2]双螺：此指眉毛。横波：比喻眼神流动，如水闪波。

[3]蛮腰：指苗条腰身。语出唐孟棨（qǐ）《本事诗·事感》：“白尚书姬人樊素善歌，妓人小蛮善舞。尝为诗曰：‘樱桃樊素口，杨柳小蛮腰。’”

[4]春葱：喻女子细嫩的手指。唐白居易《筝》诗：“双眸翦秋水，十指剥春葱。”

双调江城子[1]

席上

梅花小部缕金衣，玉钗攲，髻云低。舞彻凉州，红蜡泪垂垂。不是多情听不得，浑不似，少年时。周郎顾曲已前期[2]。懒重提，怕寻思。好梦游仙，曾谱《步虚词》[3]。十载莺花空负也，多少恨，鬓霜知。

【注】

[1]《江城子》：词调名。又名《水晶簾》《江神子》《村意远》等。唐人词多为单调三十五字，宋人词作双调七十字。

[2]周郎顾：周郎即周瑜（175—210），三国庐江舒人。字公瑾。少时吴中呼为周郎。为孙策、孙权事。建安十三年，瑜与刘备合兵，大败曹操于赤壁。拜南郡太守。后进军取蜀，至巴丘病死。精音律，即使三杯下肚，仍能听出乐曲演奏中的错误，并总是回头一顾。故当时有“曲有误，周郎顾。”之语。

[3]《步虚词》：乐府杂曲歌辞。《乐府诗集·乐府解题》：“步虚词，道家曲也，备言众仙缥缈轻举之美。”

满庭芳[1]

杨花

结子缘悭，离魂命薄[2]，伤心此日园亭。却寻往事，烟缕镇关情。记否陌头旖旎[3]？东风懒、去住斡娖[4]。杨枝曲[5]，移宫入破[6]，凄断不堪听。娉婷[7]，初学舞，怜黄惜绿，看到眉青。怅花香易散，梦幻难醒。白傅情怀渐老[8]，漫回首、语燕流莺。章台畔[9]，年年春暮，无语对浮萍。

【注】

[1]《满庭芳》：词调名。有平韵、仄韵二体。

[2]离魂：事出《太平广记》：陈玄佑《离魂记》所记载的倩娘离魂治游之事。

[3]旖旎(yǐ nǐ):轻盈柔顺貌。

[4]竛竮(líng pīnq):孤单,孤立貌。宋苏轼《分类东坡诗芙蓉城》:"绕楼飞步高竛竮,仙风锵然韵流铃。"

[5]杨枝曲:即《杨柳枝》,汉横吹曲辞。本作《折杨柳》。至隋时始为宫词。唐白居易依旧曲翻为新歌。《长庆集·杨柳枝词》:"古歌旧曲君莫听,听取新翻《杨柳枝》。"

[6]入破:唐宋大曲的专用语。大曲每套都有十余遍,分别为归入散序、中序、破三大段。入破即为破这一段的第一遍。

[7]娉婷(pīng tíng):姿态美好。

[8]白傅:唐白居易开成初,授同州刺史,不拜,改太子少傅。后为诗文中常省称为白傅。

[9]章台:宫名。战国时建,以宫内有章台而名。在陕西西安市长安区故城西南隅。

菩萨蛮[1]

途次七夕

风清碧落停机杼[2],重重云幕深何许。隔岁笑离多,今宵输却他。空房长独守,不道经年久。莫恨月如钩,团圞在后头。

【注】

[1]《菩萨蛮》:词调名。本唐教坊名,起于唐末,最先有李白所作词,疑为伪托。其后著者渐多,更易新名。

[2]碧落:指天空。

浪淘沙[1]

悟怀

一斛买珠轻,尽说三生。温柔长短几常经。儿女英雄无限恨,春梦难醒!绣阁怨倾城,白屋钗荆[2]。繁华冷落费猜评。好恶姻缘真也假,莫问恩情。

【注】

[1]《浪淘沙》:唐玄宗时教坊曲名,后用为词调。创自唐刘禹锡、白居易。白居易词:"却到帝都重富贵,请君莫忘浪淘沙。"刘禹锡词也有:"春风吹浪正淘沙"之句。后宋人又以此曲名另倚新腔,名《浪淘沙令》《浪淘沙慢》。

[2]钗荆：即荆钗。指以荆枝当髻钗，为贫寒人之装束。喻贫穷。后汉梁鸿孟光夫妇，避世隐居，孟光常荆钗布裙，食则举案齐眉。见晋皇甫谧《烈女传》。

剔银灯[1]

旅寓冬夜

怪煞连宵不寐。又过了、除残天气[2]。心字香闲[3]，病腰带减，多少干痕湿泪。亦都无谓，尽赚得、半生憔悴。寂寞欢娱原异。点点更更怕记。赤手难屠，白头渐悟，那待旁人宽譬[4]。春风便至。且忍受、夜长滋味。

【注】

[1]《剔银灯》：词调名。双调。

[2]除残：吴地风俗，农历十二月二七日扫屋尘，谓除残。

[3]心字香：香名。

[4]宽譬：宽慰劝解。《后汉书·冯异传》："自伯升之败，光武不敢显其悲戚，每独居，辄不御酒肉，枕席有涕泣处。异独叩头宽譬哀情。"

浪淘沙[1]

悟怀

身局似弹棋，两鬓堆丝。恩仇人我作麽痴。我是今吾怜故我，尔又为谁？穷通岂成亏?，福命难知。安心守素即龟蓍[2]，磨彻钝根真悟否[3]？可惜差迟。

【注】

[1]《浪淘沙》：唐玄宗时教坊曲名，后用为词调。创自唐刘禹锡、白居易。白居易词："却到帝都重

贵，请君莫忘浪淘沙。"刘禹锡词也有："春风吹浪正淘沙"之句。后宋人又以此曲名另倚新腔，名《浪淘沙令》《浪淘沙慢》。

[2]龟蓍(shī)：蓍，草名。龟蓍，谓卜筮。蓍草和龟，皆为古时卜筮有具，筮用蓍草，卜用龟甲。语出《易系辞》上："探赜索隐，鉤深致远，以定天下之吉凶，成天下之亹亹者，莫大乎蓍龟。"

[3]钝根：佛教语。谓根机愚钝，不能领悟佛法。《法华经·药草喻品》："正见邪见，利根钝根。"宋苏轼《以玉带施元长老元以衲裙相报次韵》之一："病骨难堪玉带围，钝根仍落箭锋机。"

参考文献

一、专著类

[1](清)黎建三．素轩诗集[M]．清道光壬寅年(1842年)求慊家塾藏刻本．

[2](清)黎君弼．自娱诗集[M]．清道光壬寅年(1842年)求慊家塾藏刻本．

[3](清)梁章钜．三管英灵集[M]．清道光年间刻本．

[4](清)张鹏展．峤西诗钞[M]．清道光二年(1822年)刻本．

[5](清)廖鼎声．拙学斋论诗绝句[M]．民国二十五年(1936年)铅印本．

[6](清)张维屏．国朝诗人征略[M]．清道光十年(1830年)刻本．

[7](清)邱炜萲．五百石洞天挥尘[M]．清光绪二十五年(1899年)邱氏粤垣刻本．

[8](清)张显相．平南县志[M]．清道光十五年(1835年)刻本．

[9](清)裘彬,江有灿．平南县志[M]．清光绪九年(1883年)刻本．

[10]郑湘畴．平南县鉴[M]．民国二十九年(1940年)铅印本．

[11](清)魏笃．浔州府志[M]．清同治十三年(1874年)刻本．

[12](清)谢启昆修,胡虔纂．广西通志[M]．广西:广西人民出版社,2013.

[13](清)汪森编辑,黄振中、吴中任、梁超然校注．粤西丛载[M]．广西:广西民族出版社,2010.

[14](清)黄璟．山丹县志[M]．清道光十五年(1835年)钞本．

[15]续修山丹县志[M]．清光绪三十四年(1908年)石印本．

[16]郭兴圣等．山丹县志·人物篇[M]．甘肃:甘肃人民出版社,1993.

[17](清)涂鸿仪．兰州府志[M]．清道光十三年(1833年)刊本．

[18](清)升允等．甘肃新通志[M]．清宣统元年(1909年)刻本．

[19]牛勃,马树平．甘谷史话[M]．兰州:甘肃文化出版社,2008.

[20]杨怀中点校．钦定石峰堡纪略[M]．宁夏:宁夏人民出版社,1987.

[21]李范文,余振贵．西北回民起义资料汇编[M]．宁夏:宁夏社科院,1988.

[22]中国西北文献丛书编辑委员会．中国西北文献丛书[M]．甘肃:兰州古籍书店,1990.

[23]梁希杰．中华人民共和国地名词典[M]．北京:商务印书馆,1990.

[24]谭其骧．中国历史地图集[M]．北京:中国地图出版社,1996.

[25]张建华．甘肃省地图册[M]．北京:中国地图出版社,2004.

[26]张声震．壮族通史[M]．北京:民族出版社出版,1997.

[27]马学良．中国少数民族文学史[M]．北京:中央民族出版社,1992.

[28]庆桂,董浩．清高宗实录[M]．北京:中华书局,1985.

[29]袁行霈．中国文学史[M]．北京:高等教育出版社,1999.

[30]游国恩．中国文学史[M]．北京:人民文学出版社,1963.

[31]徐中玉．文学概论精解[M]．上海:上海文艺出版社,1990.

[32]夏之放．文学意象论[M]．广东:汕头大学出版社,1993.

[33]袁书会等．文学理论基础[M]．上海:上海文艺出版社,1985.

[34]徐国荣．中古文学感伤原论[M]．中国社会科学出版社,2001.

[35]朱东润．中国历代文学作品选[M]．上海:上海古籍出版社,1980.

[36]葛成民．唐宋诗词典故大辞典[M]．广西:广西人民出版社,1994.

[37]廖惠美等．中国历史人物辞典[M]．台湾:台湾名山出版社,1989.

[38]广西民族学院图书馆．广西历代文人著述馆藏联合目录[M]．广西:广西民族学院图书馆,1983.

[39]广西通志馆旧志整理室,广西社会科学院情报所．广西方志传记人名索引[M]．广西:广西人民出版社,1989.

[40]广西通志馆整理室,广西壮族自治区图书馆．广西文献资料索引[M]．广西:广西人民出版社,1991.

[41]广西壮族自治区地方志编纂委员会．广西通志·社会科学志[M]．广西:广西人民出版社,1999.

[42]钟文典．广西通史[M]．广西:广西人民出版社,1999.

[43]广西通志馆．广西地方志文献联合目录[M]．广西:广西人民出版社,1988.

[44]凌文斌．安溪姓氏志[M]．北京:方志出版社出版,2006.

[45]管锡华．校勘学[M]．安徽:安徽教育出版社,1991.

[46]姚伯岳．版本学[M]．北京:北京大学出版社,1993.

[47]王钟翰点校．清史列传[M]．北京:中华书局,1987.

[48]戴逸．简明清史(第二册)[M]．北京:人民出版社,2006.

[49]夏家骏．清朝史话[M]．北京:北京出版社,1985.

[50]林涛．正说清朝三百年[M]．北京:中国国际广播出版社,2005.

[51]艺林丛录(第七编)[M]．北京:商务印书馆,1961.

[52](清)王国维著,徐调孚校注．校注人间词话(卷下)[M]．北京:中华书局,2008.

[53]杨守真．广西历代大事年表[M]．广西:广西省政府编译委员会,1940.

[54]马学良、梁庭望、张公谨. 中国少数民族文学史(下)[M]. 北京:中央民族学院出版社,1992.

[55](清)袁枚、王英志校点. 校点随园诗话[M]. 南京:凤凰出版社,2000.

[56]曾德珪. 前言[A]. 粤西词载[M]. 桂林:漓江出版社,1993.

二、论文类

[1]王德明. 论清代诗派的形成、特征及其意义[J]. 南方文坛,2010(5).

[2]沈家庄. 粤西词人群体研究导论[J]. 中国韵文学刊,2007,21(2).

[3]王红. 整合与创新:清代广西壮人接受杜诗的变异学研究[J]. 中央民族大学学报,2006(5).

附　录

一、有关前人写的《素轩诗集·序》，现抄录如下：

（清）梁上国序：诗可以见性情，可以征学问。不独吟风咏月、流连光景已也。根柢六经，陶熔诸子，然后含英咀华，发为歌咏，以据其活泼醇挚之夭，斯为可爱可传之诗。余自奉简命督学粤西时，与二三士子论，其间谢秀启华、不无佳什，而求其以真学问，而达真性情。如吾所论者，犹未见其人。舟泊邕江，交黎槐门。以乃父谦亭刺史《素轩诗集》示，乞弁其首，欲会剞劂。余促于试事，携适宾州，途次披阅。见其诗中之一吟一咏，皆有真学问、真性情流贯于行间。呜呼！士君子读书名世，掇拾章句，通晓韵语，博一第，即号为闻人，及一行作吏，此事遂废。讵足为可爱可传之人，而有可爱可传之诗哉？谦亭以孝廉作循吏，往来数十年，不辍于诗。今读其诗而知其性情之和平忠厚，且以知其政之恺悌慈祥；读其诗而知其学问之明通淹贯，且以知其政之敏链廉能。至于古体，磅礴豪迈；五言短章，骎骎乎登古乐府之堂，而律之俊逸、浑厚、流丽、清新，固人人所共爱。而余独爱其以见道之言，发泄于草木虫鱼，以抒情抱负。所谓真学问真性情者也。如此之人，可爱；如此之诗，可传。（据光绪九年岁次癸未校刊《平南县志》）

（注：梁上国（1747—1814），字斯仪，福建长乐人，翰林院庶吉士。）

（清）朱方增序：士大夫读书稽古，游历山川，综其生平之所得，作为诗歌。不必直承明之，卢参论述之职而后其言不朽也。即一隅出宰鞅，掌簿书，而宣德抒情动，合于古人忠厚。简命视学粤西龚江，黎槐门学博携其尊甫谦亭先生《素轩诗稿》乞撰弁言。余通籍词垣。时谦亭先生已守官凉部先务，知其禀承庭训之深，因亟取其诗。读之气韵体裁不专一格，而真有关乎世故，教民风，忠厚之首，恻然。洋溢言外，则审音。知政凉部之民，被其化泽者，迄今当必歌咏不谖也。爰题数语而归之。（据光绪九年岁次癸未校刊《平南县志》）

（注：朱方增，字虹舫，浙江海盐人。嘉庆六年（1801 年）进士，选为庶吉士，授

编修职。)

(**清)梁章钜序**:家宫詹九山叔父(梁上国)尝序谦亭诗,曰:"谦亭以孝廉作循吏,往来数十年,不辍于诗。今读其诗而知其性情之和平忠厚,且以知其政之恺悌慈祥;读其诗而知其学问之明通淹贯,且以知其政之敏链廉能。至于古体,磅礴豪迈;五言短章,骎骎乎登古乐府之堂,而律之俊逸、浑厚、流丽、清新,固人人所共爱。而余独爱其以见道之言,发泄于草木虫鱼,以抒其抱负,所谓真学问真性情者也"。此宫詹视学粤西时,谦亭之子槐门所请序也。《峤西诗钞》所登未尽其菁华。杨紫卿所选亦约。适平南彭生蘭畹携谦亭全集来此,故悉录其尤雅者,足以传谦亭矣。"(《退庵诗话》)

(注:梁章钜,字闳中,又字芷林,晚年自号退庵,原籍福建长乐县,居南乡江田里。清初迁居福州。乾隆五十九年(1794 年)举人,嘉庆七年(1802 年)登进士第。曾授甘肃布政使,道光十六年(1836 年)升任广西巡抚,二十一年(1841 年)升任江苏巡抚,两江总督裕谦兵败自杀后,署理两江总督。著作有《三管英灵集》和《三管诗话》等,《退庵诗话》为《三管英灵集》之附缀。此序据湖南省图书馆藏《三管英灵集》中的卷二十二的"黎建三"条。)

二、甘肃省图书馆藏的《续修山丹县志》(道光十五年钞本)第十卷载有黎建三写的《重修忠义节孝祠》一文,现录其如下:

重修忠义节孝祠

邑令黎建三

盖闻天有命,人有道,圣有教。小则百为,大则三纲,皆庸行也。而忠孝节义圣人不轻许,常人不敢居。若独待奇节异行之士,遥遥相望于古今间,何哉? 窃惟人之所以为人者,尽乎? 人之性,率乎? 人之道而已。而遇有顺逆,事有常变,则人之当之者遂有难易。原夫明良泰交,赓歌喜起。家传底豫之休室,著刑于之化太和洋溢浃洽,朝野圣人之尽伦尽性,若无以甚异于人者。及一旦际坎壈履危,疑天命不可知,人事不可凭。而欲恃耿耿不寐之苦心,不负吾君,不负吾亲,不负吾九泉,不可作之幽魂。呜乎,难矣哉! 余来丹邑阅志,乘见有以忠孝节义奉旨建坊。入祠者后先接踵。喟然叹曰:"圣天子建学明伦风励之道,端在斯乎"? 廼祠宇颓废,木主移置他所,有志重修案牍,丛集未遑也。夫传记所载,令德芳型,非不昭若日月。而闻风兴起者,卒寡谓古今人不相及也。乃比闾族党间,耳目所及见闻者,有人焉;忠入国史,有人焉;孝光家庭,有人焉。节义旌于门閭,莫不喜谈乐道，私慕而窃效之，若不专美于前者。可知以古人化今人难，以今人化今人易。三纲之在天地间，圣人不独丰，常人不独啬，奇节义行之士独为。而卒归于庸行者，此物此志也。迩来公务稍闲，而广交党公课士之余，留心教化，同倡斯举，更愿诸公互相勉勖。余不逮，则祠宇更新，规制宏阔。不但属在后裔春秋动气闻僾见之心，即阖邑士女之游览于斯者，亦将相传颂播为美谈，固不待家喻晓。而天命之性率，性之道，修道之教，早有沦浃于愚贱之心而不自知者，是余之责也，而不能不有望于诸公。（是工兴嘉庆七年九月，落成八年冬。）

后　记

二〇〇二年九月，我在农村学校当了六年的中学教师后考入了广西大学文化与传播学院（今文学院）攻读硕士学位，有幸师从陈自力教授，陈先生是四川大学古典文献学专业博士，具有深厚的文献学功底，有《释惠洪研究》、《粤西诗载校注》等著作出版，曾在《文学遗产》、《世界宗教》、《敦煌研究》等核心期刊上发表论文多篇，其研究成果多次获得省部级以上奖励，《〈素轩诗集〉校注》于二〇〇五年六月完稿，后经多次补充逐步完善，其中的字词和典故、原诗的校勘注释、归类表述和分析艺术特色，先生都给予了很细致耐心的指导，本书的完成及出版倾注了先生的很多辛劳汗水和心血。先生严谨的治学态度和诲人不倦的师风深深地影响着我，每每想起先生在深夜给我指导的情形，我更加努力前行。

本书还得到广西大学文学院梁扬教授、李寅生教授、谢明仁教授、林仲湘教授，广西教育学院的郭珑教授、张业敏教授的多次指导，同门石天飞、黄飞、曾定华，师妹刘雪萍、游明、王艳玲、梁海珍等给予了很多热情的帮助。广西博物馆、桂林图书馆、甘肃省图书馆、兰州大学图书馆的老师们在资料搜集方面给予了极大的支持。

在学术的道路上，我爱人蒋小芳和宝贝陆思妍在默默地鼓励、支持着我，让我有信心走到更远的地方。

为能使本书早日出版，参与出版工作的专家们付出了很多的艰辛劳动。

在此谨向他们表示衷心的感谢和深深的祝福！

陆毅青

二〇一六年五月于广西大学